Fantasy

Herausgegeben von Friedel Wahren

Von **Gordon R. Dickson** erschienen in der Reihe
HEYNE SCIENCE FICTION & FANTASY:

Nichts für Menschen · 06/3656
Der ferne Ruf · 06/3662
Uralt, mein Feind · 06/3682
Sturm der Zeit · 06/3871
Wolf und Eisen · 06/5662

DRACHENRITTER-ZYKLUS:

1. Die Nacht der Drachen · 06/3769; auch: 06/5902
2. Der Drachenritter · 06/5903
3. Der Drache an der Grenze · 06/5904
4. Der Drache im Krieg · 06/5905
5. Der Drache, der Graf und der Troll · 06/5906
6. Der Drache und der Dschinn · 06/5907

GORDON R. DICKSON

DER DRACHE UND DER DSCHINN

Sechster Roman
des Drachenritter-Zyklus

Deutsche Erstausgabe

WILHELM HEYNE VERLAG
MÜNCHEN

HEYNE SCIENCE FICTION & FANTASY
Band 06/5907

Titel der amerikanischen Originalausgabe
THE DRAGON AND THE DJINN
Deutsche Übersetzung von Norbert Stöbe
Das Umschlagbild malte Ralph Voltz

Umwelthinweis:
Dieses Buch wurde auf chlor- und
säurefreiem Papier gedruckt

Redaktion: Ralf Oliver Dürr

Erstausgabe 1996 by The Berkley Group, New York
(›An Ace Book‹)
Mit freundlicher Genehmigung des Autors
und Paul & Peter Fritz AG, Literarische Agentur, Zürich

Printed in Germany 1997
Umschlaggestaltung: Atelier Ingrid Schütz, München
Technische Betreuung: M. Spinola
Satz: Schaber Datentechnik, Wels
Druck und Bindung: Elsnerdruck, Berlin

ISBN 3-453-13353-6

Für Craig Dickson
und die, die ihn lieben

1

SECHS TAGE UND NÄCHTE LANG wehte der Wind stetig aus Nordwesten. Die Bediensteten hockten in ihren Unterkünften, packten sich so warm ein, wie es ging, und meinten, im Wind Stimmen zu vernehmen, die dunkle Prophezeiungen verkündeten. Schließlich hatte der Wind vor dem großen Tor der Burgmauer hohe Schneeverwehungen aufgehäuft, so daß man von den Zinnen Männer an Seilen hinunterlassen mußte, damit diese den Eingang freischaufelten.

Endlich legte sich der Wind, und zurück blieb eine tiefe Stille, klirrende Kälte und ein blauer Himmel. Dann setzte der Wind wieder ein, heftiger als zuvor und diesmal aus Südosten; und am zweiten Tag wehte er Sir Brian Neville-Smythe durch das wieder freigeräumte Tor von Malencontri.

Der Hufschmied und einer der Bewaffneten vom Tor geleiteten den steifgefrorenen Brian über den Hof bis zum Eingang des Palas, halfen ihm vom Pferd, schlugen das Eis von seiner Überkleidung, welche die Rüstung bedeckte, und der Bewaffnete brachte das Pferd in den warmen Stall. Da der Hufschmied einen höheren Rang einnahm als ein gemeiner Bewaffneter, betrat er mit Sir Brian den Palas, um dessen Eintreffen zu melden.

Doch dazu kam es nicht. Denn kaum daß sie den Palas betreten hatten, erblickten sie Lady Angela Eckert, die Gemahlin von Sir James Eckert, dem Herrn über Malencontri und all seinen Ländereien, die soeben zu Mittag speiste und im selben Moment ihren Besucher sah.

»Brian!« rief sie vom anderen Ende des Saals. »Wo kommt Ihr denn her?«

»Von draußen«, antwortete Brian, der manches allzu wörtlich nahm.

Er näherte sich der hohen Tafel, die erhöht auf einem Podest stand. Angie speiste allein, jedoch in gebührender Form.

»Das sehe ich.« Angie senkte die Stimme, als Brian näher trat. »Aber von wo seid Ihr losgeritten?«

»Von der Burg Smythe, meinem Zuhause«, antwortete Brian mit einem Anflug von Gereiztheit; wo hätte er Ende Januar nach einem heftigen Wintersturm auch schon herkommen sollen?

Seine Gereiztheit währte jedoch nicht lange, denn er beäugte bereits die Speisen, die vor Angie auf der hohen Tafel angerichtet waren. Was für Angie das Mittagsmahl war, galt Brian bereits als Abendessen. Dies war die Hauptmahlzeit des Tages; und seit dem Frühstück bei Anbruch des eisigen Tages hatte Brian nichts mehr gegessen.

»Aber setzt Euch doch, eßt und trinkt«, forderte Angie ihn auf. »Ihr seid bestimmt ganz durchgefroren.«

»Ha!« Brian war hocherfreut über die Einladung, auch wenn er sie erwartet hatte.

Die Küchenhilfen legten bereits am Kopfende der Tafel ein Gedeck auf, so daß er mit Angie über Eck sitzen konnte. In dem Moment, als Brian Platz nahm, kam ein weiterer Bediensteter mit einem dampfenden Krug angerannt, aus dem er heißen Wein in einen großen Metallkelch schenkte.

»Glühwein, mein Gott!« meinte Brian erfreut.

Er nahm mehrere herzhafte Schlucke aus dem Kelch, um mit dem Gaumen zu überprüfen, was seine Nase ihm bereits verraten hatte. Als er den Kelch wieder abgesetzt hatte, strahlte er Angie voll gutmütiger Zuneigung an. Ein anderer Bediensteter stellte eine Fleischpastete vor ihn hin und legte mit der Gabel eine große Portion davon auf die große, dicke Scheibe Schrotbrot, die als Teller diente. Brian nickte zustimmend, pickte sich säuberlich den größten Fleischbrocken heraus und wischte sich anschließend die Finger an der Serviette ab, wie es sich gehörte.

»Ich dachte eigentlich, wenn Ihr allein seid, Angela, würdet Ihr in der Kemenate speisen«, sagte Brian, sobald er den Mund wieder leer hatte.

»Das habe ich auch schon getan«, antwortete Angie. »Aber hier ist es bequemer.«

Sie wechselten einen verständnisvollen Blick; dieses eine Mal stimmten zwanzigstes und vierzehntes Jahrhundert vollkommen überein.

Das Gesinde. Angie hätte viel lieber in der Kemenate gespeist, in ihrem Wohnzimmer im obersten Stockwerk des Turms der Burg Malencontri, das allein dem Burgherrn und seiner Gemahlin vorbehalten war.

Wegen der verglasten Fenster und der Bodenheizung, die ihr Gatte nach dem Vorbild des Hypokaustum konstruiert hatte, mit dem die ehemaligen römischen Besatzer Britanniens ihre Häuser beheizt hatten, das jedoch im Mittelalter in Vergessenheit geraten war, war es in der Kemenate warm und behaglich. Das Prinzip bestand darin, in Hohlräumen unter dem Steinboden Luft zirkulieren zu lassen, die zuvor an ständig brennenden Feuerstellen außerhalb des Raums erhitzt worden war.

Außerdem gab es in der Kemenate noch einen großen offenen Kamin, der nicht nur dekorativ, sondern auch nützlich war bei diesem Wetter.

Im Palas gab es ebenfalls offene Kamine. Genaugenommen sogar drei recht große. Einen hinter der hohen Tafel, an der Angie gerade saß, und noch zwei weitere etwa in der Mitte der Längswände. Im Moment brannte in allen dreien ein munteres Feuer; dennoch war es kalt im Saal.

Entgegen ihrer Vorlieben waren Jim und Angie dazu übergegangen, zumindest das Mittagessen im Palas einzunehmen. Kein Bediensteter hatte sich ihnen in gebückter Haltung genähert und sie angefleht, mit allem

Zeremoniell im Palas zu speisen, allerdings hatte man sie darauf hingewiesen, wie günstig es doch sei, daß die Anrichte so nahe an der hohen Tafel läge, so daß man die Speisen warm auftragen könne.

Burgherr und Burgherrin waren nach wie vor durch unsichtbare Grenzen eingeschränkt – auch wenn der Burgherr ein berühmter Ritter und Magier war. Die Bewaffneten hätten für ihren Feudalherren bereitwillig ihr Leben gelassen. Doch weder Bedienstete noch Bewaffnete, weder die Pächter, die Leibeigenen noch sonst irgend jemand, der auf der Besitzung lebte, würde sich jemals gegen Anstand und Sitte wenden. Wenn Anstand und Sitte ihre Stimme erhoben, so gehorchten sie; und das galt bis hinauf zum König.

Auch Angie und Jim hatten sich einer zwar unausgesprochenen, gleichwohl aber deutlich spürbaren allgemeinen Haltung auf Dauer nicht entziehen können. Von einem Burgherrn und seiner Dame erwartete man, daß sie das Mittagsmahl auf angemessene Weise am angemessenen Ort einnahmen. Deswegen gab es ja den Palas.

»Wo ist James?« fragte Brian, nachdem er seinen knurrenden Magen mit reichlich Fleischpastete und Wein besänftigt hatte.

»Er kommt gleich«, antwortete Angie. »Im Moment ist er dort oben.«

Sie wies zur Decke.

»Ah, ja«, meinte Brian, was bedeutete, er habe sie verstanden. Angies Geste, die einen Fremden verwirrt haben würde und die anzudeuten schien, ihr Gemahl habe die irdische Sphäre zeitweilig hinter sich gelassen, erschien beiden durchaus vernünftig und verständlich.

»Er wollte sich auf den Ländereien umschauen«, sagte Angie, »und sich vergewissern, ob auch alle den Sturm heil überstanden haben.«

Brian nickte mit vollem Mund. Er schluckte.

»Dann werde ich mit Eurer Erlaubnis solange warten, bis er zurückkommt«, sagte er, »und Euch erst dann den Grund meines Kommens nennen. Es wäre mir lieb, wenn Ihr beide zugegen wärt. Es handelt sich wirklich um eine bedeutsame Neuigkeit. Gestattet Ihr mir, solange zu warten?«

»Aber gewiß«, antwortete Angie. Trotz der höflichen Frage am Ende von Brians kleiner Ansprache wußte Angie, daß Brian auf keinen Fall reden würde, bevor ihr Gatte zurück war; sie würde sich eben solange gedulden müssen. Wenn Brian mit ihnen beiden reden wollte, dann wollte er etwas von Jim; und die Erfahrung hatte Angie gelehrt, in einem solchen Fall auf der Hut zu sein. Vorgewarnt sein, hieß gerüstet sein.

»Er müßte gleich da sein«, sagte sie.

2

UNTERDESSEN ÜBERFLOG JIM den südöstlichen Zipfel der Ländereien, die ihm als Sir James Eckert, Baron von Malencontri, gehörten. Dieser Teil umfaßte überwiegend Wiesen und Ackerland, und Jim hielt in der unter ihm ausgebreiteten weißen Landschaft Ausschau nach den wenigen Pächtern und Bauern, die weitab der Burg lebten, um festzustellen, ob sie nach dem Sturm Hilfe brauchten.

Das Fliegen vermittelte ihm ein intensives Glücksgefühl. Es war schon eigenartig, dachte er, daß er in Menschengestalt so schnell vergaß, wie wundervoll das war und wie machtvoll sich das Gefühl zurückmeldete, wenn er in Drachengestalt in der Luft war. Das Gefühl war weitaus angenehmer, als ein kleines Flugzeug zu steuern, was Jim während einiger Unterrichtsstunden in seiner Heimatwelt des zwanzigsten Jahrhunderts getan hatte, oder in einem Segelflieger dahinzuschweben. Jetzt teilte die Lüfte allein sein lebendiges, fühlendes Selbst, und dies vermittelte ihm ein triumphales Gefühl von Freiheit und Macht.

In seinem großen Drachenkörper machte ihm die Kälte nichts aus. Wärme war etwas anderes. Als er vor ein paar Jahren in Drachengestalt in Frankreich mitten im Sommer eine größere Strecke marschiert war, wäre er beinahe geschmolzen; die kalte Luft hingegen, die ihn umströmte, empfand er als durchaus angenehm.

Er fühlte sich lebendig bis in die Spitzen seiner gewaltigen Flügel hinein, die sich beiderseits weit hinausstreckten, denn schließlich mußten sie einen schweren Körper tragen. Um Kräfte zu sparen, schlug er nicht mit den Flügeln, sondern segelte dahin, wie es auch die meisten großen Vögel am liebsten taten; wenn er erst einmal genügend Höhe gewonnen hatte, nutzte er mit sorgfältig kontrollierter Flügelstellung die Strömungen und Aufwinde aus.

Die richtige Flügelstellung nahm er ganz instinktiv ein. Gleichwohl genoß er das Dahingleiten, als handelte es sich um eine erlernte Fertigkeit. Es vermittelte ihm das Gefühl, er sei der König der Lüfte.

Mittlerweile hatte er den größten Teil seiner Ländereien überflogen, und es wurde allmählich Zeit, zur Burg zurückzukehren. Er würde sonst zu spät zum Mittagessen kommen. Als er sich jedoch in eine weite Rechtskurve legte, fiel ihm der kleine, aus Schößlingen und Lehm erbaute Iglu von Tebbits' Witwe ins Auge.

›Iglu‹ war eigentlich nicht die richtige architektonische Bezeichnung, doch eine bessere fiel ihm nicht ein. Der Iglu war aus miteinander verflochtenen Schößlingen und dünnen Ästen erbaut, die mit Lehm abgedichtet waren. Es fehlte auch ein richtiges Dach, oder aber das Dach war im Laufe der Jahre auf die Wände abgesackt, so daß die Hütte jetzt die ungefähre Form eines Iglus hatte. Mitten im Dach gab es ein Loch, das sich über dem mit Sand gefüllten Feuerkasten befand, welcher der Witwe zum Kochen und Heizen diente.

Aus dem Loch kam kein Rauch. Außerdem war es von innen verschlossen.

Jim sank in Kreisen herab und landete mit einem dumpfen Aufprall vor der Tür, von der der Wind, nachdem er gedreht hatte, den Schnee fortgeweht hatte. Wer immer sich in der Hütte befinden mochte, war offenbar auf ihn aufmerksam geworden, denn es hantierte jemand an der Tür. Die Witwe trat heraus, eingemummt in Kleidungsstücke, Decken und verschiedene Lumpen, in denen sie eher einem Teddybär als einem Menschen ähnelte.

Als sie Jim erblickte, stieß sie den unvermeidlichen Schrei aus, den die Bewohner von Malencontri zur Begrüßung ihres Herrn offenbar für angemessen hielten, wenn dieser die Gestalt eines Drachen innehatte. Anschließend bemühte sie sich, einen Knicks zu vollführen. Da sie so gepolstert war, erwies sich dies als ein Fehler, und beinahe wäre sie gestürzt. Jim konnte sich gerade noch zurückhalten, sonst hätte er sie gestützt. Das hätte sie sich wohl kaum jemals verziehen. Zum Glück fing sie sich am Türrahmen ab und erlangte das Gleichgewicht wieder.

»Mylord!« sagte sie.

Aus der dicken Vermummung hervor spähte ihn ihr rundes, faltenreiches Gesicht mit dunklen, scharfen Augen an.

»Wie geht es dir, Tebbits?« fragte Jim. Die Witwe hatte auch einen Vornamen, an den sich jedoch niemand zu erinnern schien. »Mir ist aufgefallen, daß von deiner Hütte kein Rauch aufstieg.«

»O nein, Mylord«, sagte die Witwe. »Danke, Mylord. Es ist sehr freundlich von Euch, mit mir zu sprechen, Mylord. Ich bin Euch ja so dankbar, Mylord. Es steigt kein Rauch auf, weil das Feuer ausgegangen ist.«

»Ist mit deinem Feuerkasten etwas nicht in Ordnung?« erkundigte sich Jim, dem rechtzeitig eingefallen war, sich der Angelegenheit mit Fingerspitzengefühl zu nähern.

»Nein, Mylord. Danke, Mylord.«

»Warum ist das Feuer dann aus?«

»Die letzten Scheite sind verbrannt, und dann ist es halt ausgegangen, wie es ein Feuer eben tut – wenn Ihr mir diese Bemerkung freundlichst gestattet, Mylord.«

Jim seufzte innerlich. Er kam sich vor wie jemand, der sich bemühte, im Dunkeln an einem Schlüsselring den richtigen Schlüssel zu finden. Sämtliche Bauern scheuten davor zurück, sich offen zu beklagen. Nur auf Umwegen taten sie ihre Wünsche kund und hielten dabei den Anschein aufrecht, als hätten sie alles unter Kontrolle und bräuchten keinerlei Hilfe … aber da er zufällig nun schon einmal da sei, so käme ihnen dies und das schon gelegen …

»Dir ist nicht etwa während des Schneesturms das Feuerholz ausgegangen?« fragte Jim.

»Also, das könnte schon sein«, antwortete die Witwe Tebbits. »Ich bin in letzter Zeit so fürchterlich vergeßlich, Mylord.«

»Ach was«, meinte Jim herzlich. Wie sie trotz der Polsterung die letzten Tage in der ungeheizten Hütte überlebt hatte, zumal in ihrem Alter, ging über seinen Verstand. »Weißt du, ich habe gerade in dem Wäldchen einen herabgefallenen Ast gesehen. Du könntest ihn vielleicht gebrauchen. Ich denke, ich hole ihn dir eben.«

»Macht Euch doch bitte keine Umstände, Mylord«, sagte Tebbits.

»Tebbits«, erwiderte Jim in gebieterischem Ton, »es ist mein *Wille,* dir das Feuerholz zu holen!«

»Verzeiht, Mylord. Es tut mir ja so leid. Ich bitte untertänigst um Verzeihung!«

»Ich bin gleich wieder da«, sagte Jim.

Er drehte sich um, erhob sich mit donnernden Flügeln in die Luft, flog das kurze Stück zu dem nahegelegenen Wäldchen und landete an einer Stelle, wo Tebbits ihn nicht sehen konnte. Herabgefallene Äste lagen keine herum, und er hatte auch keine Lust, im Schnee herumzusuchen. Er packte einen drei Meter langen Eichenast und riß ihn kurzerhand vom Stamm. Auch noch einen zweiten Ast von vergleichbarem Umfang riß er ab. Die Äste so festhaltend, daß sie zwischen den Beinen herunterhingen und seinen Flügeln nicht in die Quere kamen, sprang er in die Luft, flog zurück und landete vor der Witwe Tebbits.

»Da!« meinte er grob zu ihr – dann fiel ihm auf, daß ihr die Dicke der Äste Kopfzerbrechen zu bereiten schien. »Da fällt mir ein«, sagte er, »hast du zufällig eine Axt, mit der ich das Holz kleinhacken könnte?«

»Oje, Mylord«, entgegnete Tebbits. »Ich glaube, die ist mir abhanden gekommen.«

Wahrscheinlich hatte sie nie eine besessen, dachte Jim. Eisen war kostbar. Er mußte ihr unbedingt ein Werkzeug besorgen, mit dem sie dickere Holzstücke zerkleinern konnte.

»Ah, ich verstehe«, sagte Jim. »Nun, wenn das so ist …«

Er packte die mitgebrachten Äste und brach die dicken Enden sowie die Zweige ab, mit denen sie nicht in die Feuerstelle hineingepaßt hätten; mit seinen kräftigen Drachenarmen bereitete ihm das keine Mühe. Die auf Brennholz zerkleinerten Äste hob er hoch und legte sie Tebbits in die Arme, jedoch nur so viele, wie sie bequem tragen konnte. Trotz ihrer dicken Vermummung umklammerte Tebbits sie unbeholfen, aber gleichwohl dankbar.

»Ich lasse Dick Forester im Laufe des Tages jemanden mit Feuerholz von der Burg herschicken«, meinte Jim zum Abschluß. »Hast du Feuerstein und Stahl? Bekommst du das Feuer in Gang?«

»Aber ja, danke, Mylord«, sagte Tebbits. »Ihr seid immer so freundlich zu einer nutzlosen alten Frau.«

»Aber wieso denn. Auch ich werde eines Tages alt sein!« erwiderte er schroff. »Gott sei mit dir, Tebbits.«

»Gott sei mit Euch, Mylord«, antwortete die Witwe.

Es erfüllte Jim mit einer gewissen Genugtuung, daß es ihm endlich einmal gelungen war, einem seiner Leute mit dem Segen zuvorzukommen. Er sprang mit donnernden Flügeln in die Luft, gewann rasch an Höhe und wandte sich wieder zurück zur Burg.

Unterwegs fiel ihm allerdings wiederum etwas ins Auge. Etwas, das sich nicht auf seinem Land befand. Auf der angrenzenden kleinen Besitzung von Hubert Whitby schwenkte Sir Hubert die Arme, schrie irgend etwas, das aus dieser Entfernung nicht zu verstehen war, und dirigierte mehrere seiner Leibeigenen. Soviel konnte Jim mit seinem teleskopischen Drachenblick erkennen.

Sir Hubert war nicht gerade der beste Nachbar. Eher schon der schlimmste, dachte Jim. Doch das stimmte nicht ganz. Sir Hubert war nicht wirklich schlecht, gefährlich, böse, unredlich, raubgierig oder welche schlechten Eigenschaften man im England des vierzehnten Jahrhunderts sonst noch von einem Nachbarn erwarten konnte. Allerdings war er ein rechter Plagegeist, der sich stets über etwas ärgerte und sich ausgiebig beklagte.

Jim war einen Moment lang versucht, seinen Schwenk zu vollenden und zu vergessen, daß er überhaupt etwas gesehen hatte. Dann veranlaßte ihn jedoch sein Gewissen, kehrtzumachen und auf Sir Hubert und dessen Nöte zuzugleiten.

Als er, von einer günstigen Brise getragen, näher kam, sah er, worin diese bestanden. Eine von Sir Huberts Kühen war in einen mit Schnee gefüllten Graben oder in ein Erdloch gestürzt, und Sir Hubert bemühte sich zusammen mit vier seiner Leute, sie wieder herauszuholen.

Die Kuh konnte ihnen dabei jedoch nicht helfen –

oder sie begriff nicht, was man von ihr erwartete –, und aufgrund ihres Gewichts gelang es den vier Männern nicht, sie aus dem Graben zu heben oder zu ziehen. Sir Hubert veranstaltete einen solchen Lärm, daß sie Jim erst dann bemerkten, als er mit einem dumpfen Aufprall mitten unter ihnen landete. Daraufhin fuhren sie herum und starrten ihn sprachlos an.

»Ein Drache!« brüllte Sir Hubert und riß das Schwert aus der Scheide. Er war blaß geworden, sein Schwert aber schwankte kaum. Trotz all seiner Fehler war Sir Hubert nämlich kein Feigling. Übrigens hätte kein Feigling, ganz gleich, welcher Gesellschaftsschicht er angehörte, in der damaligen Zeit das Erwachsenenalter erreicht.

Offenbar hatten sie Jim nicht erkannt, was nicht einmal Jims eigenen Leuten gelang. Die vier Männer, die Sir Hubert bei sich hatte, waren, abgesehen von den üblichen Allzweckmessern am Gürtel, unbewaffnet. Diese Messer allerdings rissen sie aus der Scheide oder hoben das, was sie gerade in Händen hielten und was möglicherweise als Waffe dienen mochte – bei zweien waren dies lange Stangen und im Falle des dritten ein Seil, was ziemlich lächerlich wirkte.

Natürlich war das töricht von ihnen. Selbst wenn sie schwer bewaffnet gewesen wären, würden sie wohl kaum mit dem Leben davongekommen sein, hätten sie versucht, einen Drachen von Jims Größe anzugreifen. Vielleicht hätten sie Jim schwer verwundet, doch wäre Jim als letzter gestorben.

»Seid kein Esel, Sir Hubert«, sagte Jim, dem die britische Redensart mit Leichtigkeit über die Lippen kam. Was für ein passender Ausdruck in einer solchen Situation, dachte er. »Ich bin James Eckert, Euer Nachbar – bloß in Drachengestalt. Ich wollte mal schauen, ob ich Euch helfen kann.«

Die Farbe kehrte nicht in Sir Huberts Gesicht zurück, doch senkte er die Schwertspitze um einige Zentimeter.

»Ha!« machte er mißtrauisch.

»Ich kam zufällig vorbeigeflogen, weil ich sehen wollte, wie meine Ländereien den Schneesturm überstanden haben«, erklärte Jim, »und da habe ich bemerkt, daß Ihr hier in Schwierigkeiten steckt. Deshalb bin ich gelandet.«

Sir Hubert senkte vollends das Schwert, steckte es jedoch nicht wieder in die Scheide.

»Wenn Ihr das seid, weshalb tretet Ihr dann nicht als Mann vor uns hin?«

»Als Drache bin ich viel stärker, wenn es darum geht, mit anzupacken«, entgegnete Jim. »Denkt mal drüber nach, Hubert!«

»Verdammt noch mal! Woher sollte ich das denn wissen?« sagte der Ritter. »Ihr hättet ja auch irgendein beliebiger Drache sein können, den es nach unserem Blut gelüstet!«

»Ich habe keine solchen Gelüste«, erwiderte Jim. »Ihr habt oft genug in Malencontri gespeist, da müßtet Ihr das eigentlich wissen, Hubert.«

»Nun ja ...« Sir Hubert steckte das Schwert in die Scheide. »Wie wollt Ihr uns helfen?«

»Ich weiß noch nicht«, antwortete Jim. »Ich muß mir erst ein Bild von der Lage machen. Was ist das für ein Loch, in dem die Kuh steckt?«

»Nichts weiter als ein kleines Erdloch«, knurrte Sir Hubert. »Wenn sie ein bißchen mehr Verstand hätte, würde sie von selber rauskommen. Zum Teufel mit den Rindviechern!«

»An den Seiten steil oder bloß abschüssig?«

»Abschüssig«, antwortete Sir Hubert. »Wenn sie ein bißchen nachgeholfen hätte, dann hätten wir sie schon herausgeholt.«

»Wenn die Seiten abgeschrägt sind, kann ich zu ihr hinunterklettern. Wenn ich sie dann hochhebe und Ihr an ihr zieht, schafft sie es vielleicht rauszuklettern.«

»Sie wird nach Euch treten«, meinte Sir Hubert voller Genugtuung.

»Vielleicht«, sagte Jim. »Wir werden sehen.«

Er trat ans Loch, und als die Kuh, in deren Windschatten er gestanden hatte, in ihrer unmittelbaren Nähe auf einmal einen Drachen sah, brüllte sie vor Entsetzen. Jim tastete erst mit dem Fuß vor, dann ließ er sich neben der Kuh hinunterrutschen. Abermals schrie sie um Hilfe, denn nun preßte Jim sie gegen die andere Seite des Erdlochs, und im tiefen Schnee gelang es ihr nicht, einen ordentlichen Tritt anzubringen.

Jim konnte nicht sagen, ob sie ihn nun getreten hatte oder nicht. Allerdings gelang es ihm, sich so weit unter ihren Bauch zu bugsieren, daß er mit angelegtem Flügel guten Halt für seine Schulter fand. Als er die Kuh mit der Schulter fest gegen die andere Seite des Erdlochs drückte, hörte sie auf zu brüllen, muhte nur noch einmal verzweifelt und verstummte dann.

Jim holte tief Luft und stemmte sich hoch, wie ein Mensch, der ein Gewicht auf der Schulter balanciert. Die Kuh war kein Leichtgewicht; allerdings verfügte er im Vergleich zu einem Menschen über gewaltige Muskeln. Die Kuh stieg empor und blieb neben dem Erdloch auf der Seite liegen, worauf Sir Huberts Männer sie sogleich packten, vom Erdloch wegzogen und sie anschließend dazu zu bewegen suchten, wieder aufzustehen.

Nun kletterte auch Jim wieder aus dem Loch heraus.

»Das ging ja ganz leicht«, brummte Sir Hubert, als mache er Jim einen Vorwurf daraus.

»Keine Ursache«, sagte Jim, der wußte, daß Sir Huberts Bemerkung einem Dank so nahe kam, wie es dem Ritter überhaupt möglich war. Er sprang in die Luft und gewann abermals Höhe für den langen Gleitflug nach Hause.

Da der Wind aus Südosten kam, mußte er zunächst an Höhe gewinnen und einen weiten Bogen über Sir Huberts Ländereien beschreiben, bevor er umdrehen und Kurs auf Malencontri nehmen konnte. Dabei wurde ihm auf einmal bewußt, daß er hoch genug war, um den Wald zu sehen, in dem Carolinus' Haus stand; und schon bekam er Gewissensbisse. .

Seit er und Angie zusammen mit dem jungen Robert Falon und ihren persönlichen Bediensteten vor einem Monat von der Weihnachtsfeier des Grafen von Somerset zurückgekehrt waren, wollte er schon mit Carolinus sprechen. Allerdings war ihm ständig etwas dazwischengekommen.

Der Zeitpunkt war günstig, mal eben ein paar Dinge zu besprechen, die ihn seit dem Weihnachtsfest beschäftigten. Unter anderem hatte er den heimlichen Verdacht, daß er Carolinus eine Entschuldigung schuldete, weil er mit ihm beim Weihnachtsfest des Grafen ein wenig in die Haare geraten war.

Im Palas der Burg würde Angie bestimmt schon mit dem Essen auf ihn warten. Außerdem war vielleicht etwas mit Robert, das seine Anwesenheit erforderlich machte ...

Robert bereitete ihm ständig Kopfzerbrechen, wo er es gar nicht erwartete. Eigentlich war sich Jim gar nicht so sicher, daß er der Richtige war, um im vierzehnten Jahrhundert, wo alle blaublütigen Knaben zu Kriegern erzogen wurden, einen Waisenknaben von edler Herkunft aufzuziehen. Er selbst war kein richtiger Krieger. Die Gefahr ließ sich nicht von der Hand weisen, daß er den Jungen mit seiner dem zwanzigsten Jahrhundert entstammenden Lebenseinstellung verhätscheln würde ...

Jim schob diesen Gedanken beiseite. Robert war noch viel zu jung, um mit ihnen im Palas zu speisen. Aber trotzdem – sein Gewissen zog ihn in beide Richtungen. Dann jedoch sagte er sich, daß Angie nicht lange auf ihn warten, sondern schon mit dem Essen anfangen würde; er konnte nach seiner Rückkehr essen, was übrig war.

Er veränderte die Flügelstellung und segelte auf die

Baumwipfel zu, welche die kleine Lichtung mit Carolinus' Haus verbargen.

Als er die Lichtung erreichte, stellte er fest, daß sich seit seinem letzten Besuch kaum etwas verändert hatte. Die Lichtung war vollständig umgeben von großen Eichen und Eiben und annähernd oval geformt. Schnee hing auf den Bäumen rund um die Lichtung und bedeckte den Boden bis in eine Entfernung von etwa zehn Metern vom Haus, wo in einem perfekten Kreis nach wie vor Sommer war.

Innerhalb des Kreises stand das schneefreie Haus. Das Gras war grün, die Blumen blühten, und eine Fontäne ergoß ihr Wasser in einen kleinen Teich, aus dem hin und wieder ein kleiner Goldfisch – oder war es etwa eine winzige goldfarbene Meerjungfrau? – wie ein Miniaturdelphin in die Luft emporsprang. Was genau es war, hatte Jim nie erkennen können.

Neben dem Teich befand sich ein säuberlich gerechter Kiesweg, der zur Eingangstür eines kleinen, schmalen Hauses mit Spitzdach führte, das eigentlich fehl am Platz hätte wirken sollen; mit dem Teich, dem Rasen und der hin und wieder aufblitzenden goldfarbenen Gestalt aus dem Teich wirkte es jedoch genau richtig.

Jim war mit einem dumpfen Aufprall am Ende des Kieswegs gelandet, doch ließ sich niemand blicken. Er verwandelte sich wieder in einen vollständig bekleideten Menschen (zu Anfang hatte ihm die Kleidung einige Mühe bereitet, doch mittlerweile hatte er das im Griff), näherte sich der Haustür und klopfte sanft an.

Niemand meldete sich. Er drückte die Tür auf und trat ein.

»Hä? Was? Ach, Ihr seid's, Jim«, begrüßte ihn Carolinus.

Er saß in dem großen Ohrensessel, und vor ihm auf dem Tisch lag eine dickes, aufgeschlagenes Buch; auf seinen Knien saß so leicht wie ein Schmetterling auf einem Zweig eine kleine grüne, grazile Wassernymphe. Carolinus schaute sie an.

»Du solltest jetzt besser aufbrechen, meine Liebe«, sagte er sanft zu der Wassernymphe. »Wir können später weiterreden.«

Die Nymphe schwebte von seinem Schoß herunter und blieb mit niedergeschlagenen Augenlidern vor ihm stehen. Sie murmelte etwas Unverständliches.

»Gewiß doch!« antwortete ihr Carolinus.

Die Nymphe wandte sich zur Tür. Jim machte ihr Platz, und sie näherte sich ihm mit gesenktem Blick, sah dann kurz zu ihm auf und murmelte wiederum etwas Unverständliches.

»Keine Ursache«, sagte Jim. Im Gegensatz zu Carolinus hatte er sie nicht verstanden, doch war seine Antwort so unverfänglich gewesen, daß sie nicht ganz falsch sein konnte. Die Nymphe ging hinaus und schloß hinter sich die Tür.

»Nun, mein Junge«, meinte Carolinus munter. »Schön, Euch zu sehen, zumal Ihr als Mensch und nicht als Drache zu mir gekommen seid. Das ist nämlich ein kleines Haus, wißt Ihr.«

Das Haus war wirklich klein und außerdem bis zu den Deckenbalken vollgestopft mit Büchern und allen möglichen gewöhnlichen und okkulten Gegenständen. Eher ähnelte es einem Lager als einem Wohnhaus. Da Carolinus daran gewöhnt war, das, was er benötigte, einfach zu sich zu befehlen, machte die Enge dem Magier nichts aus.

»Nun, ja«, sagte Jim. »Eigentlich wollte ich schon vorbeischauen, seit wir vom Grafen zurück sind, und eben war ich zufällig in der Nähe. Ich hoffe doch, ich störe nicht?«

»Keineswegs, keineswegs«, entgegnete Carolinus. »Mit Lalline kann ich jederzeit ein Schwätzchen halten. Wir beide aber sehen uns viel zu selten.«

Dies bot Jim eigentlich Gelegenheit, darauf hinzuweisen, daß er sich schon öfters vergeblich bemüht hatte, Carolinus anzutreffen. Carolinus war es, der sich rar machte. Allerdings sparte Jim sich die Bemerkung.

»Aber jetzt seid Ihr hier«, sagte Carolinus in jovialem Ton. »Ihr wirkt ausgeruht und guter Dinge. Seid Ihr bereit für Euer nächstes Abenteuer?«

3

»ABENTEUER!« WIEDERHOLTE JIM, dem auf einmal ganz kalt geworden war. »Auf keinen Fall. Ich freue mich darauf, endlich einmal eine Weile Ruhe zu haben. Angie und ich möchten in den nächsten Jahren ein ganz normales Leben führen.«

Ihn beschlich ein fürchterlicher Verdacht.

»Ihr habt doch nicht etwas für mich auf Lager?« fragte er.

»Ich? James!« sagte Carolinus. »Nach allem, was Ihr mit dem Grafen erlebt habt, möchte ich Euch so rasch gewiß keine neuen Pflichten auferlegen. Nein, nein. Ich habe überhaupt nichts auf Lager. Solltet Ihr in irgendeine Sache hineingeraten, dann liegt das ganz allein bei Euch.«

»Es tut mir leid«, sagte Jim. »Der Aufenthalt beim Grafen hat mich ziemlich erschöpft. Hättet Ihr etwas dagegen, wenn ich mich setze?«

»Ihr wollt Euch setzen? Nur zu«, ermunterte ihn Carolinus. »Das heißt, wenn Ihr einen Stuhl findet. Irgendwo müssen hier welche sein.«

Er spähte kurzsichtig umher.

»Ich weiß doch, daß hier irgendwo Stühle sind. Seht doch mal unter den Büchern dort in der Ecke nach.«

»Tut mir leid, wenn ich zu heftig gewesen sein sollte«, sagte Jim, als er nach kurzer, aber notwendiger Suche endlich eine Sitzgelegenheit gefunden hatte.

»Aber Angie meint, ich verbrächte viel zu wenig Zeit mit ihr, und das kann ich ihr nicht verdenken.«

»Natürlich nicht«, sagte Carolinus. »Ist der Stuhl auch bequem?«

»Also ...«, meinte Jim. »Wenn ich ehrlich bin, nein.«

»Das sollte er aber sein!« sagte Carolinus mit einschüchternder Stimme.

Der Stuhl gehorchte unverzüglich. Wahrscheinlich war er jetzt der bequemste Stuhl, auf dem Jim je gesessen hatte, obwohl er nur vier Beine, eine gerade Lehne, keine Armstützen und kein Polster hatte.

»Um die Wahrheit zu sagen, Carolinus«, meinte Jim, »bin ich hergekommen, weil es mir nach einigem Nachdenken so schien, als sei ich beim Weihnachtsfest des Grafen Euch gegenüber ein wenig zu aufbrausend gewesen. Aber ich bin es gewohnt, mich in Notfällen mit Euch zu beraten, und Ihr wart nie zu erreichen.«

»Ach du meine Güte!« sagte Carolinus.

»Oh, das macht nichts«, fuhr Jim fort. »Jetzt verstehe ich, daß Ihr mich absichtlich allein gelassen habt, da es so am besten für mich war. Aber ich bin froh, wieder hier zu sein, wo ich mich jederzeit ratsuchend an Euch wenden kann.«

»Wendet Euch nur an mich und sucht Rat, Jim«, sagte Carolinus. »Aber bedenkt, daß Ihr nicht mehr zurückkönnt. Ihr habt die ersten Flugversuche als unabhängiger Magier unternommen, und von jetzt an müßt Ihr allein weiterfliegen.«

»Tatsächlich?« fragte Jim. Vor ein paar Jahren hätte Carolinus' Äußerung noch nicht so bedrohlich geklungen. Jetzt, da er die Möglichkeiten – und Grenzen – der Magie besser kannte, machte sie ihm angst.

»Wo liegen denn die Grenzen für die Unterstützung, die Ihr mir gewähren dürft?«

»Ihr könnt mir Fragen stellen«, antwortete Carolinus. »Und innerhalb gewisser Grenzen werde ich sie auch beantworten. Vollständige Antworten auf alles und jedes gibt es nicht. Das werdet Ihr schon noch herausfinden, Jim, wenn Ihr erst einmal ein Magier der ersten Kategorie seid und mit denen der niedrigeren Kategorien zu tun bekommt oder gar selbst einen Schüler annehmt.«

»Das glaube ich Euch gern«, sagte Jim, der nicht die geringste Lust dazu hatte, einen Schüler anzunehmen.

»Vergeßt nie«, fuhr Carolinus fort, »daß es keinen Sinn hat, jemandem Auskünfte zu geben, für die er noch nicht bereit ist. Wenn Ihr aber wartet, bis Ihr gefragt werdet, dann sind die beiden notwendigen Voraussetzungen erfüllt. Erstens ist der Ratsuchende dann bereit zuzuhören. Zweitens wird er dem, was Ihr ihm ratet, *jetzt* einen Wert beimessen, während er zu einem früheren Zeitpunkt womöglich aus schierer Unwissenheit Euren Rat in Zweifel gezogen oder ihm sogar widersprochen hätte.«

»Habe ich das denn getan?« fragte Jim.

»Eigentlich nicht«, antwortete Carolinus. »Andererseits seid Ihr auch kein durchschnittlicher Schüler. Euer Problem liegt auf einem anderen Gebiet, auf dem ich Euch nicht helfen kann, und zwar besteht es darin, daß Euer Denken geprägt ist von dieser – wie soll ich sagen – diesem mechanistischen …«

»Ihr meint, ich sei geprägt von der Technologie der Welt des zwanzigsten Jahrhunderts, aus der ich stamme«, ergänzte Jim.

»Ja«, meinte Carolinus. »Genau das wollte ich damit sagen.«

»Ich weiß nicht, was ich dagegen tun soll«, erklärte Jim.

»Nun, das ist Eure Sache; zugleich aber auch, so paradox das klingt, der Grund für Eure ungewöhnliche Fähigkeit, Mittel und Wege außerhalb der normalen Grenzen dessen zu finden, was ein angehender Magier für gewöhnlich lernt. Wenn ich Eure Gewohnheiten und vorgefaßten Meinungen ändern wollte, würde ich wahrscheinlich gerade die Fähigkeiten ersticken, die Eure besondere Stärke darstellen. Daher müßt Ihr entweder schwimmen oder untergehen, Jim; und das gilt für Euch mehr als für einen gewöhnlichen Schüler.«

»Das mag ja angehen, wenn ich selbst irgendwo hineingerate«, sagte Jim. »Aber wenn Ihr mir eine Aufgabe stellt und ich Hilfe brauche, werdet Ihr mir die Auskünfte geben, um die ich Euch bitte?«

»Nicht unbedingt *alle* Auskünfte, um die Ihr mich bittet«, entgegnete Carolinus. »Ich weiß viel mehr, als Ihr Euch vorstellen könnt, Jim. Das meiste davon wäre wertlos für Euch, selbst wenn Ihr es begreifen würdet. Aber ich werde Euch stets so viele Auskünfte geben, wie ich für angebracht halte.«

»Aber wenn ich die Aufgabe nun auf eine Art und Weise angehe, die Euch verschlossen ist, weil ich von woanders herkomme, dann könnt Ihr doch nicht wissen, welche Auskünfte ich brauche.«

»Das mag schon sein«, sagte Carolinus, »aber einer von uns beiden muß entscheiden, welche Auskünfte Ihr erhalten sollt. Und da es meine Auskünfte sind und ich einer von drei Magiern der Kategorie Eins Plus dieser Welt bin, während Ihr der dritten Kategorie angehört und mein Schüler seid, werde ich allein die Auswahl treffen.«

»Mit anderen Worten«, sagte Jim, »mir bleibt gar keine Wahl. Nun, ich kann Euch wohl nicht zwingen, mir mehr zu verraten, als Ihr mir sagen wollt.«

»Ihr wart schon immer von rascher Auffassungsgabe, Jim«, bemerkte Carolinus. »Das ist mir gleich bei unserer ersten Begegnung aufgefallen.«

»Aber Ihr werdet Euch nach Kräften bemühen, mir innerhalb der von Euch für sinnvoll erachteten Grenzen zu helfen?« fragte Jim.

»Ja«, antwortete Carolinus. »Vergeßt nicht, Jim, daß ich große Hochachtung für Euch empfinde – sonst hätte ich Euch auch nicht als Schüler angenommen –

und daß ich mich über Eure Erfolge freue und mir Sorgen mache, wenn Ihr in Schwierigkeiten steckt. Kurz gesagt, ich hoffe, Ihr vertraut auf meinen guten Willen.«

»Daran habe ich eigentlich nie gezweifelt.« Jim hatte bloß Angst, Carolinus könnte die falschen Schlußfolgerungen ziehen, weil er ganz und gar in der Denkweise des vierzehnten Jahrhunderts verhaftet war. Oder jedenfalls kam es Jim die meiste Zeit über so vor. Bei der Weihnachtsgesellschaft des Grafen hatte er sich eine Zeitlang gefragt, ob Carolinus nicht schon seit einer ganzen Weile seinen Vorteil aus ihm zog. Diese Vermutung hatte sich jedoch als falsch erwiesen. »Nein, natürlich vertraue ich Euch, Carolinus. Und das gilt auch für Angie.«

»Das weiß ich zu schätzen, mein Junge«, sagte Carolinus. »Und ich habe auch nicht vergessen, daß Ihr mir das Leben gerettet habt, als die Heilerinnen mich mit ihren Tränken zu Tode heilen wollten.«

Jim erinnerte sich noch gut daran. Damals war Carolinus tatsächlich hilflos gewesen, und Jim und Angie waren dem Magier im allerletzten Moment mit einigen Bewaffneten sowie Sir Chandos und Giles zu Hilfe geeilt und hatten ihn nach Malencontri gebracht, wo man ihn anschließend wieder gesund gepflegt hatte. Die Schuldgefühle, die Jim empfand, weil er an Carolinus gezweifelt hatte, wuchsen sich zu noch heftigeren Selbstbezichtigungen aus.

»Ich vertraue Euch, Carolinus«, sagte er. »Ihr könnt Euch auf mich verlassen.«

»Und Ihr Euch auf mich, mein Junge«, sagte Carolinus. »Und nun, da unser gegenseitiges Vertrauen wiederhergestellt ist, möchte ich etwas sehr Ernstes mit Euch besprechen, da Ihr im Begriff seid, sagen wir, in neue Bereiche der angewandten Magie vorzudringen. Ihr wißt, daß Ihr aufgrund Eures außergewöhnlichen Status über ein unbegrenztes Guthaben an magischer

Energie verfügt und daß dies unter den anderen Magiern und deren Schülern zu einigem Unmut geführt hat, da sie meinen, Ihr würdet ungerechtfertigterweise bevorzugt.«

»Ich weiß«, erwiderte Jim grimmig.

»Ihr Unmut kümmert mich nicht«, sagte Carolinus. »Sie werden sich damit abfinden, daß der Grund dafür in Eurem Anderssein liegt. Ihr solltet Euch allerdings vor Augen halten, daß Ihr Euch bei der Weihnachtsfeier des Grafen recht großzügig von Eurem Konto bedient habt. Zwar habt Ihr einiges damit bewirkt, trotzdem wart Ihr recht verschwenderisch.«

»Meint Ihr wirklich?« fragte Jim.

»Da bin ich mir ganz sicher«, bekräftigte Carolinus. »Wie ich schon sagte, ich habe keine Sorge, daß sich die anderen Magier deswegen beschweren könnten. Vielmehr mache ich mir Sorgen, daß Ihr etwas übersehen könntet, was für einen selbständig agierenden Magier von ausschlaggebender Bedeutung ist.«

»Ach?« Jim war einen so ernsten Ton bei Carolinus nicht gewohnt. Auf einmal war er hellwach. Er und Angie waren schon einmal in Gefahr geraten, weil sich die anderen Magier über seinen Umgang mit Magie beschwert hatten.

»Ich möchte, daß Ihr das Folgende niemals vergeßt«, fuhr Carolinus im selben Ton fort. »Ganz gleich, wie gering die Energie sein mag, die Ihr von Eurem Konto abziehen müßt, um einen bestimmten Zauber zu bewirken, und ganz gleich, wie groß Euer Guthaben ist, seid Ihr doch gut beraten, wenn Ihr mit den Euch zur Verfügung stehenden Mitteln sparsam umgeht. Anders ausgedrückt, wendet keine Magie an, wenn es andere Mittel und Wege gibt, die anstehende Aufgabe zu lösen. Ich weiß, Ihr habt mich hierhin und dorthin hüpfen sehen – und manchmal habe ich Euch sogar mitgenommen. Aber ich bin erheblich älter als Ihr, und außerdem gibt es noch andere Gründe, die Ihr begreifen werdet, wenn

Ihr ein wenig weiter seid. Die Regel aber bleibt gültig: Wendet Magie nur dann an, wenn Ihr müßt.«

Er blickte Jim durchdringend an, und dieser zeigte sich entsprechend beeindruckt.

»Dafür gibt es einen einfachen Grund«, fuhr Carolinus fort. »Ihr könntet unversehens in die Lage geraten, auf den Großteil der Euch zur Verfügung stehenden magischen Energie zurückgreifen zu müssen. Unter welchen Umständen dies geschieht und welche Anforderungen dann an Euch gestellt werden, könnt Ihr nicht vorhersehen; deshalb seht Euch vor. Behaltet möglichst viel Energie in Reserve. Das ist sehr, sehr wichtig, James!«

Ein kalter Schauder lief Jim über den Rücken. Carolinus hatte mit solchem Ernst gesprochen, daß ihn tiefe Sorge erfüllte.

»Es droht doch nicht etwa ... eine Gefahr, von der ich noch nichts weiß?«

»Nein!« erwiderte Carolinus mit Nachdruck. »Überhaupt nicht! Ich wollte Euch lediglich auf eine allgemeine Regel hinweisen. Ich möchte allerdings betonen, daß diese Regel stets von allergrößter Wichtigkeit ist; zumal dann, wenn Ihr Euch in eine Situation hineinbegebt, in der Ihr als Magier gefordert seid.«

»Ich weiß, was Ihr meint.«

»Gut!« sagte Carolinus. »Denkt einmal an Eure Begegnung mit den Dunklen Mächten am Verhaßten Turm, als ich Euch sagte, ich hätte einen weiten Weg zurücklegen müssen, bis ich die in meinem Zauberstab eingeschlossene Magie beisammen hatte. Große Magie läßt sich nicht leicht bewerkstelligen. Magie ist nicht immer die beste Lösung. Ihr müßt Euch zunächst einmal auf Euch selbst verlassen, auf Euren Willen und auf Euren Verstand.«

Carolinus brach unvermittelt ab und hustete.

»Nun gut«, fuhr er wieder in ruhigerem Ton fort, »liegt Euch sonst noch etwas auf dem Herzen?«

»Im Moment nicht«, antwortete Jim, erleichtert darüber, daß Carolinus nach den in geradezu bedrohlichem Ton vorgebrachten Ratschlägen wieder zu einem normalen Umgangston zurückgekehrt war. »In der Burg geht es allen gut. Sobald sich das Wetter etwas bessert, melden wir uns bei Euch.«

»Das freut mich zu hören«, sagte Carolinus. »Ich nehme an, Ihr wollt lieber zurückfliegen, als Euch auf magische Weise nach Hause zu befördern?«

»Das hatte ich sowieso vor«, erwiderte Jim. »Ich fliege gern. Da fällt mir ein, was ist eigentlich, wenn ich mich in einen Drachen verwandele? Bewegt sich das nach Euren Maßstäben im erlaubten Rahmen?«

»In Eurem speziellen Fall schon«, antwortete Carolinus. »In dieser Hinsicht seid Ihr – ähnlich wie ein Elementargeist – anders, da Ihr als Drache in diese Welt gelangt seid; und solange Ihr sie auch in Drachengestalt wieder verlaßt, gleicht sich der damit einhergehende Energieumsatz wieder aus.«

»Gut«, meinte Jim. »Ich gehe jetzt vors Haus und verwandele mich wieder in einen Drachen.«

»Tut das«, sagte Carolinus. »Ich habe nichts dagegen.«

Als Jim zwanzig Minuten später zur Burg Malencontri gelangte, landete er auf dem zinnenbewehrten Turm am Fuße der Fahnenstange, an der das Banner mit seinem Wappen in der frischen Brise wehte. Er wurde begrüßt vom rituellen Alarmruf, der die männliche Entsprechung des Begrüßungsschreis der Witwe Tebbits darstellte. Er nickte dem wachhabenden Bewaffneten zu, nahm wieder Menschengestalt an, stieg die Treppe hinunter, öffnete eine Tür und betrat die Kemenate.

Angie saß am Tisch, auf dem allerlei Papiere ausgebreitet waren, und war mit einer Tätigkeit beschäftigt, bei der sich keine rechtschaffene Dame des vierzehnten Jahrhunderts gern hätte ertappen lassen – das heißt, sie führte das Haushaltsbuch der Burg.

Eigentlich wäre John Steward dafür zuständig gewesen. Angie hatte allerdings herausgefunden, daß John, völlig im Einklang mit den altehrwürdigen Gepflogenheiten, einen Teil der für die Erhaltung der Burg bestimmten Mittel für sich abgezweigt hatte. Entsetzt hatte sie sich ratsuchend an Geronde gewandt und die Abrechnungen von ihr überprüfen lassen, worauf diese zu dem Schluß gelangt war, daß John keineswegs habgierig gewesen war. Vielmehr hatte er nur recht sparsamen Gebrauch von seinen Unterschlagungsmöglichkeiten gemacht. Geronde hatte Angie geraten, die Angelegenheit auf sich beruhen zu lassen.

Angie war jedoch der Ansicht gewesen, alles müsse seine Ordnung haben, so wie sie es vom zwanzigsten Jahrhundert her gewohnt war. Fortan hatte sie die Abrechnung übernommen und zahlte John Steward stattdessen nun zweimal jährlich einen Betrag aus, der sogar höher war als seine früheren Entnahmen. Die Bücher führte sie nun erheblich genauer als bislang John.

»Jim!« Angie blickte vom Tisch auf. »Wo hast du gesteckt?«

»Ach, ich war noch bei der Witwe Tebbits – sie hat Feuerholz gebraucht«, antwortete Jim. »Dann sah ich, daß eine von Sir Huberts Kühen in ein Loch gefallen war; und da ich schon einmal so weit war, hab ich mir gedacht, ich schaue mal bei Carolinus vorbei und versuche, unsere Beziehung zu kitten. Ich habe mir nämlich Vorwürfe gemacht wegen unseres Besuchs beim Grafen, weißt du.«

»Und das hat dich so lange aufgehalten?« meinte Angie. »Es geht allmählich auf den Abend zu!«

»Ja«, sagte Jim. »Die Unterhaltung mit Carolinus hat wohl länger gedauert, als ich dachte. Stell dir nur vor – als erstes hat er mich gefragt, ob ich bereit sei für mein nächstes Abenteuer. Ich habe ihm darauf geantwortet, daß wir beide in den nächsten Jahren ein ganz normales Leben führen möchten.«

»Das hast du ihm gesagt?« fragte Angie.

»Allerdings!« antwortete Jim. »Das habe ich ihm direkt ins Gesicht gesagt.«

»Dann wirst du mir also noch eine Weile erhalten bleiben«, meinte Angie.

»Ganz bestimmt!« versicherte ihr Jim. »Darauf kannst du dich verlassen.«

»Gut. Das werde ich auch«, sagte Angie. »Brian ist unten.«

»Brian?« fragte Jim. »Was führt den hierher?«

»Er wollte uns beiden etwas mitteilen«, antwortete Angie. Sie erhob sich. »Laß uns in den Palas hinuntergehen. Ich glaube, er unterhält sich ganz angeregt mit deinem Knappen.«

Jim hatte Theoluf, den ehemaligen Bewaffneten, in den Rang eines Knappen erhoben, weil sonst niemand in Frage gekommen war. Theoluf verfügte über eine mindestens zwölfjährige Erfahrung im Kriegshandwerk, das Brians ganzer Lebensinhalt war. Wäre Theoluf immer noch ein Gemeiner gewesen, hätte Brian sich kaum auf einen Schwatz mit ihm eingelassen – selbst dann nicht, wenn Theoluf der Anführer der Bewaffneten gewesen wäre. Jetzt aber war er ein Knappe und soweit in der Rangordnung aufgestiegen, daß man sich mit ihm unterhalten konnte – wenngleich Jim argwöhnte, daß Brian an der Tafel saß, während Theoluf stehen mußte.

Jim vermochte die neumodische Angewohnheit, jedermann zum Platznehmen aufzufordern, nicht so leicht abzuschütteln. Angie hatte sich mittlerweile angewöhnt, Rangniedere stehen zu lassen, wenn sie mit ihnen redete; und sowohl Angie wie auch Brian und Geronde de Chaney, Brians Verlobte, hatten versucht, Jim von seiner Angewohnheit, diese zum Platznehmen aufzufordern, abzubringen.

Mittlerweile kam er besser damit zurecht, wenngleich ihm bisweilen immer noch ein Lapsus unterlief.

Seine Bediensteten, von Angie über John Steward als Mittelsmann entsprechend angewiesen, hatten sich angewöhnt, Jims Aufforderung zum Platznehmen einfach zu ignorieren.

Als Angie und Jim den Palas betraten, stand Theoluf, genau wie Jim erwartet hatte, hinter dem Podest mit der hohen Tafel. Brian saß in der aufrechten Haltung des Reiters, einen Ellbogen auf den Tisch gestützt und den Zeigefinger erhoben, um Theoluf irgend etwas deutlich zu machen.

»... Eines aber müßt Ihr ihnen stets einschärfen«, sagte Brian gerade mit Nachdruck. »Ein Mann am Boden ist nicht unbedingt ein toter Mann!«

»Das sage ich ihnen ja auch, Sir Brian«, erwiderte Theoluf treuherzig. »Aber daß sie sich's auch merken und danach verfahren, ist damit nicht gesagt. In der Burg Warwick gab es einen Burschen, dem die Kehle durchgeschnitten wurde, als er in den Taschen eines Verwundeten, den er für tot hielt, nach Geld suchte ...«

Theoluf brach ab und verneigte sich, als Jim und Angie sich der hohen Tafel näherten. Da er sich mit Sir Brian unterhielt und den Hut bereits in der Hand hielt, konnte er ihn auch nicht abnehmen. Jim fiel allerdings auf, daß ihm die Verneigung für einen ehemaligen Bewaffneten recht flüssig gelang. Das war ein himmelweiter Unterschied zu den unbeholfenen Verbeugungen, die Theoluf in seiner Anfangszeit als Knappe vollführt hatte.

»Theoluf«, sagte Angie, als sie und Jim über Eck zu Brian an der hohen Tafel Platz nahmen, »bringt Eurem Herrn etwas zu essen. Was hättest du gern, Jim?«

»Oh, Käse, Brot, etwas kalten Braten – und Dünnbier«, antwortete Jim. Allmählich gewöhnte er sich an das Dünnbier. Wein hätte ihm zwar erheblich besser gemundet, doch war er bemüht, nicht bei jedem noch so geringfügigen Anlaß Wein zu trinken.

»Jawohl, Mylady«, antwortete Theoluf. Er verneigte

sich entschuldigend vor Sir Brian und rannte in die Anrichte, um den Bediensteten entsprechende Anweisungen zu geben.

»Brian!« sagte Jim. »Es tut wirklich gut, Euch zu sehen. Bei diesem Wetter hätte ich Euch allerdings nicht erwartet. Ihr seht gut aus. Wie geht es Geronde?«

Brian und seine Verlobte Geronde de Chaney sandten Brieftauben zwischen der Malvernburg und der Burg Smythe hin und her, um auch bei schlechtem Wetter oder in Notfällen Verbindung zu halten. Die Malvernburg rühmte sich, einen Priester bei sich zu beherbergen. Brian konnte keinen solchen Luxus aufweisen, dafür gehörte seinen Gefolgsleuten ein ehemaliger Mönch an, der über einige Lateinkenntnisse verfügte. Deshalb tauschten sie auf Latein Briefe aus.

»Geronde ging es noch nie besser«, antwortete Brian. »Seltsame Dinge haben sich zugetragen – aber bevor ich darauf zu sprechen komme, muß ich Euch, ehe ich's vergesse, berichten, daß Sir Giles es sehr bedauert hat, Euch nach dem Turnier nicht getroffen zu haben.«

»Das bedaure ich ebenfalls«, sagte Jim. »Nachdem er den ganzen Weg von der schottischen Grenze bis zum Grafen zurückgelegt hatte, dachte ich eigentlich, er würde auf einen Sprung mit zu uns kommen; doch als ich später am Tag nach ihm Ausschau hielt, konnte ich ihn nirgends finden. Man sagte mir, er sei bereits aufgebrochen. Ich hoffe, das war nicht meine Schuld.«

»Überhaupt nicht«, versicherte ihm Sir Brian. »Ihr erinnert Euch doch bestimmt daran, daß er, da er selbst nicht an dem Turnier teilnehmen konnte, Sir Reginald Burgh als Knappe beisprang und daß dieser als dritter gegen Mnrogar antreten sollte.«

»Ja, das sagte man mir«, erwiderte Jim. »Deshalb habe ich auch erst hinterher nach Giles gesehen. Wißt Ihr denn, weshalb er so früh aufgebrochen ist?«

»Offenbar wollte Sir Reginald frühzeitig aufbrechen«, antwortete Brian. »Er hatte an der Grenze etwas zu erledigen, das seine baldige Rückkehr erforderlich machte. Da er sich beim Speerkampf mit Mnrogar jedoch eine kleine Verletzung zugezogen hatte – oh, nichts Ernstes, ein paar angeknackste Rippen oder eine ausgerenkte Schulter –, wäre er nicht in der Lage gewesen, sich zu wehren, wenn er mit seinen Leuten auf die Geächteten getroffen wäre, denen Giles auf dem Hinweg begegnet war. Daher hielt Giles es für seine Pflicht als Northumbrier, Sir Reginald zu begleiten, und es blieb ihm kaum Zeit, mir Bescheid zu sagen, da mußte er auch schon aufbrechen.«

»Vielleicht kommt er wieder einmal in diese Gegend«, sagte Jim.

»Möglicherweise nächstes Jahr ...« Brian war auf einmal umringt von Bediensteten, die ein frisches Tischtuch auflegten, ihm eine Serviette brachten und Bier, Käse und Fleisch servierten, wie man es ihnen aufgetragen hatte. Im nächsten Moment waren sie auch schon wieder verschwunden, doch der Gesprächsfaden war gekappt.

»Nun, das wollen wir hoffen«, sagte Jim, der sich insgeheim fragte, ob die Strecke wohl zu weit für ihn sei, wenn er für ein paar Tage zur Burg de Mer, der Heimstatt von Giles und dessen Familie, hinüberflöge. »Aber Ihr habt gemeint, es hätten sich seltsame Dinge zugetragen?«

»In der Tat«, antwortete Sir Brian. »Ihr werdet es kaum glauben, daß zwei so glückliche Ereignisse zusammengefallen sind. Ihr erinnert Euch doch bestimmt noch an die vielen Goldstücke, die König Edward dem Sieger des Turniers vom Prinzen hat überreichen lassen? Mit einem solchen Lohn hatte keiner von uns gerechnet.«

Das wunderte Jim nicht. Der König von England belohnte ansonsten höchstens die Sieger königlicher Turniere.

»Wie Ihr wißt«, fuhr Brian fort, »habe ich den Lohn

am Ende eingeheimst. Ich hatte lediglich mit den Pferden und Rüstungen meiner Gegner gerechnet, und die Pferde und Rüstungen, die ich ihnen abnahm, waren ja auch durchaus stattlich – besonders die von Sir Harrimore. Allerdings wollte er beides gern zurückhaben, denn das Pferd war ihm ebenso ans Herz gewachsen wie mir Blanchard von Tours, und die Rüstung paßte ihm so ausgezeichnet, daß er fürchtete, keinen gleichwertigen Ersatz mehr zu finden. Diesen Wunsch konnte ich ihm natürlich nicht abschlagen, wenngleich ich mir von ihm eine Entschädigung aufdrängen ließ, was nicht unbedingt ritterlich zu nennen war. Aber Ihr wißt ja, wie es um die Burg Smythe bestellt ist.«

Jim und Angie wußten es. Die Burg Smythe schwebte ständig am Rande des Ruins, und wenn Brian hin und wieder ein Turnier gewann, kam das meiste Geld Brians Gefolgsleuten zugute, die treu zu ihm hielten und sich mit einem Dach über dem Kopf und dem denkbar schlechtesten Essen zufriedengaben. So einfach diese Bedürfnisse auch waren, zehrten sie doch den größten Teil der Siegespreise auf, so daß kaum etwas für die notwendigen Reparaturen der kleinen Burg übrigblieb.

»Da es vergangene Weihnachten so gut für mich gelaufen ist«, fuhr Brian fort, »hatte ich gedacht, ich könnte zumindest das Dach des Palas ausbessern und behielte immer noch genug übrig, um uns solange durchzufüttern, bis das erste Frühjahrsgetreide eingebracht wird und die Rinder Kälber bekommen. Doch dann regnete es obendrein noch diese wundervollen Goldstücke. Als ich wieder zu Hause war und sie zählte, wollte ich meinen Augen nicht trauen.«

Er hielt inne, um Jim und Angie Gelegenheit zu geben, ihrem Erstaunen mit höflichem Gemurmel Ausdruck zu verleihen.

»Das Geld reichte aus, um die Burg Smythe vollständig instandzusetzen«, fuhr Brian fort, »und vom Rest können wir über ein Jahr leben – bis dahin werde ich weitere Turniere gewonnen haben. Zum erstenmal könnte ich mir mehr leisten als nur das Allernötigste. Wer weiß, was ich aus meinem Besitz alles machen könnte? Zum Beispiel könnte ich im Südwesten den Wald roden und eine Weide anlegen; jedenfalls war die Gabe des Königs ein Geschenk Gottes. Beinahe hätte ich bei den Geistlichen der Priorei Windom um Rat gesucht, wie ich Ihm am besten dafür danken sollte. Dann aber dachte ich mir, daß sie mir womöglich empfehlen würden, das ganze Geld oder jedenfalls das meiste davon der Kirche zu überlassen; und ich bin Sünder genug, es behalten zu wollen. Oh, ich werde ihnen schon eine stattliche Gabe überlassen; über deren Höhe aber entscheide ich.«

»Ihr habt Euch das Geld ja auch verdient«, bemerkte Angie.

»Nein«, sagte Brian und schüttelte den Kopf, »das Glück war mir wohlgesonnen – mehr nicht. Und auch wenn ich es damals noch nicht wußte, so war das Geld doch bereits für einen besseren Zweck bestimmt.«

Er lehnte sich zurück und strahlte seine Zuhörer an.

»Für einen viel besseren Zweck!« bekräftigte er. »Wenige Tage nach meiner Rückkehr überbrachte mir eine Taube eine Nachricht von Geronde, worin sie mich bat, zu ihr zu kommen. Eigentlich hatte ich sowieso vorgehabt, sie am nächsten Tag zu besuchen; so aber ritt ich gleich los. Als sie mich sah, schloß sie mich in die Arme, denn das Schönste wußte ich noch gar nicht. Ein älterer Ritter, der soeben aus dem Heiligen Land zurückgekehrt ist, hat dem König, als dieser zu Devon Gericht hielt, eine Nachricht überbracht und sie an Sir Matthew Holmes weitergegeben, der auf dem Rückweg nach Gloucestershire freundlicherweise bei der Malvernburg haltmachte und ihr die Neuigkeit kundtat. Ihr Vater wurde lebend in der Stadt Palmyra gesehen, im Heiligen Land – wie es ihm geht, wissen wir jedoch nicht, nur daß er sich für sein Alter guter Gesundheit erfreut, denn mittlerweile geht er wohl auf die Fünfzig zu.«

»Dann wißt Ihr also nicht, ob er vorhat, wieder nach Hause zu kommen?«

»Nein. Und da wurde Geronde und mir erst klar, welches Wunder die Gabe des Königs bedeutet«, sagte Brian. »Mit dem Geld kann ich jetzt rasch nach Palmyra reisen und ihn herholen. Notfalls schaffe ich ihn mit Gewalt hierher, denn um heiraten zu können, brauchen wir seine Einwilligung.«

Er brach ab und wandte sich an Jim.

»Wollt Ihr mich begleiten, James?« fragte er. »Es wäre eine wunderbare Sache, das Heilige Land zu sehen. Aber was weit wichtiger ist, wenn Ihr mitkommt, bin ich sicher, daß es mir gelingen wird, ihn herzuschaffen!«

Jim hatte nichts anderes erwartet; gleichwohl traf ihn Brians Bitte wie ein Faustschlag zwischen die Augen. Er spürte deutlich, daß Angie ihn aufmerksam beobachtete.

»Brian...«, setzte er zögernd an. »Ich mag Euch wirklich sehr, versteht Ihr, aber selbst wenn ich wollte, könnte ich im Moment nicht weg von hier. Sir John Chandos hat sich freundlicherweise erboten, unser Ersuchen bei Hofe zu beschleunigen, um die Vormundschaft über den jungen Robert Falon zu erlangen. Bis dahin muß ich mich hier bereithalten, um nach London reisen zu können. Versteht Ihr das?«

»Aber James«, erwiderte Brian, »mit Sir Johns Hilfe wird es bestimmt nicht lange dauern. Eigentlich wollte ich so bald wie möglich aufbrechen, um Gerondes Vater herzuholen, bevor die Sommerhitze über uns hereinbricht. Aber ich könnte auch noch ein paar Wochen warten, sagen wir bis...«

»Nein«, entgegnete Jim, der Angies unverwandten Blick auf sich ruhen fühlte. »Das hängt allzusehr vom

Zufall ab. Ihr solltet diese Angelegenheit sogleich weiterverfolgen. Ich würde Euch wirklich gern begleiten, Brian. Aber wie die Dinge liegen, halte ich es für besser, wenn Ihr allein reist.«

Das Leuchten in Brians Gesicht, das Jim gleich beim Hereinkommen bemerkt hatte, war vollständig erloschen. Er richtete sich gerade auf.

»Natürlich«, sagte er. »Wie üblich habt Ihr vollkommen recht, James. Das wäre viel zu riskant; und ich verstehe auch, daß Ihr Euch bereithalten wollt, bis Euch die Vormundschaft über Falon zugesprochen ist. Kein Wort mehr davon.«

»Vielleicht kann ich Euch sonst irgendwie helfen, Brian«, meinte Jim herzlich. »Ich weiß zwar nicht wie; aber da mir gewisse magische Mittel zu Gebote stehen, könnten wir uns vielleicht etwas überlegen.«

»Nein, das ist wirklich nicht nötig«, meinte Brian. »Laßt uns nicht mehr davon sprechen. Außerdem wollte ich mich noch erkundigen, wie Ihr und Eure Leute den Sturm überstanden habt. Wir waren hinter den Mauern meiner Burg in Sicherheit und hatten alles, was wir zum Leben brauchten; Ihr aber habt Leibeigene und Pächter, die weit draußen wohnen, und auch einiges Vieh, das sich im Freien aufhält. Habt Ihr durch den Schnee, den Sturm und den starken Frost keine größeren Verluste erlitten?«

»Nein, erstaunlicherweise nicht«, antwortete Jim. »Ich habe gerade in Drachengestalt meinen Besitz überflogen und kaum Schäden festgestellt. Ein paar Leuten habe ich geholfen, unter anderem der Witwe Tebbits, der das Feuerholz ausgegangen war. Im großen und ganzen haben wir den Sturm aber unbeschadet überstanden.«

»Das freut mich zu hören.« Brian erhob sich vom Tisch. »Ich glaube, es ist noch hell genug, um zur Burg Smythe zurückzureiten, ehe es ganz dunkel wird; es windet zwar noch, schneit aber kaum mehr. Ich habe schon schlechteres Wetter erlebt. Ihr könnt Euch denken, daß noch einiges zu planen ist und daß für die Zeit meiner Abwesenheit eine Menge Vorkehrungen zu treffen sind, denn wahrscheinlich werde ich niemanden mitnehmen können, nicht einmal John Chester.«

John Chester war Brians Knappe, der letzte, den Brian unter gewöhnlichen Umständen zurücklassen würde. Allerdings war die Atmosphäre merklich abgekühlt, und es wäre zwecklos gewesen, wenn Jim und Angie Brian zum Bleiben aufgefordert hätten; wahrscheinlich hätte es die Situation nur noch verschlimmert. Jim und Angie erhoben sich ebenfalls.

»Ich wünsche Euch viel Glück«, meinte Jim.

»Ja, Brian«, sagte Angie. »Paßt auf Euch auf – um Gerondes und um Euretwillen. Und um unseretwillen.«

»Ein kluger Ritter geht kein unnötiges Wagnis ein«, sagte Brian. »Das mag auch für einen klugen Reisenden zutreffen – und ich werde beides sein. Dann also lebt wohl. Vielleicht kann ich Geronde von Palmyra aus eine Nachricht schicken; sie wird Euch Bescheid sagen, wenn es etwas Neues gibt.«

Das Tageslicht erstarb, und die Wärme ihrer kleinen Versammlung im Palas hatte sich verflüchtigt. Sie begleiteten Sir Brian zum Ausgang, wo ihm Bedienstete beim Anlegen der Rüstung und des Reiseumhangs halfen. Sein Pferd wurde gebracht, und dann schauten Jim und Angie ihm nach, wie er den Burghof überquerte und durch das Tor ritt, bis er verschwunden war.

4

ETWA FÜNF WOCHEN LANG erwähnten Jim und Angie weder Brian noch Geronde. Das war ungewöhnlich, denn sonst redeten sie über alles mögliche. Jim hatte von der Begegnung mit Brian jedoch ein Schuldgefühl zurückbehalten, und er vermutete, daß es Angie ebenso erging – daher war das Thema ein wenig heikel.

Es war wie mit einem halbvergessenen Kopfschmerz, der sich hin und wieder bemerkbar machte, wenn man gerade nicht durch andere Dinge abgelenkt war. Mit der Zeit meldete sich das Gefühl jedoch immer seltener, bis vor den Burgmauern auf einmal ein glockenhelles Horn ertönte – kein blökendes Kuhhorn, auch kein Horn mit einem Mundstück, wie man es als Jagdhorn verwendete, sondern ein echtes Musikinstrument; ein Bewaffneter kam von der Torwache herübergelaufen und erreichte sie in dem Moment, als sie aus dem Palas traten, um zu sehen, was da vor sich ging.

»Mylord! Mylady!« keuchte der Bewaffnete, ein junger Bursche mit hellblauen Augen, wie sie in der Gegend häufig vorkamen, und einem rötlichen Haarschopf. »Yves Mortain schickt mich, Euch zu melden, daß sich Sir John Chandos mit einem Dutzend Bewaffneter nähert.«

»Ist gut«, sagte Jim. »Heißt ihn willkommen! Lauft zurück zum Tor und sagt Bescheid, man möge ihn mit höchster Zuvorkommenheit auf den Burghof geleiten!«

Der Bote wirbelte herum und rannte wieder fort.

»Man sollte eigentlich meinen, sie wüßten mittlerweile, daß Sir John jederzeit willkommen ist«, brummte Jim.

»Darum geht es nicht«, entgegnete Angie. »Sie tun bloß ihre Pflicht. Woher sollen sie auch wissen, ob sich Sir John nicht etwa als Feind erwiesen hat, seit er das letzte Mal hier war? So was kommt vor, weißt du.«

»Schon möglich«, sagte Jim, noch immer nicht zufriedengestellt. »Was würde ich für ein Sprechrohr geben, das vom Palas bis zum Burgtor reicht.«

Er zog die Schultern hoch; es schien zwar die Sonne, und die Burgmauern hielten den Wind größtenteils ab, doch war ihre Kleidung der Wärme in der Burg angepaßt. Zwar war es nahezu windstill – aber es war immer noch Februar.

»Yves Mortain macht einfach seinen Job«, meinte Angie.

»Ja, du hast recht«, sagte Jim. Yves Mortain war zum Befehlshaber der Bewaffneten ernannt worden, als Theoluf zu Jims Knappen befördert worden war. Yves war ausgesprochen tüchtig; um die Wahrheit zu sagen, war sich Jim insgeheim wohl bewußt, daß Yves erheblich besser als er darüber Bescheid wußte, wie man eine Burg verteidigte und das Tor bewachte.

Mittlerweile öffneten sich bereits die Torflügel vor der Brücke, die über den Burggraben führte, und man vernahm das Hufgeklapper der ersten beiden Pferde. Im nächsten Moment kam Sir John durchs Tor auf den Hof geritten, so elegant und aufrecht wie gewöhnlich, auf einem großen Rappen sitzend, der so stolz und munter mit dem Schweif schlug, als läge der Weg erst noch vor ihm. Vor Jim und Angie zügelte Sir John sein Pferd.

»Sir John!« sagte Jim erfreut. »Schön, Euch zu sehen!«

Sir John nahm mit schwungvoller Gebärde die Stahlkappe ab.

»Sir James, Lady Angela!« sagte er. »Ich bringe Euch besondere Kunde, und ich wollte, daß Ihr sie als erste vernehmt. Deshalb bin ich eigens von London hergeritten. Können wir hineingehen?«

»Aber gewiß doch!« Jim blickte sich nach seinem Knappen um.

Theoluf war bereits in Begleitung eines Bewaffneten erschienen, der Sir Johns Gefolgsleute zu den Ställen geleitete, um ihnen Unterkünfte zuzuweisen und sie mit Speis und Trank zu versorgen. Theoluf hielt den Hengst am Zügel, als Sir John sich aus dem Sattel schwang.

»Mit Eurer Erlaubnis, Sir John«, sagte Theoluf, »bringe ich ihn in den Stall und sorge dafür, daß man sich um ihn kümmert. Dürfte ich seinen Namen erfahren?«

»Das ist Tonnere de Beaudry«, antwortete Sir John.

»Bitte hier entlang, Tonnere de Beaudry«, wandte Theoluf sich mit der seinem Wert gemäßen Höflichkeit an das Streitroß und führte es fort.

Sir John wandte sich nun wieder Jim und Angie zu, und alle drei begaben sich zum Eingang des Palas. Jim, der mittlerweile völlig durchgefroren war, wäre gern etwas schneller gegangen; der Anstand gebot es ihnen jedoch, gemächlich zum Eingang zu schlendern.

»Ich kann nur bis morgen bleiben«, bemerkte Sir John. »Ich habe im Westen noch etwas zu erledigen. Der Weg führte mich jedoch an der Malvernburg vorbei, wo ich Sir Brian anzutreffen hoffte, denn zur Burg Smythe müßte ich einen Umweg machen. Ich wollte ihm die persönlichen Glückwünsche Seiner Majestät zum Sieg beim Weihnachtsturnier des Grafen von Somerset überbringen. Seine Majestät war begeistert von der Schilderung des Turniers, die Richard de Bisby, Bischof von Bath und Wells, ihm gegeben hat. Sir Brian hatte sich jedoch bedauerlicherweise ins Heilige Land begeben. Lady Geronde de Chaney gewährte mir für eine Nacht Unterkunft. Jetzt, wo ich hier bin, muß ich sagen, daß es mich schwer beeindruckt hat, wie der Troll des Grafen, natürlich unter Eurer Anleitung, mit unseren fünf edlen Rittern umgesprungen ist. Das ist wirklich ein ungewöhnlicher Troll, sowohl im Hinblick auf seine Größe wie auf seine Einstellung.«

»Ja, so könnte man es ausdrücken«, meinte Jim. »Euch habe ich auf der Tribüne allerdings nicht gesehen. Ich habe beim Grafen nach Euch Ausschau gehalten ...«

Er verstummte und hätte sich am liebsten auf die Zunge gebissen, aber jetzt war es schon heraus. Wenn nicht aufgrund seines offiziellen Rangs, so hätte Sir John doch wegen seines Ansehens in der Nähe des Grafen sitzen sollen, doch dort war er nicht gewesen.

»Ach, das«, meinte Sir John leichthin. »Ich habe bei einem alten Freund gesessen, einem früheren Waffengefährten, der auf einer der unteren Bänke Platz genommen hatte. Entgangen ist mir jedoch nichts ...«

Er wandte sich Angie zu.

»... Die Zerstreuung, die Ihr für uns am Weihnachtsabend arrangiert habt, Mylady, fand ich übrigens höchst eindrucksvoll.«

»Ich danke Euch«, entgegnete Angie. »Das Verkleiden hat mir wohl ebensoviel Spaß gemacht wie die Tatsache, daß alle zugeschaut haben.«

In eine rege Unterhaltung vertieft, traten sie durch den Eingang in die behagliche Wärme des Palas. Jim fiel auf, daß Sir John es anscheinend nicht eilig hatte, auf den Anlaß seines Besuchs zu sprechen zu kommen. Vielleicht brachte er schlechte Neuigkeiten. Wahrscheinlich hatten sich beim Vormundschaftsbegehren irgendwelche Schwierigkeiten ergeben, die Sir John ihnen schonend beibringen wollte – möglicherweise nach dem Essen.

Doch da irrte sich Jim. Als sie an der hohen Tafel Platz genommen und bei Wein und Gebäck eine Weile geplaudert hatten, näherte sich Sir Johns Knappe der Tafel und blieb geduldig davor stehen, bis Sir John ihn schließlich zur Kenntnis nahm.

»Ah«, sagte er. »Ihr habt es gefunden. Wie ich sehe, ist es in gutem Zustand. Gebt her.«

Der Knappe reichte ihm ein gefaltetes Pergament, dessen Ränder vernäht waren, so daß man es nicht aufschlagen konnte.

»Ihr dürft Euch entfernen«, sagte Sir John zum Knappen und wandte sich zu Jim und Angie um. »Eigentlich hätte ich bis zum Höhepunkt des Abends damit warten sollen«, sagte er. »Doch ich weiß, wie gespannt Ihr darauf seid, zu erfahren, was darin steht. Und daher …«

Er reichte Jim das Paket, der neben ihm saß; Jim hätte es am liebsten an Angie weitergereicht, der es am meisten bedeutete – falls es das war, was er vermutete. Sir John hatte es jedoch ihm gegeben, da er gemäß der geltenden Gebräuche der rechtmäßige Empfänger war.

Jim löste das Messer vom Gürtel und durchtrennte die Nähte, mit denen das Pergament verschlossen war; und tatsächlich ließ es sich zu einem einzigen Blatt mit einem schweren Siegel entfalten, das einem kleineren Pergamentstreifen aufgeprägt war, der unten auf der Seite durch zwei Schlitze geführt war, so daß es an dem Dokument wie ein Schmuckanhänger herunterbaumelte.

Das Dokument war in kaum lesbarem mittelalterlichem Latein verfaßt, von einem Schreiber ausgeführt im Stil der Zeit, versehen mit zahlreichen Schnörkeln einschließlich der beliebten sogenannten Oberlängen – vertikale Striche an manchen Buchstaben, die nach oben zeigten und sich am Ende verdickten, so daß es aussah, als führten die Worte Speere.

Er hatte gerade mit einiger Mühe die ersten paar Worte gelesen …

Edwardus Dei gracia Rex Anglie et Francie et dominus Hibernie omnibus ad quos presentes litere pervenerint saluten …

… als ihm das Latein auf einmal vor den Augen verschwamm und sich in Englisch verwandelte. Dies war der allgegenwärtigen Magie zuzuschreiben, von der er seit langem annahm, daß sie ständig nicht nur fremde Sprachen wie zum Beispiel Französisch, sondern auch zahllose unterschiedliche Dialekte und die Sprachen der Wölfe, Seeteufel und anderer Tiere in modernes Englisch übertrug.

Das Dokument hatte folgenden Wortlaut: ›*Edward, von Gottes Gnaden König von England und Frankreich und*

Herrscher über Irland, entbietet allen, die mit der vorliegenden Angelegenheit befaßt sind, seinen Gruß.

In der Angelegenheit des Robert Falon, Sohn des mittlerweile verschiedenen Ralph Falon, Baron von Chene, wird die Vormundschaft über besagten Robert Falon bis zum Erreichen der Volljährigkeit ...‹

Jim überflog rasch die Seite. Das war genau das, was er und Angie sich erhofft hatten. Die Vormundschaft wurde ihm übertragen; und ganz unten auf der Seite befand sich das königliche Siegel, das ihm auf den ersten Blick ins Auge gefallen war. Wortlos reichte er das Dokument an Angie weiter. Angies Augen füllten sich mit Tränen.

»Das müssen wir feiern.« Jim wandte sich an Sir John. »Ich weiß gar nicht, wie ich Euch danken soll, Sir John. So rasch haben wir mit einer Antwort gar nicht gerechnet; eigentlich nahm ich an, es könnte Jahre dauern, bis eine Angelegenheit wie diese entschieden ist.«

»Das kommt bisweilen vor«, entgegnete Sir John. »Allerdings war die nähere Umgebung des Königs der Ansicht, eine rasche Erledigung sei für das Wohlergehen des jungen Robert Falon das beste, so daß die gewöhnliche Vorgehensweise aufgrund eines königlichen Befehls außer Kraft gesetzt wurde. Teilweise habt Ihr das Richard de Bisby zu verdanken, dem ehrwürdigen Bischof von Bath und Wells. Die Gründe, die er bei Hofe für Eure Einsetzung zum Vormund vorgebracht hat, haben Seine Majestät stark beeindruckt, Gott segne ihn.«

»Amen«, antworteten pflichtschuldigst Jim und Angie. Sir John hatte zuletzt mit keiner Wimper gezuckt. Jim konnte sich gut vorstellen, wie der Bischof auf den König, der mit Staatsgeschäften am liebsten nicht behelligt wurde, lautstark eingeredet hatte.

»Gegen eine kleine Feier habt Ihr doch bestimmt nichts einzuwenden, auch wenn Ihr morgen wieder aufbrechen müßt?« fragte er Sir John.

»In diesem Fall gewiß nicht«, antwortete Sir John.

Und so feierten sie nach Art des Mittelalters mit dem Besten, das Weinkeller und Küche zu bieten hatten, während sich die Neuigkeit auf wundersame Weise beim Burggesinde verbreitete. Infolgedessen liefen alle Bediensteten mit strahlenden Gesichtern umher, ganz so, als wäre die Vormundschaft nicht allein Jim, sondern allen Bewohnern der Burg Malencontri gemeinsam übertragen worden.

Die allgemeine Freude, die auch Jim und Angie einschloß, dauerte bis zum nächsten Morgen, als sie Sir John Chandos und dessen Gefolge zum Abschied nachwinkten.

Als sie langsam zur Burg zurückgingen und die Treppe zur Kemenate hochstiegen, verflüchtigte sich das Hochgefühl jedoch. Beide verstummten sie, und das Schweigen dauerte auch noch in der Kemenate eine Weile an, bis Angie schließlich das Wort ergriff, wobei sie nicht Jim ansah, sondern aus dem Fenster schaute.

»Jetzt steht deiner Abreise also nichts mehr im Wege«, sagte sie leise.

»Abreise?« wiederholte Jim voller Unbehagen, obwohl er genau wußte, was sie meinte.

»Du hast mich schon verstanden.« Angie wandte sich zu ihm um. »Nach Palmyra – zu dieser Stadt, zu der Brian unterwegs ist. In der er mittlerweile wahrscheinlich schon angekommen ist, meine ich. Jetzt steht es dir frei, ihm zu folgen.«

»Nein, so ist es nicht«, meinte Jim nachdenklich.

Angie sah wieder weg, beinahe so, als habe sie ihn nicht gehört.

»Weißt du«, fuhr sie unverändert leise fort, »vor einiger Zeit habe ich angefangen, mir zu überlegen, wie mir an Gerondes Stelle zumute wäre, wenn du meinen Vater suchen würdest; und wie ich es fände, wenn Brian dich nicht begleiten würde.«

»Das ist etwas anderes«, entgegnete Jim. »Jetzt, wo Robert Falon zu uns gehört, sind wir eine Familie, und außerdem« – er rang sich ein Lächeln ab – »verletzt es mich wirklich sehr, daß du mir anscheinend nicht zutraust, eine solche Reise allein zu überstehen.«

»Das ist nicht komisch.« Angie sah ihn direkt an. »Wenn du fort bist, mache ich mir weniger Sorgen, wenn Brian bei dir ist – viel weniger Sorgen, als wenn du allein unterwegs bist.«

»Wie auch immer«, meinte Jim, »jedenfalls habe ich Brian bereits gesagt, ich käme nicht mit. Er ist offenbar schon vor einigen Wochen aufgebrochen, und jetzt läßt sich daran nichts mehr ändern.«

»Wirklich nicht?« fragte Angie.

»Na ja«, meinte Jim bedrückt, »abgesehen davon, daß ich ihn einholen könnte. Du willst doch nicht etwa, daß ich fortgehe?«

»Natürlich nicht«, sagte Angie. »Aber vielleicht irre ich mich da. Vielleicht wäre es besser, wenn du fortgehst.«

»Das kann niemand so genau wissen.«

»Vielleicht doch«, erwiderte Angie. »Jedenfalls glaube ich, du solltest dich einmal mit Geronde unterhalten.«

Jim blickte sie fassungslos an.

»Du bist bereits entschlossen, mich ziehen zu lassen, hab ich recht?« fragte er.

»Ja«, antwortete Angie beinahe wütend. »Aber ich möchte, daß wir vorher mit Geronde reden.«

»Das wäre vielleicht eine gute Idee«, sagte Jim. »Offen gestanden bedrückt es mich ein wenig, daß ich nicht gleich zugesagt habe, als Brian mich gefragt hat. Aber laß uns erst einmal hören, was Geronde dazu zu sagen hat.«

Er stand auf.

»Etwa jetzt gleich?« fragte Angie.

»Es ist noch früh am Tag«, antwortete Jim.

»Bei diesem Wetter brauchen wir drei Stunden mit dem Pferd«, meinte Angie, »und wenn wir uns ausführlich mit ihr unterhalten wollen, ist es anschließend zu spät, um noch zurückzureiten. Das bedeutet, daß wir über Nacht bleiben müßten. Und das bedeutet wiederum, daß wir unser Bettzeug mitnehmen müßten. So sehr ich Geronde auch schätze, müßte man mich schon mit vorgehaltenem Messer zwingen, in einem ihrer Betten zu schlafen. Kannst du uns nicht einfach mittels Magie zu ihr befördern?«

»Carolinus hat mich davor gewarnt, meine magischen Kräfte zu oft einzusetzen, auch wenn ich über ein unbegrenztes Guthaben verfüge«, entgegnete Jim. »Ich wollte dir eigentlich davon erzählen. Er hat mir eingeschärft, stets so wenig Magie wie möglich einzusetzen – damit ich im Notfall aus dem vollen schöpfen kann.«

»Wie wäre es, wenn du dich in einen Drachen verwandeltest und mich auf deinem Rücken reiten ließest?« fragte Angie.

»Nein«, antwortete Jim bedächtig. »Ein solches Gewicht wäre zu schwer für einen Drachen. Mit dir auf dem Rücken käme ich vielleicht gerade so eben vom Boden hoch und könnte mich eine Zeitlang mühsam in der Luft halten, doch dann würden mir die Kräfte schwinden, und wir würden beide wieder am Boden landen.«

Er stockte.

»Ich nehme an, du möchtest nicht, daß ich Geronde allein aufsuche ...«, beantwortete er selbst seine Frage, als Angie den Mund aufmachte.

»Du hast recht, das möchte ich nicht«, sagte Angie. »Meinst du nicht, du könntest bloß dieses eine Mal Magie einsetzen?«

»Darum geht es ja gerade. Aber Moment mal!«

»Was ist?« Angie blickte ihn erstaunt an.

»Es ist ganz einfach«, sagte Jim. »Ich verwandele

dich ebenfalls in einen Drachen. Dafür muß ich kaum magische Energie aufwenden.«

»Mich? In einen Drachen? Kannst du das wirklich?« Angies Verblüffung machte Vorfreude Platz. »Ja, warum nicht? Ich war noch nie ein Drache. Weshalb ist uns das nicht schon früher eingefallen?«

»Vielleicht deshalb, weil es bisher noch keinen Grund dafür gab«, sagte Jim. »Du solltest aber besser ein paar warme Sachen mitnehmen, für den Fall, daß wir unterwegs wieder Menschengestalt annehmen müssen.« Er näherte sich bereits seinem Kleiderschrank, um einen Reiseumhang herauszuholen.

Als sie warm angezogen waren, stiegen sie auf das Dach des Turms. Jim nickte dem wachhabenden Bewaffneten zu.

»Geh mal eben zum Aufwärmen nach unten, Thomas«, sagte er.

Der Wachposten zog sich dankbar zurück.

»Wann verwandelst du mich in einen Drachen?« fragte Angie.

»Jetzt gleich«, antwortete Jim. »Komm mit.«

Er geleitete sie hinüber zu der Plattform mit dem großen Kessel, der dazu gedacht war, im Falle eines Angriffs auf das Burgtor mit Öl gefüllt zu werden, das nach dem Erhitzen auf die Angreifer gegossen wurde. Jim stieg auf die Plattform und half Angie hinauf. Hier waren sie auf einer Höhe mit den Zinnen und hatten freie Sicht auf die Lichtung rings um die Burg und den dahinterliegenden Wald.

»Rück ein Stück weit von mir ab«, sagte Jim. »Bloß ein paar Schritte. So, das reicht. Und jetzt geht's los.«

Jim stellte sich und Angie als unbekleidete Drachen vor; die Kleider würden in dem Moment wieder materialisieren, da sie sich beide wieder in Menschen verwandelten. Das war ein himmelweiter Unterschied zu den ersten Verwandlungen, die er vollzogen hatte, als er sich zunächst einmal hatte ausziehen müssen, um die Kleider, die er am Leibe trug, nicht zu ruinieren.

»Du siehst gut aus als Drache«, meinte er zu Angie.

»Findest du? Oder sagst du das bloß so?«

»Nein«, erwiderte Jim. »Du bist wirklich ein hübscher weiblicher Drache. Würde ich ständig als Drachenmann durch die Gegend laufen …«

»Also, ich will dir mal glauben«, sagte Angie. »Und wie geht's weiter?«

»Jetzt springst du einfach vom Rand der Plattform in die Tiefe, breitest die Flügel aus und fliegst«, antwortete Jim. »Ich bin bei dir, und du machst mir einfach alles nach, schlägst mit den Flügeln, wenn ich damit schlage, und streckst sie ab und gleitest, wenn ich gleite.«

Angie blickte zum Rand der Plattform und in die dahinter befindliche Leere.

»Jim«, sagte sie nach einer Weile, »ich hab's mir anders überlegt. Ich glaube, ich habe heute doch keine Lust, mich in einen Drachen verwandeln zu lassen.«

»Weißt du noch, was du mir gesagt hast, als ich mich damals zum erstenmal in einen Drachen verwandelt hatte? Ich war gerade bei den Höhlen der Klippendrachen aufgetaucht, und wir waren allein. Du hast mir vorgeschlagen, allein zu Carolinus zu fliegen und ihn um Hilfe zu bitten. Ich war auch nicht sonderlich scharf darauf, von der Höhle aus ins Leere zu springen. Aber du meintest, ich solle es versuchen. Du hast gesagt: ›Das schaffst du schon. Ich glaube, wenn du erst einmal in der Luft bist, ergibt es sich ganz von selbst.‹ Weißt du noch?«

»Das soll ich gesagt haben?« fragte Angie. »Da habe ich mich wohl geirrt.«

»Nein«, entgegnete Jim. »Du hattest recht. Wenn du erst einmal in der Luft bist, verhältst du dich instinktiv richtig. Dein Körper verfügt über angeborene Instinkte und Reflexe, weißt du.«

»Das ist mir egal«, meinte Angie.

»Außerdem«, sagte Jim, »kann ich dich immer noch mittels Magie auffangen, wenn etwas schiefgehen sollte.«

»Das ist mir egal«, entgegnete Angie. »Ich habe Angst. Ich hab's mir anders überlegt. Ich will kein Drache mehr sein – Jim, *hör auf damit!*«

Ihre letzten Worte mündeten in einen Schrei. Jim setzte sein größeres Gewicht ein – er war ein viel größerer Drache als sie –, um Angie über den Rand der Plattform zu schieben. Sie bemühte sich verzweifelt, sich mit den Klauen festzuhalten, rutschte aber bloß am Stein ab. Sie glitt immer weiter der Leere entgegen.

»Das gleiche machen Muttervögel mit ihren Jungen, wenn sie flügge sind«, sagte Jim. »Und Vatervögel auch«, setzte er in dem Moment hinzu, als Angie den Rand erreichte, wo sie einen Moment lang schwankend verharrte, ehe sie in die Tiefe stürzte.

Sie verschwand zunächst, schoß aber gleich darauf mit donnernden Flügeln an ihm vorbei, wie ein Kampfflugzeug, das sich im gewagten Steigflug auf Einsatzhöhe begibt.

Genauso hatte Jim es beim ersten Mal gemacht, als er von der erwähnten Höhle in den Klippen in die Luft gesprungen war. Auf keinen Fall hatte er abstürzen wollen, und diese menschliche Botschaft hatte im Drachenkörper sämtliche Kräfte für einen rasanten Steigflug mobilisiert.

Er sprang Angie eilends nach und flog ihr hinterher.

Eine solche Anstrengung führte bei einem Drachen jedoch rasch zur Erschöpfung, und nach einer Weile stellte Jim fest, daß Angie aufhörte, so heftig mit Flügel zu schlagen. Schließlich hörte sie ganz damit auf und hielt die Flügel nunmehr in Gleitposition ausgebreitet, um sich von einem Aufwind tragen zu lassen. Jim näherte sich ihr und segelte neben ihr her.

»Wo bin ich?« fragte Angie aufgeregt.

»Oh, ich würde sagen, etwa sechshundert Meter über der Erde«, antwortete Jim.

»Sechshundert Meter ...« Sie sah hinab. »Tatsächlich!«

»Was dachtest du denn?« fragte Jim. »Für den Flug zur Malvernburg reicht die Höhe völlig aus. Flieg mir nach. Ich weiß, wie man thermische Aufwinde findet und sie sich zunutze macht. Von jetzt an gleiten wir bis zur Malvernburg. Stell dir vor, du rolltest im Leerlauf dahin.«

»Ist gut«, antwortete Angie in einem Ton, der vermuten ließ, daß sie der Angelegenheit noch immer nicht ganz traute.

Gleichwohl flogen sie von Aufwind zu Aufwind und schraubten sich auf der aufsteigenden wärmeren Luft in die Höhe, um anschließend ihrem Ziel entgegenzugleiten, bis sie abermals auf eine thermische Strömung stießen, auf der sie erneut Höhe gewannen. Es dauerte eine Weile, bis Angie wieder etwas sagte. Jim hatte mit Absicht geschwiegen, um ihr Gelegenheit zu geben, sich an die neue Art der Fortbewegung zu gewöhnen. Schließlich aber brach Angie das Schweigen.

»Die Malvernburg liegt in einer anderen Richtung«, sagte sie.

»Wir müssen einen Umweg machen, weil der Wind aus der falschen Richtung kommt«, entgegnete Jim. »Unsere Flügel sind wie die Segel eines Schiffes und müssen bis zu einem gewissen Grad auf den Wind eingestellt werden. Wir nähern uns der Malvernburg in einem Bogen.«

Sie schwiegen wieder, segelten von Aufwind zu Aufwind und gewannen Höhe über den dunklen Ansammlungen der Bäume, die Sonnenwärme aufgespeichert hatten und die über ihnen befindlichen Luftmassen erwärmten; nach einer Weile meldete sich wieder Angie zu Wort.

»Das werde ich dir nie verzeihen«, erklärte sie, wenn auch in fast normalem Umgangston. »Nie, niemals. Das war gemein, mich über den Rand zu stoßen. Ich hätte mich zu Tode stürzen können.«

»Ich wußte doch, daß dir nichts passieren würde«, entgegnete Jim. »Ebensowenig wie mir beim ersten Mal. Selbst wenn du hättest abstürzen wollen, wäre es dir nicht gelungen. Dein Körper hat ganz instinktiv reagiert, genau wie bei einem jungen Vogel, den die Mutter aus dem Nest schubst.«

»Verzeihen werde ich's dir trotzdem nicht«, sagte Angie. »Aber – ach, Jim, das ist eine wundervolle Art der Fortbewegung. Es ist toll! Weshalb hast du mich nicht schon früher in einen Drachen verwandelt?«

»Weil ich wußte, daß du nicht vom Turm springen würdest.«

Das stimmte natürlich nicht. Der eigentliche Grund war, daß er einfach noch nicht daran gedacht hatte. Gleichwohl beeilte er sich, sich ihren Stimmungswandel zunutze zu machen.

»Aber es gefällt dir?«

»Ich finde es großartig!« sagte Angie. »Und weißt du was? Mir ist überhaupt nicht kalt; dabei ist der Wind doch bestimmt eisig.«

»Drachen wird es nicht kalt«, meinte Jim. »Warm allerdings schon – das wirst du noch herausfinden. Außerdem bewegst du dich die meiste Zeit mit dem Wind, anstatt daß er dir entgegenweht.«

»Stell dir vor«, sagte Angie, »jetzt können wir beide gemeinsam Ausflüge machen!«

Auch daran hatte Jim bis jetzt noch nicht gedacht. Er wog noch die Konsequenzen ab, die sich daraus ergaben, als die auf einer Lichtung gelegene Malvernburg auftauchte und er mit Angie auf einen langen Sinkflug zur Spitze des Turms einschwenkte.

Auf dem Turm der Malvernburg tat wie auf der Burg Malencontri ein einzelner Wachposten seinen

Dienst. Er trug ein Schwert am Gürtel und hatte einen Kurzspeer in der Hand. Er beobachtete fassungslos, wie sie immer näher kamen.

Als sie mit einem dumpfen Aufprall in etwa fünf Metern Abstand von ihm landeten, stieß er einen Laut aus, der eher einem ausgewachsenen Angstschrei als dem rituellen Alarmruf eines Wachpostens ähnelte. Jim war diese Reaktion von seinen eigenen Leuten her gewohnt. Im nächsten Moment verschwand der Mann in der Öffnung der Wendeltreppe, die nach unten führte.

Sie hörten, wie sich seine Schritte entfernten; eine Tür fiel zu, wurde wieder geöffnet; dann drang Gerondes Stimme vom nächsttieferen Stockwerk zu ihnen empor.

»Was, zum Teufel, ist da los?« fauchte sie.

5

Jim und Angie vernahmen leises Fußgetrappel, das sich eilig über die Treppe näherte, dann erschien Geronde auf dem Dach, in der einen Hand den Speer des Wachpostens, in der anderen sein blankes Schwert. Sie funkelte Jim und Angie an.

»Hört mal her, Ihr Drachen!« sagte sie. »Ihr befindet Euch in der falschen Burg. Ihr wollt nach Malencontri. Das liegt zwölf Meilen weiter westlich …« Sie zeigte mit dem Schwert in die Richtung.

»Wir sind's bloß, Geronde«, erwiderte Jim. Als er seine magischen Kräfte einsetzte, nahmen er und Angie im selben Moment wieder menschliche Gestalt an, und zwar vollständig bekleidet. Geronde starrte sie fassungslos an und ließ die Waffen sinken.

»Ihr beide?« sagte sie nach einer Weile. »Dann seid Ihr also ebenfalls ein Drache, Angela?«

»Jim hat mich zum ersten Mal in einen Drachen verwandelt«, antwortete Angie mit einer Spur Selbstgefälligkeit. »Es macht Spaß. Aber habt Ihr wirklich geglaubt, Ihr könntet mit Speer und Schwert gegen zwei Drachen etwas ausrichten, Geronde?«

»Wenn mir ein Drache zu nahe kommen sollte, würde er schon sehen, was er davon hat!« erwiderte Geronde. »Jim hat Euch in einen Drachen verwandelt, und dann habt Ihr beschlossen, mich zu besuchen?«

»Genau umgekehrt«, antwortete Angie. »Wir wollten Euch besuchen, und dann beschlossen wir, zu fliegen anstatt zu reiten. Das ging schneller.«

»Ach? Nun, das war eine gute Idee …«, setzte sie an, wurde jedoch unterbrochen vom Geräusch zweier Paar Füße, die sich über die Treppe näherten, worauf ein großgewachsener, schwarzhaariger, langnasiger Mann in der Türöffnung erschien. Bernard, der Befehlshaber der Bewaffneten der Malvernburg, zerrte den Wachposten am Kragen hinter sich her. Vor Geronde blieb er stehen, ohne sein Opfer loszulassen.

»Soll ich ihn aufhängen, Mylady?« fragte Bernard. »Er hat seinen Posten verlassen und ist feige vor dem Feind davongerannt.«

»Das wäre wohl das beste«, stieß Geronde zwischen den Zähnen hervor, »wenngleich man einen wertvollen Bewaffneten nicht leichtfertig aufknüpfen sollte … Andererseits ist er zu nichts nutze, wenn er nicht den Mumm zu kämpfen hat …«

Der Wachposten, der in Bernards Umklammerung kaum Luft bekam, wäre beinahe ohnmächtig geworden, als er das hörte. Allein Bernard hielt ihn noch aufrecht. Jim beeilte sich, ihm beizuspringen.

»Wenn ich Euch um einen Gefallen bitten dürfte, Geronde«, sagte er, »würdet Ihr diesem Burschen das Leben schenken? Ich hatte den Eindruck, er rannte vor allem deswegen weg, weil er es für seine Pflicht hielt, Euch alle zu warnen, nur deshalb hat er seinen Posten so leichtfertig verlassen.«

»Dazu fehlt es ihm an Verstand«, entgegnete Geronde, die den in Bernards Würgegriff schwankenden Wachposten wütend anfunkelte.

»Wenn ich ebenfalls ein Wort für ihn einlegen dürfte, Geronde«, warf Angie rasch ein. »Mir scheint nämlich, er habe etwas gerufen, bevor er die Treppe hinunterrannte – ich glaube, es war ›Ich muß Mylady retten‹.«

»Ha!« machte Geronde. »Das glaube, wer will! – Also gut, Bernard, bringt ihn weg. Schickt jemand anderen hoch. Und gebt dem Burschen hier drei Tage lang nichts zu essen. Dann hat er Zeit genug, darüber nachzudenken, was seine Pflicht ist!«

Bernard zerrte den auf einmal hocherfreuten Wachposten weg, und Geronde wandte sich wieder Angie und Jim zu.

»Möchtet Ihr hinunter in die Kemenate kommen?« fragte sie. »Ihr müßt die Unordnung entschuldigen, Angela. Wir werden uns gleich in den Palas begeben; vorher aber werdet Ihr vielleicht ungestört mit mir reden wollen. Ehrlich gesagt, habe ich auch schon daran gedacht, Euch in Malencontri zu besuchen.«

Sie geleitete Jim und Angie die Treppe hinunter.

Ihres privaten Schlaf- und Wohngemachs, der Kemenate der Malvernburg, brauchte sie sich nach den Maßstäben des Mittelalters nicht zu schämen. Im Gegensatz zu Jims und Angies Kemenate traten hier die Mängel allerdings deutlich zutage. Zumindest gab es einen großen Kamin, in dem ein ordentliches Feuer brannte, und die Fenster waren verglast, seitdem Geronde sich in Malencontri von den Vorzügen verglaster Fenster hatte überzeugen lassen; schließlich konnte sie es sich leisten.

Gleichwohl wirkte der Raum im Vergleich zu Jims und Angies Kemenate weniger behaglich – was vielleicht darauf zurückzuführen war, daß der Boden ungeheizt und die Stühle ungepolstert waren.

Im Kamin brannte jedoch ein munteres Feuer, und es gab ein ungewöhnlich großes Bett mit einem von vier hohen Bettpfosten getragenen Baldachin und dicken Bettvorhängen. Die Vorhänge dienten anspruchsvolleren mittelalterlichen Schläfern als Schutz gegen die Kälte.

Des weiteren wurde der Gegensatz zwischen den beiden Burgen dadurch gemildert, daß Gerondes Bedienstete ebenfalls äußerst gut erzogen waren. Kurz nachdem sie Platz genommen hatten, wurde an der Tür gescharrt; und als Geronde zum Eintreten aufforderte, kam ein Bediensteter herein, der Kuchen, Wein und Wasser brachte und sich bei seiner Herrin erkundigte, ob ihr etwas davon genehm sei.

Als sie die Frage bejahte – da sie Gäste hatte, verstand sich das beinahe von selbst –, stellte der Bedienstete alles auf den Tisch.

»Und jetzt will ich nicht mehr gestört werden, es sei denn, die Burg brennt«, sagte Geronde in scharfem Ton.

»Jawohl, Mylady«, antwortete der Bedienstete. Er zog sich unter Verneigungen zurück.

»Wie ich schon sagte, hatte ich vor, Euch bald zu besuchen«, sagte Geronde, als Wein und Wasser gemischt waren und sie alle getrunken und von dem Gebäck gekostet hatten. »Vielleicht solltet Ihr mir aber zunächst den Grund Eures Besuchs mitteilen.«

»Nein, nein«, meinte Angie hastig. »Sprecht Ihr zuerst, Geronde.«

»Also gut ...« Geronde schlug die Augen nieder. »Eigentlich steht es mir nicht an, für Brian zu sprechen. Er ist ein Ritter und ein Edelmann und kann für sich selbst sprechen. Bestimmt hat er zu Euch gemeint, es sei alles gesagt; trotzdem möchte ich mit Euch über dieses Thema sprechen.«

»Schießt los, Geronde«, sagte Jim.

»Ihr bedient Euch bisweilen einer seltsamen Ausdrucksweise, James«, erwiderte Geronde. »Aber ich glaube, ich habe Euch dennoch verstanden. Ich werde losschießen, denn deswegen wollte ich Euch treffen. Ihr habt von Anfang an gewußt, daß Brian und ich einander versprochen sind.«

»In der Tat«, sagte Jim. »Gleich zu Beginn unserer Bekanntschaft hat er mir Eure Liebesgabe gezeigt.«

Gerondes Augen verschleierten sich.

»Das sieht ihm ähnlich«, meinte sie. »Ja, so ist er eben. War es vielleicht so, daß Ihr Euch damals als Ritter gegenüberstandet, die irgendwelche Händel miteinander auszutragen hatten?«

»Er wollte, daß wir uns für unsere Damen schlagen«, antwortete Jim. »Ich hatte ihm zuvor gesagt, ich liebte Angie, und er meinte, das sei aber ein Zufall, denn er liebe Euch.«

»Tatsächlich?« staunte Geronde. »Aber Ihr habt nicht gegeneinander gekämpft?«

»Nein«, antwortete Jim. »Ich habe davor zurückgeschreckt, denn ich hatte die Gestalt eines Drachen inne und vermochte sie nicht loszuwerden; und als ich später wieder Menschengestalt annahm, waren wir bereits Waffengefährten. Daher wäre es nicht recht gewesen, wenn wir uns geschlagen hätten. Jedenfalls wußte ich vom ersten Moment an, wie nahe Ihr Euch steht und wie beständig Eure Zuneigung ist.«

»Beständiger, als Ihr meinen mögt«, sagte Geronde. »Tatsächlich reicht sie so weit zurück, daß wir uns an ihren Ursprung kaum mehr erinnern.«

»Dann kennt Ihr Brian also schon ein Leben lang, Geronde?« fragte Angie.

»Ja, wir kennen uns schon unser ganzes Leben lang«, antwortete Geronde. »Wenngleich wir nicht miteinander verwandt sind. Seine Mutter starb kurz nach seiner Geburt, und wir waren natürlich enge Nachbarn. Unsere Väter waren gute Freunde. Im Grunde waren sie vom selben Schlag. Somit wuchsen Brian und ich miteinander auf. Ich war nur selten in der Burg Smythe, er aber hielt sich häufig hier auf.«

Angie blickte sie neugierig an.

»Schon sonderbar, nicht wahr?« meinte Geronde. »Es war beinahe so, als hätten wir gar keine andere Wahl gehabt. Brians Vater unterhielt sehr enge Beziehungen zu seinen Cousins, den Nevilles von Rabe; ich glaube, er hoffte darauf, dadurch, daß er allerlei Besorgungen für sie erledigte, sein Vermögen zu mehren. Jedenfalls war er ständig auf Reisen, meistens auf dem Kontinent – die Nevilles unterhalten überall Beziehungen, vor allem nach Frankreich und Italien. Während seiner Abwesenheit hielt Brian sich in der Malvernburg auf.«

»Dann hat Brian Eurem Vater wohl näher gestanden als seinem eigenen?« fragte Angie.

»Nein«, entgegnete Geronde, »denn mein Vater war ebenfalls häufig unterwegs. Aber hier in der Malvernburg gab es tüchtige Bedienstete; und als ich im Alter von sieben Jahren meine Mutter verlor, kümmerten sich die Frauen um uns. Alles war bestens geregelt. Während die Burg Smythe – nun, Ihr wißt ja, wie es um die Burg Smythe heute bestellt ist. Es gab wirklich keinen anderen Ort, wo man Brian hätte unterbringen können. Sir Edmar Claive und dessen Cousins, die damals in Malencontri wohnten, waren nicht die rechte Gesellschaft für einen Knaben; und sonst gab es in der Nähe keinen geeigneten Haushalt. Daher blieb Brian bei uns, und wir wuchsen miteinander auf, wie ich schon sagte.«

»Wie alt wart Ihr, als alles anfing?« fragte Angie.

»Als wir uns kennenlernten, war Brian sieben, und ich war fünf«, antwortete Geronde, »aber es mag auch sein, daß wir schon als Kleinkinder zusammen waren. Meine Erinnerung jedenfalls reicht bis zum Alter von fünf Jahren zurück; und anschließend verbrachten wir stets einen Teil des Jahres miteinander; wir waren wie Bruder und Schwester, und man hätte eigentlich meinen sollen, es sei ausgeschlossen, daß wir uns jemals ineinander verlieben.«

»Aber Ihr habt es dennoch getan«, warf Angie ein.

Jim blickte aus dem Fenster auf einen wilden Falken am wolkengesprenkelten Himmel, der hoch über dem Wald jenseits der Lichtung kreiste. Angies Stimme hatte einen auffallend drängenden Unterton gehabt, den er seit jeher fürchtete. Die Wärme des Feuers und des Weins, den er leichtsinnigerweise unverdünnt getrunken hatte, machten ihn nicht nur schläfrig, sondern auch benommen; und er fürchtete ein wenig, gleich hieße es: *›Ach, dann hat Euer Großonkel also da und da gelebt? Ob er wohl meine Verwandten kannte, die auch aus dieser Gegend kommen?‹* Er bemühte sich, die Augen offenzuhalten.

Geronde nickte.

»Zunächst merkten wir es nicht«, sagte sie. »Wir fehlten einander, wenn wir getrennt waren, und waren nie glücklicher, als wenn wir zusammen waren. Oh, bisweilen haben wir uns fürchterlich gestritten; aber eines Tages stellte sich dann doch heraus, daß wir uns liebten. Später, als ich älter war, sagte ich meinem Vater, Brian und ich wollten heiraten – das war während eines seiner kurzen Aufenthalte in der Burg.«

»Er war nur selten da?« fragte Angie.

»Er hatte ständig irgendwelche Geschäfte zu tätigen, die ihm angeblich ein Vermögen einbringen sollten, aber dazu kam es nie«, antwortete Geronde. »Wie ich schon sagte, waren er und Brians Vater sich darin ähnlich, daß sie der Schimäre des Reichtums nachjagten. Als ich ihm meine Liebe zu Brian gestand, stampfte er auf den Boden und brüllte, er werde mir niemals erlauben, Brian zu heiraten. Ich solle einen Herzog heiraten – einen Prinzen! Das war auch wieder so ein großer Traum von ihm – bloß war mir Brian lieber als jeder Prinz der Welt.«

Unvermittelt wandte sie sich an Jim. Der schreckte hoch und bemühte sich nach Kräften, hellwach und interessiert zu wirken.

»Und deshalb wollte ich Euch aufsuchen und mit Euch beiden sprechen, James. Brian hat mir gesagt, Ihr würdet darauf warten, daß Euch der König die Vormundschaft über Robert Falon zuspricht, und müßtet unter Umständen persönlich bei Seiner Majestät vorstellig werden – so daß Ihr England derzeit nicht verlassen könntet. Dafür habe ich volles Verständnis; Brian übrigens auch.«

»Nun ja ...«, meinte Jim verlegen. Es stand außer Zweifel, daß Brian über Jims Weigerung, ihm jetzt, da er den Aufenthaltsort von Gerondes Vater ausfindig gemacht hatte, bei der Suche zu helfen, tief bestürzt gewesen war. Nach den Maßstäben des Mittelalters war es für Jim das einzig Vernünftige gewesen, unter diesen Umständen zu Hause zu bleiben, selbst zum Preis ihrer Freundschaft.

Daher hatte Brian sich den Gründen für Jims Entscheidung bei nüchterner Beurteilung wohl kaum verschließen können; gleichwohl aber waren sie in dem Sinne Blutsbrüder, daß sie ihr Blut bei mehr als einer Gelegenheit gemeinsam vergossen hatten, und gemäß dem Ideal der Ritterlichkeit, das Brian anstrebte und in allem, was er tat, auch erreichte, hätte Jim Falons Reichtum verschmähen müssen, um einem Kameraden beizustehen. Geronde empfand wohl ganz ähnlich wie Brian.

»Nun ja ...«, meinte Jim zögernd.

»James, Ihr dürft nicht glauben, ich hätte gegen Eure Entscheidung etwas einzuwenden«, sagte Geronde aufrichtig. »Im Laufe unseres Lebens müssen wir alle bisweilen harte Entscheidungen treffen. Ich weiß wohl, daß nicht nur Brian, sondern auch Euch das Herz bei dem Gedanken, ins Heilige Land zu reisen, höher schlug, ganz zu schweigen von Eurem natürlichen Wunsch, einem Waffenbruder beizustehen. Wahrscheinlich müßt Ihr bereits Entscheidungen hinsichtlich der Verwaltung von Robert Falons Grundbesitz treffen. Gleichwohl möchte ich Euch dringend bitten, Euch eine bestimmte Entscheidung zu überlegen.«

»Die Sache ist die, Geronde ...«, setzte Jim an. Geronde aber fiel ihm abermals ins Wort.

»Nein«, sagte sie. »Hört mir zu, James, ich flehe Euch an.«

»Selbstverständlich«, antwortete James, dem unbehaglicher denn je zumute war.

»Ich möchte Euch etwas sagen, das ich sonst niemandem anvertrauen würde«, sagte Geronde. »Aber da Brian und ich uns so ähnlich sind, darf ich es sagen.«

Sie blickte Angie an.

»Bis ich Euch kennenlernte, Angela, hatte ich noch nie eine enge Freundin«, sagte sie. »Ich konnte Frauen einfach nicht ausstehen. Die meisten sind nichts weiter als plappernde, rückgratlose Geschöpfe – ausgenommen einige der älteren, aber die sind so festgefahren und rechthaberisch, daß ich mich ständig mit ihnen streiten würde. Ihr aber seid anders, Angela.«

»Also, Geronde ...«, sagte Angie, die, wie Jim mit hämischer Genugtuung bemerkte, ebenso verlegen war wie eben noch er.

»Es geht darum, ob man die Dinge ähnlich sieht«, fuhr Geronde fort. Sie wandte sie wieder an Jim. »Bei Brian und Euch, James, ist es das gleiche. Auch er hatte nie enge Freunde, die seiner Gesinnung und seinem Rang entsprochen hätten. Ständig lag er im Wettstreit mit seinesgleichen – stets mußte er sie übertreffen, selbst auf die Gefahr hin, dabei sein Leben zu verlieren; und tatsächlich war er auch besser als die meisten. Infolgedessen gab es nur wenige, für die er Achtung empfand; und diese wenigen waren Höhergestellte wie Sir John Chandos, der viel älter ist als er und so erprobt in Krieg und Frieden, daß Brian sich mit ihm keinesfalls messen kann. Mit allen anderen, die er hätte achten können, mußte er kämpfen. Ihr habt es beim

Grafen mit Sir Harimore selbst erlebt. Brian wird Sir Harimore eines Tages töten oder von Harry getötet werden. Bis es soweit ist, achtet er Harry lediglich um seiner Kampfkraft willen. Oh, Euren Bogenschützen Dafydd ap Hywel schätzt er durchaus, denn Dafydd ist von gemeiner Herkunft. Daher besteht keine Rivalität zwischen ihnen, und Brian kann Dafydd leichten Herzens zugestehen, daß er als Bogenschütze nicht nur andere, sondern auch ihn selbst übertrifft.«

Sie wandte sich wieder Angie zu.

»Ist Euch das nicht schon von Danielle her bekannt, Angela?« fragte sie. »Hat sie Euch nicht erzählt, auch Dafydd ertrüge unter Männern seines Standes keinen Ebenbürtigen neben sich? Was dazu führte, daß sich Dafydd, nachdem er sich Danielles Vater Giles o'the Wold und den anderen Geächteten angeschlossen hatte, ständig mit den Mitgliedern der Bande messen mußte, bevor er Frieden mit ihnen schloß – wenn es sein mußte, hat er sich mit zweien gleichzeitig gemessen.«

»Ja.« Angie blickte zu Jim.

»Gesagt hat mir das noch niemand«, meinte Jim. »Aber wundern tut es mich nicht.«

»Nun, darauf wollte ich hinaus, James. Wie ich vom edlen Sir John Chandos hörte, ist Euch die Vormundschaft über Robert Falon mittlerweile zugesprochen worden, während Brian allein aufgebrochen ist.«

Sie zögerte.

»Er erwartet bestimmt nicht von Euch, daß Ihr ihm folgt«, sagte Geronde. »Das würde er nicht einmal dann, wenn er wüßte, daß die Vormundschaft mittlerweile geregelt ist. Er würde Euch nicht darum bitten. Aber Ihr bedeutet ihm viel, James. Euch achtet er als ebenbürtig. Außerdem seid Ihr der einzige, dem er in jeder Lage vertraut.«

»Geronde«, sagte Jim, »Ihr wißt, daß ich kein geübter Kämpfer bin. Brian könnte leicht ein Dutzend Ritter oder sogar Gemeine finden, die über weit mehr Erfahrung verfügen und ihm den Rücken viel besser freihalten würden als ich.«

»Aber darum geht es doch gar nicht, James!« Geronde beugte sich vor. »Es stimmt schon, James – und ich bitte Euch um Verzeihung, wenn ich Euch das offen ins Gesicht sage –, daß wahrscheinlich nie ein hervorragender Kämpfer aus Euch werden wird; womöglich werdet Ihr nicht einmal Mittelmaß erreichen. Ansonsten aber bewundert er Euch maßlos.«

»Ach, Ihr meint, weil ich ein Magier bin«, sagte Jim. »Wißt Ihr, Geronde, das war eigentlich nichts weiter als ein Unfall. Wäre ich nicht zufällig in einen Drachen verwandelt worden, so wäre ich auch nie bei einem Magier in die Lehre gegangen und hätte das bißchen an magischen Fertigkeiten, das ich nebenbei abbekommen habe, niemals weiterentwickelt. Das ist alles die Folge dieses ... Unfalls.«

»Nein!« widersprach Geronde. »Das meine ich nicht. Wenngleich wir alle den Mut und die Entschlossenheit achten, mit der Ihr diese merkwürdige Kunst studiert. Nein. Es geht darum, daß Ihr dem, was Brian am meisten bewundert und was er auch in Sir John Chandos verkörpert sieht, nämlich den *preux chevalier*, so nahe kommt; Ihr seid ein wahrer Ritter, und zwar in dem Sinn, daß Ihr niemals weniger tun würdet als Eure ritterliche Pflicht.«

»Geronde ...«, wandte Jim hilflos ein. Er wußte nicht, wie er mit einem solchen Kompliment umgehen sollte. Er konnte bloß dasitzen und es über sich ergehen lassen. Im Grunde war er überzeugt davon, daß er mit der Person, von der Geronde gerade sprach und an die Brian offenbar glaubte, kaum etwas gemein hatte; andererseits hätte er ihr auch keinen Gefallen getan, wenn er jetzt irgendwelche Einwände vorgebracht hätte.

»Und deshalb wage ich es«, fuhr Geronde fort,

»Euch, James, darum zu bitten, freundlichst in Erwägung zu ziehen, Brian zu folgen und für den Rest der Reise zu begleiten. Er ist bis jetzt bestimmt noch nicht weiter als bis nach Zypern gelangt – wenn überhaupt. Ich kann Euch die Namen von Leuten geben, die er dort kennt; wenn Ihr sie aufsucht, werdet Ihr ihn bestimmt ohne große Mühe finden. James – tut mir den Gefallen, James –, sagt nicht nein, ohne meine Bitte zuvor zu erwägen.«

»Geronde ...«, mischte Angie sich ein, doch Geronde sprach weiter, ohne den Einwurf zu beachten.

»Und das ist der Grund, weshalb es so wichtig ist, daß Ihr ihm bei der Suche nach meinem Vater helft«, sagte Geronde. »Auf Euch, James, wird er hören – Ihr wißt ja, daß er dazu neigt, sich jederzeit auf einen Waffengang einzulassen. Wenn Ihr bei ihm seid, wird er vernünftiger sein. Ihr seid klüger als er. Ja – seht mich nicht so an –, Ihr seid klüger als er! Und deshalb wäre er weniger gefährdet, wenn Ihr bei ihm seid; außerdem weiß er ebensogut wie ich, daß Ihr ihn niemals im Stich lassen würdet, wenn es brenzlig wird. Deshalb bitte ich Euch – ich flehe Euch auf Knien an –, ihm zu folgen und auf ihn achtzugeben, James!«

»Hoppla!« Jim fing sie im letzten Moment auf, denn Geronde hatte tatsächlich vor ihm niederknien wollen. Aus mittelalterlicher Sicht war das nichts Ungewöhnliches, Jim bereitete allerdings schon die bloße Vorstellung Bauchgrimmen. »Schon gut, Geronde. Ich breche auf. Um Euch das mitzuteilen, sind wir schließlich hergekommen!«

Sie starrte ihn an, und das Blut wich aus ihrem Gesicht. Hätte Jim sie nicht gehalten, wäre sie wohl in Ohnmacht gefallen, genau wie der Wachposten, der dem Tod durch den Strang so knapp entronnen war.

»Schon gut, Geronde«, sagte Angie eindringlich und nahm sie in die Arme. »Jim hat sich entschlossen, Brian zu folgen. Nicht wahr, Jim?«

Sie schaute ihn an. Jim war die ganze Tragweite seiner Bemerkung von eben noch gar nicht klargeworden. Allmählich aber dämmerte es ihm.

»Selbstverständlich reise ich ihm nach!« sagte er so herzlich, wie er es vermochte. Er ließ ihre Ellbogen los, weil Angie die Arme um Geronde geschlungen hatte.

Gerondes Gesicht nahm wieder Farbe an. Sie schoß vom Stuhl hoch. Sie küßte Jim. Sie küßte Angie. Sie wirbelte von einem zum anderen, als wollte sie tanzen.

»Es ist Essenszeit!« rief sie. »Und wir werden uns ein fürstliches Mahl genehmigen! Ho, ihr da! Helft mir!«

Die Tür zur Kemenate wurde aufgerissen, und Bernard sowie ein weiterer Bewaffneter stürmten mit gezogenen Schwertern herein.

»Steckt die Schwerter weg, ihr Narren!« fauchte Geronde. »Lauft zum Koch. Wir werden Gäste zum Essen haben, Lord und Lady Eckert. Er soll von allem das Beste aufbieten. In fünf Minuten sind wir unten. Habt ihr gehört, in fünf Minuten, und ich erwarte, daß der Tisch bis dahin gedeckt ist und der erste Gang aufgetragen wird. Lauft!«

»Lauf!« brüllte Bernard den Bewaffneten an, der augenblicklich davonflitzte. »Verzeiht mir, Mylady – verzeiht, Mylord und Lady ...«

Bernard zog sich hastig zurück und schloß hinter sich die Tür.

»Und nun werdet Ihr uns hoffentlich verzeihen, Geronde«, sagte Angie. »Wir hätten es Euch gleich zu Anfang sagen sollen, dann hättet Ihr Euch all das sparen können.«

»Was macht es schon, wie ich die Neuigkeit erfahren habe?« flötete Geronde. Diesmal wirbelte sie tatsächlich durch den Raum. »Davon habe ich geträumt, und dafür habe ich gebetet. Zum Dank werde ich heute abend fünf Rosenkränze aufsagen. Ich bedaure kein einziges Wort von dem, was ich gesagt habe, und keinen einzigen Moment des Wartens. Wichtig ist nur, daß Ihr Brian folgt, James. Oh, wie werden wir feiern!«

»Ihr müßt mir ganz genau schildern, auf welchem Weg ich ihm folgen soll und wo ich ihn finden könnte«, sagte Jim.

»Ihr sollt alles erfahren, was ich weiß!« erwiderte Geronde. »Ich werde Euch beim Essen jedes einzelne seiner Worte wiederholen. Aber vor Euch liegt eine lange, anstrengende Reise, James. Seid Ihr wirklich bereit dazu?«

»Natürlich!« antwortete Jim.

»Dann ist alles gut!« meinte Geronde. »Wenngleich die Reise sicherlich beschwerlich werden wird.«

»Keineswegs«, entgegnete Jim. »Für mich ist es ein Kinderspiel. Ihr vergeßt, daß ich ein Magier bin.«

6

»EIN MAGIER – HA!« brummte Jim vor sich hin. Was nützte es schon, ein Magier zu sein, wenn man darauf verzichten mußte, magische Mittel einzusetzen? Sonst hätte er sagen können: ›Laßt den und den, wo immer er ist, vor mir erscheinen!‹, und schon wäre der Betreffende vor ihm aufgetaucht.

»Stimmt etwas nicht?« erkundigte sich Kob, der Burgkobold von Malencontri (der nun wieder, wie alle Kobolde, kurz ›Kob‹ genannt wurde, nachdem man ihn des von James verliehenen Titels ›*Kob Eins von Malencontri*‹ wieder beraubt hatte).

»Alles in Ordnung«, entgegnete Jim.

Aber das stimmte natürlich nicht. Kob war aus Jims Rucksack, in dem er für gewöhnlich reiste, herausgekrochen und hockte nun auf dessen rechter Schulter. Jim saß an einem steinigen Strand in Zypern, schaute aufs Mittelmeer hinaus und wartete. Er wartete schon seit fünf Stunden.

Über die Langeweile war er längst hinaus. Jetzt hockte er verzagt auf einem Stein, betrachtete das Mittelmeer, das sich gerade von seiner sanften Seite zeigte, und die am graublauen Kiesstrand auslaufende Brandung.

Eine Welle nach der anderen rollte heran, brach am Strand und erstarb. Ab und zu – im Mittelmeer war es entweder die achte oder die neunte Welle, wenngleich bisweilen auch ein Zyklus übersprungen wurde, so daß es dann die sechzehnte war – leckte eine Welle besonders weit über den Strand; und jedesmal, wenn diese überlange Welle weit an Land vordrang, wartete Jim darauf, daß ein Wesen namens Rrrnlf dem Wasser entsteigen werde. Sein Freund, der Seeteufel, hatte sich bis jetzt allerdings noch nicht blicken lassen.

Das war um so ärgerlicher, als Rrrnlf augenblicklich erschienen war, als Jim ihn zum erstenmal gerufen hatte. Außerdem hatte er Jim gesagt – oder ihm jedenfalls den Eindruck vermittelt –, er könne ihn jederzeit hören und im Nu bei ihm sein.

Als typischer Seeteufel war Rrrnlf etwa zehn Meter groß und verjüngte sich keilförmig vom dicken Kopf und den breiten Schultern bis zu den Füßen, die lediglich dreimal so groß waren wie Jims. Wie er es anstellte, eine so gewaltige Masse auf solch winzigen Füßen fortzubewegen, war Jim schleierhaft. Der Gegensatz fiel besonders ins Auge, wenn man seine Füße mit den Händen verglich. Seine Hände waren so riesig, daß man ihm ohne weiteres zutraute, nicht nur die Ladung eines Bulldozers, sondern gleich den ganzen Bulldozer samt Ladung mit einer Hand hochheben zu können.

Er war ein Elementargeist. Das heißt, er verfügte über einige Gaben, die man als magisch bezeichnen mußte, wenngleich er keine bewußte Kontrolle darüber auszuüben vermochte. Es war eher so, wie wenn ein Hund mit dem Schwanz wedelte, wenn er sich freute. Im Meer atmete ein Seeteufel Wasser, an Land atmete er Luft. Er hatte keine Ahnung, wie er das anstellte oder warum er es tat. Er nahm es einfach als selbstverständlich hin.

Kob – der im Vergleich zu einem Seeteufel winzig war und für gewöhnlich im Kamin der Burg Malencontri zu Hause war – gehörte ebenfalls der Kategorie der Elementargeister an; allerdings waren er und Rrrnlf sozusagen an verschiedenen Enden des Maßstocks angesiedelt.

»Mylord«, flüsterte er Jim schüchtern ins Ohr, »ich glaube, Ihr seid traurig. Habt Ihr vielleicht Lust, mit mir auf dem Rauch zu reiten? Ihr bräuchtet bloß ein kleines Feuer zu entfachen.«

»Nein«, sagte Jim.

Dann wurde ihm bewußt, daß er wohl ein wenig ruppig gewesen war. Der Kobold war sehr empfindlich.

»Nein, aber das ist nett von dir, Kob«, meinte er in sanfterem Ton. »Ich möchte im Moment nicht von hier weggehen.«

»Ja, Mylord«, sagte Kob.

Jim starrte wieder auf die Wellen. Rrrnlf mußte irgendwo dort draußen im Wasser sein. Hinderte ihn vielleicht irgend etwas daran, an Land zu kommen, oder meldete er sich einfach nicht? War ihm womöglich etwas zugestoßen? Im Meer gab es noch weit größere Wesen. Zum Beispiel die uralten Tiefseekraken oder Kalmare.

Jim war jetzt seit einer Woche auf Zypern und hatte Brian noch immer nicht gefunden. Jedenfalls war Brian hiergewesen, denn mehrere Leute hatten ihn gesehen und meinten, er habe die Insel entweder bereits wieder verlassen oder aber von der Abreise gesprochen. Ihn ausfindig zu machen, war merkwürdig schwer.

Wenn er bereits nach Tripolis weitergereist war, hätte Jim gut daran getan, ihm unverzüglich zu folgen.

Wenn er sich jedoch noch immer auf der Insel aufhielt, mußte Jim ihn ausfindig machen und mit ihm gemeinsam weiterreisen.

Jim blickte finster aufs Meer. Empörenderweise bot es einen reizenden, malerischen Anblick. Das Mittelmeer leuchtete strahlendblau, ein nach Salz riechender milder Wind wehte Jim ins Gesicht, und der Strand, dem ein paar tausend Tonnen feiner Sand sicherlich gutgetan hätten, war gleichwohl nicht zu verachten, denn aufgrund der ständigen Bewegung im Wasser waren die Kiesel angenehm abgerundet.

Das einzig Unerfreuliche war ein brauner Köter, der ein Stück weiter den Strand hinauf zwischen den Felsen umherschnüffelte. Der Hund war klein und mager und hatte ursprünglich kurzes, braunes Fell gehabt, doch entweder war es sehr schmutzig oder hatte im Laufe der Zeit ein schmuddeliges Aussehen angenommen, so daß das einzige andere Lebewesen außer Jim und Kob völlig fehl am Platz wirkte. Andererseits belästigte der Hund Jim nicht, und dieser kümmerte sich auch nicht um ihn.

Jim vergaß den Hund und konzentrierte sich wieder auf die Wellen. Er hatte schon oft genug nach Rrrnlf gerufen. Jetzt versuchte er – allerdings ohne dabei Magie einzusetzen –, sich Rrrnlfs Aufenthaltsort im Meer vorzustellen, wo dem Elementargeist von Jims Rufen wohl schon die Ohren klangen.

Dies zeigte allerdings auch keine Wirkung.

»O großer und mächtiger, mitfühlender Magier«, sagte eine hohe, wenn auch eigentümlich rauhe Stimme an seinem Ellbogen. »Helft mir aus meiner mißlichen Lage; dann sollt Ihr fürstlicher belohnt werden, als Ihr Euch je erträumt habt.«

Jim schreckte hoch und erblickte neben sich den Hund, der eben noch ein Stück weiter weg am Strand umhergeschnüffelt hatte.

Daß ihn ein Tier ansprach, wunderte ihn nicht –

wenngleich er in dieser magischen, mittelalterlichen Welt noch nie einem sprechenden Hund begegnet war. Hier konnten alle möglichen Wesen sprechen, während andere wiederum stumm waren; ein System war darin allerdings nicht zu erkennen.

»Was gibt's?« fragte er den Hund in scharfem Ton.

»Ich bin in einer verzweifelten Lage und unterwerfe mich Eurer Gnade, o Erhabener!« sagte der Hund und schmiegte sich an ihn.

»Ja, ja«, meinte Jim, »aber was willst du?«

Der Hund schmiegte sich an sein rechtes Bein und senkte die Stimme zu einem Flüstern. Gedanken an Flöhe, Läuse und unaussprechliche Hautkrankheiten schossen Jim durch den Kopf, doch seine Gewohnheit, nicht unfreundlich zu Hunden zu sein – auch wenn es sich um einen räudigen Köter wie diesen hier handelte –, hielt ihn davon ab, sein Bein wegzuziehen.

»Ihr müßt mich unbedingt schützen, o großer und unbesiegbarer Meister«, fuhr der Hund flüsternd fort. »Ich befinde mich auf der Flucht vor einem mächtigen und bösen Wesen, das mich auf höchst grausame Weise mißbraucht hat; und als ich sah, wie Ihr Zaubersprüche aufs Meer hinaussandtet, wußte ich sogleich über Euch Bescheid. Ihr seid ihm an Macht und Größe ebenso überlegen wie dieses Wesen mir; und daher habe ich es gewagt, Euch um Schutz zu bitten. Da Ihr gewiß schon wißt, daß ich ein Dschinn bin – genau wie er, der mich dermaßen mißhandelt hat und nun verfolgt –, brauchte ich mich Euch gar nicht erst in meiner wahren Gestalt zu zeigen.«

Zum erstenmal seit Stunden ließ sich Jim von Rrrnlf und den Tiefen des Meeres ablenken. Die Worte des Hundes hatten unüberhörbar falsch geklungen.

Verwunderlich war es nicht, daß der Hund oder Dschinn ihn als Magier erkannt hatte. Das hatten schon viele nichtmenschliche Wesen geschafft. Der Hund aber hatte offensichtlich nur geraten, als er Jim den Brocken mit den Zaubersprüchen hingeworfen hatte – denn Jim hatte nichts dergleichen getan.

Jim war sogleich auf der Hut. Aufgrund der Erfahrungen, die er in dieser Welt bisher gesammelt hatte, wußte er, daß es für gewöhnlich ratsam war, die ihm zum Vorteil gereichenden Fehleinschätzungen von Fremden nicht zu korrigieren. Wenn er den Irrtum durchgehen ließ, war die Wahrscheinlichkeit größer, daß er dahinterkam, was eigentlich vorging – und darauf war er um seiner Sicherheit willen zumeist dringend angewiesen.

Er hatte gewußt, daß er sich jetzt auf dem Gebiet der im Mittleren Osten beheimateten Elementargeister befand, die unter dem Oberbegriff Dschinn zusammengefaßt wurden. Wenn der Hund tatsächlich ein Dschinn war, dann war es wahrscheinlich am klügsten, zunächst einmal herauszufinden, über welche magischen Fähigkeiten er verfügte, und ihn gleichzeitig über Jims eigene Fähigkeiten möglichst im dunkeln zu lassen.

»Du behauptest, du wärst ein Dschinn«, sagte er schließlich. »Bevor ich dir aber irgendwelchen Schutz gewähre, muß ich wissen, ob ich dir vertrauen kann. Ich muß mehr über dich erfahren. Zunächst einmal wüßte ich gern, ob du wirklich ein Dschinn bist, wie du behauptest.«

»O mein Gebieter, das bin ich. Das bin ich!« schrie der Hund mit schriller, dünner Stimme, dann blickte er sich rasch um, als wähnte er sich beobachtet.

»Wir werden sehen«, meinte Jim. »Du hast natürlich recht, daß ich gleich gemerkt habe, daß ich einen Dschinn vor mir habe. Wenn dich aber nun eine ehrenwerte Person aufgrund irgendwelcher böser Taten deiner magischen Kräfte beraubt und dich zu einem Leben als Hund verdammt hat? Beweise mir zunächst einmal, daß du deine wahre Gestalt annehmen kannst.«

»Muß das sein?« wisperte Kob Jim angstvoll ins Ohr.

»Sei still!« sagte Jim über die Schulter hinweg. Er wandte sich wieder an den Hund. »Na, was ist?«

Der Hund veränderte sein Aussehen.

»Sagt mir Bescheid, wenn ich die Augen wieder aufmachen kann«, flüsterte Kob in Jims Ohr.

»Na gut. Du kannst dich wieder zurückverwandeln. Das reicht«, sagte Jim hastig. »Alles in Ordnung, Kob. Du kannst wieder hinsehen.«

Was er gesehen hatte und was Kob um ein Haar in Angst und Schrecken versetzt hätte, war eine gewaltige männliche Gestalt mit grauer Haut und einem dicken Bauch gewesen, spärlich bekleidet mit einer Weste sowie einer gebauschten, purpurfarbenen Hose. Die Gestalt hatte ein abstoßendes Gesicht mit einem dritten Auge, das in der Mitte über den beiden anderen saß, und einem nach rechts oben verzogenen Mund. Der schiefe Mund hätte ihm eigentlich ein freundliches Aussehen verleihen müssen. Statt dessen aber hatte es von Grund auf böse gewirkt.

Der Dschinn war mittlerweile wieder ein Hund.

»Nun gut«, sagte Jim. »Das also vermagst du. Wie aber steht es mit deinen anderen Gaben? Wenn ich zum Beispiel ein gewöhnlicher Sterblicher und kein Magier wäre, würdest du mir dann ebenfalls große Reichtümer versprechen, damit ich dir helfe?«

»Verzeiht mir, o mein Gebieter«, sagte der Hund, sich wieder an ihn schmiegend, »aber das würde ich. Natürlich weiß ich, daß man einen Ritter wie Euch nicht bestechen kann.«

»Beweise mir, daß du dazu imstande bist«, sagte Jim. »Wie wär's, wenn du eine Truhe mit Rubinen, Saphiren, Diamanten und anderen Edelsteinen erscheinen ließest?«

Die Truhe materialisierte, doch der Deckel war geschlossen, so daß der Inhalt nicht zu erkennen war.

»Verzeiht mir, verzeiht mir ...«, winselte der Hund

eilig, worauf der Deckel der Truhe aufsprang und man die bunten Edelsteine darin sah; allerdings war keiner davon geschliffen, denn das Schleifen von Edelsteinen war in dieser Welt noch nicht erfunden worden.

»Sehr schön«, meinte Jim hochmütig und winkte ab. »Laß das wieder verschwinden. Derlei Kinkerlitzchen interessieren mich nicht.«

Die Truhe verschwand. Jim verspürte einen Anflug von Bedauern – in diesem Stadium kam es jedoch darauf an, den Schein zu wahren.

»Also gut«, sagte Jim. »Ich werde mir deine Geschichte anhören und mich anschließend entscheiden.«

»So hört mir denn zu«, sagte der Hund. »Ich heiße Kelb. Seit Tausenden von Jahren hatte ich mir keine Falschheit oder Grausamkeit zuschulden kommen lassen, da machte mich ein anderer, sehr mächtiger und sehr böser Dschinn namens Sakhr al-Dschinni zu seinem Sklaven. Mehrere hundert Jahre lang zwang er mich, furchtbare und grausame Dinge zu tun. Als ich dessen überdrüssig war, versuchte ich zu entkommen.«

»Gut«, meinte Jim.

»Ich glaube ihm nicht«, flüsterte Kob.

»Ich wurde jedoch von einem Riesen namens Sharahiya erwischt, einem der Wächter im Obstgarten von Sakhr al-Dschinni, und der brachte mich zurück«, fuhr Kelb fort. »Sakhr al-Dschinni warf mich zur Strafe in einen Feuersee. Darin litt ich sechshundertzweiundfünfzig Jahre, drei Monate, zwei Wochen, drei Tage, neun Stunden, siebenundvierzig Minuten und zehn Sekunden lang. Nach Ablauf dieser Zeit ließ er mich frei.«

Jim dachte angestrengt nach. Die Namen ›Sakhr al-Dschinni‹ und ›Sharahiya‹ kamen ihm bekannt vor, möglicherweise von dem Spielfilm ›*Tausendundeine Nacht*‹ mit Richard Burton her. Nein – Sakhr al-Dschinni wurde darin lediglich erwähnt. Dafür hatte er aber von ihm gelesen. Es bestand eine Verbindung zum hebräischen König Salomon. Kelb wartete unterdessen auf eine Reaktion von ihm.

»Und wie ging es dann weiter?« fragte Jim in möglichst barschem Ton. »Weshalb hat Sakhr al-Dschinni dich aus dem Feuersee freigelassen?«

»Er hat mich nicht freigelassen, sondern er wurde vom großen König Salomon, Davids Sohn, mit anderen bösen Dschinns und Marids in Kupferflaschen eingesperrt; diese wurden mit Blei verschlossen, das Salomon mit seinem Ring versiegelte, und in den Tiberius-See geworfen, damit sie nie wieder jemandem Schaden zufügen würden. In dem Moment, da Sakhr al-Dschinni in die Flasche gesperrt wurde, vermochte er mich nicht länger im Feuersee festzuhalten, und ich war frei.«

»Nun, dann bist du deine Sorgen ja los«, bemerkte Jim. »Ich verstehe nicht, weshalb du mich belästigst.«

»Oje!« sagte Kelb. »Ein unförmiger Meeresriese hat die Flasche mit Sakhr al-Dschinni gefunden und das Siegel vor fünf Tagen aufgebrochen; und nun ist dieser Bösewicht wieder frei – er tobt und sucht nach seinen früheren Bediensteten und besonders nach mir, da ich mich seiner Bestrafung entzogen habe. Er ist viel stärker als ich. Ich vermag ihm nicht zu widerstehen. Helft mir, o mein Gebieter!«

Für Jims Geschmack klang das alles recht weit hergeholt. Andererseits war diese Welt voller Magie und übernatürlicher Wesen. Möglich war alles. Es konnte auch sein, daß Kelb seine Lebensgeschichte lediglich ein wenig ausgeschmückt hatte.

»Wer war dieser unförmige Meeresriese, der Sakhr al-Dschinni freigelassen hat?« fragte er.

»Das weiß ich nicht«, antwortete Kelb. »Ich habe davon durch andere erfahren, die ebenfalls Sakhr al-Dschinnis Fluch entronnen sind.«

Die Wahrscheinlichkeit, daß ausgerechnet Rrrnlf

Sakhr al-Dschinni aus der Flasche hatte entkommen lassen, war nicht sehr groß, überlegte Jim. In Jims Heimatwelt des zwanzigsten Jahrhunderts waren hundertzweiundvierzig Millionen Quadratmeilen der Erdoberfläche von Meer bedeckt. In dieser Welt war der Meeresanteil bestimmt nicht geringer. Somit blieb Platz genug für zahlreiche Meeresriesen, selbst wenn sie angeblich eher selten waren.

Jim hatte jedoch schon genug Zeit damit verbracht, erfolglos nach Rrrnlf zu rufen, und Kelb würde ihm vielleicht ebenso helfen können, wie er es sich von Rrrnlf versprochen hatte.

»Kennst du ein sicheres Versteck, wo du dich solange verbergen kannst, bis ich dich rufe?« fragte er Kelb.

»Jawohl, Herr«, antwortete Kelb.

»Nun, dann verstecke dich dort«, sagte Jim. »Ich werde dich rufen, sobald ich mir über einige Dinge klargeworden bin. Aber vergiß nicht, ich habe dir nicht versprochen, dich unter meinen Schutz zu nehmen. Den gewähre ich nämlich nicht jedem Hergelaufenen, weißt du.«

»Das glaube ich gern, Herr«, meinte Kelb demütig.

»Dann verschwinde«, befahl Jim. »Ich rufe dich, wenn es soweit ist.«

Jim erhob sich von dem Stein, auf dem er gesessen hatte. »Wir haben lange genug gewartet«, sagte er. »Kob, wir kehren nach Paphos zu Sir William Brutnor zurück.«

Er marschierte am Strand entlang und um die Landzunge herum, die ihn von der Stadt Paphos trennte – eine Ortschaft, die überwiegend von Griechen bewohnt wurde; allerdings lebten dort auch ein paar Nachkommen von Kreuzfahrern, die es nicht weiter als bis nach Zypern geschafft hatten. Diese waren zu Wohlstand gelangt und hatten sich geradezu europäisch wirkende Residenzen erbaut – nicht unbedingt Burgen, aber doch recht komfortable Häuser, und in einem davon gewährte ihm Sir William Brutnor nun Gastrecht, wie es bei der europäischen Oberschicht Sitte war.

»Soll ich Euch auch mit ›Gebieter‹ anreden, Mylord?« erkundigte sich Kob leise, der nach wie vor auf Jims Schulter hockte.

»Nein, natürlich nicht«, antwortete Jim. »Du nicht, Kob.«

»Aber würdet Ihr mich schützen?« fragte Kob. »Oder bin ich auch nur so ein ›Hergelaufener‹?«

»Natürlich nicht«, sagte Jim. »Du bist Kob von Malencontri.«

»Natürlich«, echote Kob selbstgefällig. Er ließ Jims Hals los und richtete sich kerzengerade auf.

7

»DA SEID IHR JA, SIR JAMES!« rief Sir William Brutnor, als er mit wehendem, knöchellangem Gewand in Jims Zimmer trat. »Habe Euch bereits erwartet!«

»Ich war am Strand spazieren und habe die Landzunge umrundet«, erwiderte Jim. »Ein wundervoller Tag.«

»Ja. Wird allmählich warm. Eine ganz schöne Strecke«, meinte Sir William. »Ihr habt das Essen versäumt. Habt Ihr Euch schon etwas kommen lassen?«

»Nein«, antwortete Jim. »Daran habe ich noch gar nicht gedacht …«

»Macht nichts, macht nichts«, sagte Sir William. Er war klein, untersetzt und hatte ein wenig Übergewicht, das er aber mit Anstand trug. Er war in mittleren Jahren und hatte ein offenes, sonnengegerbtes Gesicht, ergrauende Augenbrauen und einen kleinen, grauen Schnurrbart. Stets schien er es eilig zu haben. »Ich lade Euch ins Kaffeehaus ein – das heißt, in ein Bad mit einem Kaffeehaus. Uns als Christen wird man dort einen ordentlichen Schluck Wein und anständiges Essen vorsetzen. Ihr braucht Euch nicht umzuziehen. Es geht dort recht ungezwungen zu – die Gäste sind hauptsächlich Durchreisende. Übrigens haben wir Euren Freund ausfindig gemacht. Sir Bruno.«

»Meint Ihr vielleicht Sir Brian?« fragte Jim.

»Genau den«, antwortete Sir William, »Sir Neville-Smythe. Verwandt mit den Nevilles von Rabe, habt Ihr gesagt?«

»Das stimmt«, sagte Jim. »Wo steckt er?«

»Wo? In der Nähe von Episkopi, ein Stück weiter die Küste entlang«, antwortete Sir William. »Nicht direkt in Episkopi. Ein Stück weiter in einem kleinen Fischerdorf. Dort gibt's eine Küstenburg. Gehört Sir Mortimor Breugel. Besitzt ein paar Galeeren und betätigt sich hin und wieder als Pirat. Bringt nicht viel ein, reicht aber zum Leben; und Sir Mortimor ist anspruchslos, wißt Ihr. Er sitzt am liebsten im Palas, trinkt und würfelt. Aber kommt jetzt ...«

Auf einmal hielt er inne. Neben Jim war plötzlich der braune Hund Kelb aufgetaucht.

»Gebieter«, sagte er zu Jim, ohne Sir William zu beachten, »wenn ich kurz mit Euch sprechen dürfte ...«

»Verschwinde!« befahl Jim. »Später.«

Der Hund verschwand.

»Ein Dschinn!« rief Sir William. »Versteht mich recht, Sir James, ich halte viel auf Gastfreundschaft, wenn jemand von daheim stammt. Aber – ein Dschinn! Was fällt Euch eigentlich ein, einen Dschinn von Eurem Spaziergang mitzubringen? Habt Ihr eine Ahnung, wie schwer es ist, die wieder loszuwerden? Ein Priester genügt da nämlich nicht, wißt Ihr; da braucht man schon einen heiligen Muselmanen – und meistens reicht das immer noch nicht, weil der heilige Mann nicht heilig genug ist, und man muß sich einen anderen holen. Wenn es dagegen darum geht, sich ein gutes, altes Gespenst oder einen Kobold vom Hals zu schaffen – jederzeit!«

»Keine Angst«, entgegnete Jim, »wenn ich aufbreche, nehme ich ihn mit; und da Ihr Sir Brian gefunden habt, würde ich ihn gern unverzüglich aufsuchen, wenn Ihr mir verzeiht. Ich muß ihn sobald wie möglich treffen.«

»So eilig werdet Ihr es doch wohl nicht haben«, meinte Sir William. »Wir wollten doch noch ins Kaffeehaus ...«

»Ich fürchte aber doch.« Jim zermarterte sich den Kopf nach einer Ausrede, um gleich aufbrechen zu können. Im Moment stand ihm nicht der Sinn nach Kaffeehäusern und nach Wein, nicht einmal nach europäischen Speisen – und schon gar nicht nach Badehäusern. Auf einmal hatte er eine Idee. »Ihr habt doch bestimmt schon von Sir John Chandos gehört?«

»Von Chandos?« echote Sir William. »Aber ja.«

»Muß ich noch mehr sagen?« fragte Jim in verschwörerischem Ton.

»Ah«, meinte Sir William. »Ich verstehe. Gewiß, gewiß. Trotzdem schade. Das Kaffeehaus hätte Euch bestimmt gefallen.«

»Da bin ich mir sicher«, erwiderte Jim. »Ich kann Euch gar nicht sagen, wie leid es mir tut, daß es damit nun nichts wird. Das war sehr freundlich von Euch, mich dorthin mitnehmen zu wollen.«

»Nun ja«, meinte Sir William. »Halt so ein Ort, wo sich um diese Zeit einige Herren treffen. Sie werden es ebenfalls bedauern, Euch nicht kennengelernt zu haben. Ich schicke Euch jemanden hoch, der Euch sagen wird, wie Ihr nach Episkopi kommt und Sir Mortimors Küstenburg findet.«

Er verließ den Raum ebenso plötzlich, wie er eingetreten war.

»Kelb«, sprach Jim ins Leere.

Vor ihm erschien der Hund.

»Also, Kelb«, sagte Jim, »was gibt es?«

»Wir Dschinns haben unsere eigenen Mittel und Wege«, antwortete Kelb selbstgefällig.

»Das glaube ich gern«, sagte Jim gereizt. »Also, was wolltest du mir sagen?«

»Aus Quellen, die allein Dschinns zugänglich sind«, sagte Kelb, »wußte ich, daß Ihr jemanden sucht. Ich habe ihn gefunden. Er befindet sich in einem Turm in der Nähe von Episkopi. Seht Ihr jetzt, welch großen Wert ich als Diener für Euch hätte, o Erhabener?«

»Da bin ich mir nicht so sicher«, entgegnete Jim. »Du hast nicht zufällig in Hundegestalt in der Nähe der Küchentür um Abfälle gebettelt, als du von den Bediensteten aufgeschnappt hast, daß ich einen Ritter suche, der soeben in der Umgebung von Episkopi ausfindig gemacht wurde?«

»Sollten die Bediensteten tatsächlich darüber geredet haben?« meinte Kelb. »Ein solcher Zufall erscheint mir kaum glaubhaft; allerdings ...«

»Spar dir die Ausreden«, schnitt Jim ihm das Wort ab. »Ich habe dir gesagt, ich würde dir Bescheid geben, wenn ich zu einem Entschluß gekommen bin, und das werde ich auch. Bis dahin verschwinde!«

»Ich verschwinde, Gebieter«, sagte Kelb und verschwand.

Jim fuhr in einem kleinen, stinkenden Boot mit einem großen Lateinsegel, das möglicherweise einmal rot gewesen war, entlang der Küste von Zypern nach Südosten. Das kleine Schiffchen hielt sich aus Angst vor Seeräubern die ganze Zeit dicht bei der Küste, und sein Kapitän – ein fröhlicher, schwarzhaariger, schwarzäugiger Grieche, dessen drei Söhne die Besatzung bildeten, erklärte, sie blieben deshalb in seichtem Wasser, um größere feindliche Schiffe auf Abstand zu halten. Sie könnten bis unmittelbar an den Strand fahren, während die größeren Schiffe auf Grund laufen würden.

»Aber was ist, wenn Ihr unmittelbar an der Küste durch tiefes Wasser segelt?« erkundigte sich Jim. Sogleich regte sich etwas an seinem rechten Schulterblatt, wo Kob es sich in einem Rucksack bequem gemacht hatte. Einen Moment lang fürchtete er, Kob würde den Kopf hervorstrecken und sich in die Unterhaltung einmischen, doch der Kobold verhielt sich still.

»Wenn wir das Boot nicht mehr retten können, dann retten wir uns eben selbst«, antwortete der Kapitän mit einem Achselzucken. »Das ist besser, als im Falle einer Gefangennahme gepfählt oder gekreuzigt zu werden.«

Jim ließ sich das durch den Kopf gehen; oder vielmehr versuchte er es. Er hatte geglaubt, er sei nach der langen Seereise von Britannien bis in den Süden unempfindlich gegen Seekrankheit. In Wirklichkeit hatte er sich auf unterschiedliche Weisen fortbewegt; übers Meer, zu Pferd und des Nachts in Drachengestalt oder auf einem Rauchschwaden, denn der kleine Kobold war imstande, auf einem Rauchschwaden überallhin zu gelangen und ihn obendrein mitzunehmen.

Am liebsten wäre er mit Kob bis nach Zypern geflogen. Statt dessen war er Brians Route gefolgt, um festzustellen, ob Brian unterwegs nicht zufällig gefangengenommen, eingekerkert oder verletzt worden war – womit in mittelalterlichen Zeiten durchaus zu rechnen war.

Kob war währenddessen ein angenehmer Reisebegleiter gewesen, und Jim hatte nicht bedauert, den Kobold auf Angies Drängen hin mitgenommen zu haben; sollte ihm unterwegs etwas zustoßen, würde Kob Angie benachrichtigen.

Bis jetzt hatte Jim geglaubt, einer der Vorzüge des Reisens bestünde darin, daß es immun gegen Seekrankheit machte. Das Schaukeln und Schlingern des kleinen Bootes in den küstennahen Wellen hatte jedoch bereits seine Wirkung getan. Richtig übel war ihm zwar nicht, doch er fror und hatte ein unangenehmes Gefühl in der Magengegend, was ihm die Konzentration erschwerte.

»Angenommen, wir müßten an Land gehen und flüchten«, sagte Jim. »Was wäre, wenn sie ein kleines Boot hinter uns herschicken und mich gefangennehmen würden?«

In Europa hätte man eine kostbar gewandete Person normalerweise festgehalten, um ein Lösegeld zu erpressen.

Der Kapitän zuckte die Achseln.

»Man würde Euch sämtliche Wertsachen abnehmen und anschließend mit Euch genauso verfahren wie mit uns«, antwortete er.

»Wenn wir zusammenblieben«, sagte Jim, »könnten wir sie vielleicht abwehren, wenn sie nur wenige sind.«

Der Kapitän nickte heftig mit dem Kopf. Jim faßte neuen Mut, doch dann fiel ihm ein, was die Geste bedeutete. Er mußte sich erst noch daran gewöhnen, daß ein Nicken im Nahen Osten ›nein‹ und ein Kopfschütteln ›ja‹ bedeutete.

Trotzdem fühlte er sich erleichtert. Wenn die anderen keinen Widerstand leisten wollten, würde es ihm leichter fallen, sich um sich selbst und um Kob zu kümmern. Sie bräuchten sich lediglich irgendwo zu verstecken. Dann würde er sich in einen Drachen verwandeln und den Seeräubern davonfliegen.

Jedenfalls begegneten sie im Laufe der Reise keinen Seeräubern, gleichwohl war Jim heilfroh, als er den steinigen Strand vor Sir Mortimors Burg betrat, wo sie von einem halben Dutzend grimmig dreinblickender Krieger erwartet wurden, die stählerne oder lederne Körperpanzer sowie Kappen und Überkleider trugen. Ihren Gesichtern nach zu schließen, hätten sie ferne Verwandte des Kapitäns sein können, wenngleich es ihnen an seiner Freundlichkeit mangelte. Jim hatte kaum seinen Fuß an Land gesetzt, als er auch schon eine Schwertspitze an der Kehle hatte.

»Nimm das weg, oder ich lasse dich auspeitschen!« knurrte Jim, um eine passende Entgegnung nicht verlegen. »Bring mich auf der Stelle zur Burg! Ich bin Sir James Eckert de Malencontri, der Drachenritter, und wünsche Sir Brian zu sprechen, der hier zu Gast ist. Überbringt diese Nachricht unverzüglich Sir Mortimor. Das ist ein Befehl!«

Er hielt sich schon lange genug in dieser Welt auf, um zu wissen, wie man sich in einer solchen Situation verhielt. Vor allem kam es dabei darauf an, kostbar gekleidet zu sein und alle anderen von oben herab zu behandeln.

Es funktionierte. Der Mann, der ihn mit dem Schwert bedroht hatte, senkte zwar nicht die Waffe, trat aber einige Schritte zurück und blaffte einen Befehl, worauf einer der Bewaffneten zur Burg zurückrannte.

»So kommt, Drachenritter«, sagte der Mann mit dem blanken Schwert. »Folgt mir!«

Man eskortierte Jim über den steil ansteigenden Strand und durch ein Labyrinth von kleinen Gebäuden, die teils zu Wohnzwecken, teils als Lagerhäuser dienten; davor waren Fischernetze zum Trocknen aufgehängt, und auf Gestellen hatte man Fische ausgelegt, um sie in der Sonne zu trocknen. Gleich hinter dem Dorf ging es steil bergan; zur Burg führte ein Serpentinenweg hinauf, der schließlich auf eine Treppe mündete, deren Stufen unmittelbar in den Fels gehauen waren, so daß man beinahe meinte, eine Wendeltreppe hinaufzusteigen.

Die Burg war kaum mehr als ein Turm mit ein paar halsbrecherisch angefügten, ganz aus Holz erbauten Vorgebäuden; eine Art primitiver Festung. Jim fiel allerdings auf, daß sie weniger verwundbar war, als es auf den ersten Blick schien. Die Burg war aus bläulichgrauen Steinblöcken erbaut und hatte eine massive Eingangstür, die solange verschlossen blieb, bis der Anführer von Jims Eskorte dagegenpochte und Einlaß begehrte – worauf sich die Tür öffnete und sie auf einen kurzen, schmalen Gang traten, der sie vor eine weitere, nicht minder massive Tür führte.

Während sie sich der zweiten Tür näherten, blickte Jim nach oben an die Decke, in der Löcher waren, durch die man allerlei unangenehme Dinge wie etwa brennendes Öl auf ungebetene Gäste gießen konnte, so daß der Gang zur Todesfalle würde.

Jim allerdings gelangte unbeschadet in das düstere Innere der Burg. Es hatte den Anschein, als gäbe es nur eine einzige Lichtquelle – und so war es auch.

Schließlich gelangten sie zu einem Schacht, der mitten durch die Burg hindurch bis zu einer Öffnung im obersten Stockwerk des Turms führte. In der Höhe erblickte man einen Flecken blauen Himmels und ein paar Zinnen. Bei schlechtem Wetter wurde die Öffnung wohl verschlossen. Im Moment war sie offen, und heller Sonnenschein fiel hindurch, der von den Steinwänden reflektiert wurde und das Innere der Burg erhellte, so gut es eben ging. In den unteren Gefilden brannten allerdings selbst in der Nähe des Schachtes Fackeln.

Man geleitete Jim zu einer in die Außenwand der Burg eingelassenen Steintreppe, die sich in Spiralen in die Höhe wand. Auf dem dritten Stockwerk entdeckte er Brian in Gesellschaft eines großgewachsenen, recht alten Mannes mit einem langen, traurigen Gesicht und einem Schnurrbart, dessen Enden bis auf die schmalen Lippen herunterhingen. Ein Mann, der eher wie ein Gelehrter im Ruhestand als wie ein Kriegsherr wirkte.

»James!« Brian sprang vom Tisch auf, an dem er und der ältere Mann gesessen hatten. Auch der Fremde erhob sich, jedoch bedächtiger.

Jim korrigierte sogleich seinen ersten Eindruck, das langsame Aufstehen sei eine Folge des Alters. Vielmehr war es Ausdruck von Lässigkeit, einer Art einstudierter Trägheit. Als sich der Mann zu voller Größe aufgerichtet hatte, überragte er nicht nur Brian, sondern auch Jim; und während ihn der Schnurrbart und sein Haar eher alt erscheinen ließen, so wirkte er aufgrund seiner übrigen Erscheinung etwa zwanzig Jahre jünger. Er war mindestens ein Meter neunzig groß und besaß den ausgesprochen geschmeidigen und muskulösen Körperbau eines starken und geübten Kämpfers.

Mehr bekam Jim allerdings nicht von ihm zu sehen, denn Brian kam auf ihn zugerannt, umarmte und küßte ihn erst auf die linke, dann auf die rechte Wange – im Mittelalter die übliche Begrüßung unter Freunden, die Jim mittlerweile mit Fassung zu ertragen gelernt hatte.

»Da seid Ihr ja endlich, James!« rief Brian und ließ ihn los. »Ich kann Euch gar nicht sagen, wie sehr ich mich freue! Und Ihr kommt genau zum richtigen Zeitpunkt! Erlaubt, daß ich Euch mit Sir Mortimor Breugel bekannt mache.«

Jim wußte, wie er sich in einer solchen Situation zu verhalten hatte. Er neigte den Kopf und vollführte vor dem hochgewachsenen Mann hinter dem Tisch eine angedeutete Verbeugung, welche dieser erwiderte.

»Es ist mir eine Ehre, Eure Bekanntschaft zu machen, Sir Mortimor«, sagte Jim.

»Die Ehre ist ganz auf meiner Seite ...«, erwiderte Sir Mortimor mit eindrucksvoller Baßstimme, worauf er eine bedeutungsvolle Pause einlegte.

»Ich bitte um Verzeihung!« sagte Brian aufgekratzt. »Sir Mortimor, das ist der hochwohllöbliche Baron Sir James Eckert, der Drachenritter, den ich bereits erwähnt habe.«

»Nicht nur Ihr«, meinte Sir Mortimor freundlich. »Es ist mir eine ganz besondere Freude, Euch kennenzulernen, Sir James. Wie Sir Brian bereits sagte, kommt Ihr wie gerufen. Bitte nehmt doch Platz. Dürfte ich Wein und Braten anbieten?«

Jim war noch ein wenig benommen von der Bootsfahrt, doch Sir Mortimor forderte ihn zum rituellen Gastmahl auf, und es wäre eine Beleidigung gewesen, hätte er es abgelehnt. Außerdem war Jim froh über die freundliche Aufnahme. Alle drei nahmen an einem Ende des Tisches Platz. Wie alle anderen Möbelstücke, die Jim bislang in der Burg gesehen hatte, war auch der Tisch von höchster Schlichtheit und Zweckmäßigkeit. Alles in allem erinnerte ihn Sir Mortimors Behausung an den Zustand, in dem Malencontri sich befunden hatte, als er und Angie dort eingezogen waren. Der frühere Besitzer hatte darin eher gehaust als gewohnt und die Burg lediglich als Basis für zahlreiche auswärtige Unternehmungen benutzt.

Jim führte das randvolle Trinkgefäß an die Lippen und nahm einen Bissen von dem knorpeligen Fleisch – dem Geschmack nach offenbar Hammel –, das ihm ein Bediensteter hingestellt hatte.

»Dürfte ich fragen«, sagte er, als er den Fleischbrocken mit den Zähnen soweit zerkleinert hatte, daß er ihn hinunterschlucken konnte, »weshalb Ihr meint, ich käme wie gerufen?«

»Nun, James, der Zeitpunkt könnte gar nicht günstiger sein«, antwortete Brian. »Eine solche Gelegenheit bietet sich nur einmal im Leben. Hat es Euch schon einmal danach verlangt, mit einem maurischen Freibeuter die Klinge zu kreuzen?«

Jim entsann sich, daß Nordafrika, die Heimat der Mauren, im allgemeinen als Piratenhort galt – zumindest bei Sir William, dem Edelmann, den er auf Zypern kennengelernt hatte, und seinesgleichen.

»Ich sage Euch, ich schon!« fuhr Brian aufgeregt fort. »Ich hätte bloß nie geglaubt, daß ich einmal Gelegenheit dazu bekommen würde. Aber kaum hatte ich mich hier einquartiert, als es auch schon hieß, mit dem

Eintreffen von Seeräubern sei jederzeit zu rechnen. Unser guter Sir Mortimor hat nämlich seinerseits ein paar östliche Handelsschiffe aufgebracht; und wie es scheint, haben die Eigner der gekaperten Schiffe ein paar Piraten der allerschlimmsten Sorte angeheuert, um sich an ihm und seiner Burg schadlos zu halten.«

Jim verspürte jähes Mitgefühl mit den Eignern der Handelsschiffe. Offenbar hatte Sir Mortimor einigen von ihnen so sehr zugesetzt, daß sie beschlossen hatten, dem Spuk ein Ende zu bereiten, worauf sie die berüchtigten Mauren angeheuert hatten, welche die Angelegenheit für sie bereinigen sollten.

Allerdings, überlegte er, herrschte im Mittelmeer ebensowenig Gerechtigkeit wie auf allen anderen Meeren der Welt. Der Starke nahm sich von den Schwächeren, was er kriegen konnte, und floh vor den Stärkeren.

Außerdem hatte er bereits gehört, daß Sir Mortimor sich auf diese Weise seinen Lebensunterhalt verdiente. Er selbst hatte nicht die geringste Lust, sich in eine Auseinandersetzung mit maurischen Piraten verwikkeln zu lassen; Brian sah es jedoch ähnlich, das Ganze als einen großen Spaß zu betrachten. Ganz zu schweigen davon, daß er später, sollte er die Auseinandersetzung lebend überstehen und nach England zurückkehren, eine Geschichte zu erzählen hätte, die ihm Neid und Bewunderung einbringen würde.

Im Grunde aber kannte Jim Brian mittlerweile gut genug, um ihm abzunehmen, daß es eher die Erregung der Begegnung auf Leben und Tod war, welche ihn dazu veranlaßte, sich begierig in diese Kämpfe zu stürzen, als der Wunsch, zu Hause davon zu erzählen. Gleichwohl würden ihm die späteren Berichte einige gesellschaftliche Anerkennung einbringen.

Allerdings wäre es unhöflich gewesen, hätte er Brian und Sir Mortimor seine Überlegungen kundgetan. Daher lächelte Jim und bemühte sich, nicht nur interessiert, sondern nachgerade erfreut dreinzuschauen.

»In der Tat!« sagte er. »Und Ihr meint, mit der Ankunft der Piraten sei jeden Moment zu rechnen?«

»Der Turm ist Tag und Nacht mit einem Wachposten besetzt«, antwortete Sir Mortimor mit seiner erstaunlichen Baßstimme.

Jim hätte schwören können, daß der Mann seine Stimme nicht im mindesten über seinen normalen Umgangston erhoben hatte; dennoch schienen die Worte durch die ganze Burg zu hallen. Sir Mortimors Stimme war aus zehn Metern Entfernung selbst dann noch mühelos zu verstehen, wenn sich dazwischen mehrere Leute in höchster Lautstärke unterhielten.

»Bis jetzt«, fuhr Sir Mortimor fort, »hat sich noch keiner blicken lassen, wenngleich häufig Segel gesichtet werden. Wahrscheinlich werden sie in Galeeren kommen, mit gerefften Segeln und lediglich unter Rudern. Gleichwohl müßten wir sie bei klarem Wetter rechtzeitig sichten, so daß uns noch genügend Zeit bleibt, uns zu bewaffnen. Hättet Ihr in der Zwischenzeit Lust, mit Sir Brian und mir ein wenig zu würfeln?«

»Ich bedaure außerordentlich, Sir Mortimor«, sagte Jim, »aber wie Euch Sir Brian sicherlich schon sagte, bin ich ein Magier, und unter gewissen Umständen ist es mir geboten, aller Zeitvertreibe, die dem Zufall unterworfen sind, zu entsagen. Übrigens darf ich nicht vergessen, Euch, Sir Brian, Kunde von Lady Geronde und von Lady Angela, meiner lieben Frau, zu übermitteln. Wenn Ihr mit Sir Mortimor würfeln wollt, so werde ich Euch zuschauen.«

»Das ist betrüblich, aber ich verstehe es natürlich«, sagte Sir Mortimor im Ton eines Falschspielers, der ein unbeholfenes, wenn auch unschuldiges Opfer entwischen sah.

»Obgleich es vielleicht eher angebracht wäre«, fuhr er fort, »Euch über die Dinge ins Bild zu setzen, die ich soeben mit Sir Brian besprochen habe; dabei ging es um die Verteidigung meiner Burg, falls die Seeräuber landen sollten.«

»Ich höre Euch gerne zu«, erwiderte Jim.

»So kommt!« Sir Mortimor erhob sich abermals zu voller Größe und geleitete sie über die Treppe bis aufs Dach des Turms, einem ebenen Steinkreis, dessen Zinnenumrandung an schartige Zähne erinnerte und in dessen Mitte der gleichzeitig zur Belüftung dienende Lichtschacht ausgespart war. In den Zinnen gab es eine weitere, seewärts weisende Öffnung, die über dem Eingang mit den Löchern in der Decke gelegen war.

Des weiteren gab es dort fünf Kamine von gut zwei Metern Höhe, und einen großen, rußgeschwärzten Kessel auf Rädern, unter dem sich ein sandgefüllter Feuerkasten befand, in dem das Öl erhitzt wurde, bevor man es auf Angreifer goß.

Neben dem Kessel befand sich ein Gestell, in dem eine Bronzescheibe von über einem Meter Durchmesser aufgehängt war. Erst als Jim den einem Vorschlaghammer ähnelnden Gegenstand entdeckte, der an dem Gestell lehnte, wurde ihm klar, daß es sich bei dem Gebilde um einen großen Gong handelte.

Neben dem Gong standen zwei Männer, offenbar Wachposten auf Ausguck, die beide aufs Mittelmeer hinausblickten. Als Jim ebenfalls in die Ferne schaute, entdeckte er in unterschiedlicher Entfernung mehrere weiße Segel; da die Wachposten jedoch keine Notiz von ihnen nahmen, konnte es sich wohl kaum um die erwarteten feindlichen Galeeren handeln.

Beide Männer blickten sich um, als Sir Mortimor Brian und Jim aufs Dach geleitete. Sir Mortimor deutete in die Tiefe, worauf die beiden Männer im Eilschritt über die Treppe verschwanden.

»Die werden von meinen Plänen noch früh genug erfahren«, sagte Sir Mortimor mit gesenkter Stimme zu Brian und Jim, als er sie zu einer Stelle an den Zinnen geleitete, wo die Kamine ihre Sicht nicht behinderten. »Seht her, meine Herren. So ist die Lage.«

Jim und Brian beugten sich über die Brüstung und blickten auf den Strand hinunter. Der Turm war lediglich vier oder fünf Stockwerke hoch; aufgrund seiner schmalen Bauweise und der exponierten Lage auf der Felsspitze vor der Steilwand wirkte er jedoch schwindelerregend hoch. Die steilen Stufen, die zu dem fast ebenso steilen Serpentinenweg hinunterführten, verstärkten noch das Gefühl von großer Höhe.

Dem stand allerdings das Wissen entgegen, sich nicht weit über dem abfallenden Strand zu befinden, und daher wirkten die aus Holz erbauten Vorgebäude erstaunlich nah. Es war, als betrachtete Jim die Gebäude durch ein Teleskop und alles andere aus der trügerischen Höhe des Turms.

Der steinige Strand, über den die Wellen züngelten, bildete den Abschluß der tiefsten Einkerbung einer kleinen Bucht. Die Felswand hinter der Burg war meerwärts gekrümmt, wie zwei Hörner, welche die beiden Landzungen bildeten. Die höchsten Stellen dieser Landzungen lagen etwas höher als das Dach der Burg. Soweit man sie überblicken konnte, waren sie nahezu kahl, abgesehen von der spärlichen Vegetation und ein paar grasenden Schafen.

Das Mittelmeer lag so friedlich da wie seit Jims Ankunft auf Zypern; die blaue Wasserfläche erstreckte sich bis zum gekrümmten Horizont, und die Segel, die Jim gleich zu Anfang aufgefallen waren, passierten die Küste.

»Ich rechne mit nicht weniger als zwei großen Galeeren mit jeweils zweihundert Bewaffneten an Bord«, bemerkte Sir Mortimor an Jims rechter Seite. »Somit hätten wir es einschließlich der Besatzung mit etwa fünfhundert Kämpfern zu tun. Sie werden an Land gehen, das Dorf brandschatzen, jeden töten, dessen sie habhaft werden, und sich anschließend der Burg von dort oben her nähern. Dabei werden sie feststellen, daß der Überhang der Felswand es unmöglich macht, uns mit schweren Steinen zu bewerfen. Außerdem ist das Gras dort schlüpfrig, und der Boden fällt steil zum Rand hin ab. Wenn sie das versuchen sollten, werden sie lediglich ein paar Männer verlieren.«

»Werden sie griechisches Feuer dabeihaben?« erkundigte sich Brian.

»Griechisches Feuer ist in Konstantinopel noch immer ein streng gehütetes Geheimnis«, sagte Sir Mortimor. »Nein, das haben sie bestimmt nicht dabei. Auch keine Bombarden, wenngleich nicht auszuschließen ist, daß sie über Pulver verfügen, und damit könnten sie versuchen, den Turm an seiner Basis zu beschädigen. Allerdings sind die Mauern mindestens einen halben Meter dick, an manchen Stellen sogar bis zu drei Meter. Mit Pulver hat man es auch früher schon versucht, ohne etwas damit auszurichten. Wie ich schon sagte, werden sie das Dorf brandschatzen, und natürlich werden sie versuchen, die Treppe zu erklimmen und sich durch den Haupteingang Einlaß zu verschaffen.«

»Das dürfte ihnen übel bekommen«, bemerkte Sir Brian.

Sir Mortimor nickte.

»Dabei werden sie schwere Verluste erleiden; aber wenn sie es lange genug versuchen, könnten sie das Tor möglicherweise überwinden. Sollten sie die Burg tatsächlich stürmen, werden wir sterben. Daher werden wir im letzten Moment eine Entscheidung treffen müssen – das heißt, ich werde sie treffen, meine Herren. Bei allem Respekt vor Eurer Erfahrung im Kriegshandwerk, aber dies ist meine Burg, und ich werde auf die Art kämpfen, die ich für die beste halte. Wenn sie das Außentor und das brennende Öl überwunden haben und es den Anschein hat, als würden sie das Innentor jeden Moment durchbrechen und ins Burginnere vordringen, müssen wir einen Ausfall machen.«

»Ha!« meinte Brian.

»Es gibt einen Geheimgang, der ein Stück weiter am Strand mündet«, fuhr Sir Mortimor fort. »Abgesehen von den kampffähigen Dorfbewohnern verfügen wir in der Burg über einhundertvierzig Kämpfer. Mit einhundert dieser Kämpfer werden wir den Angreifern entweder in den Rücken fallen oder sie unerwartet des Nachts angreifen, wenn sie den Rest zurückgezogen haben, da sie meinen, wir wären in der Burg eingeschlossen, und sie könnten die Angelegenheit ohne Hast und Eile zu Ende bringen. Wenn wir Glück haben und die meisten im Schlaf überraschen, fügen wir ihnen auf diese Weise so große Verluste zu, daß sie meinen werden, wir seien ein Verstärkungstrupp aus Episkopi oder der Umgebung. Dann werden sie sich zu den Galeeren flüchten.«

»Ich wüßte gern«, wandte Brian sich an den hochgewachsenen Ritter, »an welcher Seite der Burg der Geheimgang endet.«

Sir Mortimor lächelte frostig auf ihn hinunter.

»Es schadet nicht, wenn ich es Euch sage«, erwiderte er. »Wenngleich die übrigen Einzelheiten ein Familiengeheimnis sind.«

Er deutete zur Böschung zur Rechten der Burg.

»Ein Stück weiter in dieser Richtung«, sagte er.

Brian musterte das Gelände.

»Fünfzig Yards von hier befinden sich am Fuße der steilen Böschung am Strand ein paar große Felsen«, sagte er. »Gebt mir sechzig von Euren Leuten, dann verspreche ich Euch, des Nachts ihre Boote in Brand zu stecken.«

»Genau das möchte ich vermeiden, Sir Brian«, entgegnete Sir Mortimor. »Wenn ihnen der Fluchtweg übers Meer versperrt ist, dann müssen sie hierbleiben – ob sie wollen oder nicht. Vergeßt nicht, daß sie uns im Verhältnis fünf zu eins überlegen sind. Wenn die Boote zerstört sind, werden sie notfalls bis zum letzten Mann kämpfen, was dazu führen könnte, daß ihnen am Ende die Burg gehört und wir alle tot sind ...«

Plötzlich ertönte ein Schrei, und durch den Schacht hallte ein hektisches Stimmengewirr zu ihnen empor.

»Hölle, Blut und Tränen!« entfuhr es Sir Mortimor, dessen Stimme von beiden Landzungen widerhallte. Mit vier langen Schritten hatte er den Treppenschacht erreicht und verschwand darin.

8

Jim und Brian, die auf dem Dach zurückgeblieben waren, sahen einander an.

»Brian«, begann Jim. »Jetzt ist die Gelegenheit, Euch auf den neuesten Stand zu bringen. Der Grund, weshalb ich Euch so schnell gefolgt bin, ist, daß John Chandos mir das Dokument überbracht hat, worin mir die Vormundschaft über Robert zuerkannt wird.«

»Das ging aber schnell«, meinte Brian. »Manchmal dauert so etwas Jahre. Deshalb habe ich mir auch kaum Hoffnungen gemacht. Aber es ist schön, daß Ihr hier seid, James – zumal in Anbetracht der Umstände.«

»Ich bin weniger glücklich über die Umstände als Ihr, Brian«, begann Jim, als er spürte, wie Kob sich im Rucksack regte und sich aufsetzte. Im nächsten Moment streckte der Kobold seinen kleinen, grauen Kopf hervor, den Jim aus den Augenwinkeln sehen konnte.

»Das ist übrigens Kob«, meinte Jim hastig. »Er wohnt im Kamin der Anrichte von Malencontri. Bist du gerade erst aufgewacht, Kob?«

»Ach, ich habe nicht geschlafen«, entgegnete Kob. »Kobolde schlafen nicht. Wir träumen, ohne zu schlafen.«

»Ein Kobold!« meinte Brian fassungslos. »Wovon hast du denn geträumt, Kobold?«

»Oh, von hübschen warmen Kaminen, von netten

Leuten mit gutem Essen, von Horden von Kindern, die man Huckepack tragen kann ...«

Auf einmal brach er ab und musterte Brian durchdringend.

»Ich kenne Euch nicht«, sagte er, versteckte sich hinter Jims Kopf und klammerte sich an dessen Hals fest.

»Das ist Sir Brian Neville-Smythe, Kob«, sagte Jim. »Mein bester Freund. Er ist häufig in Malencontri zu Besuch; und er mag Kobolde.«

»Mag ...« Brian brach unvermittelt ab. »Jedenfalls habe ich nichts gegen sie. Übrigens bist du der erste, der mir begegnet ist.«

Mittlerweile schaute Kob wieder hinter Jims Kopf hervor und musterte Brian fasziniert.

»Ihr seid wirklich Brian – ich meine, Sir Brian Neville-Smythe?« fragte Kob. »War Euer Haar auch schon fast weiß, als Ihr noch jung wart?«

»Natürlich!« fauchte Brian. »Das war es allerdings. Nicht, daß dich das etwas angehen würde, Kobold!«

»Euer Vater hat Euch häufig nach Malencontri mitgebracht, als Ihr noch sehr klein wart«, sagte Kob. »Die Menschen, die damals in Malencontri lebten, nannten sich Claive. Es wurde viel gegessen und getrunken und gesungen, und Euch hat man dabei ganz vergessen. Ich ließ Euch auf dem Rauch reiten. Erinnert Ihr Euch noch?«

»Auf dem Rauch reiten ...« Brian runzelte die Stirn. »Ja, bei Gott! Ich erinnere mich. Ja! Wir sind über den Wald geflogen. Du hast mir die Bärenhöhle und den Bau der Murmeltiere gezeigt. Und das Haus des Magiers – das war Carolinus' Haus, aber das habe ich erst später erfahren. Ich erinnere mich! Dann warst du also der Kobold?«

»Aber ja«, antwortete Kob. »Ihr wart sehr klein. Eure Mutter war gestorben, und Euer Vater war die meiste Zeit über weg. Hat Euch der Kobold der Malvernburg denn nicht auch auf Ausflüge mitgenommen?«

»Niemals«, sagte Brian.

»Das hätte er aber tun sollen«, meinte Kob. »Ich jedenfalls hätte Euch mitgenommen.«

»Beim heiligen Brian, meinem Namenspatron, das habe ich nie vergessen! Du warst sehr nett zu mir, Kobold.«

»Aber nein«, erwiderte Kob ernsthaft. »Es hat mir Spaß gemacht.«

»So, Kob«, sagte Jim. »Ich habe dir ja gesagt, Sir Brian mag Kobolde. Und jetzt stellt sich heraus, daß er mit dir schon länger befreundet ist als mit mir.«

»Es ist… sehr freundlich von Euer Hochwohlgeboren, daß Ihr Euch noch daran erinnert«, sagte Kob, der noch immer ein wenig furchtsam an Jims Kopf vorbei spähte.

»Ha – nun gut«, meinte Brian. »Damals war ich natürlich ein kleines Kind. Hatte keine Ahnung von Rangunterschieden. Gleichwohl werde ich diese Erfahrung nie vergessen. Aber, Jim – weshalb nehmt Ihr denn einen Kobold mit ins Heilige Land?«

»Das hat mit Lady Geronde und Angela zu tun«, antwortete Jim. »Jetzt ist die Gelegenheit günstig, es Euch zu sagen, bevor Sir Mortimor zurückkommt. Es war nämlich so: Sobald wir die Vormundschaftsurkunde in Händen hielten, haben Angie und ich die Malvernburg besucht, um mit Geronde zu reden. Geronde beschrieb mir so gut es ging, wie ich Euch finden könnte. Eigentlich bin ich schon vor einer Woche auf Zypern eingetroffen, aber niemand kannte Euren Aufenthaltsort, und ich fürchtete schon, Ihr hättet Euch bereits nach Tripolis eingeschifft, was Geronde zufolge Eure nächste Zwischenstation sein sollte.«

»Da hatte sie ganz recht«, meinte Brian. »Ich habe wirklich nicht damit gerechnet, daß Ihr mich einholen würdet, James – und schon gar nicht so bald. Ansonsten hätte ich einigen Leuten Bescheid gegeben, und Ihr hättet mich leichter gefunden. Ich nehme an, auf

Malvern und Malencontri hat sich in der Zwischenzeit nichts Bedeutsames zugetragen?«

»Nein«, bestätigte Jim, »wenn man davon absieht, daß Sir John Chandos uns die Vormundschaftsurkunde überbracht hat. Er hatte einige Bewaffnete dabei und war, wenn ich ihn recht verstanden habe, unterwegs zur walisischen Grenze.«

»Ich frage mich, was er da ...«, murmelte Brian. »Abgesehen vom Bau der Burg zu Caernarvon, habe ich schon länger nichts mehr von Wales gehört. Aber ich begreife immer noch nicht, weshalb Ihr nun den Kobold mitgebracht habt, James.«

Sir Mortimors Stimme schallte durch den Schacht empor; sie schien näher zu kommen, ganz so, als käme der Ritter wieder die Treppe hoch.

»Vor allem wegen Angela«, antwortete Jim hastig. »Sie und Geronde haben sich wegen Eurer Reise noch mehr Sorgen als sonst gemacht. Geronde meinte, sie sei sogar soweit gegangen, Euch zu bitten, Ihr möchtet zu Hause bleiben – wenigstens dieses eine Mal.«

»Das hat sie getan«, bestätigte Brian. »Jedenfalls sah ich keinen Grund, die Reise deswegen zu verschieben. Schließlich konnte niemand wissen, ob mein Gold dann, wenn Geronde mit meiner Abreise einverstanden wäre, noch da sein würde, James.«

»Ich verstehe«, sagte Jim. »Jedenfalls hatte Angie einen besonderen Wunsch an mich. Sie wollte möglichst rasch davon erfahren, wenn einem von uns beiden etwas zustoßen sollte. Ihr seid mit Kob auf dem Rauch geritten, daher werdet Ihr Euch erinnern ...«

»Jetzt erinnere ich mich wieder ganz deutlich«, sagte Brian.

»Dann werdet Ihr Euch vielleicht noch daran erinnern, daß Ihr zwar den Eindruck hattet, Ihr kämet nur ganz langsam mit dem Rauch voran, während Ihr in Wirklichkeit eine große Entfernung zurückgelegt habt. Kob und ich haben einen Großteil der Strecke bis hierher auf dem Rauch zurückgelegt. Die Sache ist nämlich die, daß Kob in Windeseile nach England zurückkehren und Angie oder Geronde Bescheid geben kann, sollte einem von uns beiden etwas zustoßen. Und wenn sie etwas tun können, dann werden sie es tun ...«

Er brach ab, denn in diesem Moment tauchte Sir Mortimor in der Treppenöffnung auf und näherte sich den beiden Rittern.

»Ihr wollt sicher wissen, was los war«, sagte er. »Die Ängste der Einheimischen können einen in den Wahnsinn treiben. Ich werde Euch sagen, was der Grund der ganzen Aufregung war. Ein kleiner, brauner Hund – ein kleiner, brauner Hund, der nicht zu finden war, als wir nach ihm suchten.«

»Ein brauner Hund?« echote Jim.

»Genau!« sagte Sir Mortimor. »Das muß man sich einmal vorstellen! Ein Hund in meiner Burg, ausgeschlossen. Andernfalls würden hier sämtliche Dorfköter herumschnüffeln. Ob Mensch oder Tier, jeder muß durch das Eingangstor. Kein Tier kommt da unbemerkt hindurch. Und da schwören der Koch und ein halbes Dutzend andere Männer, sie hätten einen Hund gesehen – und wißt Ihr, wofür sie ihn hielten? Zumindest Ihr, Sir Brian, könnt es Euch wohl denken. Sie meinten, er sei ein Dschinn gewesen. Wenn es nach denen geht, wimmelt es nur so von Dschinns. Lächerlich!«

»Lächerlich!« schallte es von den beiden Landzungen der kleinen Bucht vor dem Fischerdorf zurück.

Unterdessen waren die beiden Wachen zurückgekommen und hatten sich schweigend wieder auf Posten begeben. Sir Mortimor senkte die Stimme wieder auf normale Lautstärke.

»Doch was haltet Ihr davon, meine Herren, wenn wir die Angelegenheit vergessen und wieder nach unten gehen? Ich könnte jetzt einen Becher Wein vertragen, und Euch geht es wohl nicht anders.«

Sie folgten ihm aus dem hellen Sonnenschein ins düstere Innere der Burg, zurück zu dem Tisch, an dem Jim ihn und Sir Brian bei seiner Ankunft angetroffen hatte. Sie nahmen auf Hockern Platz, und ein Bediensteter brachte ihnen Wein. Jim bemerkte mit Interesse, daß das Gefäß, an dem er bereits genippt hatte, weggebracht worden war – wahrscheinlich hatten die Küchenbediensteten den Wein ausgetrunken.

»Aber wenn der braune Hund nun tatsächlich ein Dschinn war«, wandte Brian sich an Sir Mortimor, »dann muß er entweder unbemerkt hereingekommen sein, oder er hat einen anderen Eingang benutzt. Sie verfügen über magische Fähigkeiten, nicht wahr?«

»O ja«, antwortete Sir Mortimor. »Aber das war bestimmt kein Dschinn. Was hätte ein Dschinn ausgerechnet hier zu suchen …«

Der einzige Ton, der es mit seiner Stimme möglicherweise aufnehmen konnte, brachte ihn zum Verstummen. Plötzlich ertönte der Gong auf dem Dach der Burg. Anschließend vernahm man Schritte, welche die Treppe herunterkamen, und während der Gong unablässig weiterdröhnte, kam einer der Wachposten in den Raum gestürmt.

»Mylord!« rief er. »Sie sind da. Sie haben uns fast schon erreicht. Sie haben sich mit zwei Galeeren in der Deckung der Landzungen angeschlichen. Ihre Boote werden das Dorf jeden Moment erreichen!«

»Bei den Wunden Christi!« explodierte Sir Mortimor, sprang auf und warf dabei seinen randvollen Weinkelch um. »Kann ein Christenmensch denn nicht einen Moment Ruhe in seinem eigenen Haus haben?«

Er funkelte den Boten an, der mit aschfahlem Gesicht vor ihm stand, griff geistesabwesend nach seinem Kelch, bemerkte, daß er umgekippt war, ergriff stattdessen Jims Trinkgefäß und stürzte dessen Inhalt in einem Zug hinunter. Nicht schlecht, dachte Jim, in Anbetracht der Tatsache, daß der Kelch etwa einen halben Liter faßte.

Der Gong dröhnte in einem fort, und allmählich klangen Jim davon die Ohren. Er sah, wie sich Sir Brians Lippen bewegten, vernahm aber keinen Laut. Sir Mortimors Stimme übertönte allerdings auch diesen Lärm.

»Das Eingangstor für die Dorfbewohner öffnen!« brüllte er. »Steinschleuderer und Bogenschützen auf den Turm. Lauft!«

Der Bote rannte zu den unteren Stockwerken des Turms hinunter.

»Kann man den Gong nicht endlich zum Schweigen bringen, Sir Mortimor?« schrie Brian. »Mittlerweile hat ihn doch bestimmt jeder in der Burg gehört!«

»Die Dörfler müssen ihn ebenfalls hören. Kommt mit, meine Herren!«

Er eilte zur Treppe, wobei er beinahe einen Bogenschützen umgerannt hätte, der in diesem Moment hochgestürmt kam; weiter ging es, jeweils zwei Stufen auf einmal, wobei er Jim und Brian, der die Nachhut bildete, weit hinter sich ließ.

»Ich habe bloß einen Dolch bei mir«, keuchte Brian. »Nur gut, daß Ihr halb gerüstet seid und Euer Schwert dabeihabt, James!«

Das stimmte. Jim hatte das Schwert dabei, weil es für einen reisenden Ritter undenkbar war, darauf zu verzichten. Die Rüstung, bestehend aus einem Kettenhemd und einem Eisenhelm, trug er als Reiseschutz. Jim wurde auf einmal bewußt, daß er mittlerweile so an das Gewicht des Schwertes und der Rüstung gewöhnt war, daß er sie ganz vergessen hatte, als man ihn Sir Mortimor vorgestellt hatte.

»Ihr solltet besser hinuntergehen und Eure Rüstung anlegen«, wandte er sich über die Schulter hinweg an Brian. »Ich werde Sir Mortimor sagen ...«

»Nein, nein«, entgegnete Brian. »Das wäre unhöflich. Unser Gastgeber hätte uns darauf hinweisen müssen, wenn Anlaß bestünde, uns zu rüsten.«

»Vielleicht hat er es einfach vergessen«, erwiderte Jim trocken. Bislang war er sich noch unschlüssig, was er von Sir Mortimor halten sollte. »Wenn sich herausstellt, daß wir Schwerter brauchen, Brian, gebe ich Euch meines. Ihr könnt besser damit umgehen.«

Brian gab ein Geräusch von sich, als wolle er widersprechen, doch waren er und Jim vom Versuch, Sir Mortimor einzuholen, viel zu sehr außer Puste, um noch weiterzureden. Außerdem hatten sie in diesem Moment das Dach erreicht.

Es waren ihnen bereits einige Männer zuvorgekommen, die auf den ersten Gongschlag hin die Treppe hochgestürmt waren. Einer von ihnen war der Bogenschütze, den Sir Mortimor beinahe von der Treppe gefegt hätte. Jim hatte sich eigentlich gleich zur Brüstung begeben und einen Blick auf die Angreifer werfen wollen, und Brian erging es bestimmt ebenso. Statt dessen verharrten sie beide an Ort und Stelle und beobachteten gebannt einen Mann, der sich wie eine Spinne an ihrem selbstgesponnenen Faden an einem langen Seil von dem Felsvorsprung herunterließ, der den Eindruck erweckte, er sei lediglich Vögeln oder Engeln zugänglich. Sir Mortimor stand breitbeinig da und blickte dem Mann unheilverkündend entgegen.

»Warum hast du sie nicht gesehen?« knurrte der Ritter, als der Mann mit den Füßen den Boden berührte.

»Ich bitte um Vergebung, Mylord«, antwortete der Mann. »Anscheinend haben sie sich dicht bei der Küste gehalten, so daß mir die Sicht durch die Landzungen verdeckt war. Es könnte sogar sein, daß sie sich der Küste letzte Nacht im Schutz der Dunkelheit genähert und bis jetzt dort gewartet haben.«

»Ha!« machte Sir Mortimor. »Jedenfalls sind sie jetzt da.«

Während ihrer kurzen Unterhaltung waren weitere Männer aufs Dach geströmt. Jim zählte lediglich drei Bogenschützen. Die anderen waren weit in der Überzahl: schlanke, dunkelhäutige Männer, die meisten eher klein von Wuchs. Sie schienen unbewaffnet, es sei denn, in den großen, ausgebeulten Taschen an ihren Gürteln waren Waffen.

Dann gab es auch noch welche, die Steine von der Größe eines Baseballs bis zu der einer Melone schleppten. Die Steine schichteten sie an den Seiten des Turms auf, die dem Strand und dem Dorf zugewandt waren.

Brian war bereits an die Brüstung getreten und schaute auf die Angreifer hinunter. Er stand neben Sir Mortimor, der ebenfalls nach unten sah. Jim gesellte sich zu ihnen. Auf dem Serpentinenweg, der zur Treppe und dem mittlerweile offenen Burgtor führte, wimmelte es von Menschen, die alle möglichen Gegenstände schleppten, angefangen von Äxten bis zu Säkken unbekannten Inhalts.

Die beiden Galeeren wandten soeben den Bug dem Strand entgegen. Offenbar beabsichtigten sie, dem Strand möglichst nahe zu kommen. Tatsächlich ankerten sie etwa fünf Meter vom Strand entfernt, worauf die Piraten vom Bug ins hüft- bis schultertiefe Wasser hinuntersprangen und an Land wateten. Was Rüstungen und Waffen betraf, so wiesen sie erstaunliche Unterschiede auf; die meisten aber hatten einen runden Holzschild und ein Krummschwert dabei, das sie in Händen hielten, als sie den Strand betraten.

Kaum daß der erste das Wasser hinter sich gelassen hatte, wandte er sich brüllend gegen das Dorf und die Flüchtlinge, die sich in die Burg zu retten versuchten.

Die Angreifer hielten keinerlei Ordnung ein, doch dauerte es nicht lange, da befand sich ein Gutteil von ihnen an Land. Jim hatte eigentlich erwartet, daß sie als erstes die Häuser in Brand stecken würden; doch das taten sie nicht. Statt dessen setzten sie den Flüchtenden nach.

»Steinschleuderer!« rief Sir Mortimor.

Es waren immer noch nicht mehr als ein halbes

Dutzend Bogenschützen auf dem Dach der Burg versammelt, dafür aber drei Dutzend von der anderen Sorte. Diese nahmen nun an den Zinnen Aufstellung, die dem Strand zugewandt waren, und holten einen doppelten Lederriemen mit einem flachen, leicht gebogenen Stück Leder in der Mitte aus der Tasche. Anschließend holten sie matte Metallkugeln hervor. Mit unterschiedlicher Geschwindigkeit paßten sie die Kugeln in die Mulde der Schleuder ein, packten beide Enden des Riemens und wirbelten die Vorrichtung mit einer Hand in der Waagerechten im Kreis, während sie auf den Strand hinunterblickten und das Gewicht der Kugel in der Mulde den Riemen aufs äußerste dehnte, so daß dieser wie ein massiver Stock rotierte.

»Achtet nicht auf die, welche die Straße noch nicht erreicht haben«, sagte Sir Mortimor. »Zielt auf die in der Nähe der Dörfler. Wartet auf meinen Befehl.«

Die Männer standen müßig da und wirbelten die Schlingen umher. Erst als die ersten Angreifer bis auf wenige Schritte an eine alte Frau herangekommen waren, die dem Gros der Flüchtlinge hinterherhinkte, gab Sir Mortimor das Kommando; mittlerweile wimmelte es auf dem Straßenabschnitt, den die Dörfler geräumt hatten, von maurischen Piraten.

»Jetzt!« sagte Sir Mortimor. Die Männer beugten sich alle gleichzeitig vor, als hätten sie es vorher geprobt, ließen ein Ende der Schlinge los und gaben die Geschosse frei, woraufhin sie ein weiteres Geschoß aus der Tasche fischten, in die Mulde der Schleuder einlegten und umherwirbelten.

Die Wirkung der ersten Salve war erstaunlich. Aus dieser Höhe erfolgte der Aufprall der Geschosse natürlich lautlos, und anders als bei Pfeilen, bei denen der gefiederte Schaft aus den Gefallenen hervorschaute, war auch nichts zu sehen.

»Balearische Steinschleuderer!« rief Brian begeistert

aus. »Das sind doch Balearen, hab ich recht, Sir Mortimor?«

»Die meisten«, knurrte Sir Mortimor, unverwandt in die Tiefe blickend. »Sie wurden von Kindheit an ausgebildet, genau wie Langbogenschützen. Einige sind allerdings billiger, weil sie in der Nähe aufgewachsen sind, außerdem ist es für eine Burg wie diese günstiger, große Mengen an Steinen zu horten als die sorgfältig gefertigten Pfeile eines Bogenschützen, die unwiderbringlich verloren sind, wenn sie erst einmal abgefeuert wurden. Die Steinschleudern haben zwar eine geringere Reichweite als der Langbogen, auf kurze Entfernung sind sie jedoch höchst wirkungsvoll.«

»Das kann man wohl sagen!« bemerkte Brian.

Jim hatte den Eindruck, die Hälfte der vordersten Verfolger sei zusammengebrochen, während die übrigen kehrtgemacht hatten und über die Straße flohen. Die hintersten stürzten nun ebenfalls, und als der Rest den Anfang der Straße erreicht hatte, hörten die Schleuderer auf, ihre Schlingen umherzuwirbeln, und blickten Sir Mortimor erwartungsvoll an.

Sir Mortimor schüttelte den Kopf.

Offenbar hatte er sich Wein bringen lassen, denn er hielt einen fast bis zum Rand mit roter Flüssigkeit gefüllten Kelch in der Hand, ohne jedoch davon zu trinken. Auf dem Turmdach herrschte Stille.

Die Angreifer hingegen machten soviel Lärm, daß er für beide Seiten ausreichte. Als Jim über die Zinnen in die Tiefe blickte, sah er, daß sich die meisten auf der kleinen Freifläche zwischen dem Dorf und dem Anfang des Serpentinenwegs versammelt hatten. Sie schauten zu den Zinnen hoch, heulten und schüttelten ihre Waffen. Ein paar hatten Bogen dabei, Pfeile flogen empor, von denen aber keiner mehr als drei Viertel der Turmhöhe überwand, ehe er gegen die Steinmauer prallte und wieder nach unten fiel.

»Das wundert mich nicht«, meinte Brian, der neben

Jim in die Tiefe schaute. »Wenn man so steil nach oben blickt, fällt es schwer, die Entfernung zum Ziel richtig zu schätzen.«

Sir Mortimor nippte am Wein.

Einige wenige Pfeile stiegen so hoch in die Luft, daß sie auf das Burgdach niederfielen, ohne Schaden anzurichten. Der Lärm in der Tiefe nahm immer mehr ab, bis auch dort Ruhe herrschte. Auf einmal erscholl eine kräftige Stimme.

»Englischer Ritter!« wurde gerufen. »Sir Mortimor, ich weiß, daß Ihr da seid. Ich bin Abd'ul Hassan, und das sind meine Männer. Widerstand ist zwecklos. Ich will mit Euch sprechen. Sir Mortimor! Zeigt Euch an den Zinnen!«

Brian und Jim beobachteten von eben diesen Zinnen aus, wie sich die Menge in der Tiefe vor einer hochgewachsenen Gestalt mit einem roten Turban und einem langen, fließenden weißen Gewand teilte, die an der Stelle stand, wo der Serpentinenweg begann. Allerdings erreichte der Fremde nicht Sir Mortimors Größe. Sein braunes Gesicht war erwartungsvoll nach oben gewandt.

Sir Mortimor trat lässig vor und blickte über die gezackten Steinzähne der Zinnen in die Tiefe.

»Was wollt Ihr?« dröhnte seine Stimme.

»Wir werden Eure Burg einnehmen, sie Euch über dem Kopf anzünden und Euch kreuzigen!« schrie Abd'ul Hassan. »Allerdings nur dann, wenn Ihr uns zwingt, gewaltsam einzudringen. Die Entscheidung liegt bei Euch. Kommt heraus und laßt alles zurück; dann wird Euch und Euren Leuten nichts geschehen. Ich wiederhole, kommt heraus, und keinem von Euch wird ein Haar gekrümmt. Wir haben es bloß auf Eure Burg abgesehen!«

Sir Mortimor gab keine Antwort, sondern blickte wortlos auf den Rufer hinunter. Nach einer Weile ergriff der Maure abermals das Wort.

»Was habt Ihr dazu zu sagen, englischer Ritter?« fragte er. »Antwortet mir. Eine zweite Gelegenheit bekommt Ihr nicht.«

»Ich bin Deutscher«, übertönte ihn Sir Mortimor.

»Es ist mir gleich, was Ihr seid«, rief Abd'ul Hassan. »Akzeptiert Ihr meine Bedingungen? Sagt ja oder nein. Eine zweite Gelegenheit werdet Ihr nicht mehr bekommen.«

Sir Mortimor musterte ihn versonnen. Nach einer Weile hob er den Kelch an die Lippen und nippte daran, dann setzte er ihn wieder ab. Bedächtig drehte er den Kelch um und goß den Wein ins Leere, so daß dieser auf die letzten Stufen vor dem Burgtor spritzte. Den leeren Kelch warf er hinterher. Der Kelch war aus Metall; er fiel wie ein Stein auf die Treppe hinunter, prallte davon ab, schlug abermals auf und rollte, mittlerweile ein zerbeultes Stück Blech, Abd'ul Hassan fast bis vor die Füße. Sir Mortimor machte daraufhin kehrt und trat von den Zinnen zurück.

Eine Zeitlang herrschte in der Tiefe Stille, dann vernahm man das anschwellende Gebrüll der Angreifer. Sir Mortimors Stimme durchdrang mühelos den Tumult.

»Zehn Männer halten ständig Wache«, sagte er. »Alle schlafen mit ihren Waffen und – Beaupré!«

»Ja, Mylord«, antwortete ein schlanker Mann mit einem Schwert an der Seite, der einen europäischen Körperpanzer über der Hüfte und einen Metallhelm trug. Er hatte dunkelbraunes, üppiges Haar, allerdings war sein ansonsten scharfgeschnittenes Gesicht übersät mit Pockennarben.

»Ihr übernehmt das Kommando«, sagte Sir Mortimor. »Eine Wache wird an der Treppe und eine am Tor postiert; der Kessel wird mit Öl gefüllt und darunter ein schwaches Feuer entzündet, das sich im Notfall rasch anfachen läßt. Ob ich nun gerade schlafe, wache oder sonstwie beschäftigt bin, Ihr gebt mir Bescheid, sollte es zu einem Sturm aufs Tor kommen. Der Rest liegt bei Euch. Für den morgigen Tag rechne ich nur mit wenigen Aktivitäten; benachrichtigt mich aber, falls sie sich von oben anschleichen, sich mit Pulver an den Mauern zu schaffen machen oder falls sonst irgendwelche ungewöhnlichen Dinge vorgehen sollten.«

»Jawohl, Mylord«, antwortete Beaupré.

»Nun, meine Herren«, wandte Sir Mortimor sich an Jim und Brian, »was meint Ihr, sollen wir wieder hinuntergehen und zusehen, ob wir nicht ein Weilchen Ruhe haben?«

Eine Antwort wartete er gar nicht erst ab, sondern drehte sich um und schritt geradewegs zur Treppenöffnung, in der er verschwand. Jim und Brian folgten ihm.

9

»BEAUPRÉ DIENT MIR bei Bedarf als Knappe«, bemerkte Sir Mortimor in ungewöhnlich leisem Ton.

Sie hatten wieder an der Tafel Platz genommen, vor ihnen standen drei randvolle Weinkelche. Sir Mortimor hatte solange gewartet, bis der Bedienstete, der sie gebracht hatte, wieder gegangen war.

»Wie die Dinge liegen«, fuhr der hochgewachsene Ritter fort, »handelt er als mein Stellvertreter. Sollte er Euch irgendwelche Anweisungen erteilen, bitte ich Euch, so zu verfahren, als stammten sie von mir. Für die nächsten ein, zwei Tage rechne ich mit keinen Vorstößen der Piraten. Zunächst einmal werden sie kein Risiko eingehen. Es könnte sein, daß von oben Steine auf den Turm geworfen werden oder daß man versuchen wird, vom Boden aus die Mauern zu durchbrechen, jedoch nichts Ernstes. Beaupré wird sich darum kümmern und Euch gegebenenfalls rufen.«

»Sir Mortimor«, sagte Brian in ruhigem Ton, »ich bitte um Verzeihung, sollte ich Euch mißverstanden haben. Aber mir scheint, Ihr erwartet von uns, daß wir als gegürtete Ritter unter dem Befehl eines Knappen kämpfen.«

»Das tue ich allerdings«, entgegnete Sir Mortimor, Brians Blick erwidernd. »Ihr kennt Euch nicht aus mit den Kriegen, die in diesem Teil der Welt ausgefochten werden; Beaupré hingegen schon. Ich versichere Euch, daß er es an der geziemenden Höflichkeit nicht fehlen lassen wird.«

»Darum geht es nicht, Sir Mortimor«, entgegnete Brian. »Ich denke doch, wir sind Eure Gäste?«

»So ist es«, antwortete Sir Mortimor. »Wie könnte es auch anders sein?«

»Eine andere Antwort habe ich von Euch auch nicht erwartet«, sagte Brian. »Allerdings erwarte ich von meinem Gastgeber auch, daß er mich persönlich um Hilfe bei der Verteidigung seiner Burg bittet, anstatt jemand Rangniederen damit zu betrauen.«

»Also gut«, sagte Sir Mortimor. »Dann bitte ich Euch um Euren Beistand.«

»Wenn das so ist«, erwiderte Brian, »wird es mir ein Vergnügen sein, Euch nach Kräften zu helfen.«

Jim entspannte sich wieder.

»Und mir ebenfalls, Sir Mortimor«, sagte er.

»Dann wären wir uns also einig, meine Herren«, meinte Sir Mortimor. Er erhob sich, ohne den Wein angerührt zu haben.

»Auch wenn ich Beaupré die Aufsicht über die Wachen überlassen habe«, sagte er, »ist es doch immer noch meine Burg, und ich allein habe das Sagen. Darum muß ich mich ständig auf dem laufenden halten und werde deshalb kaum Zeit haben, mich um meine Gäste zu kümmern. Sir Brian, hättet Ihr die Freundlichkeit, Sir James zu dem Quartier zu geleiten, das ich Euch zugewiesen habe? Eure Habseligkeiten, Sir James, wurden bereits auf Euer Zimmer gebracht. Sollte es Euch an irgend etwas fehlen, ruft einen Bediensteten und nennt ihm Eure Wünsche. Wenn irgend möglich, wird man Euch zu Diensten sein. Wenn Ihr mich jetzt entschuldigen würdet, ich muß einen Rundgang machen und mich vergewissern, ob alles seinen rechten Gang geht.«

Er wandte sich ab, schritt zur Treppe und begab sich nach unten.

»Brian …«, setzte Jim an. Als Brian einen Finger hob und ihn an die Lippen legte, verstummte er sogleich wieder.

Brian erhob sich, nahm seinen Weinkelch und machte Jim ein Zeichen. Jim erhob sich ebenfalls, ließ den Wein jedoch stehen. Brian geleitete ihn über die Treppe ein Stockwerk tiefer zu einem Vorraum, von dem drei Türen abgingen. Er wählte die linke und führte Jim in einen Raum, der anscheinend als Gästezimmer diente.

Dieser Raum war geräumiger als die Gästezimmer, die Jim von englischen Burgen her gewohnt war; das Himmelbett war erheblich größer, und die üblichen Fensterschlitze waren hier um ein Vielfaches breiter, so daß man beinahe von richtigen Fenstern sprechen konnte. Allerdings gab es keine Fensterläden. Wenn schlechtes Wetter war, würde es nicht nur ziehen, sondern auch hereinregnen.

Jims Habseligkeiten waren in einer Ecke aufgehäuft, darunter zu seiner Erleichterung auch seine zusammengerollte und ungezieferfreie Schlafmatte. Außerdem gab es noch einen Tisch und zwei Wannensessel. Brian schloß sorgsam hinter sich die Tür, nahm am Tisch Platz, stellte den Weinkelch darauf ab und bedeutete Jim, er solle sich ebenfalls setzen.

»James«, sagte er mit leiser Stimme, »ich habe Euch unwissentlich in eine Falle gelockt. Wenn es Euch möglich ist, bitte ich Euch dringend, auf magische Weise von hier zu verschwinden. Der Angriff auf Sir Mortimors Burg sollte uns nicht weiter kümmern. Es tut mir von Herzen leid, daß Ihr bereits in die Sache verwickelt wurdet.«

Jim sah, daß es Brian ernst damit war.

»Natürlich könnte ich auf magische Weise von hier verschwinden«, antwortete er. »Übrigens gilt das für uns beide. In was für eine Sache seid Ihr denn da hineingeraten, Brian?«

Kaum daß er die Worte ausgesprochen hatte, wurde ihm klar, daß er kein Recht dazu hatte, von Brian Rechenschaft zu verlangen. Er setzte gerade zu einer Entschuldigung an, als Brian ihm zuvorkam.

»Laßt gut sein, James«, sagte Brian, als hätte er Jims Gedanken gelesen. »Ich verstehe schon, daß Euch die Sorge um mich umtreibt. Nein, wenn Ihr entkommen könnt, dann sollt Ihr es auch tun. Ich aber bin zum Bleiben gezwungen.«

»Weshalb?« fragte Jim.

»Ich kam hierher auf Einladung Sir Mortimors«, antwortete Brian, »den ich in Episkopi kennenlernte, als ich dort einige andere ehrenwerte englische Ritter besuchte, deren Großväter bei einem früheren Kreuzzug hier gesiedelt haben. Sir Mortimor ist seinen Pflichten als Gastgeber redlich nachgekommen, deshalb darf ich ihn jetzt, da er in Schwierigkeiten steckt, nicht im Stich lassen. Für Euch gilt das nicht. Ihr kamt hierher, weil Ihr mich suchtet, und nun, da Ihr mich gefunden habt, sind mir die Hände gebunden, während es Euch freisteht, wieder fortzugehen. Ich flehe Euch an, James, geht fort, solange Ihr könnt; und wenn Ihr Geronde und Angela eine Nachricht schickt, so sagt ihnen, daß es mir gutging, als Ihr mich zum letzten Mal gesehen habt, und daß ich nur noch eine Kleinigkeit zu erledigen habe, bevor ich mich dem eigentlichen Zweck der Reise widmen könne.«

Jim spürte, wie sich Kob im Rucksack regte. Der kleine Kobold hatte sich in dem Moment versteckt, als Sir Mortimor sich zu ihnen gesellt hatte. Jetzt streckte er den Kopf aus dem Rucksack hervor, und sein Atem kitzelte Jim am rechten Ohr.

»Oh!« meinte er erfreut. »Feuer und Rauch. Ein Kamin. Mylord, ist es Euch recht, wenn ich mir den Kamin einmal anschaue?«

»Nur zu, Kob«, antwortete Jim. Im nächsten Moment sprang Kob von seiner Schulter und verschwand im Kamin. Jim wandte sich wieder Brian zu. Dessen letzte Äußerung war ihm seltsam vorgekommen.

»Brian«, sagte er, »verzeiht mir – Ihr braucht mir nicht zu antworten, wenn Ihr nicht wollt –, aber stimmt etwas nicht? Verschweigt Ihr mir etwas? Würdet Ihr mir wirklich nachkommen, sobald diese Angelegenheit geregelt ist?«

»Das gelobe ich feierlich«, antwortete Brian. »Und dieses Gelöbnis werde ich bestimmt nicht brechen. Ich gebe Euch mein Wort, daß ich die Suche nach Gerondes Vater in dem Moment wieder aufnehmen werde, da ich Sir Mortimor und seiner Burg den Rücken kehre.«

»Warum können wir denn nicht beide zusammen fortgehen?« fragte Jim. »Eure Verpflichtungen als Gast ...«

»Sind meine Verpflichtungen!« entgegnete Brian scharf. »Ich habe noch nie mein Wort gebrochen; und so soll es auch bleiben, Gott ist mein Zeuge.«

»Ihr sprecht jetzt von Eurer Verpflichtung Sir Mortimor gegenüber, nicht wahr?« sagte Jim. »Was genau habt Ihr ihm versprochen?«

»James ...«, setzte Brian verärgert an, dann stockte er und sah auf den Tisch und den Weinkelch nieder, nahm einen Schluck daraus und wandte sich wieder an Jim. »James, ich werde die Suche fortsetzen. Allerdings könnte es zu einer kurzen Verzögerung kommen. Ihr habt recht. Es gibt etwas, das ich Euch nicht gesagt habe; und es betrifft eine Schwäche von mir. Die Sache ist nämlich die – ich habe so gut wie kein Reisegeld mehr.«

»Kein ...?« Jim stockte. »Ich wollte Euch nicht ...«, fuhr er fort, seinen Freund fassungslos musternd. Brians offenes, schmalknochiges Gesicht mit den blauen Augen und der Hakennase wirkte irgendwie trotzig. Er verschluckte den Ausdruck ›zu nahe treten‹, der ihm auf der Zunge gelegen hatte, und wählte seine Worte neu.

»Ich möchte nicht aufdringlich sein«, fuhr er fort, »aber wie kommt es, daß Euch das Geld so schnell ausgegangen ist? Ich dachte, Ihr hättet genug für mehrere Monate mitgenommen, wenn nicht gar für ein ganzes Jahr.«

»Das hatte ich auch«, sagte Brian. »Es ist ganz allein meine Schuld, James. Wir sind alle Sünder und haben unsere Schwächen. Eine meiner Schwächen ist das Würfelspiel, wie Ihr wißt. Eigentlich hätte ich derlei Dingen für die Dauer der Reise abschwören müssen, doch daran habe ich nicht gedacht.«

»Und was ist passiert?« erkundigte sich Jim.

»Wie Geronde Euch bestimmt gesagt hat, kam ich zunächst nach Zypern«, erklärte er, »weil ich mir von einem gewissen Sir Francis Neville, einem Neffen dritten Grades und Ritter der Johanniter, einen Rat erhoffte. Ich wußte, daß er sich in einer Angelegenheit, welche die Johanniter und gewisse wohlhabende und einflußreiche Bewohner der Insel betrifft, hier auf Zypern aufhielt. Geronde hat Euch vielleicht davon erzählt.«

Jim nickte.

»Als ich hier ankam«, fuhr Brian fort, »war Sir Francis bereits zum Stammsitz seines Ordens weitergereist, der in einem Hospital in Jerusalem beheimatet ist, das übrigens St. Johannes von Jerusalem heißt und von dem sich natürlich auch ihr Name ableitet. Eigentlich nennen sie sich Orden der Ritter von Rhodos. Ich hatte gehofft, er könnte mir sagen, wie ich am besten nach Palmyra komme, und mich über die dortigen Sitten und Gebräuche aufklären.«

Brian zögerte. In der Annahme, er habe bereits ausgeredet, ergriff Jim das Wort.

»Daß er nicht mehr da war«, sagte Jim, »kann Euch aber doch wohl kaum Euer Geld gekostet haben – es sei denn, man hat es Euch gestohlen.«

»Nein«, sagte Brian, »um mich zu bestehlen, hätte es schon eines besonders tapferen Räubers bedurft. Nein, zwar war mein Neffe Sir Francis nicht mehr hier, dafür hat er natürlich viele Freunde, wie ich herausfand, als ich seinen Namen anderen Herrschaften gegenüber erwähnte; und diese Freunde hießen mich in gutnachbarlicher Manier willkommen. Ihr müßt wissen, James, daß sie mich von einem zum anderen weiterreichten – der eine wußte nämlich etwas über Palmyra, kannte jedoch nicht den günstigsten Weg dorthin, ein anderer zwar den Weg, nicht aber die Stadt, während ein dritter wiederum über die zwischen Zypern und Tripolis verkehrenden Schiffe Bescheid wußte, welches der beste Hafen ist, um nach Palmyra zu gelangen. Palmyra, müßt Ihr wissen, liegt von Tripolis und all den anderen Hafenstädten im Süden aus nämlich ein Stück weit landeinwärts.«

»Fahrt fort«, sagte Jim.

»Verhängnisvoll dabei war«, erklärte Brian, »daß mich jeder neue Herr, den ich kennenlernte, ausgiebig bewirtete – und jedesmal schlossen sich dem auch einige Runden Würfelspiel an.«

»Oh«, machte Jim. »Und dabei habt Ihr Euer ganzes Geld verloren?«

»Aber nein«, sagte Brian, »alles bestimmt nicht. Nur einen kleinen Teil. Da habe ich schon aufgepaßt. Doch dann wurde ich in Episkopi Sir Mortimor vorgestellt, der dort etwas zu erledigen hatte, und dieser schloß sich uns beim Würfelspiel an; und ich gewann.«

»Ihr habt gewonnen?« Jim starrte ihn fassungslos an.

»Ja. Ich habe eine Menge gewonnen«, sagte Brian. »Am Ende hatte ich mehr, als ich nach Zypern mitgebracht hatte. Und alles stammte von Sir Mortimor, dessen ganzer Lebensinhalt das Würfelspiel und das Trinken zu sein schienen. Wie Ihr wißt, kann ich einiges vertragen, James. Sir Mortimor aber ist unschlagbar!«

»Das kann ich mir vorstellen«, meinte Jim.

»Deshalb sagte ich nicht nein«, fuhr Brian fort, »als Sir Mortimor mich einlud, ein paar Tage bei ihm zu bleiben. Eigentlich wollten wir angeln. Er hatte mir versprochen, es mache beinahe soviel Spaß, einen mannsgroßen Fisch mit einer Leine ins Boot zu ziehen, als wenn man sich Mann gegen Mann im Kampf messen würde, und Ihr wißt ja, daß es in England keine so großen Fische gibt, die man mit der Angel fängt. Jedenfalls hat er damit durchaus recht behalten. Zunächst nahm er mich zum Angeln mit, und diese Erfahrung werde ich niemals vergessen, James!«

»Das kann ich mir gut vorstellen«, meinte Jim. »Aber Ihr habt gesagt, da hättet Ihr noch Geld gehabt. Sogar mehr als wie zu Anfang.«

»Nicht mehr als wie zu Anfang, James«, entgegnete Brian vorwurfsvoll. »Mehr als wie bei meiner Ankunft auf Zypern.«

»Ich nehme alles zurück«, sagte Jim.

»Des Abends haben wir natürlich gewürfelt; allerdings stellte sich heraus – wie es dabei zuging, weiß ich nicht, James –, daß ich in Episkopi wohl eine rechte Glückssträhne hatte, denn hier in der Burg lief es genau anders herum. Ich verlor ständig; mittlerweile habe ich fast alles verloren, was ich bei mir hatte. Bevor ich weiterreise, muß ich versuchen, meinen Verlust wettzumachen; und selbst wenn mir das gelänge, würde ich mich immer noch verpflichtet fühlen, Sir Mortimor in der Stunde der Heimsuchung beizustehen.«

»Ich bin mir keineswegs sicher, ob er ebenfalls den Eindruck hat, sich einer Heimsuchung erwehren zu müssen«, sagte Jim. »Dann habt Ihr in Episkopi also gegen ihn gewonnen? Und hier in der Burg habt Ihr in einem fort verloren? Habt Ihr immer dieselben Würfel benutzt?«

»Gewiß doch«, antwortete Brian. »Wie Ihr wißt, James, habe ich keine eigenen Würfel dabei, um gar nicht erst in Versuchung zu geraten, das wenige, das ich besitze, zu verlieren. Ich habe furchtbare Angst davor, ich könnte mich eines Tages vergessen und Blanchard von Tours aufs Spiel setzen, wenn mich das Fieber überkommt.«

Jim nickte. Brian hatte mit Ausnahme der heruntergekommenen Burg Smythe sein ganzes Erbe für Blanchard weggegeben, den großen Schimmel, der sein Streitroß war und über genügend Intelligenz und Kampfgeist verfügte, um diesen fürstlichen Preis zu rechtfertigen. Ohne Blanchard wäre es Brian auch kaum gelungen, die Turniere zu gewinnen, mit denen er seinen Lebensunterhalt bestritt und bei denen ein solch schweres, kräftiges und schnelles Pferd eine unabdingbare Notwendigkeit darstellte.

»Ihr dürft daraus aber nicht schließen, Sir Mortimor habe falschgespielt«, sagte Brian, der Jim durchdringend musterte. »Ein Ritter würde niemals – oh, ich weiß, es hat solche Fälle gegeben, Wald-und-Wiesen-Ritter und beklagenswerte Gestalten, die der Tafel eines Edelmanns unwürdig sind. Aber jemand wie Sir Mortimor, dem diese Burg und all das Land gehört... Ohne die Unterstützung seiner Nachbarn könnte er nicht überleben; und aus Angst, früher oder später ertappt zu werden, würde er es bestimmt nicht wagen, seine Nachbarn beim Spiel zu betrügen; andernfalls würden sich alle gegen ihn wenden.«

»Da mögt Ihr wohl recht haben, Brian«, sagte Jim. »Ich glaube aber, Ihr habt da etwas vergessen.«

»Was denn?« fragte Brian gereizt.

»In diesem Teil der Welt ist es üblich, seinen Mitmenschen soviel abzunehmen, wie man kriegen kann.

Im Grunde wißt Ihr ebensogut wie ich, daß Reisenden derlei Dinge auch anderswo zustoßen können. Außerdem möchte ich darauf hinweisen, daß Ihr hier ein Durchreisender seid, ein Fremder. Damit seid Ihr leichte Beute.«

»Das würde er nicht wagen!« sagte Brian.

»So wie ich ihn einschätze«, meinte Jim, »zaudert Sir Mortimor nicht lange, wenn es darum geht, ein Wagnis einzugehen.«

Offenbar gewöhnte sich Brian allmählich an die Vorstellung, daß es Sir Mortimor durchaus zuzutrauen sei, einen anderen Ritter zu betrügen. Er schaute immer grimmiger drein, bis sich die Gesichtshaut über den Knochen spannte.

»Mein Gott!« sagte er. »Wenn er tatsächlich ...«

Er brach ab; seine Wut verflüchtigte sich allmählich und machte Verzweiflung Platz.

»Jedenfalls läßt sich daran nichts ändern«, seufzte er schließlich. »Es wäre um so unhöflicher, wollte ich seine Rechtschaffenheit ohne sicheren Beweis in Zweifel ziehen – jetzt, wo ich schon soviel an ihn verloren habe. Aber spielen muß ich mit ihm, wenn ich meine Verluste wettmachen will. Außerdem kann ich sowieso nichts beweisen, ob er nun ehrlich spielt oder nicht.«

»Vielleicht könnt Ihr es nicht«, sagte Jim. Er aber war ein Magier. Im Moment allerdings hatte er noch keine Idee, wie er sich diese Tatsache zunutze machen sollte, um Sir Mortimor auf die Probe zu stellen. Irgendeine Möglichkeit aber mußte es geben. »Wenn er nichts dagegen hat, daß ich mich zu Euch setze und Euch beim Würfeln zuschaue ... Wenn er nicht ahnt, daß ich ihm auf die Finger sehe, um herauszubekommen, ob er betrügt ...«

»Die ehrbaren Absichten eines anderen Ritters würde er bestimmt nicht in Zweifel ziehen ...« Brian stockte. »Beim heiligen Giles, James, wenn Ihr nun tatsächlich recht hättet, dann wäre er sicherlich mißtrauisch. Wie Ihr das verhindern könnt, weiß ich nicht.«

Jims Verstand arbeitete mittlerweile wieder auf Hochtouren.

»Meint Ihr, Sir Mortimor wäre bereit, ein Risiko einzugehen?« fragte er.

Brian starrte ihn fassungslos an.

»Auf jeden Fall!« sagte Brian. »An Mut fehlt es ihm jedenfalls nicht.«

»Dann sollten wir ihn in einer Situation zum Würfeln bewegen, wo seine Aufmerksamkeit eher dem Spiel gilt als den Beweggründen, aus denen ich Euch dabei zuschaue. Ihr könntet ihn beispielsweise gerade dann zu einer Würfelpartie auffordern, wenn sich die Lage zuspitzt und man eigentlich anderes zu tun hätte, als sich beim Wein zum Würfeln niederzulassen. Würdet Ihr das tun?«

»Warum nicht«, antwortete Brian. »Aber was dann? Ich habe nur noch ein paar Goldstücke übrig. Es wäre vielleicht gut, wenn ich den Eindruck erwecken würde, ich besäße noch mehr. Ich weiß, es ist viel verlangt, aber wäre es vielleicht möglich ...«

»Gewiß«, fiel Jim ihm ins Wort. »Ich werde Euch soviel leihen, daß Ihr ihn damit ködern könnt.«

Schließlich konnte er sich auf magische Weise soviel Geld verschaffen, wie er wollte. Allerdings würde es sich nach vierundzwanzig Stunden wieder in den Grundstoff zurückverwandeln, aus dem er es erschaffen hatte, und außerdem würde es – wie Carolinus sich ausgedrückt hätte – gegen die Regeln des Reichs der Magie verstoßen, damit jemanden zu betrügen. Aber einen Falschspieler zu überführen, wäre wohl statthaft.

»Wir werden solange warten, bis der Kampf um die Burg heftiger wird«, sagte er.

10

MOCHTE ES BEIM WÜRFELSPIEL auch nicht mit rechten Dingen zugehen, so sollte Sir Mortimor mit seinen Prophezeiungen gleichwohl recht behalten.

Als Jim mitten in der Nacht erwachte, meinte er, die Burg stürze ein. Er vernahm einen gewaltigen Donnerschlag, als in weniger als zwei Metern Abstand von seinem Kopf etwas gegen die Außenwand des Turms prallte. Das Kaminfeuer war heruntergebrannt; die restliche Glut vermochte den stockdunklen Raum nicht zu erhellen.

»Das sind die Piraten, die von der Klippe aus Steine auf die Burg werfen«, meldete sich Brian aus der Dunkelheit zu Wort, als der Donner verhallt war. »Wie Sir Mortimor schon sagte, hängt die Klippe so weit über, daß sie keinen großen Schaden anrichten können. Wie Ihr hörtet, haben die Steine den Turm nicht richtig getroffen, sondern bloß gestreift, so daß lediglich Schrammen davon zurückbleiben werden, die Ihr morgen sehen werdet, wenn Ihr von den Zinnen hinunterblickt.«

»Oh«, machte Jim und schlief wieder ein.

Die Angreifer waren anscheinend einer Meinung mit Brian, denn nach der ersten Steinsalve kam es zu keinen weiteren Zwischenfällen. Am folgenden Tag machte Brian Jim auf die weißlichen Schrammen an der gebogenen Außenseite des Turms aufmerksam, wo ihn die herabfallenden Steine gestreift hatten. In Anbetracht des Getöses von vergangener Nacht erschienen Jim die Schrammen vergleichsweise winzig.

Der nächste Angriff auf die Burg erfolgte einige Stunden später, als eine unbekannte Anzahl von Mauren unter einem schweren Holzschild die Treppe hochgekrochen kamen, worauf sie bis zum Fuß des Turms vordrangen, ein Stück weit seitlich vorrückten, den Schild als beständigen Schutz gegen die Mauer lehnten und sich an die Arbeit machten.

»Jetzt werden sie versuchen, einen Gang unter der Mauer hindurchzugraben oder aber einen Teil der Mauer soweit zu lockern, daß er sich herausbrechen läßt, entweder um die Burg zum Einsturz zu bringen oder um einen Eingang zu öffnen und sich weiter vorzukämpfen«, sagte Sir Mortimor. »Doch das wird ihnen nicht gelingen. Die Burg ist in den massiven Fels der Klippe eingebettet, und das Fundament liegt in einer kreisförmigen Furche, die man zuvor angelegt hat.«

»Trotzdem ...«, meinte Brian. Er, Sir Mortimor und Jim blickten über die Zinnen in die Tiefe und lauschten auf das Scharren der Werkzeuge und die anderen Geräusche, die unter dem Holzschild hervordrangen. Keiner der Verteidiger der Burg hatte Anweisung bekommen, etwas zu unternehmen. »Wenn sie nur lange genug weitermachen«, fuhr Brian fort, »werden sie früher oder später doch ins Innere der Burg gelangen.«

Er blickte den hochgewachsenen Ritter an.

»Allerdings schätze ich«, setzte er hinzu, »daß es da mit ein paar Tagen nicht getan ist.«

»Solange halten sie nicht durch«, entgegnete Sir Mortimor. »Soviel Geduld haben sie nicht. Ein kurzer Kampf, ein schneller Sieg, danach steht ihnen eher der Sinn. Wenn die Burg irgendwo nördlich des Mittelmeers, weiter landeinwärts läge, dann gäbe es vielleicht Grund zur Besorgnis. Hier jedoch nicht.«

»Ihr habt bereits auf dem Kontinent gekämpft, Sir?« erkundigte sich Brian.

»Hin und wieder«, antwortete Sir Mortimor kurz angebunden; dann drehte er sich um und wandte sich zur Treppe.

Abermals sollte er recht behalten. Als die Schatten länger wurden und sich der Tag dem Abend entgegenneigte, wurden die Arbeitsgeräusche, die unter dem Schild hervordrangen, immer leiser und verstummten dann ganz. Schließlich kroch der Schild wieder die

Treppe hinunter, wobei ihn die Schleuderer vom Turm aus mit Steinen bewarfen und mindestens einen der Träger am Bein trafen. Dennoch überwand der Schild unbeschadet die Treppe, ohne daß einer der Angreifer zurückgeblieben wäre.

In der nächsten Nacht herrschte eine bedrohliche Stille, abgesehen vom Gesang und dem Stimmenlärm, der vom verlassenen Dorf am Fuß der Burg herüberscholl.

»Eigentlich hätte ich erwartet, daß sie die Häuser auf der Stelle anzünden«, sagte Jim, halb an sich und halb an Brian gewandt, mit dem er vom Turm in die dunkle Tiefe blickte. Die einzigen Lichter, die man sah, waren Fackeln, die von einem Teil des Dorfes zum anderen getragen wurden oder zu den beiden Schiffen hinunterwanderten.

»Ich könnte mir denken, daß sie darauf verzichtet haben, weil sie in den Häusern Unterschlupf und Vorräte finden«, sagte Brian. »Ach, wie ich Sir Mortimor um seine Kriegserfahrungen beneide. Ich frage mich, ob er wohl auch in Frankreich war – oder gar im Orient, um gegen die Heiden zu kämpfen.«

Jim wandte sich zu seinem Freund herum, dessen Gesicht er im schwachen Schein der Sterne und des zunehmenden Mondes schemenhaft zu erkennen vermochte.

»Ihr klingt fast so, als bewundertet Ihr ihn, Brian«, sagte er.

»Er ist ein Krieger«, erwiderte Brian. »Mehr als ich, der ich, von ein paar kleineren Scharmützeln in Frankreich abgesehen, noch nie an einer offenen Feldschlacht oder an einer Belagerung teilgenommen und das eigentliche Kriegshandwerk nie kennengelernt habe. Ich mag ja recht tüchtig mit der Lanze und wohl auch noch mit ein paar anderen Waffen sein; dennoch könnte ich nicht von mir behaupten, schon im Krieg gewesen zu sein.«

Da Brians Leben seit dem Tod seines Vaters, als er im Alter von fünfzehn Jahren die Burg Smythe übernommen hatte, Jims Ansicht nach ständigen Kampf beinhaltet hatte, fand er Brians Respekt vor jemand, der an regelrechten Kriegszügen teilgenommen hatte, ein wenig übertrieben. Allerdings hätte es ihm sein Freund wohl übelgenommen, hätte er dies ausgesprochen; deshalb behielt er seine Gedanken für sich.

In dieser Nacht gab es einen ungewöhnlichen Alarm. Jim erwachte von Stimmenlärm und polternden Schritten. Das Kaminfeuer loderte plötzlich auf, denn Brian hatte eine Handvoll Feuerholz in die Glut geworfen. Anschließend zog er Hose und Schuhe an und schnallte sich den Gürtel mit dem Schwert um. Im Licht der emporlodernden Flammen wirkten die Narben auf seinem Oberkörper schwarz und wie aufgemalt.

»Sie versuchen, das Tor im Schutz der Dunkelheit zu überwinden«, setzte Brian Jim ins Bild. »Wir sollten uns besser bewaffnen, James. Das Komplet ist schon vorüber.«

Also war es bereits nach Mitternacht. Jim stand eilig auf und kleidete sich an, während ihn wie stets vor einem Kampf ein Gefühl der Mutlosigkeit überkam. Am besten war er noch mitten im Gewühl, wo sich sein etwas überdurchschnittliches Gewicht und seine Größe zu seinem Vorteil auswirkten. Im Moment aber war er sich seiner Unzulänglichkeiten im Umgang mit dem Schwert, das er sich soeben umschnallte, deutlich bewußt.

Als er und Brian sich vollständig angekleidet und bewaffnet hatten, begaben sie sich zum Ursprung des Lärms, der vom Erdgeschoß nach oben drang.

Schon als sie im ersten Stockwerk anlangten, übertönte Sir Mortimors Stimme den Tumult. Sie hallte machtvoll im Treppenschacht wider.

»Dreißig Männer sind genug!« befahl der Ritter eine

Etage tiefer. »Unternehmt nichts, solange sie nicht das Tor aufbrechen. Wenn es soweit ist, öffnet die Tür gerade lang genug, daß Steinschleuderer und Bogenschützen eine Salve abfeuern können, dann macht sie wieder zu und verrammelt sie. Ich glaube nicht, daß sie diesmal durchkommen. Verhaltet Euch besonnen, seid wachsam. Die Überzähligen raffen möglichst viel Stroh zusammen, tragen es nach oben und stapeln es unmittelbar über den Angreifern an den Zinnen. Das Öl im Kessel sollte mittlerweile sieden. Sobald ich hochkomme, werfen wir das Stroh auf die Eindringlinge hinunter, gießen Öl darauf und schleudern brennende Fackeln hinterher. Beaupré!«

»Ja, Sir Mortimor.« Sein pockennarbiger Stellvertreter trat vor.

»Behaltet ausreichend Schleuderer hier, um die Angreifer wirksam unter Druck zu setzen, wenn die Tür geöffnet wird. Alle anderen Schleuderer sollen mit uns aufs Dach kommen. Die überzähligen Bogenschützen ebenfalls. Vergewissert Euch, daß die Fackeln bereitliegen!«

»Die Fackeln befinden sich bereits oben und sind angezündet, Sir Mortimor«, erklärte Beaupré. »Die restlichen Schleuderer und Bogenschützen haben Stellung bezogen. Die Männer hier reichen aus, jeden Angriff auf den Gang abzuwehren. Ich werde mich um alles kümmern.«

Sir Mortimor wandte sich zur Treppe um, sah, daß Brian und Jim zu ihm herunterkommen wollten, und schüttelte den Kopf.

»Es wäre mir lieb, meine Herren«, sagte er, »wenn Ihr mich aufs Dach begleiten würdet.«

Schon drängte er sie an die Steinmauer zur Linken des Treppenschachts und zwängte sich an ihnen vorbei. Er eilte nach oben, indem er jeweils zwei Stufen auf einmal nahm, und ließ Jim und Brian weit hinter sich.

Jim, der vom vielen Treppensteigen in der Burg steife Beine hatte, blickte nachdenklich auf die vor ihm befindlichen leeren Stufen. Es erschien ihm kaum vorstellbar, daß ein Mensch imstande sein sollte, fünf Stockwerke der Burg zu überwinden, indem er jeweils zwei zwanzig bis dreißig Zentimeter hohe Stufen auf einmal nahm; nachdem er Sir Mortimor jedoch beobachtet hatte, war er bereit zu glauben, daß der Ritter sein Tempo auch bis zum Dach durchhalten würde. Wahrscheinlich trat er in dem Moment, da Jim und Brian ihm noch hinterherstiegen, bereits aufs nächtliche Dach hinaus.

Endlich gelangten sie oben an, und Jim erblickte im Schein der Fackeln, die von Männern in sicherem Abstand von der Brüstung gehalten wurden, wo sie den gegnerischen Bogenschützen kein Ziel boten, einen ansehnlichen Haufen Stroh.

Sir Mortimor stand mit leicht gespreizten Beinen ein Stück weit abseits und schaute zu, wie weiteres Stroh gebracht und auf den Haufen gelegt wurde. Das Feuer unter dem Ölkessel, den man auf den am Feuerkasten befestigten Rädern zu der Öffnung über der Decke des Durchgangs gerollt hatte, loderte hell. Der Kessel war schwenkbar auf zwei Metallarmen gelagert, so daß man ihn lediglich zu kippen brauchte, um seinen Inhalt in den darunter befindlichen Gang zu schütten. Die Hitze des Feuerkastens war noch in fünf Metern Abstand deutlich zu spüren. Jim beobachtete verwundert, wie Sir Mortimor auf einmal neben den Kessel trat und beiläufig seinen Zeigefinger tief in die darin befindliche Flüssigkeit steckte.

»Heiß genug«, sagte er und trat wieder zurück. Jim starrte den Finger an, der vom heißen Öl anscheinend keinerlei Schaden genommen hatte. Mit ein wenig Verspätung machte er sich klar, daß eine solche Menge Öl eine ganze Weile brauchen würde, bis es siedete.

»Füllt die Eimer«, befahl Sir Mortimor. »Stellt sie in

einer Reihe über dem Eingang auf. Fünf Männer sollen sich bereithalten, sie auszugießen.«

Ein langer Eisenstab wurde hervorgeholt, mit dem zwei Männer den Kessel in der Aufhängung kippten, so daß das Öl in einen Eimer floß, den ein dritter hielt. Den Eimer trug er anschließend zu der vorderen Brüstung.

Seine Stelle nahm sogleich ein anderer mit einem Eimer ein, und dieser Vorgang wiederholte sich solange, bis mindestens ein Dutzend Eimer am Fuße der Zinnen aufgereiht waren.

Jemand kam die Treppe hochgerannt.

»Sir Mortimor«, japste er, »Beaupré läßt Euch ausrichten, er glaube nicht, daß sie in nächster Zeit das Außentor überwinden werden. Der Rammbock hämmert gegen die ganze Oberfläche der Tür, anstatt immer dieselbe Stelle zu treffen. Mit Eurer Erlaubnis, Sir Mortimor, nimmt er an, daß sie im Dunkeln auf der Treppe einen unsicheren Stand haben.«

»Gut«, knurrte Sir Mortimor. Er entließ den Mann mit einer Handbewegung. »Denen wird schon bald ein Licht aufgehen. Sagt das Beaupré.«

Er wandte seine Aufmerksamkeit wieder den Männern auf dem Dach zu.

»Das reicht!« sagte er. »Macht euch bereit, das Stroh hinunterzuwerfen. Zielt möglichst dicht ans Tor. Das Stroh verteilt sich beim Hinunterfallen. Eimerleute, aufgepaßt. Werft das Stroh!«

Mit zwei gewaltigen Schritten trat er vor, raffte einen Armvoll Stroh zusammen und schleuderte es in die Tiefe. Die Männer um ihn herum taten es ihm nach, selbst die, welche an den Zinnen an der Rückseite der Burg Wache gestanden hatten. Nach kurzer Zeit war der Strohhaufen verschwunden.

»Öl!« befahl Sir Mortimor.

Die den Eimern zugeteilten Männer packten diese und schütteten das Öl über den Rand des Schachts, wobei sie sich dicht zusammendrängten, um das Tor möglichst genau zu treffen.

»Jetzt«, sagte Sir Mortimor, als der letzte Eimer ausgegossen war. »Fackeln!«

Die Fackeln auf dem Dach wurden hinuntergeworfen. Jim und Brian traten näher an die Zinnen und beobachteten, wie es vor dem Eingang der Burg auf einmal hell wurde – nicht am Tor, sondern mindestens ein, zwei Stufen weiter unten. Das Stroh hatte sogleich Feuer gefangen, und das Öl nährte die Flammen.

»Steinschleuderer!« Die auf dem Dach befindlichen Schleuderer legten nun Steine in ihre Schleudern ein. Sie wirbelten die Schlingen wurfbereit umher. Sodann traten sie an die Zinnen, und als von unten Schreie und Rufe zu vernehmen waren, gaben sie die Wurfgeschosse frei.

Die Verteidiger auf dem Dach stimmten ein nicht minder lautes Gebrüll als die Angreifer an, das eine Stimme jedoch übertönte.

»Sie flüchten!« schrie jemand.

»Laßt sie nicht entkommen!« dröhnte Sir Mortimor. »Steinschleuderer, aufgepaßt!«

Jim sah mindestens zwei brennende Gestalten, welche die Treppe hinuntertaumelten, stürzten und reglos liegenblieben. Das Stroh vor dem Tor brannte noch immer lichterloh, mit dunklen Aussparungen an den Stellen, wo jemand in die Flammen gestürzt war. Der zurückgelassene Rammbock – ein vierkantig zugehauener Baumstamm, dessen Vorderseite angeschrägt war, da die Rammstöße aufgrund des Treppenabfalls von unten nach oben geführt wurden – war im Feuerschein deutlich zu erkennen.

»Mehr Öl auf ihren Prügel«, befahl Sir Mortimor. »Notfalls auch noch mehr Stroh. Er muß brennen.«

Er blickte sich nach dem Mann um, der ihm Beauprés Nachricht überbracht hatte, und entdeckte ihn ganz in der Nähe. »Sag Beaupré, er soll mir noch

Schleuderer und Bogenschützen hochschicken. Er soll nur ein halbes Dutzend unten behalten.«

»Jawohl, Mylord.«

Der Mann rannte die Treppe hinunter.

Von den Dorfhütten, wo sich die restlichen Angreifer aufhielten, drang anschwellendes Stimmengewirr herüber, doch im Freien, wo sie den Steinschleuderern auf dem Turm ein Ziel geboten hätten, ließ sich keiner blicken.

»Nun denn, meine Herren«, wandte sich Sir Mortimor an Jim und Brian. »Wie wär's jetzt mit einem Schluck Wein?«

Brian und Jim bekundeten in gesetzten Worten ihre Zustimmung und folgten ihm über die Treppe nach unten. Jim war trotz seiner mehrjährigen Erfahrung mit dem Lebensgefühl des Mittelalters infolge des erbarmungslosen Abschlachtens der Angreifer leicht benommen. Als sie auf ihrem Stockwerk anlangten, verdrängte er das Gefühl jedoch. Wahrscheinlich lag es an Sir Mortimors machtvoller Stimme, daß alles ablief wie von magischer Hand vorbereitet. Als sie hinter Sir Mortimor im Erdgeschoß eintrafen, stellten die Bediensteten bereits drei mit Wein gefüllte Trinkgefäße auf den Tisch, und ein weiterer Bediensteter brachte Käse, Brot und kalten Braten aus der noch weiter unten gelegenen Küche. Nach der Weite auf dem Turm kam es Jim hier seltsam stickig vor. Dort droben war es zwar kühl gewesen, aber keineswegs unangenehm kalt. Wahrscheinlich lag es an der Anspannung und dem plötzlichen Wechsel nach drinnen, von der dicken Kleidung und der Rüstung ganz zu schweigen.

Außerdem besaß jeder wichtige Raum seinen eigenen Kamin. Das Feuer war zwar heruntergebrannt, spendete jedoch immer noch einige Wärme. Zu Jims Verblüffung ließ Kob auf einmal seinen Kopf aus dem Kamin herunterbaumeln. Er lächelte Jim zufrieden an und verschwand gleich wieder.

Zum Glück hatte Sir Mortimor dem Kamin gerade den Rücken zugekehrt. Allerdings hätte Kob sich bestimmt nicht gezeigt, wenn jemand anders als Jim in seine Richtung geblickt hätte.

»Nun, Sir Mortimor«, bemerkte Brian, als sie sich setzten, »wenn ich mich recht erinnere, habt Ihr gesagt, die einzige Möglichkeit, die Burg einzunehmen, bestünde darin, durchs Haupttor einzudringen. Ein solcher Versuch wurde soeben unternommen, und Ihr hattet keine große Mühe, ihn zu vereiteln. Dann habt Ihr von den Piraten wohl kaum etwas zu befürchten?«

Sir Mortimor setzte den Weinkelch ab, den er bereits zu einem Viertel geleert hatte.

»Unter gewöhnlichen Umständen nicht«, antwortete er. »Zumindest nicht von einer solch kleinen und schlechtbewaffneten Streitmacht wie dieser. Bei einer größeren, entschlosseneren Gruppe von Angreifern, die über Belagerungsmaschinen, Pulver und Bombarden verfügen, sähe es möglicherweise anders aus. In den Kontinentalkriegen, an denen ich teilnahm, habe ich jedoch gelernt, auf alle möglichen Überraschungen vorbereitet zu sein.«

»Und Ihr wollt immer noch nicht, daß ich mit ein paar Männern einen Ausfall mache und ihre Schiffe in Brand setze?« fragte Brian.

»Ohne Not will ich keinen einzigen Mann opfern«, erwiderte Sir Mortimor trocken. »Wenn Ihr die Schiffe in Brand stecken wolltet, würde das gewiß nicht ohne Blutvergießen abgehen, wie Ihr fälschlicherweise zu glauben scheint, Sir. Offen gesagt täuscht Ihr Euch auch, wenn Ihr glaubt, die Burg hätte nichts zu fürchten.«

»Ich gebe nur Eure eigenen Worte wieder, Sir«, entgegnete Brian. »Ich wiederhole, Ihr habt gesagt, sie könnten nur durchs Haupttor eindringen; und nach allem, was ich heute gesehen habe, wird ihnen das niemals gelingen.«

»In Gottes Namen!« erwiderte Sir Mortimor und schlug mit der flachen Hand auf den Tisch. »Was Ihr heute nacht gesehen habt, war längst noch nicht alles. Die Angreifer können ihren Druck noch beliebig verstärken und Maschinen oder eine ausreichende Anzahl entschlossener Männer aufbieten, die solange angreifen, bis die Burg eingenommen ist!«

Er und Sir Brian fixierten einander; Jim hatte sämtliche Muskeln angespannt. Wenn zwei Männer mit den goldenen Sporen der Ritterschaft solch unverblümte Worte gebrauchten statt der Höflichkeiten, mit denen ihre Rede üblicherweise gespickt war, dann war ein Waffengang nicht mehr fern.

»Von beidem ist nichts zu sehen«, sagte Brian.

»Nein«, erwiderte Sir Mortimor, »aber wenn Ihr ihnen die Boote ansteckt, schneidet Ihr ihnen den Rückzug ab. Wenn sie nicht mehr wegkönnen, dann ist die Einnahme der Burg ihre einzige Hoffnung. Die Piraten ziehen nicht los, um getötet zu werden, sondern um Beute zu machen. Aber wenn man sie in die Enge treibt, werden sie kämpfen wie jeder andere auch. Und zwar nicht mehr unwillig, sondern mit der Bereitschaft, notfalls zu sterben – jawohl, zu sterben! So wie die Dinge im Moment liegen, fehlt es ihnen an der nötigen Entschlossenheit, um das Eingangstor zu überwinden.«

Er und Brian fixierten einander abermals.

»Wenn man ihnen keine Wahl läßt«, fuhr Sir Mortimor fort, »werden sie solange gegen das Eingangstor anrennen, bis es nachgibt, ganz gleich, wie viele Männer dabei getötet werden. Die Schwächeren wird man zuerst in die Pflicht nehmen, dann die Nächstschwächeren und so weiter.«

»Irgendwann werden sie das nicht mehr mitmachen«, wandte Sir Brian ein.

»Nicht unbedingt«, entgegnete Sir Mortimor. »Wenn man uns den Dschihad erklärt, den Heiligen Krieg, dann kennen die Männer dort draußen keine Hemmungen mehr, das verspreche ich Euch. Sie werden das Tor mit Rammböcken bearbeiten, und die Männer, die sie bedienen, werden sterben; daraufhin werden weitere Männer vorgeschickt, die ebenfalls sterben werden. Am Ende aber werden sie auf den Gang vordringen, und der erste und die Nachfolgenden werden in Öl und Flammen und Rauch umkommen – irgendwann aber werden sie das Innentor überwinden, und dann sterben wir.«

Jim verspürte einen nahezu unerträglichen Druck, irgend etwas zu sagen, um die wachsende Spannung zwischen Brian und Sir Mortimor, die sich mittlerweile im Eifer auf den Tisch vorgebeugt hatten, zu entkrampfen.

»Ich weiß nur sehr wenig über diesen Teil der Welt«, warf er in versöhnlichem Ton ein, »doch ich muß gestehen, ich begreife nicht, weshalb den Angreifern für den Fall, daß ihre Boote zerstört werden, nichts anderes übrigbleiben sollte, als die Burg anzugreifen. Ich habe den Eindruck, Ihr geht davon aus, daß die meisten von ihnen Moslems sind. In Episkopi ist an Anhängern ihres Glaubens doch bestimmt kein Mangel. Was spräche eigentlich dagegen, daß sie in kleinen Grüppchen nach Episkopi marschieren und sich von ihren Glaubensbrüdern in Booten nach Hause bringen lassen?«

»Ihr habt wirklich keine Ahnung von den hiesigen Verhältnissen!« wandte Sir Mortimor seine durchdringende Stimme und seinen grimmigen Blick gegen Jim. »Wie kommt Ihr nur darauf, sie wären in Episkopi allein schon deshalb in Sicherheit, weil dort Glaubensbrüder von ihnen leben? Es sind zu viele unter den Angreifern, die nichts anderes zu sein vorgeben, als was sie tatsächlich scheinen. Es bräuchten nur ein paar von ihnen nach Episkopi zu gehen, und schon würden die mit mir befreundeten christlichen Ritter erfahren, wer diese Männer sind und was sie vorhatten ...«

»Ich verstehe«, meinte Jim beschwichtigend. »Nun, wenn das so ist ...«

Sir Mortimor überhörte Jims Einwurf und fuhr sogleich fort.

»Ihre moslemischen Glaubensbrüder würden nicht lange fackeln, sondern diese Männer ergreifen und festhalten, während man Erkundigungen einholen würde, ob ich bereit sei, dafür zu bezahlen, daß man sie als Piraten verurteilt und hinrichtet. Und wer immer ihnen folgt, den würde das gleiche Schicksal ereilen, ganz gleich, wie vernünftig ihre Geschichte klänge oder wie unschuldig sie wirkten. In Episkopi leben Christen wie Muselmanen, die mit mir Handel treiben. Einige von ihnen besitzen Schuldscheine von mir und haben ein Interesse daran, daß diese auch eingelöst werden – was nicht mehr möglich wäre, wenn ich getötet und meine Burg geplündert würde. Außerdem wissen sie, daß ich in der Lage bin, sie zu belohnen, sollten sie die Piraten ergreifen und töten. Wenn Ihr das nicht voraussehen könnt, Sir James, dann seid Ihr noch einfältiger, als Ihr behauptet!«

Die wachsende Spannung zwischen Brian und Sir Mortimor war gebrochen; allerdings befand sich nun Jim in einer unangenehmen Lage. Denn anstatt daß Sir Mortimor Brian soweit in die Enge trieb, daß ein Kampf unausweichlich gewesen wäre, war jetzt Jim gezwungen, seine Ritterehre zu verteidigen – es sei denn, ihm fiel rasch etwas ein.

11

ALS ER BRIAN KENNENLERNTE, hatte er sich schon einmal aus einer kniffligen Lage befreit, indem er angefangen hatte, über Sozialversicherungsnummern zu reden. Vielleicht, überlegte Jim, half es ja auch jetzt wieder, wenn er auf Begriffe des zwanzigsten Jahrhunderts zurückgriff. Er lächelte Sir Mortimor liebenswürdig an.

»Ich stehe in Eurer Schuld, Sir Mortimor«, sagte er herzlich. »Ich bin wirklich hocherfreut, dies zu hören. Die letzten Tage über habe ich mich mit der hiesigen meteorologischen Lage und den bedrohlichen Entwicklungen beschäftigt, die immer dann eintreten können, wenn sich ein großes Tiefdruckgebiet einem Hochdruckgebiet nähert. Eure Äußerungen haben mich indes beruhigt.«

Sir Mortimors Miene, die sich bei Jims ersten Worten zu einem höhnischen Lächeln verzerrt hatte, erstarrte, dann machte sich Fassungslosigkeit darin breit.

»Wie Ihr wißt«, fuhr Jim angeregt fort, »hat es sich so ergeben, daß ich mit der Magie zu tun bekam. Daher war meine Sorge unvermeidlich. Aber natürlich möchte ich Euch und Sir Brian mit meteorologischen oder astrophysikalischen Angelegenheiten nur dann behelligen, wenn es unbedingt notwendig ist.«

Sir Mortimor suchte Brians Blick. Dieser funkelte ihn finster an.

»Sir James ist ein Magier«, erklärte Brian eisig. »Ich dachte eigentlich, das wüßtet Ihr, denn schließlich hat er Euch gegenüber erwähnt, seine Profession verbiete es ihm, an Glücksspielen teilzunehmen.«

»Ich habe natürlich schon von seinen Taten gehört, ich nahm jedoch an, er beziehe sich lediglich auf seine Fähigkeit, bei Bedarf Drachengestalt annehmen zu können.«

»Das ist längst noch nicht alles«, erklärte Brian. »Die Regeln seines Ordens sind äußerst streng. Zum Beispiel darf er niemals im Bett schlafen, sondern muß sich mit dem Büßerlager begnügen, das er ständig mit sich führt.«

Diesmal staunte Jim. Er hätte sich nie träumen lassen, daß Brian seiner Schlafmatte, die er sorgfältig vor Ungeziefer schützte, diese Bedeutung beimessen würde. Sir Mortimor war kreidebleich geworden.

»Sir James!« sagte er mit leiser Stimme. »Ich bitte

Euch um Verzeihung, sollte ich Euch mit meinen voreiligen Bemerkungen zu nahe getreten sein; ich hatte jedoch bloß von Euren Taten gehört – das heißt, Euren Taten als Ritter – und hatte keine Ahnung, daß Ihr zudem ein Magier seid …«

Vor wenigen Augenblicken hätte Jim sich noch nicht vorstellen können, daß der hochgewachsene Ritter jemals ins Stammeln geraten könnte.

»Ihr dürft nicht glauben, ich sei ein richtiger Magier«, meinte Jim hastig. »Bislang habe ich mich lediglich mit den unteren Stufen der Magie befaßt. Die Bezeichnung Magier gebührt allein den Allererfahrensten, zu denen auch mein Lehrmeister Carolinus gehört. Und was Eure vorschnellen Bemerkungen angeht, Sir Mortimor, so habe ich sie nicht gehört. Lassen wir es dabei bewenden. Wir drei sind Ritter. Ich spreche zu Euch als Ritter, Sir; und ich wäre Euch dankbar, wenn Ihr mich ebenfalls als solchen betrachten würdet.«

»Das … ist sehr freundlich von Euch, Sir James«, erwiderte Sir Mortimor. »Ihr müßt wissen, daß ich schon immer ein recht rauher Bursche war und daß mein Umgangston hier, fernab der europäischen Gesellschaft, noch rauher geworden ist. Ich hüte meine Zunge nicht immer so, wie ich es sollte. Es ist heutzutage schwer, sich Gehorsam zu verschaffen. Daher befleißige ich mich Gleichgestellten gegenüber bisweilen einer unverblümten Ausdrucksweise, wie sie allenfalls Tiefergestellten gegenüber angebracht ist. Ich wäre Euch zutiefst dankbar, Sir James, wenn Ihr mich in Zukunft auf derlei Anwandlungen hinweisen würdet, so daß ich mich sogleich verbessern und angemessen entschuldigen kann.«

»Lassen wir es dabei bewenden«, wiederholte Jim, dem keine andere Entgegnung einfallen wollte.

Sir Mortimors Gesicht nahm wieder Farbe an.

»Ich bin Euch zutiefst dankbar, Sir James … Himmel,

Arsch und Zwirn!« Die letzten Worte hatten Beaupré gegolten, der die Treppe hochgekommen war und nun stumm neben Sir Mortimor Aufstellung nahm. »Was ist denn jetzt schon wieder?«

Beaupré zeigte sich von Sir Mortimors Ausbruch in keinster Weise beeindruckt.

»Ich bitte um Verzeihung, Mylord«, sagte er so gleichmütig wie eh und je, »doch im Dorf tut sich etwas Ungewöhnliches. Die Brände vor dem Tor sind mittlerweile erloschen, und dort ist es stockfinster. Ich könnte einen unserer Leute durch die kleine Klappe im Tor hinausschicken oder auch selbst den Hang hinunterschleichen, um herauszufinden, was dort vorgeht und was unsere Feinde vorhaben.«

»Kümmert Euch nicht darum, Beaupré«, sagte Sir Mortimor. »Vor Tagesanbruch werden sie nichts unternehmen, und dann sehen wir sie, falls sie versuchen sollten, sich dem Tor erneut zu nähern. Heute nacht wird nichts mehr passieren.«

Beaupré zögerte.

»Ihr seid entlassen!« sagte Sir Mortimor. Beaupré verschwand über die Treppe. Sir Mortimor wandte sich wieder an Jim.

»Seid Ihr jetzt überzeugt, Sir James«, sagte er, »daß meine Bemerkungen nicht böse gemeint waren?«

»Dieser Gedanke liegt mir fern«, erwiderte Jim.

»Ich bin erleichtert«, meinte Sir Mortimor. »Nun, meine Herren, wir wär's, wenn wir noch ein wenig Wein trinken und uns dann für den Rest der Nacht zu Bett begeben würden? Vielleicht werden wir morgen keinen Schlaf finden. Da fällt mir noch etwas ein, Sir James. Verzeiht mir, wenn ich Euch unwissentlich zu nahe treten sollte, aber könntet Ihr Eure magischen Fertigkeiten nicht zur Verteidigung der Burg einsetzen? Ich bin durchaus nicht mittellos. Ich will damit bloß sagen, daß mir für Eure diesbezügliche Unterstützung kein Preis zu hoch wäre – bitte faßt es nicht als

Beleidigung auf, wenn ich Euch als Ritter Bezahlung anbiete. Es fiel mir halt gerade so ein.«

»Ich muß Euch leider enttäuschen«, entgegnete Jim. »Wie Ihr ganz richtig vermutet habt, Sir Mortimor, stehen meine magischen Fertigkeiten nicht zum Verkauf.«

»Oh, natürlich …« Sir Mortimor brach ab. »Dann laßt uns die Angelegenheit vergessen, meine Herren, und von anderen Dingen sprechen. Unter uns gesagt, fühle ich mich ermutigt angesichts der Leichtigkeit, mit der wir den Angriff auf das Burgtor zurückgeschlagen haben. Es könnte gut sein, daß die Belohnung, die man den Piraten versprochen hat, sie nicht ausreichend angespornt hat, ihr Bestes zu geben. Im Dorf wird sich wohl auch noch einige Nahrung finden, schon bald aber wird ihnen der Proviant ausgehen, und dann könnte es sein, daß sie nach ein paar halbherzigen Angriffen einfach wieder abziehen. So etwas ist schon vorgekommen.«

»Ich habe Sir James von unserem Angelausflug und der Freude erzählt, die es macht, einen großen Fisch ins Boot zu ziehen«, bemerkte Brian, über dessen hageren Wangenknochen sich die Haut leicht gerötet hatte. »Ich wünschte, er könnte diese Erfahrung ebenfalls machen. Falls die Piraten abziehen sollten, wäre es dann vielleicht möglich, auch einmal mit Sir James zum Angeln hinauszufahren?«

»Gewiß, gewiß«, antwortete Sir Mortimor und nahm einen herzhaften Schluck aus dem Weinkelch. »Ich selbst habe mein erstes Angelerlebnis, als ich auf diese Insel kam, nie vergessen – mehr Wein!« Er senkte die Stimme, nachdem er die letzten Worte laut gerufen hatte. »Bis dahin hatte ich nur kleine Fische geangelt, die wie gehorsame Hunde an Bord kommen, wenn man die Leine einzieht. Es wäre mir ein Vergnügen, Euch zum Angeln mitzunehmen, Sir James, sobald wir nicht mehr unter Belagerung stehen.«

»Ich danke Euch, Sir Mortimor«, erwiderte Jim,

»doch damit sollten wir uns befassen, wenn es soweit ist. Brian, Ihr wißt ja, daß wir uns um Euer Anliegen kümmern müssen, und Ihr haltet Euch schon eine ganze Weile auf Zypern auf.«

»Ein paar Tage könntet Ihr doch sicherlich noch erübrigen«, meinte Sir Mortimor. »Wenn die Angreifer besiegt sind, haben wir ein wenig Erholung verdient. Gestattet mir eine Frage, Sir James – Euer Entschluß, Eure magischen Fertigkeiten nicht feilzubieten, gereicht Euch zur Ehre, doch sollte sich ein Magier dazu entschließen, so könnte er doch sicherlich großen Reichtum damit erwerben? Bisweilen denke ich mir, es wäre ganz nützlich, wenn ich meinerseits über gewisse magische Fertigkeiten verfügte; allerdings fehlte es mir bislang an der Zeit, mich hinzusetzen und zu lernen. Ich nehme an, es dauert einige Wochen, bis man einen meisterlichen Zauberspruch beherrscht? Aber wenn es soweit ist, dann braucht Ihr wohl nur mit den Fingern zu schnippen, um Euren Willen zu bekommen?«

»Ganz so ist es nicht«, entgegnete Jim, eingedenk der mühseligen Fortschritte, die er in den letzten Jahren trotz all seiner Bemühungen und Carolinus' Unterstützung gemacht hatte. »Mit dem Erlernen eines Zauberspruchs ist es nicht getan.«

»Was Ihr nicht sagt!« Sir Mortimor schaute nachdenklich drein. »Dann handelt es sich also um keine Kunst, die ein Edelmann bis zu einem gewissen Grad in einigen Monaten erlernen könnte? Ihr müßt nämlich wissen, daß ich als recht geschickt mit den Händen gelte. Ich beherrsche einige kleine Zauberkunststücke und unterhalte bisweilen meine Gäste, indem ich irgendwelche Gegenstände scheinbar verschwinden und wieder auftauchen lasse – keine Magie, sondern eben nur Kunststücke –, und meine Freunde haben schon des öfteren gemeint, mit ein wenig Mühe könnte ein berühmter Magier aus mir werden. Glaubt Ihr, es würde länger dauern als etwa ein Jahr – wenn ich die Zeit dazu hätte?«

»Ganz sicher«, antwortete Jim bestimmt.

»Ich verstehe«, sagte Sir Mortimor, dessen höfliche Bestätigung Jim nicht ganz zu überzeugen vermochte.

»Wie viele Jahre braucht man, um ein Ritter zu werden, Sir Mortimor?« fragte Jim.

»Hä?« machte Sir Mortimor. »Das solltet Ihr doch eigentlich wissen. Natürlich ein ganzes Leben, und man muß in frühester Jugend damit beginnen.«

»Aus diesem Grund muß ein Magier sehr viel länger leben als jeder Ritter«, sagte Jim. »Weil er ebenfalls ein ganzes Leben braucht, um zu höchster Meisterschaft zu gelangen.«

Sir Mortimor blickte ihn verwundert an. Dann dämmerte es ihm allmählich, und die Falten auf seiner Stirn glätteten sich wieder, während sich sein Gesicht rötete. Bevor er allerdings etwas sagen konnte, war Beaupré wieder aufgetaucht.

»Verzeiht, Mylord«, sagte er im gleichen Tonfall wie zuvor. »Aber ich habe den Zimmermann aus dem Dorf an der Fluchtklappe im Eingangstor horchen lassen; er meint, die Angreifer würden auf der Treppe Pfosten einrammen und in den Häusern im Dorf irgend etwas bauen. Er schwört, er habe eine Säge gehört, und bittet um die Erlaubnis, hinausgehen und sich genauer umhören zu dürfen.«

»Er ist unser einziger Zimmermann«, entgegnete Sir Mortimor gereizt. »Könnte sich nicht jemand anders umhören, auf den wir leichter verzichten könnten, sollte er nicht zurückkehren?«

»Ich könnte jemanden mit scharfem Gehör hinausschicken, der sich mit den Geräuschen einer Zimmermannswerkstatt auskennt, Mylord«, sagte Beaupré.

»Dann kümmert Euch darum«, meinte Sir Mortimor. »Nehmt Euch der Sache an, und hört auf, mich mit solchen Nebensächlichkeiten zu behelligen.«

Ein Bediensteter brachte den Wein, den Sir Mortimor bestellt hatte. Beaupré ging nach unten, und Sir Mortimor beruhigte seine Nerven mit dem frisch eingeschenkten Wein.

»Nun, meine Herren«, sagte er, »vielleicht haben wir jetzt eine Weile Ruhe. Es ist wirklich bedauerlich, daß Ihr dem Würfelspiel entsagen müßt, Sir James; ich zögere nämlich, Sir Brian eine Partie vorzuschlagen. Ich weiß nicht, welche Unterhaltung ich Euch sonst vorschlagen sollte; aber es wäre unhöflich, wenn wir spielen würden, während Ihr uns untätig dabei zuschaut.«

»Keineswegs«, entgegnete Jim. »Ich sehe gern zu. Spielt Ihr nur, ich werde mich schon nicht langweilen.«

»Nun gut«, meinte Sir Mortimor und wandte sich Brian zu. »Was würdet Ihr von einer kleinen Würfelpartie halten, Sir? Zufällig trage ich meine Würfel samt der Gewinne der letzten Zeit im Geldbeutel bei mir. Eigentlich wollte ich beides weglegen, bin aber noch nicht dazu gekommen.«

»Um so besser«, meinte Brian. »Ich habe zufällig auch eine ausreichende Summe bei mir, so daß ich nicht eigens Geld aus unserem Zimmer zu holen brauche.«

Er holte eine Handvoll schwerer *moutons d'or* aus dem Geldbeutel an seinem Gürtel, große französische Goldstücke, bei deren Anblick ein Funkeln in Sir Mortimors Augen trat, das jedoch alsbald wieder erlosch. Er legte seinerseits eine Handvoll beinahe ebenso großer Münzen auf den Tisch, allerdings waren die meisten aus Silber, und es waren auch ein paar weniger wertvolle Kupfermünzen dabei.

»Seid Ihr mit zehn Silbermünzen gegen eine Goldmünze einverstanden?« fragte er.

»Sehr gern«, antwortete Brian.

Das Würfeln begann; zu Jims Überraschung gewann Brian von Anfang an. Das heißt, er gewann die ersten vier Runden, bevor er zum erstenmal verlor, und dann gewann er drei weitere. Er und Sir Mortimor ließen sich vom Spiel allmählich fesseln. Sie folgten den Würfeln mit gierigen Blicken und konzentrierten sich so ausschließlich auf die tanzenden Kuben, bis Jim das Gefühl hatte, er sei unsichtbar.

Jetzt machte er sich Vorwürfe, weil er versäumt hatte, sich einen Plan zurechtzulegen, um Sir Mortimor des Betrugs zu überführen. Er hatte sich zwar vorgenommen gehabt, eine Methode zu ersinnen, die Angelegenheit mit magischen Mitteln zu überprüfen, doch weiter war er noch nicht gekommen.

Außerdem war es seltsam, daß Brian ständig gewann, nämlich im Durchschnitt drei von fünf Würfen, so daß Sir Mortimors Silberstücke rasch auf Brians Tischseite wanderten. Brian gewinnen zu lassen, konnte auch ein kluger Schachzug von Sir Mortimor sein, um keinen Verdacht aufkommen zu lassen, zumal er jetzt wußte, daß Jim über beträchtliche magische Kräfte verfügte, die es möglicherweise riskant für ihn machten, beim Spiel zu betrügen.

Daß Brian in Episkopi gewonnen und hier verloren hatte, mußte nicht unbedingt bedeuten, daß Sir Mortimor betrog; vielleicht hatte Brian in Episkopi Glück gehabt, und jetzt war die Reihe an Sir Mortimor. Wenn alles mit rechten Dingen zugegangen war, konnte Brian nur darauf hoffen, daß das Glück ihm nun wieder hold war.

Das Würfeln ging weiter. Nach einer Weile schien sich das Glück gegen Brian zu wenden; doch diese Phase hielt nicht lange an. Nachdem er einige Runden verloren hatte, gewann er wieder, und so blieb es auch. Der Moment der Entscheidung war nicht mehr fern, denn Sir Mortimors Geldvorrat war auf wenige Münzen zusammengeschrumpft. Schon bald würde er die Partie entweder für beendet erklären oder aber neuen Nachschub holen müssen.

»Tja, nun«, meinte Sir Mortimor, die letzten paar

Münzen zusammenschiebend. »Die Würfel waren mir heute nicht günstig gesonnen. Aber so geht es eben. Jedenfalls haben wir uns ein wenig von unseren gegenwärtigen Sorgen abgelenkt, und bestimmt werden wir alle gut schlafen. Vielleicht sollten wir allmählich zum Ende kommen, Sir Brian.«

»Ich bin betrübt, Sir«, entgegnete Brian. »Es erscheint mir höchst unhöflich, aufzuhören, ohne Euch Gelegenheit gegeben zu haben, Eure Verluste zurückzugewinnen. Wenn Ihr müde seid, so möchte ich Euch nicht am Zubettgehen hindern. Aber ich versichere Euch ...«

»Ach«, meinte Sir Mortimor, »das habe ich nur aus Höflichkeit gesagt. Ich bin überhaupt nicht schläfrig; außerdem würde ich sowieso kein Auge zutun, sondern immer wieder nach dem Rechten sehen. Wenn Ihr nichts dagegen habt, wäre es mir ein Vergnügen weiterzuwürfeln. Ich gebe zu, ich würde meine Verluste nicht ungern wieder wettmachen. Laßt mir nur einen Moment Zeit, ein paar Münzen zu holen, damit wir unsere Einsätze offen vor uns auf den Tisch legen können, wie es Edelmännern geziemt.«

»Unbedingt!« rief Brian, Jims Zeichen, mit dem Spielen aufzuhören, entschlossen mißachtend. »Ich werde mich mit Freuden solange gedulden. Und Sir James bestimmt auch.«

»Ich bin gleich wieder da«, sagte Sir Mortimor.

»Brian«, meinte Jim mit gesenkter Stimme, als der hochgewachsene Ritter hinausgegangen war, »Ihr hättet wirklich aufhören sollen. Der Gewinn, den Ihr bislang eingeheimst habt, hat Euch doch gewiß zumindest für einen Teil Eurer bisherigen Verluste entschädigt.«

»Das stimmt schon«, erwiderte Brian. »Aber es gehört sich, daß ich ihm Gelegenheit zur Revanche gebe.«

»Da bin ich wieder«, sagte Sir Mortimor und nahm

am Tisch Platz. »Da Ihr heute abend Gold zu setzen beschlossen habt, Sir Brian, halte ich es für angebracht, es Euch gleichzutun.«

Er schüttete aus seinem Geldbeutel eine Handvoll englischer Rosennobel auf den Tisch, wie Brian sie vor einigen Monaten beim Weihnachtsturnier gewonnen hatte. Bestimmt hatten sie einmal Brian gehört, überlegte Jim. Jetzt lagen auf beiden Seiten beträchtliche Einsätze auf dem Tisch.

Das Würfeln ging weiter. Zunächst gewann wieder Brian. Dann wandte sich das Glück eine Zeitlang gegen ihn, bis er abermals gewann. Jetzt, da die Rosennobel auf dem Tisch lagen, währte die zweite Gewinnsträhne allerdings nicht mehr so lange, und schon bald gewann mal der eine, mal der andere, doch allmählich wurde Brians Münzstapel immer kleiner, während der von Sir Mortimor stetig wuchs.

Beide Männer waren so sehr ins Spiel vertieft, daß sie ihre Umgebung kaum mehr wahrnahmen, und auch Jim war völlig gefesselt vom Spiel. Er wurde sich immer sicherer, daß Sir Mortimor den Fall der Würfel auf die eine oder andere Weise beeinflußte. Doch so genau er auch hinschaute, wenn Sir Mortimor die Würfel rollen ließ, vermochte er nichts Ungewöhnliches zu erkennen, und wenn Brian gewann, verhielt es sich ebenso.

Gleichwohl wuchs sich sein Verdacht allmählich zur Gewißheit aus. Der Rhythmus des Hin und Her – bei dem Brian eine Weile führte, bis er seinen Gewinn und noch mehr wieder verlor – hatte etwas Künstliches an sich.

Jim wünschte sich, er hätte mehr über Mogeleien und das Glücksspiel im allgemeinen gewußt. Woran er sich erinnern konnte, waren bruchstückhafte Kenntnisse, die er irgendwo aufgeschnappt hatte.

Zwei dieser Erinnerungsschnipsel rückten jedoch in den Vordergrund. Der eine stammte wohl aus irgendeiner Erzählung. Er betraf den sogenannten ›Glückswurf‹, den manche Spieler angeblich beherrschten. Die andere Kenntnis stammte wohl aus verläßlicherer Quelle und besagte, daß manchmal die Kanten der Würfel angeschliffen wurden, so daß eine Seite bevorzugt oben zu liegen kam.

Wenn ihn sein Gedächtnis nicht trog und Sir Mortimors Würfel tatsächlich angeschliffen waren, hätte Brian allerdings ebenfalls gewinnen müssen, wenn er an der Reihe war.

Das heißt, falls es nicht tatsächlich so etwas wie einen ›Glückswurf‹ gab – eine bestimmte Art des Würfelns …

Um nur bei Sir Mortimor, nicht aber bei Brian zu funktionieren, hätte es sich schon um eine äußerst ausgefeilte Technik handeln müssen, und das erschien Jim eher unwahrscheinlich. Während er sich den Kopf zerbrach, stieß er auf einmal auf eine ganz naheliegende Antwort. Es wäre doch möglich, daß Sir Mortimor zwei Sätze Würfel hatte und daß er den einen benutzte und Brian den anderen.

Das erschien ihm jedoch nicht minder weit hergeholt als die Sache mit dem ›Glückswurf‹. Jim überlegte angestrengt. Wenn Sir Mortimor ständig die Würfel austauschte, mußte er dies vor ihren Augen tun, ohne daß ihnen etwas auffiel – und das war ausgeschlossen.

Oder doch nicht?

Da erinnerte er sich an einen Ausspruch, den einmal irgendein Detektiv in einem Roman getan hatte – wenn keine vernünftige Erklärung zutrifft und nur noch eine höchst unwahrscheinliche übrigbleibt, dann ist das Unwahrscheinliche das Wahrscheinliche – oder etwas in der Art. Das bedeutete, er mußte davon ausgehen, daß Sir Mortimor die beiden Würfel ständig austauschte, und herausfinden, wie er das anstellte.

Jim hatte noch nie im Leben gewürfelt, nicht einmal in seiner Heimatwelt. Er gehörte zu den wenigen Menschen, die sich beim Glücksspiel langweilten, solange es dabei nicht um ihr Leben ging. Wie immer die Regeln, nach denen Sir Mortimor und Brian spielten, im einzelnen aussehen mochten, offenbar ging es darum, daß derjenige, der gerade gewonnen hatte, die Würfel behielt und irgendeine Zahl nannte, worauf er mit den beiden Würfeln eine bestimmte Anzahl von Würfen durchführte, um die genannte Zahl zu erzielen.

Gelang ihm das mit der erlaubten Anzahl von Würfen, hatte er gewonnen; andernfalls hatte er verloren. Wenn er verloren hatte, reichte er die Würfel weiter, und der andere Spieler durfte eine Zahl nennen und versuchen, sie mit derselben Anzahl von Würfen zu erzielen.

Jim konzentrierte sich auf Sir Mortimors Hände. Trotz ihrer Größe wirkten sie ausgesprochen lang; er hatte nicht übertrieben, als er gemeint hatte, er sei geschickt mit den Händen. Er schüttelte die Würfel zunächst in der geschlossenen Faust und gab sie dann unmittelbar über der Tischplatte frei, indem er kurz die Finger streckte. In dem Moment, da die Würfel flogen, bogen sich die Finger nahezu reflexhaft zurück, so daß sie beinahe wieder eine geschlossene Faust bildeten.

Diese Art des Würfelns beherrschte er mit beiden Händen. Wahrscheinlich war er mit beiden Händen gleich geschickt, denn im Umgang mit den Würfeln war kein Unterschied zwischen rechts und links festzustellen; und beidesmal gab er die Würfel mit der Handfläche nach unten frei, indem er die Finger kurz streckte.

Brian hingegen schüttelte die Würfel zunächst in derselben Handhaltung, mit der er auf den Tisch geschlagen hätte, wobei der kleine Finger ganz unten lag; erst dann drehte er die Hand ein wenig seitlich und gab die Würfel frei.

Sir Mortimors Art zu würfeln wirkte im Vergleich dazu außergewöhnlich gewandt. Er würfelte mit der gleichen Geschicklichkeit, die Brian im Umgang mit Waffen zeigte – eine Handbewegung, die beschränkt war auf das Wesentliche und aus einer einzigen anmutigen Geste bestand. Brians Umgang mit den Würfeln wirkte nicht annähernd so gewandt. Er würfelte eher so, wie auch Jim gewürfelt haben würde.

Was Jim besonders auffiel, war die Tatsache, daß Sir Mortimor die Würfel mit solcher Schnelligkeit freigab und sie wieder ergriff, daß die Bewegungen seiner Finger vor Jims Augen verwischten. Das kam ihm verdächtig vor. Vielleicht diente die Schnelligkeit dazu, etwas zu verbergen. Wenn dem so war, dann wäre ein wenig Magie bei der Überprüfung ganz hilfreich.

Er stellte sich seine Augen als die Linsen einer Hochgeschwindigkeitskamera vor, um Sir Mortimors Wurf in Zeitlupe zu betrachten.

Er konzentrierte sich darauf, wie Sir Mortimor die Würfel freigab, dann ließ er den Vorgang in seiner Vorstellung noch einmal langsamer ablaufen. Jetzt sah er, wie sich die Hand über den Tisch vorschob, so daß lediglich der Handrücken und die Knöchel sichtbar waren; dann öffnete sich die Hand, der Daumen rückte von den anderen Fingern ab, und diese streckten sich.

Erst jetzt in der Zeitlupenversion fiel ihm auf, daß die Finger sich nicht ganz streckten und daß keine Würfel herausfielen. Vielmehr wurden die Würfel nach wie vor von den vier Fingerspitzen festgehalten, die sie umschlossen hatten; und nun, da er das ganze Bild betrachtete, anstatt sich ausschließlich auf Sir Mortimors aktive Hand zu konzentrieren, bemerkte er, wie ein zweites Paar Würfel, verdeckt von der ausgestreckten Hand, aus Sir Mortimors anderem Ärmel fiel, über die Tischplatte rollte und von Brian aufgenommen wurde.

Im selben Moment schlossen sich die Finger, welche die zurückgehaltenen Würfel hielten, abermals zur Faust, während die Würfel mit einer raschen Bewegung der Fingerspitzen in den dahinter befindlichen Ärmel befördert wurden.

Brians Hand streckte sich nach den Würfeln aus. Dies war Sir Mortimors letzter Versuch gewesen. Brian nahm die Würfel, schüttelte sie und warf das zweite Würfelpaar.

Jim konzentrierte sich wieder auf das Geschehen am Tisch.

Brian warf die Würfel und erzielte eine Fünf und eine Zwei und versuchte beim nächsten Wurf, die Gewinnzahl zu erreichen, was ihm jedoch nicht gelang. Sir Mortimor nahm die Würfel rasch an sich; und diesmal bemerkte Jim – auch ohne die Zeitlupe zu Hilfe zu nehmen –, wie Sir Mortimor sie mit der einen Hand aufsammelte und sie in den Ärmel zurückbeförderte, aus dem er sie eben noch hervorgeholt hatte. Gleichzeitig fielen die anderen Würfel, aufgrund der Handhaltung vor Brian verborgen, in Sir Mortimors andere Hand.

Sir Mortimor schüttelte die Würfel mit beiden Händen wie ein sich selbst beglückwünschender Boxer. Dann warf er sie mit der Rechten und erzielte eine Acht; mit drei weiteren Würfen hatte er die Gewinnzahl erreicht und strich wiederum einen von Brians Nobeln ein. Anscheinend war das zweite Würfelpaar auf Sieg geeicht und das erste auf Niederlage. Sir Mortimor kontrollierte Brians Gewinn und Verlust, indem er jeweils die passenden Würfel für ihn auswählte.

Nun, dachte Jim voller Genugtuung, das erklärte, weshalb Sir Mortimor nach Belieben gewann. Das herauszufinden, war der schwierige Teil gewesen. Jetzt brauchte er nur noch auf magische Weise die Situation so zu bereinigen, daß Brian das verlorene Geld zurückgewann – und das sollte eigentlich leicht zu bewerkstelligen sein.

Nein, das ist es nicht, sagte Carolinus' Stimme in seinem Kopf.

12

JIM STAND AUF EINMAL und war vollkommen durchsichtig. Er blickte auf seinen Körper hinunter, der nach wie vor mit Brian und Sir Mortimor am Tisch saß. Carolinus, geisterhaft durchsichtig wie er, stand vor ihm, während die beiden höchst körperlichen Spieler weiterwürfelten, ohne die beiden Gespenster neben dem Tisch zu beachten.

Habt Ihr nicht ein paar Dinge vergessen, Jim? fragte Carolinus. *Meint Ihr wirklich, es wäre statthaft, mit Magie den Ausgang der Würfelpartie zwischen Brian und Sir Mortimor zu beeinflussen oder gar ins Gegenteil zu verkehren? Erinnert Euch, unsere große Wissenschaft und Kunst ist eine defensive; sie darf niemals zu anderen Zwecken eingesetzt werden. Woher wollt Ihr wissen, ob Ihr Sir Mortimor das Geld, das Ihr Sir Brian zurückverschafft, nicht etwa unrechtmäßig abnehmt – ihn in Wirklichkeit also ausraubt?*

Aber er hat betrogen, erwiderte Jim in Gedanken.

Menschliches Recht und Unrecht kümmert weder die Revisionsabteilung noch die magische Energie, die der Menschheit auf dem langen Weg zur Zivilisation geholfen hat, erwiderte Carolinus. *Diente die Magie allein diesem Zweck, dann hätten die Magier alle Hände voll damit zu tun, das Übel in ihrer unmittelbaren Umgebung zu bekämpfen, anstatt sich den Dingen zu widmen, welche die Menschheit zu einem besseren Verständnis der Welt und ihrer selbst führen. Die Kunst der Magie muß notwendigerweise von Recht und Unrecht streng geschieden werden – mit Ausnahme der Magier selbst und deren Schutzbefohlenen.*

Und Brian steht nicht unter Eurem Schutz, hab ich recht? fragte Jim.

Nein, das tut er nicht, antwortete Carolinus.

Und auch nicht unter meinem Schutz? wollte Jim wissen.

Diese Frage müßt Ihr Euch selbst beantworten, Jim, sagte Carolinus. *Wenn er unter Eurem Schutz steht, wie weit er-*

streckt sich dann dieser Schutz – auf alle Gelegenheiten? Oder bloß auf diese?

Heißt das, ich soll jetzt entscheiden, inwieweit er unter meinem Schutz steht? fragte Jim. *Und daß meine Entscheidung dann für alle Zeiten Gültigkeit hat?*

Keineswegs, entgegnete Carolinus. *Ihr könnt Eure Haltung zu dieser Frage beliebig oft ändern. Aber Ihr müßt Euch dabei bewußt sein, wie weit Ihr Euch von der defensiven Natur der Magie entfernt.*

Jim funkelte ihn an.

Ihr habt von ein paar Dingen gesprochen, die ich vergessen hätte, sagte er. *Was habt Ihr noch damit gemeint?*

Der Einwand ist simpel, aber aufschlußreich, meinte Carolinus. *Habt Ihr auch Brians persönlichen Ehrenkodex in Betracht gezogen?*

Jim hatte das Gefühl, man habe ihm einen Tiefschlag versetzt. Die zweite Frage war heikler als die erste. Wenn er die Situation auf magische Weise dahingehend beeinflussen wollte, daß Sir Mortimor alles verlor, was er Brian zuvor abgenommen hatte, wie würde Brian es aufnehmen, wenn er erfuhr, daß Jim alles arrangiert hatte?

Die Antwort lag auf der Hand. Brian wäre tief – womöglich sogar auf nicht mehr wiedergutzumachende Weise – verletzt. Verletzt und aufgebracht. Brians Moralvorstellungen verboten es ihm, einen unfairen Vorteil wahrzunehmen; selbst dann, wenn es darum ging, jemandem einen Gewinn abzunehmen, den dieser mit betrügerischen Mitteln erworben hatte. Brian würde darauf bestehen, Sir Mortimor das ganze Geld, das Jim ihn mit magischen Mitteln hatte gewinnen lassen, zurückzugeben. Dann, und erst dann, würde er, falls er denn fest davon überzeugt war, daß Sir Mortimor beim Spiel betrogen hatte, den Ritter mit offenen Worten beschuldigen und ihn zu einem Kampf auf Leben und Tod herausfordern.

Sollte Sir Mortimor dabei umkommen, befände sich

das Geld immer noch in seinem Besitz. Brian würde es nicht einmal einem Toten abnehmen. Dafür wäre seine Freundschaft mit Jim zerstört – wahrscheinlich auf Dauer.

Vor der Antwort auf diese Zwickmühle – der einzig möglichen Antwort – hätte Jim am liebsten die Augen verschlossen. Offenbar bestand der einzige Ausweg darin, nicht nur Sir Mortimor, sondern auch Brian im ungewissen darüber zu lassen, wie das Geld zu Brian zurückgefunden hatte. Es sei denn, er erklärte Brian die Angelegenheit erst dann, wenn es zu spät war, Sir Mortimor noch zur Rechenschaft zu ziehen. Vielleicht würde ihm dann eine passende Entschuldigung einfallen.

Verdammt noch mal, Carolinus! sagte Jim. *Das ist eine Grauzone! Eine Situation, in der die beiden von Euch erwähnten Direktiven in genau entgegengesetzte Richtungen weisen. Wenn ich Brian helfen will, muß ich ihm weh tun.*

Ja, erwiderte Carolinus, *mit derlei Gewissensnöten bekommt Ihr es bedauerlicherweise zu tun, wenn Ihr Euch mit der Fortgeschrittenen Magie befaßt. In diesem Fall kann ich Euch natürlich nicht helfen. Dies ist ein bittersüßer Moment für mich, Jim. Ich komme mir ein wenig vor wie ein Vater, der beobachtet, wie sein Kind heranwächst, bis es irgendwann selbst entscheiden muß; dann bleibt dem Vater nichts anderes übrig, als in den Hintergrund zu treten. Dieses Stadium der Loslösung habt Ihr jetzt erreicht, Jim. Es steuert schon eine ganze Weile auf Euch zu, auch wenn Ihr den Schatten, den es vorauswirft, vielleicht übersehen habt.*

Ich verstehe nicht, was Ihr mit dem Schatten meint, erwiderte Jim.

Ach was, entgegnete Carolinus, *natürlich wißt Ihr das. Ihr meint schon eine ganze Weile, ich vernachlässigte Euch über Gebühr und gäbe Euch nur unvollständige Erklärungen – vielleicht meint Ihr gar, ich schwindelte Euch bisweilen an. Es stimmt, daß ich Euch in einigen Fällen nur einen Teil der Wahrheit sagen durfte. Wenn Ihr erst einmal ein*

Meistermagier geworden seid – falls dieser Tag jemals kommen sollte –, werdet Ihr das verstehen. Dies ändert jedoch nichts daran, daß Ihr bei Eurer Entscheidung auf Euch allein gestellt seid. Ich kann zuschauen; helfen aber darf ich Euch nicht.

Carolinus verschwand, und im nächsten Moment befand Jim sich wieder in seinem Körper, saß am Tisch und beobachtete, wie Sir Mortimor Brian Wurf für Wurf ärmer machte.

Jim schwankte hierhin und dorthin, dann auf einmal teilte sich alles in zwei klar voneinander geschiedene Wege. Der eine bestand darin, seine Freundschaft zu Brian zu schützen, die Freundschaft, die ihm am meisten bedeutete und die ihm das Leben in dieser Welt des vierzehnten Jahrhunderts nicht nur erträglich, sondern überhaupt erst möglich gemacht hatte. Der andere bestand darin, diese Freundschaft aufs Spiel zu setzen und es Brian zu ermöglichen, eine Gelegenheit wahrzunehmen, die vielleicht nie wiederkehren würde – nämlich endlich Gerondes Vater zu finden und seine Verlobte zu heiraten, was für beide die Erfüllung eines lang gehegten Wunsches bedeutet hätte.

Zum Teufel damit! dachte Jim. *Das Geld gehört Brian; und Brian soll es auch bekommen.*

Er hatte eigentlich erwartet, er müsse sich erst einmal den Kopf nach einer passenden magischen Lösung zerbrechen, doch nun fiel sie ihm sogleich ein, beinahe so, als hätte sie in einem Winkel seines Bewußtseins bereits gewartet. Er schloß halb die Augen und stellte sich Sir Mortimors zwei Würfelpaare vor. Auf magische Weise würde er sie unter bestimmten Voraussetzungen veranlassen, die Plätze zu tauschen. Jedesmal, wenn Sir Mortimor die Würfel an Brian weiterreichte, würde Brian die Siegerwürfel in Empfang nehmen, und wenn Brian die Würfel an Sir Mortimor zurückgab, würden sie sich wieder in die Verliererwürfel verwandeln.

Anschließend beobachtete Jim, wie sich das Spielerglück am Tisch wendete. Brian gewann, gewann und gewann – bis Jim auf einmal bewußt wurde, daß seine Glückssträhne schon auffällig lange währte. Hastig sorgte er dafür, daß Brian fortan verlor und Sir Mortimor solange gewann, bis Jim ihm wieder die Verliererwürfel in die Hand gab.

Zunächst einmal gestattete er es Sir Mortimor, einen Gutteil seiner Verluste wieder wettzumachen. Der hochgewachsene Ritter hatte bereits begonnen, angesichts der Wendung, die das Spiel genommen hatte, finster dreinzuschauen. Jetzt aber hellte sich seine Miene wieder auf. Jim achtete darauf, daß Brian abermals gewann, bis er Mortimors Gewinne in etwa wieder eingesackt hatte, worauf Jim ihn abermals verlieren ließ, während Sir Mortimor gewann.

Jedoch nur kurze Zeit. Jim sorgte dafür, daß sich das Gleichgewicht allmählich zu Brians Gunsten verschob, bis Sir Mortimor schließlich keine Münzen mehr vor sich liegen hatte.

»Bei den Heiligen!« rief der hochgewachsene Ritter und erhob sich. Er schaute nicht unbedingt finster drein, doch viel fehlte dazu nicht. »Offenbar hat mich das Glück verlassen, Sir. Wenn Ihr solange warten wollt, hole ich noch etwas Geld ...«

»Unbedingt«, sagte Brian, »unbedingt, Sir Mortimor. Aber – so gerne ich auch gewinne, schmerzt es mich doch, Euch ständig verlieren zu sehen. Wenn Ihr die Revanche lieber auf einen späteren Zeitpunkt verschieben wollt ...«

»Zum Teufel, nein!« entgegnete Sir Mortimor.

»Wenn das so ist, Sir«, sagte Brian, »werde ich mit Freuden warten, bis Ihr Euch wieder mit Geld versehen habt.«

Sir Mortimor stapfte zur Treppe und begab sich nach unten.

»James!« flüsterte Brian Jim freudig zu. »Habt Ihr

das gesehen? Ich habe schon über die Hälfte meiner bisherigen Verluste zurückgewonnen. Möge mir das Glück noch eine Weile gnädig sein; und sollte mein Geldbeutel am Ende soviel wiegen wie zuvor, dann schwöre ich, die Würfel erst dann wieder anzurühren, wenn ich wohlbehalten nach England zurückgekehrt bin.«

»Das wäre ein kluger Entschluß, Brian.« Jim mußte sich räuspern. »Ich freue mich, daß Ihr gewinnt.«

»Das sollt Ihr auch!« meinte Sir Brian. »Das ist einfach wunderbar!«

Er lehnte sich zurück und wartete schweigend. Auch Jim wartete, ohne etwas zu sagen; es dauerte nicht lange, da vernahmen sie Sir Mortimors Schritte auf der Treppe, und er nahm wieder seinen Platz am Tisch ein.

Diesmal legte er eine Mischung aus Rosennobeln und *moutons d'or* auf den Tisch; eine weitaus größere Summe als zuvor.

Jim erinnerte sich, irgendwo gehört zu haben, daß erfahrene Spieler dann, wenn sie die Chancen für ausgeglichen hielten, glaubten, sie müßten lediglich weiterspielen, damit sich das Glück früher oder später zu ihren Gunsten neige.

Jetzt, da er Sir Mortimor mit bemerkenswert klarem Blick anschaute, meinte Jim, den Spielsüchtigen vor sich zu haben, den er bisweilen schon in Brian vermutet hatte. So sehr es Sir Mortimor auch überrascht haben mußte, daß seine Taschenspielertricks nicht mehr fruchteten, er hatte nur noch eines im Sinn – solange zu würfeln, bis er gewonnen hatte.

Der Druck, der auf den Spielern lastete, schien sich verhundertfacht zu haben, und die Spannung zwischen den beiden Männern war so groß, daß Jim meinte, er bräuchte bloß die Hand auszustrecken, und schon könne er sie fühlen wie einen straffgespannten Draht.

Hier waren Erregungen am Werk, die jeden Moment in Tätlichkeiten umschlagen konnten. Gleichwohl war

Jim fest entschlossen. Er gab Brian abermals die Siegerwürfel in die Hand.

Der Goldstapel vor Sir Mortimor schmolz mit kleinen Unterbrechungen stetig dahin. In dem Maße, wie er verlor, biß er die Zähne fester zusammen, seine Miene verfinsterte sich, und er beugte sich immer weiter vor, bis er einem Leoparden glich, der zum Sprung ansetzte. Jede Ähnlichkeit mit dem gelehrtenhaften alten Mann, den Jim auf den ersten Blick in ihm zu erkennen gemeint hatte, war verschwunden, und zum Vorschein gekommen war der Krieger.

Auf einmal war wieder Beaupré neben Sir Mortimor aufgetaucht.

Sir Mortimor beachtete ihn nicht.

»Mylord«, sprach Beaupré ihn schließlich an.

»Verschwindet!« sagte Sir Mortimor, ohne vom Tisch aufzusehen.

»Mylord«, fuhr Beaupré fort, »der Zimmermann und der andere Mann, den ich rausgeschickt habe, sind zurückgekehrt. Die Mauren bauen irgendeine Vorrichtung vor dem Tor, die ein ganzes Stück zurückreicht und weiter unten auf dem Hang aufsitzt. Im Dunkeln haben sie schon gute Fortschritte gemacht, und wenn es hell wird, könnten sie damit fertig sein.«

»Ja, und?« murmelte Sir Mortimor, ohne die Würfel aus den Augen zu lassen, die Brian gerade warf. »Wenn es hell wird, werden wir das Ding verbrennen.«

»Sie haben das Holz mit Ziegenfellen abgedeckt. Anscheinend haben sie eine ganze Menge davon mitgebracht. Mit dieser Abdeckung wird das Holz nicht so leicht Feuer fangen.«

»Ich habe gesagt, Ihr könnt gehen«, knurrte Sir Mortimor.

»Mylord«, sagte Beaupré, »wir müssen etwas unternehmen.«

»Nehmt Ihr Euch der Sache an, Beaupré«, erwiderte Sir Mortimor.

»Mylord ...«

»Nehmt Euch der Sache an, Beaupré!«

Einen Moment lang herrschte Stille.

»Jawohl, Mylord.« Beaupré wandte sich ab. Er entfernte sich über die Treppe. Das Spiel wurde nahezu wortlos fortgeführt. Man vernahm nur noch den Atem der Spieler, das Klackern der Würfel und das Scharren des Geldes, das gesetzt oder als Gewinn eingestrichen wurde. Jim wurden allmählich die Lider schwer. Ihm kam es so vor, als ginge es schon Stunden so, und er gab der Versuchung nach und machte Brians Gewinnsträhnen immer länger und von Sir Mortimor immer kürzer.

Sir Mortimors Miene verdüsterte sich immer mehr, während sein Geldvorrat schrumpfte; sie wurde immer finsterer und gefährlicher. Als er die Würfel abermals an Brian weiterreichte, verflüchtigte sich Jims Schläfrigkeit jäh. Sir Mortimor folgte jeder Bewegung der Würfel wie ein sprungbereites wildes Tier, und die Spannung am Tisch war so stark angestiegen, daß die Luft zu zittern schien.

Jim blickte von Sir Mortimor zu Brian. Sein Freund mochte zwar in mancherlei Beziehung unbedarft sein, doch wenn Gefahr im Verzug war, merkte er es sehr wohl. Auch Brians Miene hatte sich verändert. Die finstere Bedrohlichkeit, die Sir Mortimor ausstrahlte, lag ihm nicht, doch auf seine Art zeigte er eine ganz ähnliche Bereitschaft zur Gewalttätigkeit. Sein Gesicht wirkte jetzt schärfer, die Haut über Wangenknochen und Kinn schien sich gestrafft zu haben; seine blauen Augen wirkten kleiner und durchdringender und waren unverwandt auf sein Gegenüber gerichtet.

Jim sah sich versucht, Brian verlieren zu lassen und Sir Mortimor die Siegerwürfel zurückzugeben, bevor dieser die Beherrschung verlor, doch andererseits paßte es ihm nicht, Brians Gewinnsträhne jetzt, wo er Sir Mortimor einige Male hatte gewinnen lassen und

Brian zum Ausgleich eine größere Anzahl Gewinne zugestanden hätte, vorzeitig zu unterbrechen.

Folglich ließ er Brian weiter gewinnen. Die Goldmünzen wanderten von Sir Mortimors Tischseite zu Brian hinüber.

Schließlich übergab Brian die Würfel wieder Sir Mortimor. Der hochgewachsene Ritter griff danach und betrachtete sie eingehend.

»Aber die Würfel sind ja geborsten!« sagte er und sprang auf. »Ich bin tief beschämt, Euch als meinem Gast solche Würfel angeboten zu haben. Ich hole sogleich neue.«

Er machte auf den Fersen kehrt, hatte im nächsten Moment den Treppenschacht erreicht und verschwand darin. Brian starrte die leere Öffnung an, in der Sir Mortimor verschwunden war.

»Das war eines Ehrenmannes unwürdig«, sagte er mit leiser, aber harter Stimme. »Ich wäre durchaus im Recht, wenn ich behaupten würde, er habe mir dadurch, daß er die Würfel mitgenommen hat, auch mein Glück genommen. Doch selbst wenn er kein Benehmen hat, ist das noch lange kein Grund, mich meinerseits zu vergessen. Aber das werde ich mir merken.«

»Brian ...«, setzte Jim an.

Brian wandte sich zu ihm um und musterte ihn mit dem gleichen unversöhnlichen Blick, mit dem er Sir Mortimor nachgestarrt hatte. Dann entspannte sich seine Miene.

»Keine Bange, James«, sagte er. »Notfalls werde ich unserem Gastgeber sagen, ich möchte nicht mehr weiterspielen; und da ich noch nicht alles zurückgewonnen habe, was er mir in der vergangenen Woche abgenommen hat – obwohl nicht mehr viel dazu fehlt –, wird er wohl kaum Einwände erheben ...«

Als sich Schritte über die Treppe näherten, brach er ab, und dann hatte Sir Mortimor sie auch schon erreicht.

Er ließ sich auf seinen Stuhl fallen und warf ein weißes Paar Würfel auf den Tisch.

»Die sind neu und ganz bestimmt in Ordnung«, meinte er nachlässig. Er nahm sie wieder in seine lange Hand, schüttelte sie in der üblichen Weise und warf sie auf den Tisch. Jim sorgte dafür, daß er gewann.

Sir Mortimor lächelte. Er würfelte erneut, erzielte die erforderliche Augenzahl und strich Brians Einsatz ein, den dieser bereits vorgeschoben hatte. Die Würfel behielt er bei sich, und er würfelte noch dreimal und gewann.

Abermals lächelte er.

»Eigenartig, daß mir der Riß nicht schon früher aufgefallen ist«, sagte er. »Ein Gentleman sollte auf derlei Dinge achten ...«

Er brach unvermittelt ab, denn Jim hatte es so eingerichtet, daß er wieder verlor. Er starrte die beiden Würfel ungläubig an.

Brian griff nach den Würfeln.

»Wartet«, sagte Sir Mortimor. Brian hielt inne, bevor er die Würfel berührt hatte, und hob den Blick langsam von den Würfeln, bis er Sir Mortimor gerade in die Augen sah. Bei Jim schrillten die Alarmglocken. Wenigstens hatten die beiden Männer kein Schwert dabei. Allerdings trugen sie beide einen Dolch am Gürtel, da es unüblich war, gänzlich unbewaffnet zu sein.

»Es riecht nach Rauch!« rief Jim eilends – das war das erste, was ihm eingefallen war, denn Sir Mortimor hatte bereits die Grenzen des Anstands überschritten; nun aber, da er es gesagt hatte, meinte er tatsächlich Rauch zu riechen. Er hatte schon eine ganze Weile Rauch gerochen, allerdings ebensowenig darauf geachtet wie die beiden Spieler.

In einer Burg bedeutete Rauchgeruch, wo keiner sein sollte, Feuer; und die Angst vor dem Feuer war allen gemeinsam, die in solchen Gemäuern lebten.

Sir Mortimor und Brian hoben den Kopf und schnüffelten. Ihr veränderter Gesichtsausdruck bedeutete, daß sie die Gefahr erkannt hatten.

»Verzeiht mir, Sir Brian«, sagte Sir Mortimor hastig, zu der einzigen Entschuldigung Zuflucht nehmend, die seiner vorherigen Äußerung nachträglich die Schärfe nehmen konnte. »Ich rieche nun ebenfalls Rauch. *Beaupré!*«

Im nächsten Moment war Beaupré bereits da. Offenbar war er auf dem Weg zu ihnen gewesen.

»Mylord«, sagte er zu Sir Mortimor, »die Angreifer haben das Schutzdach bis zum Tor vorgebaut und darunter Kohlen angezündet. Die Glut hat sich mittlerweile durch die Torflügel fast hindurchgefressen. Der Zimmermann glaubt, sie hätten auch noch eine flache Plattform gebaut, von der man einen Rammbock bedienen könnte. Sie fangen gerade an zu hämmern.«

»Fünf Männer her zu mir! Ho!« befahl Sir Mortimor.

Die fünf Männer eilten herbei; einer trug einen Bogen in der Hand und hatte einen Köcher mit Pfeilen am Gürtel befestigt.

»Du da«, sagte Sir Mortimor, auf den Bogenschützen deutend, »gehst aufs Dach. Laßt das Öl aus dem Kessel leeren und statt dessen Wasser einfüllen. Schiebt den Kessel auf den Schienen so weit vor, daß sich das Wasser an der Mauer entlang vor das Tor ergießt. Aber bewahrt das Öl in Eimern auf, damit es später noch verwendet werden kann. Lauf!«

Der Bogenschütze rannte die Treppe hoch.

»Ihr vier sammelt zusammen mit Beaupré jeden in der Burg, der kämpfen kann. Wir treffen uns in dem großen Raum hinter der inneren Eingangstür im Erdgeschoß. Diese Herren und ich werden uns so rasch wie möglich dorthin begeben. Beaupré, ich muß voll bewaffnet sein, und diese Herren werden beim Anlegen der Rüstung ebenfalls Hilfe brauchen. Kümmert Euch darum!«

»Wenn Ihr gestattet, Sir«, meinte Brian kühl, »werden Sir James und ich uns gegenseitig helfen.«

»Ist gut«, stimmte Sir Mortimor ohne Zögern zu. »Wir treffen uns im Erdgeschoß.«

Er wandte sich zur Treppe und stieg nach unten, gefolgt von Beaupré und den übrigen vier Männern. Jim und Brian schlossen sich ihnen an.

»Ich glaube, der Rauch dringt durch die Schießscharten ein«, bemerkte Jim, als er und Brian sich gegenseitig beim Anlegen der Rüstung und des Schwertgürtels halfen.

»Wahrscheinlich«, knurrte Brian. Er blickte Jim offen an. »Ich muß sagen, ich bin froh, daß es etwas zu tun gibt. Am Tisch wurde es allmählich unangenehm.«

»Habt Ihr das Geld eingesteckt, das Ihr zurückgewonnen habt?« fragte Jim.

»Alles, was ich heute gewonnen habe«, antwortete Brian. »Es fehlt noch ein bißchen zu der Summe, die Sir Mortimor ursprünglich gewonnen hat; aber das soll er ruhig behalten. Ich würde es vorziehen, nicht mehr mit ihm zu würfeln.«

»Aber Ihr werdet an seiner Seite kämpfen«, sagte Jim, als sie sich anschickten, das Zimmer zu verlassen.

»Er hat mich mit Speis und Trank bewirtet. Was bleibt mir anderes übrig?« entgegnete Brian. »Außerdem werden wir alle sterben, wenn es den Angreifern gelingt, in die Burg einzudringen. Wir beide kämpfen um unser Leben. Daß Sir Mortimor das gleiche tut, ist von untergeordneter Bedeutung.«

13

ENTGEGEN SEINER BEMERKUNG machte Brian keineswegs den Eindruck, als bereite er sich darauf vor, um sein Leben zu kämpfen. Vielmehr schaute er so frohgemut drein, als freute er sich auf ein Picknick.

Diese Einstellung vor einem Kampf war typisch für Brian. Jim hatte ihn auch schon früher so erlebt; eigenartigerweise munterte ihn dies auf an diesem fremden Ort und unter diesen ungewohnten Bedingungen. Als sie die Rüstungen angelegt hatten, begaben sie sich ins Erdgeschoß.

Jim hatte bei seiner Ankunft in der Burg vom Erdgeschoß nicht viel gesehen, da man ihn sogleich nach oben geleitet hatte. Jetzt sah er, daß das Erdgeschoß von einem einzigen offenen Raum eingenommen wurde, der an einem Ende von etwa anderthalb Meter hohen Holzwänden unterteilt wurde, die notfalls als Pferdeboxen dienen konnten, wenngleich Jim sich dies nur schwer vorstellen konnte.

Im Moment waren die Boxen voller Dorfbewohner. Auf dem übrigen Raum drängten sich mindestens hundert Bewaffnete; Jim fand, sie wirkten ziemlich blaß, eingekeilt zwischen der sie drohend überragenden Gestalt ihres Herrn und dem unsichtbaren Feind vor dem Tor, der sich einen Weg ins Innere brannte.

»Sir James! Sir Brian!« brüllte Sir Mortimor, als er ihrer ansichtig wurde. Er brach die Unterhaltung ab, die er gerade geführt hatte, bahnte sich einen Weg zur Treppe und kam ihnen mit drei Schritten über jeweils zwei Stufen hinweg entgegen, ehe sie den Boden erreicht hatten.

»Schön, Euch zu sehen, Gentlemen!« sagte Sir Mortimor, dessen Stimme von den Wänden widerhallte. »Zumal jetzt, da der Feind wirklich lästig wird. Ich wüßte nicht, welche Ritter ich im Moment lieber um mich hätte als den berühmten Drachenritter, den Besieger von Ogern und menschlichen Bösewichtern, und Sir Brian, den besten Lanzenkämpfer von ganz England!«

Diese Äußerung war offenbar für die Allgemeinheit gedacht gewesen, und sie verfehlte ihre Wirkung nicht. Jim bemerkte, daß einige der zu ihnen hochblickenden

Gesichter wieder etwas Farbe bekamen, während die Anspannung ein wenig nachließ.

»Zunächst aber ein Wort unter uns!« Sir Mortimor zwängte sich an ihnen vorbei und bedeutete ihnen, ihm auf das nächsthöhere Stockwerk zu folgen. Als sie außer Sichtweite der anderen waren, senkte er die Stimme zu einem Flüstern, damit von ihrer Unterhaltung nichts nach unten drang.

»Diesmal schickt Euch der Himmel, meine Herren«, sagte er. Sein Gesichtsausdruck und sein Gebaren hatten sich tiefgreifend verändert. Es war, als habe das Würfelspiel niemals stattgefunden und als sei Geld vollkommen bedeutungslos. Zu Jims Verwunderung stellte er die gleiche freudige Erregung zur Schau, wie Jim sie von Brian her kannte.

»So ist die Lage«, fuhr Sir Mortimor fort. »Meine Männer sind gute Kämpfer – es gibt keine besseren –, aber wie alle einfachen Leute verlieren sie in einer ungewohnten Lage gleich den Mut. Dann ähneln sie einer Herde Schafe. Sie wissen, daß die Angreifer in der Überzahl sind; und jetzt, wo diese sich durch das Außentor hindurchbrennen, fühlen sie sich hilflos – als bliebe ihnen nichts anderes übrig, als darauf zu warten, daß der Feind zu ihnen vordringt. Aber sie werden sich schon noch zusammenreißen und das Nötige tun, denn es ist noch keineswegs ausgemacht, daß die Burg tatsächlich eingenommen wird. Zunächst aber möchte ich Euch, Sir James, noch einmal fragen: Wärt Ihr bereit, mich bei der Verteidigung der Burg gegen reiche Belohnung mit Eurer Magie zu unterstützen?«

»Wie ich schon sagte, ist mir das nicht möglich«, entgegnete Jim. »Ich bedaure, Euch auch diesmal keine andere Antwort geben zu können, Sir Mortimor, aber mir sind die Hände gebunden.«

»Dafür habe ich volles Verständnis, Sir James«, sagte Sir Mortimor. »Eigentlich hatte ich auch nichts anderes erwartet. Wenn Ihr an unserer Seite kämpft, grenzt das allein schon an Magie. Bestimmt habt Ihr den Stimmungsumschwung dort unten wahrgenommen, als ich meine Freude über Euer Erscheinen kundgetan habe.«

»Wir werden Euren Erwartungen hoffentlich gerecht werden, Sir«, bemerkte Brian.

»Daran habe ich nicht den geringsten Zweifel«, erwiderte Sir Mortimor. »Nun zur Lage. Ich möchte sie Euch in knappen Worten schildern. Beaupré hat mir unter vier Augen mitgeteilt, daß die Angreifer ein Dach über dem Feuer am Tor errichtet haben, so daß wenig Aussicht besteht, es vom Turm aus zu löschen. Das Dach ist zudem mit frischen Tierhäuten bedeckt, die selbst brennendem Öl standhalten – wenngleich es kaum Sinn machen würde, Öl auf die glühenden Kohlen zu gießen.«

»Das wissen wir bereits«, meinte Brian.

»Gewiß«, sagte Sir Mortimor. »Das Feuer muß jedoch gelöscht werden, deshalb beabsichtige ich, das brennende Tor zu entriegeln und aufzudrücken. Es könnte sein, daß die Angreifer Vorkehrungen dagegen getroffen haben; falls es uns aber dennoch gelingt, wird das Feuer durch das Öffnen der Tür weggedrückt. Dann unternimmt ein Teil der Männer einen Ausfall und hält die Angreifer in Schach, während der Rest das Feuer löscht, worauf wir uns sogleich wieder in die Burg zurückziehen. Wohl wahr, das Tor ist geschwächt. Aber wenn das Feuer gelöscht wird, könnte der Zimmermann die Tür mit Holz verstärken. So sieht der Plan aus, nach dem ich vorzugehen beabsichtige; allerdings würde ich gern Eure Meinung dazu hören.«

Er hielt inne. Jim fiel keine passende Entgegnung ein, dafür ergriff Brian abermals das Wort.

»Ich habe Euch angeboten, einen Ausfall durch den geheimen Notausgang zu machen«, sagte er. »Vielleicht dürfte ich dieses Angebot wiederholen. Mir scheint, die beste Möglichkeit, etwas gegen dieses Vorgehen der Piraten zu unternehmen, besteht darin, unerwartet von außen anzugreifen und nicht nur die Glut vom Tor zu entfernen, sondern das ganze Gebilde in Brand zu stecken. Eine kleine, aber bewegliche Streitmacht würde dazu ausreichen, Sir, und es wäre mir eine Ehre, sie anzuführen!«

Sir Mortimor schüttelte bedächtig den Kopf.

»So verzweifelt ist unsere Lage noch nicht, Sir Brian«, erwiderte er. »Ihr wißt ebensogut wie ich, daß derlei Ausgänge einzig und allein dem Burgherrn bekannt sind und ein Geheimnis darstellen, das man nicht leichtfertig mit anderen teilt. Im Notfall werde ich es mit Ehrenmännern wie Euch teilen; alle anderen, die Euch begleiten, müssen jedoch vor ihrer Rückkehr sterben, damit sie den Geheimgang nicht verraten können.«

Jim zuckte inwendig zusammen, doch Brian nahm diese Bemerkung gelassen hin. Sir Mortimor fuhr fort.

»Wäre er erst einmal bekannt«, sagte er und senkte die Stimme noch mehr, »dann würden viele – und nicht nur die Dorfbewohner – sogleich flüchten wollen, weil sie meinen, sie könnten sich in den Hügeln verstecken. Wie ich bereits sagte, müssen daher alle, die Ihr mitnehmt, sterben. Ich weiß nicht, wie Ihr das bewerkstelligen wollt; doch selbst wenn es Euch gelänge, würde sich dadurch die Zahl derer, die den Angreifern Widerstand entgegensetzen können, noch weiter vermindern.«

»Ich sehe keine andere Möglichkeit«, sagte Brian mit kalter Stimme. »Mein Angebot bleibt bestehen. Sollte sich die Lage nicht tiefgreifend verändern, könnt Ihr jederzeit darauf zurückkommen.«

»Ich werde es mir merken«, entgegnete Sir Mortimor nicht minder kühl; für einen Moment schienen sie sich wieder am Würfeltisch gegenüberzusitzen. Dann allerdings entspannten sie sich zu Jims Erleichterung wieder.

»Somit obliegt es uns, das erwähnte Vorhaben auszuführen und die brennende Tür von innen aufzustoßen«, erklärte Sir Mortimor. »Wir sollten gleich damit beginnen.«

»Wenn Ihr nichts dagegenhabt«, meinte Brian, »würde ich den Sturm auf die Tür gern anführen.«

Sir Mortimor schenkte ihm ein Lächeln. Ein grimmiges, kriegerisches Lächeln.

»Ich weiß Euer Angebot zu schätzen«, sagte er. »Meine Krieger kämpfen jedoch am besten, wenn ich sie im Auge habe. Deshalb muß ich den Gegenangriff auf die Tür anführen. Euch und Sir James möchte ich bitten, das Kommando über die Zurückbleibenden zu übernehmen, die ich als Nachhut bezeichnen möchte.«

Er blickte kurz zum Treppenschacht.

»Euer Erscheinen hat sie mächtig aufgemuntert«, sagte er. »Es ist jedoch nicht auszuschließen, daß ein paar Feiglinge darunter sind. Wenn Ihr Euch in ihrer Nähe haltet, wird es keiner wagen, sich in der Hoffnung, sein Leben um ein paar Augenblicke verlängern zu können, heimlich davonzustehlen.«

»Ihr habt hier wirklich ein merkwürdiges Gefolge, Sir Mortimor«, bemerkte Brian. »Nehmt's mir nicht übel, aber mir scheint, Eure Männer verwandeln sich von einem Moment zum anderen von Löwen in Mäuse.«

Sir Mortimor zuckte die Achseln.

»Was erwartet Ihr?« meinte er leise. »So sind die Menschen hier eben. Fast alles, was sie tun, tun sie um ihres Vorteils willen; und wenn kein Vorteil für sie dabei herausspringt, sind sie vor allem darauf bedacht, ihre Haut zu retten. Ehre ist bloß ein Wort, von den großen Männern wie Salah Ad Dhin beim ersten Kreuzzug oder Baibars, der die Schlacht bei 'Ayn Jalut gewonnen hat, einmal abgesehen.«

Er wandte sich zur Treppe und ging wieder nach unten. Im Handumdrehen hatte er die Männer beisammen, mit denen er das Außentor angreifen wollte.

»Haltet die Innentür für uns geöffnet, meine Herren!« rief er Jim und Brian über die Köpfe der Umstehenden hinweg zu, als sie sich vor dieser Tür versammelten. Er wandte sich dem offenen Gang zu und hob ein langes Schwert über den Kopf. »Mir nach, Leute!«

Er rannte in den Gang hinein, und die Männer rannten ihm nach. Jim und Brian waren in der Nähe der Innentür stehengeblieben und schauten zu, wie Sir Mortimors Streitmacht sich der Außentür näherte, die am unteren Rand mittlerweile merklich rauchte.

»Gebraucht eure Schwerter!« rief er seinen Kriegern zu. »Hebt den Riegel damit an. Er ist zu heiß, um ihn anzufassen!«

Die vordersten Männer gehorchten. Der schwere Riegel wurde aus den Metallhalterungen hochgewuchtet und fiel auf den Boden.

»Jetzt!« brüllte Sir Mortimor. »Öffnet die Tür.«

Die Mäuse hatten sich in Löwen verwandelt. Ein halbes Dutzend Männer warfen sich beherzt gegen die Tür, die noch heißer war als der dicke Holzbalken, der sie versperrt hatte. Daraufhin traten sie sogleich zurück, während andere ihren Platz einnahmen. Diese warfen sich mit ihrem ganzen Gewicht gegen die Tür, die sich nur ruckweise öffnete, da eine Menge Brennmaterial davor aufgehäuft war.

Ein Speer kam durch die Öffnung geflogen, doch Sir Mortimors lange Schwertklinge fing ihn mitten im Flug ab und teilte ihn entzwei, bevor er einen der Männer durchbohren konnte. Bogenschützen und Schleuderer sandten ihre Geschosse durch die Türöffnung nach draußen, und es kam kein weiterer Speer hinterher.

Währenddessen wurde die Tür immer weiter nach außen gedrückt, während das Feuer beiseite geschoben wurde. Schließlich war die Lücke breit genug, daß sich ein Mann hindurchzwängen konnte. Alsbald folgten ihm weitere Männer, während die übrigen in wildem

Triumph brüllten und sich noch kräftiger gegen die brennende Tür warfen.

Auf einmal gab die Tür vollständig nach, da die untere Hälfte abgebrochen war, so daß mehrere Männer in Flammen stürzten. Falls sie schrien, so ging ihr Wehklagen in dem allgemeinen Tumult unter, denn sogleich rückten die übrigen Kämpfer nach und stürmten entweder durch die offene Lücke oder setzten wie Hürdenläufer über die abgebrochene Hälfte hinweg.

Offenbar war das Feuer unter dem Holzdach, das fast bis zur Tür reichte, nur von einer kleinen Gruppe von Männern gehütet worden. Diese Wächter wandten sich nun zur Flucht, während Sir Mortimors Krieger ihnen nachsetzten wie Jagdhunde, die Blut geleckt hatten.

Die Männer, die bei Jim und Brian zurückgeblieben waren, bewegten sich unruhig, redeten miteinander und drängten, begierig darauf, in den Kampf einzugreifen, dem Gang entgegen.

»Stehengeblieben!« rief Brian.

Sie zögerten erst, dann blieben sie stehen, schauten ihn kurz an und wandten den Blick gleich wieder ab. Anscheinend wären sie ihren Kameraden und Sir Mortimor am liebsten gefolgt, hielten es aber nach allem, was ihr Herr über diese beiden Ritter gesagt hatte, für unklug. Brian hatte mittlerweile das Schwert gezogen und reckte es für alle sichtbar über den Kopf empor; auch Jim zog sein Schwert und hielt es ebenfalls hoch. Die beiden Klingen funkelten, und die Männer regten sich nicht.

»Meine Herren!« ließ sich Sir Mortimor vernehmen. »Kommt her zu mir – allein!«

Gerade in dem Moment hatten die Kämpfer in Jims und Brians Umgebung begonnen, abermals auf den Gang vorzurücken. Sir Mortimors Worte ließen sie jedoch auf der Stelle innehalten. Brian und Jim traten vor.

»Da seht Ihr, was sie gebaut haben«, sagte Sir Mortimor und steckte das Schwert in die Scheide. »Eine hübsche Plattform für den Rammbock, wenn das Feuer allein nicht ausgereicht hätte, und über allem ein Dach. Ich frage mich, wie sie das in der Kürze der Zeit geschafft haben – aber schließlich sind sie Seeleute, und die sind es gewohnt, Befehle rasch auszuführen. Wenngleich Beaupré meinte, die Anzahl der Felle, mit der sie das Gebilde abgedeckt haben, deute darauf hin, daß sie mehr Ziegen abgehäutet haben, als im Dorf zu finden waren. Was haltet Ihr davon, Gentlemen?«

Jim und Brian betrachteten das Gebilde. Beide wußten sie nicht, was sie sagen sollten. Was sie sahen, war ein langer, überdachter Gang aus Holz, der vom Burgtor bis zur obersten Treppenstufe reichte. Das andere Ende war offen, doch sah man dahinter bloß die Sterne am Himmel und weit unten ein paar flackernde Lichter inmitten der unversehrten Häuser.

»Ich werde das von meinen Männern einreißen lassen, bevor sie Verstärkung holen. Die Balken können wir dazu benutzen, die Vordertür zu verbarrikadieren«, sagte Sir Mortimor. »Die Ziegenfelle nehmen wir ebenfalls mit, damit sich unsere Gegner nicht wieder vor Feuer schützen können. Sir Brian, Ihr habt Euch angeboten. Würdet Ihr Euch auf den Turm begeben und das Kommando über die Wachen übernehmen? Sir James, für Euch habe ich im Moment keine Aufgabe, vielleicht fällt Euch ja etwas ein – oder aber Ihr möchtet Sir Brian begleiten. Ich komme nach, sobald die Instandsetzung des Tors im Gange ist.«

»Es ist mir eine Freude, das Kommando über den Turm zu übernehmen«, sagte Brian. »James, möchtet Ihr mich begleiten?«

»Ja«, antwortete Jim nachdenklich, während sie sich von Sir Mortimor abwandten, der bereits begonnen hatte, Anweisungen für den Abriß des Schutzgangs zu geben. Jim und Brian stiegen Seite an Seite schweigend die Treppe hoch. Als sie auf dem Stockwerk angelangt waren, wo ihr Zimmer lag, wandten sich beide dorthin, ohne sich erst lange verständigen zu müssen.

»James«, sagte Brian mit leiser Stimme, als sich die Tür hinter ihnen geschlossen hatte, »Sir Mortimor geht es einzig und allein darum, die Burg solange zu halten, bis die Piraten der Belagerung überdrüssig werden und wieder fortsegeln. Das ist nicht die richtige Vorgehensweise in solch einer Lage. Er sollte sich besser überlegen, wie er sie angreifen und schlagen kann.«

»Wenn Ihr das sagt, dann glaube ich Euch«, erwiderte Jim. »Wenn es ums Kämpfen geht, habe ich zu Euch weit mehr Vertrauen als zu jedem anderen.«

Brian schaute verlegen drein.

»Das ist sehr freundlich von Euch, James«, meinte er. »Ich weiß nicht, ob ich das Lob wirklich verdient habe, denn Sir Mortimor war schon im Krieg, was man von mir nicht sagen kann. Aber mit Belagerungen kenne ich mich aus, und ich schwöre, ich habe recht. Allerdings freut es mich, daß Ihr mir so bereitwillig glaubt.«

»Keine Ursache«, sagte Jim. »Ich hätte es zwar nicht gewagt, mich diesbezüglich zu äußern, doch kommt mir Eure Einstellung vernünftiger vor als die von Sir Mortimor. Ich werde mir in der von Euch erwähnten Richtung Gedanken machen, und wenn mir etwas einfällt, sage ich Euch Bescheid. Einverstanden?«

»Nichts käme mir gelegener, James«, antwortete Brian. »Sollen wir jetzt nach oben gehen?«

»Geht Ihr vor«, entgegnete Jim. »Ich möchte erst Kob herbeirufen und ihn fragen, ob er Lust hätte, nach draußen zu gehen und das feindliche Territorium auszuspähen. Ich komme Euch nach, sobald ich mit ihm geredet habe.«

»Ist gut«, sagte Brian.

Er ging hinaus.

Auf einmal wirkte der Raum ungewöhnlich leer. Jim blickte sich um. Es war ein kleiner Raum, nicht allzu sauber, trüb erhellt vom Rest des Reisigs im Metallkorb an der Wand, das noch nicht heruntergebrannt war. Hinter der breiten Schießscharte war es stockdunkel. Trotzdem mußte es allmählich auf den Morgen zugehen. Außerdem war es kalt.

Jim besah sich den Kamin. Auch er war heruntergebrannt. Es lagen ein paar kokelnde Holzreste darin; einige davon brannten noch schwach, spendeten aber kaum Wärme – was in einem bewohnten Raum der Burg Malencontri bei kaltem Wetter niemals vorgekommen wäre. Dergleichen hatte er noch in keiner anderen Burg und keinem der Klöster erlebt, in denen er bislang zu Gast gewesen war.

Zum Glück gab es noch ein paar Scheite, wenngleich es eine nicht minder schwere Zumutung darstellte, daß jemand von Jims Rang, von besonderen Notfällen einmal abgesehen, eigenhändig Holz nachlegte. Jim legte indes dankbar sämtliche Scheite auf die Glut, aus der alsbald Flammen aufloderten.

Es würde eine Weile dauern, bis sich die kalten Steinwände erwärmten, doch wärmte ihn allein schon der Anblick des Feuers, und als er sich in die Kaminöffnung vorbeugte und hineinrief, spürte er die Hitze im Gesicht.

»Kob!« rief er. »Kob, würdest du bitte herkommen?«

Im nächsten Moment tauchte auch schon Kobs Gesicht verkehrt herum am oberen Rand der Feuerstelle auf.

»Mylord!« Kob sprang ins Zimmer und nahm im Schneidersitz auf einem Rauchschwaden Platz, der stetig Nachschub aus dem Kamin zu bekommen schien, sich unmittelbar hinter ihm jedoch verflüchtigte, so daß Jim nicht einmal etwas davon roch.

»Ich nehme an, du bist über die Lage im Bilde«, sagte Jim.

»Ach, das, Mylord«, erwiderte Kob vergnügt. »Über

das, was vorgeht, weiß ich alles und über den Rest so gut wie alles.«

»Ich verstehe«, meinte Jim.

»Ihr seht müde aus, Mylord.« Kob musterte Jim besorgt. »Und Ihr wirkt immer noch bedrückt. Am liebsten würde ich Euch auf einen Ausflug mitnehmen …«

»Tut mir leid«, entgegnete Jim. »Dafür bleibt jetzt einfach keine Zeit. Kob, ich wollte dich fragen, ob du dich unten im Dorf, wo sich die Angreifer aufhalten, einmal umschauen könntest. Meinst du, es wäre möglich, daß du auf dem Rauch reitest, an Hauswänden lauschst und dich überall umsiehst?«

»Ach, das habe ich schon getan«, erwiderte Kob. »Da ist nichts dabei. Ich steige mit dem Rauch auf und reite bis ins Dorf hinunter, und dann kann ich auf dem Rauch, der aus den Kaminen kommt, überall hingelangen. In den Häusern gibt es Erdlöcher, in denen sie Feuer machen. Steinboden haben sie nicht. Bloß festgetrampelte Erde.«

»Ausgezeichnet«, meinte Jim. »Dann kannst du mir berichten, worüber sie reden.«

»Worüber sie reden, Mylord?«

»Na ja, was sich die Männer dort unten erzählen, wenn sie nicht gerade gegen die Burg vorgehen. Worüber unterhalten sie sich?«

»Ach, über alles mögliche«, antwortete Kob. »Über Schiffe und Fisch und das Essen, einfach über alles. In einer Nacht wie dieser reden sie natürlich auch viel über Dämonen. Das ist sehr unheimlich. Ich habe deshalb scharf aufgepaßt, habe aber bisher noch keine Dämonen gesehen.«

»Ich glaube, du wirst auch keine zu sehen bekommen«, meinte Jim. »Außerdem bist du bei Nacht so gut wie unsichtbar, und wenn du auf einem Rauchschwaden reitest, wird dich niemand bemerken.«

»Das ist gut«, sagte Kob. »Die Dämonen, von denen sie am häufigsten reden, nennt man Dschinns – genau wie den Hund, der behauptet hat, einer zu sein, wißt Ihr noch?«

»Wieso meinst du, er habe es bloß behauptet?« fragte Jim.

»Ihr erinnert Euch doch bestimmt noch daran, wie er sich in einen dicken Mann verwandelt hat, als Ihr ihn gebeten habt, zu beweisen, daß er tatsächlich ein Dschinn ist«, sagte Kob.

»Der dicke Mann war ein Dschinn«, erklärte Jim.

Kob hockte plötzlich auf Jims Schulter und klammerte sich an seinem Hals fest.

»Das habe ich nicht gewußt«, wisperte er Jim ins Ohr. »Ich dachte, er würde lügen und wäre bloß ein Hund. Er ist nämlich hier, wißt Ihr.«

»Hier? In der Burg?« fragte Jim.

»Nein, nicht in der Burg – er hat versucht reinzukommen, aber man hat ihn überall herumgescheucht, und er konnte sich nirgends verstecken«, sagte Kob. »Da war er ein Hund, wißt Ihr. Aber ist er wirklich ein Dschinn? O je!«

»Hab keine Angst«, meinte Jim. »Er wird dir schon nichts tun, dafür hat er viel zuviel Respekt vor mir.«

»Stimmt das wirklich?« Kobs Würgegriff lockerte sich ein wenig. »Jetzt geht es mir schon wieder viel besser. Jedenfalls ist er nicht in der Burg. Er ist irgendwo in der Nähe, wahrscheinlich im Dorf oder in dessen unmittelbarer Umgebung. Die Männer dort haben ihn anscheinend noch nicht bemerkt. Ein Dämon, mitten unter ihnen. Und ich habe auch nichts davon gewußt.«

»Er ist kein Dämon«, erklärte Jim. »Er ist ein Elementargeist. Genau wie du.«

Kob hüpfte von Jims Schulter auf einen Rauchschwaden, der plötzlich einen halben Meter vor Jims Gesicht aufgetaucht war.

»Er ist anders als ich!« protestierte Kob.

»Na ja, ich habe gemeint, er ist ein Elementargeist,

wie du einer bist. Nur in der Hinsicht seid ihr euch ähnlich«, sagte Jim. »Das gilt auch für Trolle, Wassernymphen, Seeteufel und alle anderen Elementargeister – im Gegensatz zu Menschen wie Angie, Brian und mich.«

»Die Männer im Dorf sagen aber, Dämonen seien böse; und jetzt fällt mir auch wieder ein, daß sich der Hund-Dschinn nicht nur in einen dicken Mann verwandelt hat, sondern daß er auch eine Truhe mit bunten Steinen hat auftauchen lassen. Die Truhe, die Ihr nicht haben wolltet.«

»Er verfügt über gewisse Kräfte, die der Magie verwandt sind«, erklärte Jim. »Das trifft auf viele Elementargeister zu. Sie verfügen über ein, zwei besondere Gaben, das ist aber auch schon alles. Sie können nur ganz bestimmte Dinge tun, zum Beispiel etwas auftauchen und wieder verschwinden lassen – so wie du imstande bist, auf dem Rauch zu reiten. Jemandem, der noch nie etwas von Kobolden gehört hat, würde das wie Magie erscheinen.«

»Ist das Magie?« fragte Kob. »Ich dachte immer, das wäre gar nichts Besonderes. Heißt das, ich könnte auch ein Dämon sein?«

»Nein«, antwortete Jim. »Wie ich schon sagte, du bist ein Elementargeist. Sie sind keine Dämonen, und Dämonen sind keine Elementargeister. Dämonen gehören einem anderen Reich an.«

»Oh, das ist gut«, sagte Kob mit einem tiefen Seufzer. »Einen schrecklichen Moment lang dachte ich schon, ich müßte vor mir selbst Angst haben.«

»Dazu besteht kein Grund«, meinte Jim. »Daß sich die Angreifer vor Dämonen fürchten, ist allerdings bemerkenswert. Haben sie hier mehr Angst vor Dämonen als gewöhnlich?«

»Vielleicht«, antwortete Kob unsicher. »Sie wissen, daß sich in der Burg ein großer Magier aufhält – nämlich Ihr, Mylord. Ich habe keine Ahnung, woher sie das wissen, aber sie wissen es; und sie fürchten, Magier und Dämonen könnten unter einer Decke stecken.«

»Ich versichere dir, das tun sie nicht«, sagte Jim. »Das sind vollkommen verschiedene Reiche. Allerdings hast du mich auf eine Idee gebracht. Noch eine Frage, Kob. Wärst du imstande, Rauch aus den Schornsteinen der Burg zu den beiden Booten am Strand zu schaffen? Ich möchte, daß es so aussieht, als wäre dort ein Feuer ausgebrochen.«

»Rauch bewegen?« fragte Kob. »Nichts leichter als das. Das ist das gleiche, wie wenn ich auf einem Rauchschwaden reite.«

»Bingo!« sagte Jim.

14

»BINGO?« wiederholte Kob verständnislos.

»Vergiß es«, meinte Jim hastig. »Das Wort bedeutet, daß ich mich freue.«

Kobs kleines, rundes Gesicht mit dem spitz zulaufenden Kinn strahlte auf einmal.

»Ich bin froh, daß Ihr Euch freut«, meinte er. »Ich werde den Rauch mit Freuden für Euch sammeln, Mylord. Wann? Jetzt gleich?«

»Geht es auch bei Tag?« fragte Jim.

»Aber ja«, antwortete Kob. »Ich packe den Rauch dicht zusammen, dann steige ich auf einem Schwaden hoch in die Luft, damit niemand sieht, wie ich ihn weit aufs Wasser hinausschaffe. Dann lege ich das letzte Stück dicht über dem Wasser zurück, schlüpfe in die Boote, wenn gerade niemand hinschaut, nehme den Rauch mit hinein und befehle ihm, so aufzusteigen, wie ich es will. So wie Ihr es wollt, Mylord.«

»Danke, Kob«, sagte Jim. »Vorher bleibt aber noch etwas anderes zu tun. Hältst du dich bereit, damit ich dich jederzeit durch einen Kamin herbeirufen kann?

Ich muß erst noch mit ein paar Leuten reden. Dann kommen wir hierher, und du kannst zuhören.«

»Ich halte mich bereit, Mylord«, sagte Kob.

Jim ging hinaus und wandte sich zur Treppe. Er mußte noch zwei andere überzeugen, und der erste davon war Brian. Das sollte eigentlich leicht zu bewerkstelligen sein; der zweite war allerdings Sir Mortimor. Der hochgewachsene Ritter würde vielleicht die Vorteile einsehen, die Jims Plan mit sich brachte, dann aber womöglich irgendwelche unvorhergesehenen Einwände vorbringen. Brian war leichter zu überzeugen, und deshalb war es nur vernünftig, daß er zuerst mit Brian redete.

Wie sich herausstellte, war Brian wirklich leicht zu begeistern. Jims Plan gefiel ihm. Dieser sah vor, mit sämtlichen Bewaffneten einen Ausfall unter Sir Mortimors Kommando zu unternehmen, und zwar bei Tag, wenn die Angreifer, welche in der Nacht gearbeitet hatten, noch schliefen, während die übrigen noch schläfrig waren oder gerade erst aufwachten.

»Wie Ihr wißt, habe ich mich ebenfalls für einen Ausfall ausgesprochen – ich wüßte nicht, wie es anders ginge«, sagte Brian. »Davon abgesehen, habe ich volles Vertrauen in Eure Weisheit, James. Wenn Ihr glaubt, es könnte gehen, dann reicht mir das.«

»Gut«, meinte Jim. »Könnt Ihr vom Turm herunterkommen? Es wäre gut, wenn Ihr mir helfen würdet, Sir Mortimor zu finden. Anschließend sollten wir entweder in Eurem oder meinem Zimmer weiterreden.«

»Ich wüßte nicht, was dagegen spräche«, erwiderte Brian. »Dort drüben ist Beaupré. Ich sage ihm Bescheid.«

Er näherte sich dem pockennarbigen Mann und unterhielt sich kurz mit ihm, dann kam er zu Jim zurück.

»Wie ich mir schon gedacht habe, werde ich hier nicht gebraucht, solange kein Notfall eintritt. Beaupré wird einen Boten zu Sir Mortimor schicken, der ihm mitteilen soll, es werde uns eine Ehre sein, wenn er uns in unseren Gemächern aufsuchen würde, um ein paar Dinge zu besprechen, die nicht für fremder Leute Ohren bestimmt sind.«

»Gut«, meinte Jim.

Sie stiegen gemeinsam die Treppe hinunter und begaben sich in Jims Zimmer.

In der Zwischenzeit hatte jemand für Nachschub an Brennholz gesorgt, so daß der Raum heller und wohnlicher wirkte. Auf dem Tisch standen ein Krug Wein und zwei Zinnbecher. Der Raum hatte sich mittlerweile ein wenig erwärmt; alles in allem war es jetzt beinahe gemütlich darin. Jim genoß es sogar, mit Brian am Tisch zu sitzen und vom Wein zu kosten. Wasser gab es keines.

»Nun, meine Herren«, sagte Sir Mortimor, als er sich kaum zehn Minuten später zu ihnen setzte. »Wie ich höre, habt Ihr etwas Wichtiges mit mir zu besprechen.«

Er funkelte den Bediensteten an, der ihm gefolgt war, worauf dieser rasch einen weiteren Becher auf den Tisch stellte, Wein einschenkte und dann mit dem leeren Weinkrug eilends verschwand.

»Es handelt sich um einen Plan, den Sir James ausgeheckt hat«, erklärte Brian. »Er war so freundlich, ihn mir dazulegen, und nach allem, was ich davon weiß, gefällt er mir ausgezeichnet. Aber das soll er Euch selbst erzählen.«

Sir Mortimor nickte; in diesem Moment öffnete sich hinter ihm die Tür, und der Bedienstete brachte nicht nur einen, sondern gleich zwei randvolle Krüge Wein herein. Sir Mortimor funkelte ihn wiederum an, denn sein Becher war seit einigen Sekunden leer.

»Es tut mir leid, Mylord«, entschuldigte sich der Bedienstete mit kläglicher Stimme, entfernte sich unter Verneigungen und schloß hinter sich die Tür.

»Nun denn, Sir James«, sagte Sir Mortimor und

nahm einen kräftigen Schluck Wein. »Woran habt Ihr gedacht?«

»An etwas, das noch vor Sonnenaufgang in die Tat umgesetzt werden müßte«, antwortete Jim. »Sonst hätte ich es nicht so eilig gehabt, die Angelegenheit mit Euch zu besprechen.«

»Das ist ein guter Zeitpunkt zum Reden.« Sir Mortimor lehnte sich zurück und nahm noch einen tiefen Schluck vom Wein. Sein Gesicht war von Falten zerfurcht. Alle waren sie müde. »Die Mauren haben vorerst aufgegeben und sich zum Schlafen ins Dorf zurückgezogen. Meine Männer schlafen ebenfalls – jedenfalls die, die im Moment nicht gebraucht werden.«

»Aus diesem Grund wollte ich so rasch wie möglich mit Euch sprechen«, sagte Jim. »Soll mein Plan Erfolg haben, müssen wir noch vor Sonnenaufgang etwas unternehmen. Wenn die Angreifer jetzt schlafen, ist das für uns nur von Vorteil.«

»Hm ...« Sir Mortimor trommelte mit den Fingern auf den Tisch. »Was wollt Ihr mir sagen?«

»Ich glaube, uns bietet sich die Gelegenheit, sie zu vertreiben«, sagte Jim. »Allerdings kenne ich die hiesigen Menschen nicht so gut wie Ihr, Sir Mortimor. Wie würden sie zum Beispiel reagieren, wenn sie seewärtig Rauch von ihren Schiffen aufsteigen sähen?«

»Ich habe Euch doch schon erklärt«, sagte Sir Mortimor, »daß ich einen Ausfall, unternommen in der vagen Hoffnung, die Schiffe in Brand zu setzen, nicht gutheißen würde – diesen Schurken den Fluchtweg abzuschneiden, ist das letzte, was ich tun würde.«

»Hört mich zu Ende an«, erwiderte Jim in so scharfem Ton, daß sich Sir Mortimors Müdigkeit verflüchtigte und er die Augen zusammenkniff. »Ich schlage nichts dergleichen vor. Ich habe Euch gefragt, was sie tun würden, wenn sie Rauch von ihren Booten aufsteigen sähen. Hättet Ihr die Freundlichkeit, meine Frage zu beantworten, Sir?«

»Wenn sie Rauch sähen«, antwortete Sir Mortimor, »würden sie natürlich Alarm schlagen und alle miteinander Hals über Kopf zu den Schiffen rennen, um das Feuer zu löschen. Aber ich wiederhole noch einmal – ich will nicht, daß die Schiffe in Brand gesteckt werden!«

»Und ich habe gesagt, daß ich nichts dergleichen beabsichtige«, entgegnete Jim. »Ich möchte Euch einen Vorschlag unterbreiten, der es mir ermöglichen würde, Euch mit einem Teil meines magischen Könnens zu unterstützen.«

Sir Mortimors Miene veränderte sich schlagartig.

»Und ich verlange keine Bezahlung dafür«, erklärte Jim. »Ich täte dies im Rahmen des Gastrechts, das einen Gast dazu verpflichtet, seinem Gastgeber unter bestimmten Voraussetzungen zu helfen. Wenn Ihr mir nun mit Eurem Wissen behilflich sein und mir zuhören würdet, Sir Mortimor.«

»Es wird mir eine Freude sein, Euch behilflich zu sein, Sir James«, erwiderte Sir Mortimor. »Eine große Freude. Verzeiht mir, sollte ich ein wenig übereilt geurteilt haben.«

»Dann stellt Euch vor«, sagte Jim, »wie diejenigen, die jetzt schlafen, plötzlich vom Ruf ›Feuer auf den Booten!‹ geweckt werden. Sie stürmen zu den Booten, um das Feuer zu löschen. Wenn sie alle dort versammelt sind und ein paar von ihnen vergeblich nach Feuer und Rauch suchen, werden sie auf einmal von Euren schwerbewaffneten Männern angegriffen. Die meisten unserer Gegner werden höchstens Messer dabeihaben, denn eben noch haben sie geschlafen und waren darauf eingestellt, einen Brand zu bekämpfen und nicht Eure Männer.«

Sir Mortimors Miene hellte sich auf.

»Wir könnten sie in Stücke hauen!« Doch dann runzelte er die Stirn. »Sie dürften keine Gelegenheit bekommen, sich zu formieren, und wir müßten genau den richtigen Moment abpassen. Wenn sie ungeordnet blieben und aus dem Zustand der Überrumpelung nicht herauskämen – dann glaube ich allerdings, daß wir sie einfach niedermachen könnten. Bis einigen von ihnen klar würde, daß sie hier nichts weiter erwartet als der Tod, und sie sich auf die Schiffe flüchten und wegsegeln würden. Bis dahin wären nur noch so wenige von ihnen am Leben, daß sie keine Gefahr mehr für uns darstellen würden. Sie sind jedoch Kämpfer. Sie könnten frühzeitig begreifen, worum es geht, sich unserem ersten Angriff entziehen und sich bewaffnen – und wie wir wissen, sind sie uns um fast das Fünffache überlegen.«

»Glaubt Ihr nicht, sie würden ungeordnet bleiben?« fragte Jim. »Zumal dann, wenn ein acht Fuß großer Dämon auf Eurer Seite kämpfen würde? Sie wissen bereits, daß sich ein Magier in dieser Burg aufhält – nämlich ich selbst.«

»Woher wißt Ihr, daß sie über Eure Anwesenheit Bescheid wissen?« fragte Sir Mortimor.

»Weil ich ein Magier bin«, antwortete Jim mit möglichst tiefer Grabesstimme.

»Oh, natürlich ...« Sir Mortimor wirkte auf einmal ebenso zuvorkommend wie damals, als er Jim in der Burg willkommen geheißen hatte. »Natürlich. Verzeiht mir, ich wollte Eure Worte nicht in Zweifel ziehen, Sir James. Vermögt Ihr wirklich einen Dämon aufzubieten, der mit uns kämpfen würde?«

»Allerdings«, antwortete Jim. »Ich würde etwa eine halbe Stunde dafür brauchen. Dabei gibt es jedoch eine Schwierigkeit. Wie wäre Euren Männern dabei zumute, wenn sie einen Dämon bei sich hätten?«

Sir Mortimors Miene, die sich eben aufgehellt hatte, verlor einiges von ihrer Zuversicht.

»Nun«, meinte er und rieb sich das Kinn, »das ist eine gute Frage. Ich müßte ihnen den Dämon in der Burg vorstellen, bevor wir hinausgehen. Wärt Ihr bereit, Euch vor ihren Augen in einen Dämon zu verwandeln?«

»Ich habe nicht gesagt, daß ich mich selbst in einen Dämon verwandeln würde«, entgegnete Jim. »Ich habe gesagt, ich würde einen Dämon aufbieten, der an unserer Seite kämpft.«

Vielleicht täuschte er sich im unsteten Flackern des Kaminfeuers, doch ihm schien, Sir Mortimor sei ein wenig blaß geworden.

»Einen wahren Dämon?« fragte Sir Mortimor.

»Ihr habt mich richtig verstanden«, erwiderte Jim. »Entweder Ihr stimmt meinem Plan zu, oder Ihr laßt es bleiben. Das Drum und Dran beinhaltet Dinge, die nur Magier etwas angehen.«

»Gewiß, gewiß«, meinte Sir Mortimor.

Er trank seinen Becher leer, ohne sich nachzuschenken.

»Eine halbe Stunde, sagtet Ihr?« Er erhob sich. »Dann ist es bereits hell, wenngleich die Sonne erst später aufgehen wird. Der beste Zeitpunkt, um über unsere Gegner herzufallen, welche die ganze Nacht auf den Beinen waren und nun meinen, sie hätten ein Weilchen Ruhe. Wohl wahr, auch unsere Männer waren die ganze Nacht auf; doch das werden sie vergessen, sobald sie sich ins Getümmel stürzen. Ich werde all meine Kämpfer in einer halben Stunde im Erdgeschoß versammeln, meine Herren. Wenn Sir Brian als erster hinunterkommt, um die Aufsicht zu übernehmen, werde ich hochkommen, um mich mit dem Dämon bekannt zu machen, und Euch dann hinunterbegleiten und ihn den Männern vorstellen. Wenn Ihr ihn begleitet, wird es ihnen leichter fallen, den Dämon in ihre Nähe zu dulden. Ihr werdet doch bei mir sein, wenn ich den Dämon hinunterführe, nicht wahr, Sir James?«

»Nein«, antwortete Jim.

Sir Mortimor erblaßte abermals.

»Oh«, sagte er.

»Ich werde den Dämon im Auge behalten. Wie ich das tue, danach dürft Ihr mich nicht fragen.«

»Das fiele mir im Traum nicht ein«, beteuerte Sir Mortimor eilends. »Ich hatte lediglich im Sinn, die Männer zu beschwichtigen.«

»Was das betrifft«, warf Brian ein, »so wage ich zu behaupten, daß ihr späterer Kampfesmut um so größer sein wird, je mehr sie der Anblick des Dämons erschreckt.«

»Da habt Ihr recht.« Sir Mortimor stand auf. »Ich werde Euch jetzt verlassen, Sir James, Sir Brian. In einer halben Stunde sehen wir uns wieder.«

Er ging hinaus.

»James«, sagte Brian, »wollt Ihr wirklich einen Dämon heraufbeschwören?«

»Nicht direkt, Brian«, antwortete Jim. »Ich muß Euch etwas gestehen. Bis jetzt hatte ich noch keine Gelegenheit dazu. Kurz vor meiner Abreise habe ich mit Carolinus gesprochen – über das Weihnachtsfest beim Grafen – Ihr erinnert Euch ...«

»Wie könnte ich das vergessen?« meinte Brian.

»Nun, damals habe ich recht freizügig von der Magie Gebrauch gemacht, und zwar weil ich über ein besonderes Guthaben verfüge. Bevor mir die Vormundschaft über den jungen Robert zugesprochen wurde, führte ich eine Unterhaltung mit Carolinus, und er führte besondere Gründe an, die ich lieber für mich behalten würde. Gründe, die dafür sprechen, mich weniger freizügig der Magie zu bedienen. Ihr müßt mir einfach glauben – es sind sehr schwerwiegende Gründe.«

»Das habe ich nicht geahnt, James.« Brian schaute besorgt drein.

»Macht Euch deshalb keine Sorgen«, sagte Jim. »Allerdings muß ich nun mit magischer Energie sparsamer umgehen. Deshalb werde ich auch keinen Dämon beschwören – das sollte ein Magier sowieso nicht tun. Wenn ich mir statt dessen das Aussehen eines Dämons verleihe, wird das die gleiche Wirkung haben. Aus diesem Grund muß ich die nächsten zwanzig Minuten über allein sein. Wärt Ihr deshalb so freundlich – ich weiß, es ist unter Eurer Würde, aber wir sind hier Fremde, und ich traue den Bediensteten nicht –, vor der Tür Wache zu halten, damit ich nicht gestört werde? Ich glaube, wenn Ihr sagt, ich sei hier am Zaubern, wird keiner eintreten wollen.«

»Den Gefallen tue ich Euch mit Freuden«, antwortete Brian. »Es wird Euch bestimmt niemand stören.«

»Danke, Brian«, sagte Jim.

»Das ist doch eine Kleinigkeit.«

Als Brian hinausgegangen war, sammelte sich Jim und stellte sich vor, auf dem Tisch stünde ein Schminkkasten. Dies erforderte weit weniger magische Energie, als wenn er sein Aussehen verändert hätte. Er stellte sich genau vor, was er wollte und was die gewünschten Dinge bewirken sollten. Sowohl die Fangzähne wie auch die grüne Hautfarbe sollten in dem Moment verschwinden, da er sie nicht mehr brauchte. Die Hörner sollten nahtlos aus seinem Schädel entwachsen und ebenfalls wieder verschwinden, wenn der Zeitpunkt gekommen war ... und so weiter. Schließlich benötigte er noch Stiefel, die es ihm einerseits erlaubten, ganz natürlich darin zu gehen, seine Beine aber um gut einen halben Meter verlängerten.

Eine Weile geschah nichts. Dann, einhergehend mit einem leisen Knall verdrängter Luft, materialisierten die gewünschten Gegenstände auf dem Tisch, an dem Jim eben noch mit Brian und Sir Mortimor zusammengesessen hatte.

Die Gegenstände waren alle klein, abgesehen von den Stiefeln, deren Schäfte den Eindruck erweckten, als würden sie ihm bis über die Knie reichen. Er beschloß, sich die Stiefel bis zuletzt aufzuheben.

Statt dessen probierte er zunächst die Fangzähne an, indem er sie so an die oberen Zähne anlegte, daß sich die spitzen Eckzähne, die beinahe sein Kinn berührten, über die Unterlippe hinunterbogen.

Sie paßten hervorragend. Was die grüne Hautfarbe betraf, so brauchte er bloß ein wenig Schminke auf dem Handrücken zu verreiben, und schon breitete sie sich über die ganze Haut aus. Die beiden Hörner hafteten so mühelos an seinem Kopf, als wären sie von allein daran festgewachsen. Die einzige Schwierigkeit bestand darin, sie auf gleicher Höhe anzubringen. Er wünschte, er hätte sich in einem Spiegel bei der Arbeit zusehen können; dann wurde ihm klar, daß es nur einen geringen Aufwand an Magie erforderte, sich einen zu verschaffen.

Er stellte ihn sich vor. Auf dem Tisch erschien der gewünschte Spiegel. Jim betrachtete sein Spiegelbild. Die Fangzähne und die grüne Haut allein machten schon viel aus. Er hatte vorher nicht bedacht, daß die unter der Oberlippe vorspringenden Fangzähne die Gesichtshaut verzerren würden.

Vielleicht sollte er diesen Trick einmal bei Robert ausprobieren – doch das hätte Angie niemals erlaubt.

Robert war ihm zur unrechten Zeit eingefallen. Auf einmal stellte er sich vor, wie ihn der zehnjährige Robert, nachdem Brian eben ein Erlebnis zum besten gegeben hatte, fragte: »Und was hast du in der Schlacht gemacht?«

Auf einmal fühlte er sich niedergeschlagen. Eigentlich sollte Brian Robert erziehen. Aber Jim hatte mit angesehen, wie Brian seinen Knappen spielerisch geknufft hatte. Obwohl Jim und Angie nun schon einige Jahre in dieser Welt lebten, paßten sie immer noch nicht hierher. Wer hierher gehörte, der mißachtete den Schmerz und erwartete dies auch von anderen.

Er verdrängte diese Gedanken. Dafür war jetzt keine Zeit. Die Hörner anzupassen, lenkte ihn ab. Er fügte noch Kontaktlinsen hinzu, die ihm scheinbar diamantförmige Pupillen auf schwarzem Grund verliehen.

An den Fingernägeln befestigte er Krallen. Er konnte recht gut sehen durch die Kontaktlinsen, und sein Gesichtsfeld war zu seiner Erleichterung kaum eingeschränkt. Im zwanzigsten Jahrhundert, das ihm in weiter Vergangenheit anstatt in ferner Zukunft zu liegen schien, hatte er keine Kontaktlinsen getragen. Zum Schluß kamen die Stiefel dran. Er setzte sich hin und zog behutsam den linken Stiefel an.

Sein Fuß schlüpfte mühelos hinein und glitt anscheinend bis ans Ende vor. Davon ermutigt, zog er auch den rechten Stiefel an und stand auf, wobei er mit dem Kopf gegen die Decke stieß. Ernstlich verletzt hatte er sich nicht, doch weh tat es schon. Er schmückte sich noch mit ein paar anderen Gegenständen, die er herbeigezaubert hatte.

Dann blickte er wiederum in den Spiegel – und zuckte zusammen. Ein garstigeres Wesen hatte er noch nicht gesehen. Er hatte geglaubt, Kelb in seinem menschenähnlichen Dschinn-Körper sei bereits nicht mehr zu übertreffen; doch wenn man Häßlichkeit als eine Spielart der Schönheit ansah, so vereinte er in sich die Schönheit von bestimmt einem Dutzend Dschinns.

Allerdings war jetzt nicht der richtige Zeitpunkt für derlei Überlegungen. »Brian, würdet Ihr jetzt hereinkommen?« rief er.

»Sehr gern, James«, antwortete Brian. Die Tür ging auf, und Brian trat ins Zimmer, blieb unvermittelt stehen und faßte sich ans Heft des Schwertes, das in der Scheide an seiner linken Hüfte steckte.

»James?« fragte er unsicher. »Seid Ihr das, James?«

Die andere Hand legte er auf das Heft des Dolches an seiner rechten Hüfte, so daß er nun bereit war, beide Waffen gleichzeitig zu ziehen.

»Schon gut, ich bin's«, sagte Jim hastig. »Habe ich mich stark verändert?«

»Bei den Heiligen!« entfuhr es Brian. »Hättet Ihr mir nicht rechtzeitig mit Eurer gewohnten Stimme geantwortet, James, hätte ich geschworen, ein Dämon habe Euch während meiner Abwesenheit gepackt und verschlungen. Seid Ihr es wirklich?«

»Ja, ich bin's, James«, antwortete Jim. »Es tut mir leid, wenn ich Euch erschreckt habe. Andererseits freut es mich aber auch. Wenn ich schon einem alten Freund einen Schrecken einjage, dann dürfte mir das auch bei unseren Gegnern gelingen.«

»Bei der heiligen Mutter Maria!« sagte Brian. »Sie werden umkommen vor Angst!«

»Um so besser«, meinte Jim. »Jetzt muß ich noch Kob herbeirufen, damit er den Rauch für die Piratenschiffe sammelt. Wenn Ihr Sir Mortimor irgendwo seht, würdet Ihr ihn dann bitten, zunächst einmal anzuklopfen, damit ich vorgewarnt bin?«

»Besser, ich klopfe an und vergewissere mich zunächst einmal, ob Ihr auch bereit seid«, sagte Brian. »Ich würde gern sehen, was für ein Gesicht er bei Eurem Anblick macht.«

»Gut«, sagte Jim. »So wollen wir es machen.«

Als Brian gegangen war, trat Jim an den Kamin, beugte sich vor – wegen der Stiefel mußte er sich ein ganzes Stück herunterbeugen – und rief in den Abzug hinein.

»Kob? Würdest du bitte einen Moment herkommen? Ich möchte mit dir reden.«

»Ja, Mylord!« zirpte eine muntere Stimme. Kob tauchte auf, starrte ihn entsetzt an und verschwand gleich wieder im Rauchabzug.

»Kob!« rief Jim, während er sich noch weiter vorbeugte, damit seine Stimme möglichst weit trug. »Komm zurück. Achte nicht auf mein Aussehen. Ich bin's, Sir James, dein Herr. Achte nicht auf mein Gesicht. Der Schein trügt.«

Er bekam keine Antwort. Er sprach weiter in den

Kamin hinein und flehte Kob an, doch herunterzukommen. Endlich bekam er leise Antwort.

»Ihr seid nicht Sir James«, ließ sich Kob mit bebender Stimme vernehmen. »Ihr seid ein Dschinn.«

»Ich bin kein Dschinn«, entgegnete Jim. »Ich bin ein Dämon – ich meine, ich bin dein Lord James Eckert, den du sehr gut kennst, und tue bloß so, als sei ich ein Dämon. Ich weiß, ich sehe wie ein Dämon aus, aber ich bin's trotzdem. Komm herunter, Kob! Ich muß mit dir reden! Es wird allmählich Zeit, daß wir uns der Angreifer annehmen; und das bedeutet, daß ich dich brauche. Komm herunter und laß uns miteinander reden.«

Kobs Scheitel tauchte an der Oberkante des Kamins auf. Nach einer Weile erschien auch der Rest des Gesichts.

»Wenn Ihr mein Herr seid«, sagte er, »wie habt Ihr mich dann genannt, bevor Ihr Euch anders besonnen habt?«

»Ich habe dich Kob Eins von Malencontri genannt«, antwortete Jim. »Und wenn ich wollte, könnte ich dich immer noch so nennen. Bloß alle anderen dürfen es nicht.«

Ganz allmählich kam Kob näher. Jim achtete darauf, sich nicht zu rühren.

»Wenn Ihr es wirklich seid, Mylord«, meinte Kob mit schwankender Stimme, »was wollt Ihr dann von mir?«

»Ich möchte, daß du tust, was wir besprochen haben«, erklärte Jim. »Sir Mortimor wird jeden Moment zurückkommen; und dann gehe ich mit ihm nach unten, zeige mich seinen Männern und versichere ihnen, daß alles in Ordnung ist. Ich werde ihnen nicht sagen, daß ich Sir James bin; aber ich möchte nicht, daß sie sich vor mir fürchten. Außerdem möchte ich, daß sie glauben, ich wolle ihnen helfen und auf ihrer Seite kämpfen.«

»Ihr seht zum Fürchten aus!« Kob kam allmählich

immer weiter ins Zimmer. »Seid Ihr Euch auch ganz sicher, daß Ihr es seid?«

»Natürlich bin ich mir sicher«, sagte Jim. »Wir müssen jetzt aber allmählich los; die Sonne geht bald auf. Ich möchte, daß du gleich damit anfängst, Rauch zu sammeln, damit in etwa fünfzehn bis zwanzig Minuten die ersten Rauchwolken am Heck der Schiffe aufsteigen. Es könnte sein, daß man den Rauch nicht gleich bemerken wird.«

»Ach, ich habe den Rauch schon eingesammelt«, erwiderte Kob, diesmal mit festerer Stimme. »Da war überhaupt nichts dabei. Was soll ich als nächstes tun?«

»Im Erdgeschoß gibt es einen Kamin, vor dem sich Sir Mortimors Männer versammelt haben«, antwortete Jim. »Würdest du dein Rauchbündel mitnehmen und dir anhören, was wir zu bereden haben? Sobald der Angriff unmittelbar bevorsteht, möchte ich, daß du dich zu den Booten begibst und den Rauch aufsteigen läßt. Wir werden wahrscheinlich alle die Burg verlassen, aber solange warten, bis wir den Rauch sehen und die Angreifer zu den Schiffen rennen, um das vermeintliche Feuer zu löschen. Wie lange wirst du brauchen, bis du die Schiffe erreicht hast und der Rauch aufsteigt?«

»Ach, das geht ganz schnell«, antwortete Kob. »Wenn Ihr draußen angelangt seid, lasse ich den Rauch aufsteigen. Ich kann allerdings nicht versprechen, daß die Männer im Dorf ihn auch sehen.«

»Das macht nichts«, sagte Jim. »Das erwarte ich auch gar nicht von dir …«

Von der Tür vernahm man ein Scharren.

»Brian?« rief Jim. »Kommt nur herein. Ich verschwinde jetzt, weil ich einige magische Verrichtungen zu erledigen habe. Statt dessen werdet Ihr den Dämon antreffen. Habt Ihr Sir Mortimor darauf vorbereitet, was ihn erwartet?«

»Das habe ich«, antwortete Brian. »Soll ich zunächst allein eintreten?«

»Das wäre mir recht, Brian«, erwiderte Jim. »Wenn Sir Mortimor so freundlich wäre, noch einen Moment draußen zu warten, würde ich Euch gern noch etwas sagen, ehe ich verschwinde.«

Die Tür öffnete sich, und Brian trat ein.

Jim winkte ihn näher zu sich heran.

»Brian«, flüsterte er, »ich muß als Dämon eine andere Stimme verwenden. Laßt Euch davon nicht verwirren. Sir Mortimor könnt Ihr sagen, ich sei einfach verschwunden, nachdem ich mit Euch gesprochen habe. Ich glaube, damit wäre alles geklärt.«

»Zweifellos«, pflichtete Brian ihm bei.

»Dann laßt ihn rein«, meinte Jim.

Brian wandte sich zur Tür und bat den Ritter herein. Sir Mortimor trat ein, erblickte Jim in seiner Dämonenverkleidung, blieb stehen, klappte den Mund auf, schloß ihn wieder, bekreuzigte sich und griff zum Schwert.

»Ich bin unbesiegbar!« dröhnte Jim mit einer Stimme, die eine Oktave tiefer als seine übliche Stimme war und der er einen möglichst bedrohlichen Klang verlieh. »Niemand vermag mir standzuhalten, und ich nehme von niemandem Befehle entgegen! Aber ich werde Euch helfen. Führt mich nun zu den anderen Menschen.«

Sir Mortimor versteifte sich, während sein Gesicht allmählich wieder Farbe bekam. Langsam nahm er die Hand vom Schwert.

»So begleite mich, Dämon«, sagte er kaltblütig.

15

»Wo, zum Teufel, steckt Sir Brian?« murmelte Sir Mortimor vor sich hin und blieb auf der Treppe stehen. »Eben war er doch noch da!«

»Der große Magier Sir James«, dröhnte Jim, indem er

zum ersten Mal vollen Gebrauch von seiner magischen Dämonenstimme machte, die dreimal so laut wie seine gewöhnliche Menschenstimme war, »hat Sir Brian gebeten, vor dem Zimmer zu warten. Folglich hatte er vor Eurem Eintreffen keine Gelegenheit, ein Gebet zu sprechen, wie es vor der Schlacht seine Gewohnheit ist. Er wird sich uns in Kürze anschließen.«

Sir Mortimor blickte ihn verblüfft an. Wahrscheinlich weniger deshalb, dachte Jim, weil es ihn erstaunte, daß Brian vor dem Kampf betete, als vielmehr aufgrund der Tatsache, daß jemand anderer über ein mächtigeres Organ verfügte als er. Allerdings faßte er sich gleich wieder.

»Verdammt noch mal, die Männer dort unten haben Euch bestimmt gehört! Weshalb hat er nicht …« Nach einem Seitenblick auf seinen Begleiter wurde Sir Mortimors Stimme plötzlich erheblich milder und zuvorkommender. »… Weshalb hat Sir Brian mir das nicht gesagt, als wir vor der Tür gewartet haben? Aber wir sollten jetzt besser hinuntergehen. Ich gehe vor.«

Er stieg die Treppe hinunter, und Jim folgte ihm in einigen Schritten Abstand. Im nächsten Moment konnten sie den Raum voller bis an die Zähne bewaffneter Männer überblicken. Trotz all ihrer Waffen drängten sie sich beim Anblick des Dämons in der Ecke gegenüber der Treppe zusammen.

»Freut euch, Kinder!« Sir Mortimors Stimme füllte den Raum. »Dank Sir James haben wir alles, was wir für den Sieg brauchen. Hinter mir seht ihr einen Dämon, der unter seinem Befehl steht und an unserer Seite kämpfen wird; mit seiner Hilfe werden wir die Angreifer von unserer Küste vertreiben.«

Man mochte es kaum glauben, doch die Bewaffneten hatten sich mittlerweile noch enger zusammengepfercht.

Sir Mortimor und Jim hatten das Erdgeschoß erreicht.

»Fürchtet euch nicht!« rief Sir Mortimor. »Dieser Dämon, genannt der Unbesiegbare, gehorcht Sir James, meinem treuen Freund, aufs Wort. Sir James' magische Pflichten hindern ihn gegenwärtig daran, sich uns anzuschließen; damit nichts schiefgeht, hat er uns seinen Stellvertreter geschickt. Und jetzt hinaus mit euch – aber leise, damit wir die Angreifer im Dorf nicht aufwecken. Sir Brian wird uns in Kürze nachkommen. Wir müssen nach Rauch von den Booten Ausschau halten!«

Mit erstaunlicher Geschwindigkeit begaben sich die Bewaffneten durch das Innentor auf den Gang und dann durch das Außentor nach draußen auf den steilen Hang. Sie verteilten sich auf der Treppe und dem Hang vor der Burg. Das vor ihnen ausgebreitete Land und das Meer wirkten farblos im bleichen Schein der Morgendämmerung. Niemand regte sich im Dorf. Man vernahm keinen Laut. Auch auf den beiden Schiffen war alles still, so daß das regelmäßige Geräusch der Wellen, die sich am steinigen Strand brachen, deutlich zu vernehmen war. »Ah, Sir Mortimor und der Dämon!« Sir Brian war plötzlich vollständig gerüstet hinter Jim und dem hochgewachsenen Ritter aufgetaucht. Er stellte sich neben sie.

»Ist schon irgend etwas zu sehen?« erkundigte er sich aufgekratzt. Sir Mortimor blickte ihn finster an.

»Wir warten auf das erste Anzeichen, daß die Schiffe in Brand geraten sind«, sagte Sir Mortimor.

»Ich bin sicher, es wird nicht mehr lange dauern«, entgegnete Brian. »Ein wunderschöner Morgen, findet Ihr nicht?«

Wie stets vor einem Kampf hatte Brian gute Laune. Sir Mortimor war da offenbar anders geartet und wirkte nicht sonderlich erfreut darüber, nach einer schlaflos verbrachten Nacht in einen Kampf ziehen zu müssen, der ihn nicht nur alles kosten konnte, was er besaß, sondern obendrein auch noch das Leben.

»Das dauert aber ...«, setzte er an, doch in diesem

Moment stieg eine graue Rauchfahne über dem Heck des Schiffes zu ihrer Rechten auf, und gleich darauf zeigte sich auch über dem Heck des anderen Schiffes Rauch.

Die Rauchsäulen stiegen gerade in die unbewegte Luft empor. Sie wurden dicker und dunkler.

»Wacht auf, ihr blinden, ungläubigen Idioten!« stieß Sir Mortimor zwischen den Zähnen hervor. »Habt ihr denn keine einzige verfluchte Wache aufgestellt? Muß denn keiner mal pinkeln?«

Das Dorf schlummerte weiter, taub für seine Klagen. Der Rauch strömte immer dichter aus den beiden Schiffen hervor; jetzt vernahm man von den Booten Alarmschreie. Trotzdem war vom Hang aus immer noch keine Bewegung an Deck zu erkennen.

»Gelobt sei der Herr!« flüsterte Sir Mortimor; dann auf einmal hob er seine Stimme zu voller Lautstärke, was sicherlich ausreichte, die meisten Schläfer im Dorf zu wecken. »Die Ruderer geben Alarm! Das sind bestimmt angekettete Sklaven, die fürchten, bei lebendigem Leib zu verbrennen!«

Sir Mortimors Männer brachen in Jubelgeheul aus – das unvermittelt verstummte, als Sir Mortimor sie anfunkelte. Unten im Dorf taumelten die ersten Männer schlaftrunken aus den Hütten. Sie schauten verwirrt umher, blickten seewärts zu den Booten und rannten schreiend auf sie zu. Weitere Gestalten strömten aus den armseligen Häusern.

»Wartet«, befahl Sir Mortimor in leiserem Ton, so daß er nur von seinen Männern gehört wurde. »Sie sollen sich erst von ihren Waffen entfernen. Wartet... Jetzt!«

»Ein Breugel! Ein Breugel ...«

Mit diesem Kriegsruf auf den Lippen setzte er die Treppe hinunter, indem er jedesmal drei bis vier Stufen auf einmal nahm.

Seine Männer setzten ihm Waffen schwenkend nach.

Jim und Brian folgten ihnen ein wenig vorsichtiger, da sie die steilen Stufen nicht gewohnt waren; dann aber lief Brian schneller, holte Sir Mortimors Männer ein und drängte sie beiseite.

Jim folgte ihm, so gut es ging, doch war es ihm unmöglich, Brian einzuholen, vom Gros der Bewaffneten ganz zu schweigen. Lediglich die Nachzügler holte er ein. Es dauerte nicht lange, dann hatten sie die Piraten am Strand erreicht, die zu den Booten rannten und sich plötzlich einer bewaffneten Streitmacht gegenübersahen. Da sie nur mit Messern bewaffnet waren, stoben sie in sämtliche Richtungen auseinander.

Sir Mortimor hatte die beiden Schiffe erreicht. Er wandte sich zu seinen Männern um.

»Kehrt um! Kehrt um! Zurück zum Dorf!«

Die ihm nachfolgenden Männer machten kehrt. Bis zum Dorf war es nicht weit, so daß sie die nach wie vor aus den Häusern strömenden Mauren, von denen manche noch schlaftrunken und unbewaffnet waren, während andere bereits Schwerter und Schilde in Händen hielten, gleich darauf erreicht hatten. Als Jim zu ihnen stieß, war der Kampf bereits in vollem Gange.

Jim ärgerte sich, weil er nicht daran gedacht hatte, wenigstens ein Schwert mitzunehmen. Vielleicht hätte es nicht zu seiner Dämonenerscheinung gepaßt, doch hätte er sich erheblich besser gefühlt, wenn er etwas in der Hand gehabt hätte, um die Piraten auf Distanz zu halten. Er versuchte, den Mangel dadurch wettzumachen, daß er in den höchsten Tönen heulte und mit den krallenbewehrten Händen herumfuchtelte.

Gleich darauf wurde ihm klar, daß gar kein Anlaß bestand, irgend jemanden auf Abstand zu halten – aus dem einfachen Grund, daß jedermann sich bemühte, ihm gar nicht erst nahe zu kommen. Das galt auch für Sir Mortimors Männer. Brian hingegen wurde umringt von einem halben Dutzend Mauren.

Was Brians Schwertarbeit anging, so war er seinen

Gegnern haushoch überlegen, und an seiner Rüstung prallten die meisten Hiebe wirkungslos ab; seine Gegner waren jedoch zu zahlreich, als daß Jim dem Treiben tatenlos hätte zusehen können. Daher stürmte er brüllend in ihre Richtung. Kaum hatten Brians Angreifer ihn erblickt, rannten sie auch schon fort. Jim näherte sich Brian, der sich auf das Schwert stützte, um wieder zu Atem zu kommen.

»Verdammt noch mal, James!« keuchte Brian. »Ihr habt sie alle verjagt!«

Daß er Jim mit Namen anredete, schadete nichts. Selbst wenn sich jemand in ihrer Nähe befunden hätte, wären seine Worte im Kampfgetöse untergegangen.

»Seid kein Narr, Brian«, erwiderte Jim, ebenfalls nach Luft schnappend. In den magischen Stiefeln, die ihn ein ganzes Stück größer machten, fiel ihm das Laufen schwer. »Das waren einfach zu viele für Euch!«

»Ich habe Euch nicht um Hilfe gebeten ...«, fauchte Brian, dann faßte er sich. »Allerdings gereicht es Euch zur Ehre, James, daß Ihr einem Ritter in vermeintlicher Not zur Hilfe geeilt seid.«

»Einem Ritter und altem Freund!« entgegnete Jim.

»Ich glaube eher, so hättet Ihr auch bei jedem anderen Ritter gehandelt«, sagte Brian. »Aber belassen wir es dabei. Ich weiß wohl, was ich an Euch habe, James. Aber seht nur! Es ist schon so gut wie vorbei. Die Piraten, die nicht tot oder verwundet sind, haben die Schiffe erreicht und stechen in See, und ihre Kameraden lassen sie im Stich.«

Jim wandte sich um. Auf den ersten Blick wirkte alles beinahe lächerlich einfach nach der Aufregung und berechtigten Sorge, die zuvor in der Burg geherrscht hatten; dann aber bemerkte er die Gefallenen. Die Dorfstraßen und der Kiesstrand waren übersät mit Leichen. Die meisten von Sir Mortimors Bewaffneten waren damit beschäftigt, die Taschen der Gefallenen zu durchsuchen und die der Verwundeten desgleichen.

»Brian«, sagte er leise, »ich werde froh sein, wenn das alles hinter uns liegt.«

»Ich auch«, erwiderte Brian. »Ich freue mich schon auf Tripolis, Gott ist mein Zeuge.«

Vier Tage später befanden sie sich in Tripolis, doch wo genau in Tripolis, das war die Frage.

»Glaubt Ihr, dieser verfluchte Kerl kennt wirklich den Weg?« knurrte Brian.

»Der Kapitän hat gemeint, er kennt ihn«, antwortete Jim.

Brian brummte etwas Unverständliches. Jims Entgegnung war natürlich keine richtige Antwort. Jim hatte Verständnis für Brian, vermochte seine Bedenken aber nicht zu zerstreuen. Das Handelsschiff, das sie von Zypern nach Tripolis gebracht hatte, das an der Küste des Libanons lag, war von einem Kerl mit einem Schurkengesicht befehligt worden, der ihnen, Brians zypriotischen Freunden zufolge, für die Überfahrt jedoch nur einen mäßigen Preis abverlangt hatte. Ob dies bedeutete, daß er auch in allen anderen Dingen ehrlich war, mußte allerdings bezweifelt werden.

Er hatte glattes Haar, einen unsteten Blick, einen schlaff herabhängenden schwarz-grauen Schnurrbart und ein schmales, olivfarbenes Gesicht, den gewölbten Bauch eines Vielfraßes und die mageren Gliedmaßen eines Geizkragens. Er hatte nicht nur den Einheimischen angeheuert, der sie nun zu ihrem Ziel bringen sollte, sondern auch die beiden anderen Männer, die ihr Gepäck schleppten. In ihrer Unbekümmertheit hatten sich weder Brian noch Jim darum gekümmert, ob der Preis, den der Kapitän mit den drei Männern ausgehandelt hatte, angemessen war; ohne Führer und Träger wären sie jedoch aufgeschmissen gewesen, weshalb ihnen nichts anderes übrigbleiben würde, als zu bezahlen.

Unterdessen hatte sie der Führer jedoch in ein Labyrinth von Straßen und Gassen geleitet, die bisweilen so schmal waren, daß sie sich seitlich zwischen den Gebäuden hindurchzwängen mußten. Zumal auf den kleineren Straßen war der Boden bedeckt mit menschlichen und tierischen Ausscheidungen. Jim und Brian waren vollständig gerüstet und bewaffnet und trugen beide zusätzlich noch einen Reiseumhang, so daß die rucksackartige Tasche mit Kob darin unter der Kapuze verborgen war. Hier im Nahen Osten fiel der Frühling weit wärmer aus, als sie es von England her gewohnt waren. Sie schwitzten, hatten Durst und verloren allmählich die Geduld.

Es erschien ihnen seltsam, daß es bis zum Haus des hiesigen Magiers, zu dem der Führer sie angeblich geleitete, so weit sein sollte. In der Hafenstadt herrschte nicht nur ein Gewimmel wie in einem Ameisenhaufen, die Häuser waren zudem noch so dicht wie möglich zusammengedrängt. Andererseits, überlegte Jim, war es in diesem Labyrinth von Gassen schwer, die zurückgelegte Entfernung zu schätzen.

»Schon wieder eine Ecke!« bemerkte Brian in scharfem Ton. »Mir reicht's! Jetzt knöpfe ich mir den Kerl vor! He, du da, komm doch mal her!«

Der Führer blieb stehen, wandte sich um und kam ihnen auf halbem Weg entgegen.

»O Herr«, sagte er, »Ihr leuchtet wie eine Blume, die Allah wohlgefällig ist, und Euer Wohlgeruch erfüllt die Luft. Womit kann ich Euch zu Diensten sein?«

»Schluß mit dem Gefasel«, fauchte Brian. »Wann kommen wir zum Haus des Magiers? Wie weit ist es noch? Antworte mir, Kerl, und wenn mir die Antwort nicht gefällt, kostet es dich den Kopf.«

Er legte die Hand auf das Heft seines Schwertes.

»Große Herren und Meister!« rief der Führer. »Möge ich geblendet und in die siebte Hölle geworfen werden, wenn wir nicht gleich da sind. Es ist drei Türen weiter.«

»Bist du dir da auch ganz sicher?« fragte Brian.

»Es ist so, wie ich gesagt habe«, antwortete der Führer. »Bei Allah, es sind nur noch drei Türen.«

»Hoffen wir, daß du recht hast«, meinte Brian.

Der Mann rannte ein Stück weiter durch die düstere Gasse und blieb dann vor einer massiven Mauer stehen.

»Hier ist es, meine Herren und Meister!« rief er. »Das ist das Haus!«

»Sehen wir es uns einmal an«, sagte Jim. Sie schleppten sich bis zu dem Führer, neben dem sie in der Holzwand tatsächlich eine kleine Vertiefung ausmachten; in dieser Vertiefung befand sich eine Tür, die wahrscheinlich einmal grün bemalt gewesen war, mittlerweile aber kaum noch Farbe aufwies.

»So, ich habe meine Aufgabe erfüllt. Bezahlt mich und die beiden Träger und laßt uns ziehen«, sagte der Führer.

»Warte einen Moment«, meinte Jim, als sich Brian unter das Kettenhemd griff, um den Geldbeutel hervorzuholen. »Bevor wir euch bezahlen, wollen wir uns erst einmal vergewissern, ob wir hier auch richtig sind.«

»Euer Wunsch ist mir Befehl, o Mächtiger!« erwiderte der Führer. Er hämmerte gegen die Tür. Er hämmerte eine ganze Weile, doch vernahm man von innen keinen Laut, und nichts deutete darauf hin, daß man ihn gehört hatte. Als er sich umwandte und enttäuscht die Achseln zuckte, blickte Brian ihn finster an, worauf er sich sogleich wieder umdrehte und weiter gegen die Tür hämmerte.

»Aufmachen!« rief er mit einer durchdringenden, hohen Stimme. »Aufmachen, im Namen Allahs, des wohltätigen und stets gastfreundlichen. Zwei bedeutende Männer, Lieblinge Allahs, des Sultans und unseres Beys, möchten Abu al-Qusayr einen Besuch abstatten.«

Noch immer meldete sich niemand, doch als Brian irgend etwas knurrte, fuhr der Mann fort, zu hämmern und zu rufen. Schließlich hörte man, wie der Riegel angehoben wurde, dann öffnete sich die Tür, und sie erblickten einen hochgewachsenen, würdevollen Mann in einem reichverzierten, schweren roten Gewand. Er hatte silbriges Haar und hielt sich sehr aufrecht. Er funkelte den Führer an.

»Du Hund eines Zwergs«, sagte er. »Was vollführst du hier für einen Lärm? Weißt du nicht, was du riskierst, wenn du Abu al-Qusayr störst?«

»Verzeiht mir, o Barmherziger!« erwiderte der Führer. »Aber bei mir sind zwei bedeutende Männer, große Herren unter den Franken und Ungläubige des Nordens, die sich aufgrund einer Empfehlung von Freunden Abu al-Qusayrs an Euch wenden. Nicht um ein ganzes Königreich willen würde ich es wagen, einen solch allwissenden und mächtigen Mann zu stören. Ich glaube allerdings, daß ihm diese Männer willkommen sein werden.«

Der silberhaarige Mann musterte Jim und Brian.

»Eure Namen, meine Herren?« fragte er, mit erstaunlicher Gewandtheit zu einer höflichen, europäischen Sprechweise übergehend.

»Ich bin Sir Brian Neville-Smythe«, sagte Brian. »Das hier ist der Magier Baron Sir James Eckert de Malencontri, den Euer Herr erwartet.«

»Der Titel eines Magiers steht mir eigentlich nicht zu«, warf Jim eilig ein, denn der silberhaarige Mann hatte die Brauen hochgezogen, als er den Titel vernommen hatte. »Ich habe einen eher niedrigen Rang inne; eigentlich bin ich der Schüler des Magiers Carolinus, der mir sagte, ich würde bei Abu al-Qusayr, der wie er dem Reich der Magie angehört, freundliche Aufnahme finden.«

Der Mann im Eingang entspannte sich.

»Ihr werdet erwartet, Sir«, sagte er abermals eher

nach Art der Europäer als der Einheimischen. Jim fragte sich, ob sein unsichtbarer Dolmetscher womöglich nicht nur die Worte, sondern auch die Sprechweise in seine Sprache übertrug. Der Fremde bedeutete den beiden Kofferträgern vorzutreten und deutete ins Innere des Hauses.

»Stellt das Gepäck hier ab«, sagte er. »Man wird sich darum kümmern.«

»Mein Lohn! Unser Lohn!« rief der Führer. »Ihr großzügigen Herren, wir sind noch nicht bezahlt worden!«

Jim holte eine Silbermünze hervor und reichte sie dem Führer.

»Aber es sollte doch ein *Gold*-Dinar sein«, jammerte der Führer.

»Da hat uns der Kapitän aber etwas anderes erzählt«, meinte Jim.

»Es sollte Gold sein! Es sollte Gold sein ...«, klagte der Führer.

»Hört auf mit dem Geschrei«, blaffte der Mann im roten Gewand, »und gebt Euch zufrieden mit dem, was ihr habt, sonst werden dich die Teufel und Skorpione bis ins Grab hinein verfolgen!«

Ohne den Führer weiter zu beachten, wandte er sich wieder an Jim und Brian.

»Tretet ein, edle Herren«, sagte er. Er trat beiseite, um sie durchzulassen. Dann schloß er hinter ihnen die Tür, worauf die Klagen und Proteste des Führers und der Lastenträger verstummten. »Fünf Drachmen hätten vollauf genügt. Man hat Euch betrogen, edle Herren, doch so geht es eben, wenn man sich in einer Stadt nicht auskennt. Kommt, Sir Brian, Sir James, mein Herr erwartet Euch bereits. Folgt mir.«

Er geleitete sie durch einen kurzen, düsteren und schmalen Gang zu einer weiteren Tür, aus der mehrere Männer, offenbar Bedienstete, hervorgerannt kamen und sich an ihnen vorbeizwängten. Jim hörte, wie der schwere Riegel wieder vorgelegt und mit Bolzen gesichert wurde. Sie traten durch die Innentür.

Auf einmal war es, als beträten sie einen Palast aus Tausendundeiner Nacht.

16

Sie befanden sich in einem großen Raum mit einer hohen, weißen gewölbten Decke, dessen eine Seite Säulen einnahmen, hinter denen entweder ein offener Gang oder ein Balkon lag. Nicht minder großzügig bemessene Durchgänge in den Wänden zu beiden Seiten führten zu weiteren Räumen und gaben den Blick frei auf ähnlich hohe Decken und Steinwände.

Die Steine waren kunstvoll ineinandergefügt und bildeten an der Wand zu Jims Linken in etwa fünf Metern Höhe eine Galerie. Diese wurde von einem gemauerten Gitter voller kleiner, verschlungener Durchbrüche abgeschirmt, das wie eine schmiedeeiserne Sichtblende wirkte, während man unbemerkt von dort herunterschauen konnte. An den Wänden waren überwiegend Kissen und niedrige Tische aufgereiht, so daß die Mitte vollständig frei geblieben war, wodurch der Raum noch größer erschien – ein Eindruck, der durch den hellen Stein noch verstärkt wurde. Helles Tageslicht durchflutete den Raum, nicht nur zwischen den Säulen, sondern entweder aufgrund der raffinierten Architektur oder mittels Magie auch aus anderen, verborgenen Teilen des Raums, so daß dieser in der Luft zu schweben schien.

»Wenn Ihr mir folgen würdet, edle Herren«, sagte der rotgewandete Mann und führte sie durch einen der Durchgänge, die bis in eine Höhe von etwa anderthalb Meter rechteckig waren und sich dann zwiebelförmig weiteten, um am Ende spitz zuzulaufen.

Sie folgten ihm durch Räume, die von dem ersten

kaum zu unterscheiden waren. Die Böden bedeckten Teppiche mit verschnörkelten Mustern. Hin und wieder erblickten sie mit weiten, grünen Blusen und Hosen bekleidete Männer.

Jetzt erinnerte Jim sich wieder, daß die Männer, welche die Eingangstür verriegelt hatten, ebenfalls grün gekleidet gewesen waren. Der rotgewandete Mann achtete jedoch nicht auf sie, so daß Jim und Brian sie ebenfalls ignorierten, während sie Raum um Raum durchquerten, deren jeder von Tageslicht durchströmt wurde, selbst dann, wenn keine Fenster vorhanden waren und auch keine andere Lichtquelle zu erkennen war.

Schließlich gelangten sie zu einer kleinen, verschlossenen rechteckigen Tür, die den beiden Türen am Eingang ganz ähnlich war; allerdings war sie aus poliertem, dunklem Holz gearbeitet, und der Türknauf schien aus Silber zu sein.

Als der Rotgewandete davor stehenblieb, taten Jim und Brian es ihm gleich.

»Herr«, sagte er zur Tür gewandt, »Sir James Eckert, der Drachenritter, ist da, zusammen mit seinem Gefährten Sir Brian Neville-Smythe. Was ist Euer Wille, o mein Gebieter?«

»Sie sollen eintreten«, antwortete ihm eine tiefe, gelassene Stimme. »Ihr dürft Euch entfernen, Majid.«

»Sogleich, Herr«, sagte Majid. Er wandte sich an Jim und Brian. »Abu al-Qusayr bittet Euch einzutreten.«

Er trat beiseite, worauf sich die Tür leise und offenbar aus eigener Kraft öffnete. Jim blickte in einen Raum, der kleiner war als die anderen, gleichwohl aber eine hohe Decke hatte. Obwohl alle vier Wände fensterlos waren, herrschte darin das allgegenwärtige Tageslicht.

An der gegenüberliegenden Wand saß ein breitschultriger Mann mit untergeschlagenen Beinen auf einem dicken, weißen Kissen, vor sich einen runden

Tisch aus schwarzem Holz. Auf dem Tisch standen eine mit klarem Wasser gefüllte Schüssel und daneben ein Gerät aus Silber, dessen kunstvoll zusammengefügte Einzelteile anscheinend beweglich waren, im Moment aber stillstanden.

Der Mann hinter dem Tisch hatte einen buschigen, weißen Bart und ein energisches Kinn. Offenbar hatte er die Mitte des Lebens bereits überschritten, doch war sein genaues Alter nur schwer zu schätzen. Er wirkte kräftig, hatte eine gerade Haltung und war mit einem langen Gewand bekleidet, das seine Beine gegenwärtig vollständig bedeckte und das den gleichen roten Farbton aufwies, den auch Carolinus bevorzugte – ein etwas gedämpfteres Rot als das von Majids Gewand. Er hatte eine hohe Stirn, dunkle Augen und ein hageres, sonnengebräuntes Gesicht mit einer geraden Nase und einem geraden Mund.

Er wirkte vollkommen vertrauenswürdig und unerschütterlich, wie ein Fels in der Brandung.

Jim und Brian traten in den Raum, worauf sich die Tür nahezu geräuschlos hinter ihnen schloß. Trotz der Wärme, die von dem Mann auszugehen schien, wirkte es hier drinnen kühler und eigentümlich frisch. Der Mann machte zu den Kissen an der Wand hin ein Zeichen, worauf drei von ihnen wie von selbst vor den Tisch rutschten.

»Setzt Euch, Jim, und Ihr auch, Brian«, sagte er lächelnd. »Wie ich sehe, ist Majid entgangen, daß wir es mit drei Besuchern zu tun haben.«

»Mit dreien, Sir?« entgegnete Brian nicht ohne Schärfe, während er sich, ein wenig behender als Jim, im Schneidersitz auf einem der Kissen vor dem Tisch niederließ.

»Ihr habt Euren kleinen Freund vergessen, den Jim mit sich herumträgt, Brian«, entgegnete Abu al-Qusayr. Er wandte sich zu Jim herum. »Komm raus, Kleiner. Hab keine Angst.«

Jim spürte, wie sich in dem kleinen Rucksack, den er auf dem Rücken trug, etwas regte, dann kam Kob auf seine Schulter geklettert. Er richtete sich auf, wobei er sich an Jims Hals festhielt, und blickte den bärtigen Magier an.

»Komm«, sagte Abu al-Qusayr und klopfte auf den Tisch. »Komm her und setz dich, kleiner Freund.«

Zu Jims Überraschung sprang Kob vollkommen furchtlos auf den Tisch und nahm im Schneidersitz auf der bezeichneten Stelle Platz, wobei er neugierig zu Abu al-Qusayr hochschaute, der ihn seinerseits musterte.

»Du bist ein Elementargeist«, sagte Abu al-Qusayr. »In deiner Heimat bezeichnet man dich als Kobold, glaube ich. Hab ich recht?«

»O ja«, antwortete Kob zutraulich. »Eigentlich heiße ich auch noch Kob Eins von Malencontri – aber so nennen mich bloß Mylord Jim und Mylady Angela. Vielleicht möchtet Ihr mich auch so nennen. Was meint Ihr?«

»Das ginge schon«, meinte Abu al-Qusayr. »Allerdings ist das ein langer Name. Wenn es dir nichts ausmacht, nenne ich dich lieber Kob.«

»Wenn es *Euch* nichts ausmacht«, erwiderte Kob.

»Gut«, sagte Abu al-Qusayr. »Wie kommt es eigentlich, daß du Mylord Jim und Sir Brian begleitest?«

»Damit ich zurückeilen und Lady Angela Bescheid sagen kann, sollte mein Herr in Schwierigkeiten geraten«, antwortete Kob. »Sie macht sich nämlich Sorgen.«

»Das kann ich verstehen«, bemerkte Abu al-Qusayr, wobei er Jim ansah.

»Bei allem Respekt«, sagte Jim, »aber meint Ihr nicht, Ihr solltet mir diese Fragen stellen?«

»Das könnte ich natürlich tun.« Abu al-Qusayr streichelte seinen kleinen, weißen Bart. »Aber ich war neugierig. Ich wollte mich ein wenig mit Kob unterhalten. Bis jetzt bin ich noch keinem Elementargeist begegnet.

Habt Ihr es auch bequem? Ihr seid vielleicht ein wenig warm gekleidet für das hiesige Klima.«

»Teufel noch eins«, antwortete Brian fast ein wenig verwundert, »unterwegs war mir allerdings wärmer, als mir recht war, aber hier in Eurem Haus ist es luftig, kühl und angenehm. Im Moment fühle ich mich ausgesprochen wohl.«

»Und die Kissen«, sagte Abu al-Qusayr. »Sitzt Ihr auch bequem? Ich weiß, Ihr Europäer seid es nicht gewohnt, in dieser Position zu sitzen.«

»Eigentlich tun wir es recht häufig, wenn wir außer Haus sind«, entgegnete Brian. »Fernab jeder Behausung sitzen wir des Nachts so am Lagerfeuer. Ich finde es keineswegs unbequem.«

Jim hatte den Eindruck, Brian verhalte sich dem Magier gegenüber ebenso vertrauensvoll wie Kob. Abu al-Qusayr schien sie alle zu bezirzen. Jim wartete ein wenig grimmig darauf, daß die Kraft dieser Verzauberung auch an ihm ausprobiert werde.

»Was Euch betrifft, Jim«, sagte Abu al-Qusayr, ohne den Versuch zu machen, ihm die Befangenheit zu nehmen, »so zieht Ihr Schwierigkeiten an wie ein mit Honig eingeschmierter Mann die Bienen. Habt Ihr in Eurer Nähe vielleicht einen kleinen braunen Hund bemerkt, seit Ihr die Küste Europas hinter Euch gelassen habt?«

»Ihr meint Kelb, den Dschinn? Er hat mich bereits um Schutz gebeten«, antwortete Jim. »Wie es scheint, war sein Herr ein anderer, sehr mächtiger Dschinn, der es ihm übelnimmt, daß er dem Feuersee entkommen ist, in den er eingesperrt war.«

Ihm fiel auf, daß seine Stimme warm und vertrauensvoll klang.

Ich bin bereits in dieselbe Falle getappt wie Kob und Brian. Jim versteifte den Rücken und zwang sich, in kühlem Ton weiterzusprechen. »Ich habe ihm gesagt, was ich davon halte. Er befindet sich in meiner Nähe, hat mir aber noch keinen Ärger gemacht.«

»Nun«, meinte Abu al-Qusayr, »er hat allen Grund dazu, sich zu fürchten. Sakhr al-Dschinni ist einer der mächtigsten Dschinns. Ihr solltet Euch ebenfalls vor ihm in acht nehmen. Ich würde Euch raten, möglichst die Finger von diesem Kelb zu lassen.«

»Das war auch meine Absicht«, erwiderte Jim.

»Gut«, sagte Abu al-Qusayr. »Ich glaube, Ihr seid ein Magier der dritten Kategorie?«

»Ja«, antwortete Jim eine Spur verlegen, was ihn sogleich ärgerlich werden ließ. Weshalb sollte er sich darum scheren, welche Kategorie ihm andere Magier zuzugestehen beliebten?

»Ich glaube nicht, daß ein Dschinn wie Kelb einem Magier der dritten Kategorie größere Unannehmlichkeiten bereiten könnte«, sagte Abu al-Qusayr. »Allerdings solltet Ihr unter allen Umständen vermeiden, mit Sakhr al-Dschinni aneinanderzugeraten. Er ist zwar nur ein Elementargeist, aber ein sehr mächtiger und rachsüchtiger.«

»Ich habe durchaus die Absicht, ihm aus dem Weg zu gehen«, erklärte Jim.

»Das habe ich mir gedacht«, meinte Abu al-Qusayr. »Aber es schadet gewiß nicht, noch einmal darauf hinzuweisen. Da ist jedoch noch etwas, das ich bedauerlicherweise ansprechen muß. Carolinus hat mir mitgeteilt, es läge eine Klage aus einem anderen Reich gegen Euch vor. Der Große Dämon wirft Euch vor, einen Dämon dargestellt zu haben. Könnt Ihr mir darüber Näheres sagen?«

Jim berichtete ihm, was es damit auf sich hatte.

»Ich verstehe«, sagte Abu al-Qusayr, als er geendet hatte. »Entschuldigt mich einen Moment ...«

Er neigte sich über die Wasserschüssel auf dem Tisch und blickte hinein. Während Jim, Brian und Kob schweigend warteten, war es vollkommen still im Raum. Jim hatte ein flaues Gefühl in der Magengegend. Schließlich sah Abu al-Qusayr von der Wasserschüssel auf.

»Es ist erheblich billiger und bequemer«, sagte er zu Jim, »mit Hilfe einer Schüssel klaren Wassers wahrzusagen. Man braucht dazu keine Glaskugel, wie Ihr Nordländer sie verwendet. Die Geschmäcker sind halt verschieden. Nun, ich würde meinen, es dürfte Euch leichtfallen, diesen Vorwurf zu entkräften. Allerdings müßte ich mich als einer Eurer Richter für befangen erklären ...«

»Als einer meiner Richter?« wiederholte Jim.

»Gewiß«, antwortete Abu al-Qusayr. »Naturgemäß kenne ich mich in dieser Gegend aus, zudem hatte ich bereits einige Male mit Dämonen zu tun – nur flüchtig, versteht sich. Gleichwohl werden sie mich aufgrund meiner Kenntnisse der hiesigen Gegebenheiten bestimmt als sachverständigen Zeugen vorladen, und meine Aussage wird Euch sicherlich entlasten. Die Tatsachen sprechen eigentlich für sich.«

»Habt Ihr Euch angeschaut, was vor ein paar Tagen geschehen ist? In der Burg von Sir Mortimor Breugel?« fragte Jim.

»Ja«, antwortete Abu al-Qusayr. »Ich nehme an, Ihr wißt, daß die Wahrsagerei für gewöhnlich auf Ereignisse der Gegenwart oder der nahen Zukunft beschränkt ist; aber unter gewissen Umständen, zumal dann, wenn es um ein Kapitalverbrechen geht ...«

»Kapitalverbrechen«, echote Jim. Selbst in der ersten Hälfte des zwanzigsten Jahrhunderts waren Kapitalverbrechen zumeist mit dem Tod bestraft worden. »Was würde denn passieren, sollte ich tatsächlich eines Kapitalverbrechens schuldig gesprochen werden?«

»Dann müßten wir Euch den Dämonen ausliefern«, sagte Abu al-Qusayr. »So wie man Euch dem König und der Königin der Toten ausgeliefert hätte, wärt Ihr damals des vorsätzlichen Betretens ihres Reiches für schuldig befunden worden. Aber das war nicht der Fall. Damals lag die Schuld bei Malvinne, dem französischen Magier – ich glaube, Ihr habt gesehen, wie es ihm ergangen ist.«

»Allerdings«, erwiderte Jim. Diesen Anblick würde er niemals vergessen. Als man Malvinne in die dunklen Wolken hochgezogen hatte, die den König und die Königin der Toten auf ihren Thronsesseln dargestellt hatten, hatte er ausgesehen wie eine ertrunkene Ratte am Ende eines Stricks.

»Aber dazu wird es nicht kommen«, meinte Abu al-Qusayr. »Wie ich schon sagte, liegt der Sachverhalt auch ohne meine Aussage klar zutage. Schließlich habt Ihr Sir Mortimor gegenüber ausdrücklich betont, daß Ihr Euch nicht selbst in einen Dämon verwandeln wolltet. Ihr habt lediglich gesagt, Ihr wolltet einen Dämon aufbieten. Ihr habt ihn natürlich angelogen, was unter besonderen Umständen, wenn ein Magier Schutz braucht, aber niemanden verletzen will, vollkommen gerechtfertigt ist. Ihr habt ihn lediglich glauben gemacht, Ihr hättet einen Dämon heraufbeschworen, was die Rechte der Dämonen in keiner Weise beeinträchtigt hat. Daß Sir Mortimor, seine Männer sowie die Belagerer der Burg glaubten, Ihr wärt ein Dämon, war ein Trugschluß, für den sie allein verantwortlich waren. Ihr habt das magische Gebot, Euch zu verteidigen, ohne jemanden zu verletzen, erfüllt. Ihr habt niemandem etwas zuleide getan.«

»Nein«, sagte Jim mit leiser Stimme. Im Geiste sah er vor sich, wie Sir Mortimors Männer die über den ganzen Strand verstreuten Leichen der Mauren durchsuchten.

»Laßt Euch nicht verunsichern«, sagte Abu al-Qusayr, als habe er Jims Gedanken gelesen. »Wären die Piraten nicht getötet worden, dann hätten eben Sir Mortimor und seine Männer dran glauben müssen – und Ihr wahrscheinlich ebenfalls. Jetzt aber laßt uns essen und trinken und über angenehmere Dinge reden.«

Jim verspürte auf einmal einen Lufthauch im Nakken, und im nächsten Moment stellte ein grüngekleideter Bediensteter ein Tablett mit Gebäck und drei kleine Tassen mit tiefschwarzem Kaffee auf den Tisch. Für Kob gab es eine Tasse Milch, die dieser wie eine Katze auflappte. Die Wasserschüssel und die übrigen Gegenstände auf dem Tisch waren in dem Moment verschwunden, als der Bedienstete aufgetaucht war.

Abu al-Qusayr nippte sogleich am Kaffee und probierte das Gebäck. Von seiner früheren Lektüre her erinnerte Jim sich vage, daß dies in diesem Teil der Welt guten Manieren entsprach. Der Gastgeber mußte als erster zugreifen, um zu zeigen, daß Getränke und Speisen nicht vergiftet waren.

Jim hob seine Tasse an die Lippen; tatsächlich, es war äußerst starker Kaffee. Auch Brian kostete davon, dann setzte er die Tasse mit verwunderter Miene wieder ab. Da er bislang lediglich mit ausgewanderten Europäern zu tun gehabt hatte, war ihm auch nur Wein und Wasser angeboten worden. Allerdings bewahrte ihn seine gute Erziehung davor, eine Bemerkung zu dem bittersüßen Gebräu zu machen.

»Ich bedaure, daß ich Euch keinen Wein anbieten kann«, sagte Abu al-Qusayr. »Ich habe keinen im Haus. Wie Ihr wißt, verbietet der Koran wahren Gläubigen, zu denen auch ich mich zähle, jede Form von Alkohol. Wie ich gehört habe, seid Ihr, Brian, auf der Suche nach dem Vater Eurer Verlobten, um diese endlich ehelichen zu können; und James hat Euch aus Freundschaft auf dieser Reise begleitet – wenngleich er ein wenig später aufgebrochen ist und Euch erst auf Zypern eingeholt hat.«

»So ist es«, bestätigte Brian. Er hatte lediglich ein paarmal am Kaffee genippt, dafür aber bereits fünf kleine Kuchen verputzt. Jim fiel auf, daß diese auf magische Weise ebenso schnell ersetzt wurden, wie sie verspeist wurden. »Der Vater meiner Dame begab sich auf einen Kreuzzug, wenngleich das heute nur noch wenige tun; er aber hoffte, das Glück werde ihm gnädig sein. Wir haben lange nichts von ihm gehört, doch dann berichtete uns ein heimkehrender Ritter, er sei in Palmyra gesehen worden, das von Tripolis aus wohl ein Stück weiter landeinwärts liegt.«

»Das stimmt«, erwiderte Abu al-Qusayr, »Ihr findet es ein ganzes Stück Wegs jenseits der Berge. Allerdings liegt es noch auf der Strecke der Karawanenrouten, denn die Stadt wird vor allem von Händlern bewohnt. Vielleicht ist ihr Vater Händler geworden und bleibt deshalb dort. Wenn es ihm gutgeht, wird er vielleicht dort bleiben wollen.«

»Wie kommen wir dorthin?« fragte Brian.

»Ich glaube«, antwortete Abu al-Qusayr, »am besten wäre es, wenn Ihr Euch einer Karawane anschließen würdet, die Handelsgüter nach Palmyra und auch zu anderen Städten befördert. Der Weg führt durchs Gebirge, wo es im Moment gefährlich ist, da der Kasr al-Abiyadh oder der Weiße Palast seit einigen Jahren eine Brutstätte der Assassinen ist.«

»Assassinen?« kam Jim Brians Frage um Sekunden zuvor.

»Ja«, antwortete Abu al-Qusayr, »zumindest bezeichnen sie sich selbst als Haschaschinen; und ich würde nicht wagen, daran zu zweifeln. Natürlich sind es nicht die ursprünglichen Assassinen, die von Hassan ibn al-Sabbah begründet wurden, dem ersten ›Alten Mann der Berge‹. Vor fast dreihundert Jahren brachte er die in einem Tal in der Nähe Kazvins gelegene Burg Alamut in seinen Besitz. Alamut diente ihnen viele Jahre als Hauptquartier, bis die Mongolen sie einen nach dem anderen töteten. Schließlich fiel Alamut den Mongolen in die Hände, und die letzte Burg der Assassinen, Kahf in Syrien, wurde vor weniger als hundert Jahren eingenommen. Trotzdem lebt die Bruderschaft immer wieder von neuem auf. Den

Namen ihres Großmeisters kenne ich nicht; ich weiß lediglich, daß er einmal ein Sufi war, einer der Orthodoxen, die Allah verehren, jedoch auf ihre eigene seltsame Weise. Er fühlte sich berufen, ein Isma'ili zu werden, und schloß sich den Isma'ilis an, den Haschaschinen oder Assassinen, wie Ihr sagen würdet. Allerdings wird die Karawane Waffen mit sich führen; und wenn Ihr Euch in ihrer Nähe haltet, habt Ihr gute Aussichten, unbeschadet nach Palmyra zu gelangen.«

»Das hört sich gar nicht so schwierig an«, meinte Brian. »Eine kleine Rauferei zwischendurch käme mir sogar ganz gelegen, brächte sie doch Abwechslung von der Eintönigkeit der Reise.«

»Es freut mich zu hören, daß Ihr so zuversichtlich seid«, bemerkte Abu al-Qusayr. »Ich empfehle Euch allerdings, auf der Hut zu sein. Nicht nur vor den Assassinen, sondern auch vor anderen Gegnern, namentlich den Elementargeistern. Im Gebirge gibt es nicht nur Dämonen, sondern auch Ghule und Gespenster. Es könnte sogar passieren, daß Ihr einem Greif oder Basilisken begegnet, wenngleich diese heutzutage selten sind und sich vor einer Karawane wahrscheinlich verbergen werden.«

Jim bemerkte, daß Brian blaß geworden war. Kob sprang vom Tisch auf Jims Schulter und klammerte sich an seinem Hals fest.

»Würden sie es auch auf mich abgesehen haben?« rief er angsterfüllt aus. »Würden sie einem Kobold wie mir etwas zuleide tun?«

»Bestimmt nicht«, entgegnete Jim. »Ich passe schon auf, daß dir kein Assassine und kein Basilisk zu nahe kommt.«

Kob seufzte erleichtert und setzte sich auf Jims Schulter. Jim bemerkte, daß Abu al-Qusayr ihn eigentümlich musterte.

»Gibt es hier in der Nähe vielleicht einen Kamin?« wandte Kob sich an Abu al-Qusayr.

»Tut mir leid, kleiner Freund«, erwiderte Abu al-Qusayr. »Hier gibt es keine Kamine. In der Küche gibt es allerdings ein Feuer. Sir Brian, ich muß mich mit Sir James unter vier Augen unterhalten. Wenn Ihr gestattet, so lasse ich Euch auf Euer Zimmer geleiten. Unterwegs kommt Ihr bei der Küche vorbei, wo man Kob zeigen wird, was wir hier an Feuer und Rauch zu bieten haben.«

»Sehr gern«, antwortete Brian und erhob sich behende vom Kissen, ohne dabei die Hände zu Hilfe zu nehmen. »Dann bleiben wir also über Nacht?«

»Bloß bis morgen, denke ich«, antwortete Abu al-Qusayr. »Ich habe Vorsorge getroffen, daß Ihr Euch einer Karawane anschließen könnt, die morgen aufbricht.«

Jim verspürte einen Luftzug in seinem Rücken, worauf sich Majid vernehmen ließ.

»Womit kann ich Euch dienen, Herr?« erkundigte sich der Silberhaarige.

»Bringt Sir Brian zu dem Zimmer, das für ihn und Sir James vorbereitet wurde«, sagte Abu al-Qusayr. »Führt ihn an der Küche vorbei, damit sich unser kleiner Freund, der im Moment gerade auf Jims Schulter sitzt, die Kochfeuer anschauen kann. Vielleicht möchte Kob gern von Brian getragen werden?«

Kob sprang sogleich auf Brians Schulter. Brian machte zwar ein verdutztes Gesicht, erhob aber keine Einwände, als Kob sich an seinem Hals festklammerte. Jim beobachtete, wie sie hinausgingen, worauf sich die Tür lautlos hinter ihnen schloß, dann wandte er sich wieder zu Abu al-Qusayr herum.

»Ihr wolltet nicht, daß Kob mit anhört, was Ihr mir zu sagen habt?« fragte er Abu al-Qusayr.

»In diesem Fall ist es besser so«, antwortete der Magier. »Ich bin froh, daß Ihr hinsichtlich der Wesen, denen Ihr unterwegs begegnen mögt, so zuversichtlich seid. Von ihnen habt Ihr wohl kaum etwas zu befürchten. Die meisten von ihnen ziehen einzelne Opfer vor. Solltet Ihr allerdings Mongolen begegnen, so wären sie Euch zahlenmäßig so stark überlegen, daß Ihr kaum etwas gegen sie würdet ausrichten können. Daher würde ich Euch empfehlen, in diesem Fall keine Gegenwehr zu leisten. Erklärt ihnen, weshalb Ihr nach Palmyra wollt. Ich habe etwas Wein und auch destillierten Wein vorbereitet – ich glaube, bei Euch im Norden nennt man das Branntwein –, damit Ihr die Mongolen bestechen könnt. Um unbehelligt zu bleiben, könnt Ihr ihnen das Blaue vom Himmel versprechen. Vielleicht wäre es klug, wenn Ihr den Wein plötzlich auftauchen ließet – sei es mit oder ohne Magie. Ich weiß, daß Ihr Euch im Gebrauch magischer Magie einschränkt, und das heiße ich gut. Wenn Ihr den destillierten Wein jedoch auf magische Weise erscheinen laßt, werden sie erst gar nicht auf den Gedanken kommen, die Karawane könnte noch mehr davon mit sich führen, denn dann würden sie alles durchwühlen. Die Mongolen sind bekannt dafür, daß sie eine Schwäche für Alkohol haben.«

»Davon habe ich ebenfalls gehört«, bemerkte Jim, und das hatte er tatsächlich, wenngleich es ihm erst jetzt wieder eingefallen war.

»Was wäre, wenn ich Magie einsetzen würde?« fragte er. »Wie würden die Mongolen dies aufnehmen?«

»Ich glaube, es wäre vorteilhaft für Euch«, antwortete Abu al-Qusayr. »Ihr würdet womöglich in ihrer Achtung steigen. Sie würden Euch auf eine Stufe mit ihren Schamanen stellen, die eine gewisse Ähnlichkeit mit Magiern aufweisen, wenngleich sie bei den Mongolen eher eine religiöse Stellung innehaben.«

»Wo wir gerade von Magie sprechen«, sagte Jim, »es gefällt mir, daß es in Eurem Haus so kühl ist. Habt Ihr das mittels Magie bewerkstelligt?«

»Das ist der einzige Luxus, den ich mir gönne«, antwortete Abu al-Qusayr seufzend, »so wie Carolinus, Euer Lehrer, sich das ganze Jahr an den Blumen und dem grünen Rasen rund um sein kleines Haus erfreut. Wenn Ihr erst einmal in die erste Kategorie aufgestiegen seid, werdet Ihr über die nötige Weisheit verfügen, Eure Wünsche auch ohne Magie zu verwirklichen; folglich verfügt Ihr über genug magische Energie, um Euch den einen oder anderen Luxus leisten zu können.«

Abermals seufzte er.

»Den einen oder anderen Luxus, habe ich gesagt«, fuhr er fort, »denn die Architektur meines Hauses greift eine alte, stolze Tradition auf aus einer Zeit, als es südlich des Mittelmeers eine große Zivilisation gab. Wir hatten alle möglichen Handwerker, Gelehrte und Weise. Dann aber fielen Dschingis Khans Mongolen ein, eroberten die Städte und zerstörten sie, und mit ihnen ging ein großer Teil des Wissens und der Weisheit unter. Jetzt lebe ich allein für mich und habe nur selten Gelegenheit, mich mit jemandem zu unterhalten, der gescheit ist und sich bemüht, die Welt zu verstehen.«

Er stockte, dann schüttelte er die Erinnerung mit merklicher Anstrengung ab.

»Aber ich rede zuviel von mir selbst«, sagte er. »Was die Weisen und Gelehrten angeht, so ziehen immer noch ein paar durch die Lande. Einen solchen Mann werdet Ihr in der Karawane antreffen. Er ist noch jung – höchstens dreißig, würde ich sagen –, heißt Ibn-Tariq, und seine Unterhaltung dürfte auf der langen Reise nach Palmyra eine willkommene Abwechslung für Euch darstellen. Seid Ihr schon einmal auf einem Kamel geritten?«

»Nein«, antwortete Jim.

»Ihr werdet es interessant finden«, meinte Abu al-Qusayr.

17

DIE BEZEICHNUNG ›INTERESSANT‹ schien Jim nicht ganz passend für die Erfahrung, auf einem Kamel zu reiten.

Die Karawane, der sich Jim, Brian und Kob angeschlossen hatten, war vor fünf Tagen von Tripolis nach Palmyra aufgebrochen, auf einer Route, die steil zum Gebirge hin anstieg, und Jim hatte noch immer keine rechte Gewalt über das Tier, auf dem er ritt.

Wegen der langen Beine mußte er es dazu bewegen, sich hinzuknien, wenn er aufsitzen wollte, und abgesehen von Brian, der die gleichen Schwierigkeiten hatte wie er, schafften dies auch alle, indem sie dem Kamel mit einem dünnen Stecken einfach an den Hals tippten. Jim konnte so leicht oder so fest tippen, wie er wollte; das Kamel scherte sich nicht darum. Worauf es dabei ankam, mußte er noch lernen. Außerdem war das Kamel mit Zügeln ausgestattet, mit denen man es lenken konnte wie ein Pferd. Jims diesbezügliche Bemühungen ignorierte es allerdings ebenfalls.

Statt dessen stapfte es ganz von selbst mit den anderen Kamelen mit. Wenn die anderen Kamele stehenblieben, hielt es ebenfalls an. Es stank, es gab laute, blubbernde Geräusche von sich und schenkte Jim, der auf seinem Rücken saß, so wenig Beachtung wie einem Gepäckstück.

Das einzig Gute daran war der Paßgang, der auf Dauer angenehmer war als das ständige Auf und Ab eines trabenden Pferdes. Das Kamel setzte beide Beine einer Seite gleichzeitig vor. Die Folge war eine ruckfreie, wiegende Fortbewegung. Jim konnte sich sogar vorstellen, im Sattel zu schlafen – und das um so leichter, als es der Tuareg-Sattel mit dem hohen Kreuz dem Reiter erlaubte, die Arme auf die Querstreben zu legen und den Kopf darauf zu stützen.

Tatsächlich hatte Jim bereits einen seiner Mitreisenden dabei beobachtet, wie er vorgebeugt im Kamelsattel schlief. Dieser war ein kleiner, schwarzhaariger Mann mit einem runden Kopf, der ein kurzes Krummschwert und mehrere Messer am Gürtel trug, die Beine auf dem Hals des Kamels übereinandergeschlagen hatte und, wie sich herausstellte, ein Mongole war.

Sein Name war Baiju, und anscheinend gehörte er einem Mongolenstamm an, der mit den Mongolen, denen sie unterwegs begegnen mochten, verfeindet war. Viel war nicht aus ihm herauszubekommen, allerdings wirkte er ausgesprochen gefährlich, und Jim fiel auf, daß die übrigen Mitreisenden ihm aus dem Weg gingen oder darauf achteten, ihn nicht zu reizen.

Ein anderer Mitreisender hingegen war ein wahrer Segen: Ibn-Tariq, der umherwandernde Gelehrte und Denker, von dem Abu al-Qusayr gesprochen hatte.

Seine Kleidung, sein Gepäck, seine Stimme, sein Gebaren und sogar seine Sitzhaltung auf dem Kamel wiesen ihn als gebildeten Aristokraten aus. Ob er nun tatsächlich Aristokrat war, blieb dahingestellt, doch gebildet war er ohne jeden Zweifel.

Jim gelang es nicht, sein Kamel an die Seite dieses Mannes zu bugsieren; Ibn-Tariq bereitete dergleichen allerdings keine Schwierigkeit, und in der Folge erzählte er Jim eine Menge über die Gegend, durch die sie kamen, über Karawanen, den Handel und die Landesgeschichte.

Bisweilen gelang es Brian, sein Kamel an ihre Seite zu treiben, oder er ließ sich von jemand anderem dabei helfen; Ibn-Tariq war ein guter Erzähler.

Baiju der Mongole allerdings sprach niemals mit Jim, wenn Ibn-Tariq in der Nähe war, und auch wenn Jim allein war, tat er dies nur höchst selten. Jim hatte den Eindruck, Baiju empfände Verachtung für ihn, weil er ein so schlechter Reiter war. Allerdings war es eine nachsichtige Verachtung, gemischt mit beträchtlichem Respekt. Irgendwie hatte er in Erfahrung gebracht, daß Jim ein Magier war.

Jim fragte sich, ob Ibn-Tariq es ebenfalls wußte; wenn ja, so verbot es ihm die Höflichkeit, danach zu fragen. Ibn-Tariq war ein Muster an Höflichkeit.

»Meint Ihr, wir werden im Verlauf der Reise auf Ghule, Dämonen oder ähnliche Wesen treffen?« erkundigte sich Jim am fünften Tag im Verlauf einer Unterhaltung mit Ibn-Tariq.

»Ich habe keinen Zweifel daran, daß sie ständig in unserer Nähe sind und uns die Reise über begleiten werden«, antwortete dieser. Wie Brian saß auch er aufrecht im Sattel, so daß er größer wirkte, als er tatsächlich war; in Wirklichkeit war er etwas kleiner als Jim. Er hatte einen hohen Nasenrücken, doch ansonsten wirkte sein schlankes Gesicht angenehm und bemerkenswert entspannt. Seine braunen Augen schienen durch alles hindurchzublicken, als sei er sich sämtlicher geheimer Kräfte hinter den Dingen bewußt. »Von den Dschinns, den niederen Teufeln sowie den Assassinen, den Mongolen und wilden Stämmen, die uns ausrauben würden, böte sich ihnen eine Gelegenheit dazu, ganz zu schweigen.«

»Sollten wir nicht Vorsichtsmaßnahmen treffen?« fragte Jim.

»Ich glaube, wir haben nicht viel zu befürchten«, entgegnete Ibn-Tariq. »Die Ghule bevorzugen Einzelreisende, die sich in der Wüste verirrt haben. Denen erscheinen sie als schöne Frau – wenn sie aber den Mund aufmachen, dann ist das Innere grün. Wie Ihr zweifellos wißt, verschlingen sie hauptsächlich Tote, zögern aber nicht, auch über hilflose Lebende herzufallen. Die bevorzugte Beute der Dämonen sind die, welche gegen die im Koran niedergelegten Gebote Gottes verstoßen haben. Ihr seid natürlich ein Ungläubiger, und die verschmähen sie im allgemeinen. Wie ich gehört habe, gibt es bei Euch ebenfalls Dämonen, vor denen Euch Euer Glaube schützt. Hier würde Euch dieser Glaube allerdings wenig nützen, denn die hiesigen Dämonen wissen, daß es keinen Gott gibt außer Allah. Aber das finde ich bemerkenswert. Auf welche Weise schützt Ihr Nordländer Euch vor ungläubigen Dämonen?«

Dies war eine höfliche Anspielung darauf, daß Jim sich ebenfalls auf Magie verstand, auch wenn diese ganz anders geartet war als die der Dämonen.

»Ich bin mir keineswegs sicher, ob es dort, wo ich herkomme, noch Dämonen gibt«, erwiderte Jim. »Dabei handelt es sich eher um heidnischen Aberglauben. Bei uns gibt es natürlich die Dunklen Mächte, die solche Wesen wie Oger, Harpyien und Würmer erschaffen und sich ihrer bedienen, aber die Bezeichnung Dämonen trifft darauf eigentlich nicht zu. Es handelt sich um Wesen, deren Daseinszweck vor allem darin besteht, die Menschheit zu unterjochen. Wie die Dunklen Mächte lassen auch sie sich nicht einfach dadurch abwehren, daß man sich bekreuzigt oder ein Gebet aufsagt.«

»Ah, ja«, meinte Ibn-Tariq. »Ein Gebet an Jesus von Nazareth. Er wird auch von uns als Heiliger verehrt. Ein Muslim kann zwar den Namen Allahs anrufen und darauf hoffen, daß dieser ihm seinen Schutz gewährt, doch ob er ihn auch erhält, das weiß allein Allah. Nur wenige sind sich dessen so sicher, daß sie es wagen würden, den Wesen der Finsternis mit bloßen Händen gegenüberzutreten. Wie ich schon sagte, wählen diese Kreaturen häufig diejenigen als Beute aus, welche in den Augen Allahs gesündigt haben.«

»Und was ist mit den Assassinen und den Mongolen?« fragte Jim.

»Das ist eine große Karawane«, antwortete Ibn-Tariq. »Die Assassinen greifen nur dann an, wenn sie in der Überzahl sind. Wie die meisten gefährlichen Stämme, die in dieser Gegend leben, sind sie wahrscheinlich nicht zahlreich genug, um uns anzugreifen. Gegen einen Trupp Mongolen wären wir natürlich wehrlos. Sie wären uns zahlenmäßig überlegen, außerdem sind sie ausgesprochen gute Kämpfer. Andererseits verspräche eine Karawane den Mongolen zu wenig Beute. Sollten wir welchen begegnen, dann hätten sie es wohl eher auf eine Stadt abgesehen.«

Er stockte und blickte Jim an, als wollte er ihn zum Reden auffordern. Jim zögerte. Offenbar wollte Ibn-Tariq wissen, ob Jim die Karawane mittels Magie vor den Mongolen schützen könne, doch verbot es ihm die Höflichkeit, sich danach zu erkundigen.

»Mit großem Interesse habe ich davon gehört«, fuhr Ibn-Tariq fort, als das Schweigen peinlich zu werden drohte, »wie der große ungläubige Magier von Córdoba vor einem halben Jahrhundert die Stadt vor einem Angriff bewahrt hat.«

Abermals fühlte er behutsam vor und gab Jim Gelegenheit, von vergleichbaren Gaben zu sprechen. Bedauerlicherweise hatte Jim noch nie etwas von dem großen ungläubigen Magier von Córdoba gehört, einer Stadt in Spanien, die im elften und zwölften Jahrhundert für Nordafrika beinahe der Mittelpunkt des Abendlandes gewesen war.

»Ah, ja«, meinte Jim. »Sollten die Mongolen auftauchen, so müssen wir eben höflich mit ihnen reden und darauf hoffen, daß alles gutgeht.«

»Inschallah«, gab Ibn-Tariq sich geschlagen, was soviel bedeutete wie ›so Gott will‹. »Die Sonne steht bereits dicht über den Berggipfeln. In Kürze werden wir das Nachtlager aufschlagen. Ich reite vor und sehe mich am ausgewählten Ort schon einmal um.«

Ibn-Tariq ritt davon, und Jim blieb zurück. Das kam ihm nicht ungelegen, denn er wollte nachdenken. Er hätte Ibn-Tariq gern noch über Palmyra ausgefragt und von ihm erfahren, ob eine Aussicht bestand, Gerondes Vater dort ausfindig zu machen. Allerdings wollte er damit noch warten, bis sie darüber gesprochen hatten, daß er ein Magier war. Am liebsten hätte er Ibn-Tariq gebeten, alles, was er über Jim und Brian erfuhr, vertraulich zu behandeln.

Wahrscheinlich würden sie es nicht für sich behalten können, und das Problem dabei war, daß aus einem ›Magier‹ schnell ein ›großer Magier‹ wurde, und große Magier erregten großes Aufsehen. Großes Aufsehen würde jedoch ihren Nachforschungen in Palmyra im Wege stehen.

So weit waren seine Überlegungen gediehen, als er auf einmal feststellte, daß er nicht mehr allein ritt. Neben ihm befand sich ein anderes Kamel, und darauf saß Baiju, der Mongole.

Baiju ritt schon eine ganze Weile an seiner Seite, schien es wie gewöhnlich aber nicht eilig zu haben, eine Unterhaltung zu beginnen.

Das war seltsam, dachte Jim. Dem äußeren Anschein nach hätte Baiju eigentlich unbedeutend, wenn nicht gar lächerlich wirken sollen. Er war nicht nur ein kleiner Mann, sondern ritt auch in einer krummen Haltung, wenngleich Jim irgendwann zu dem Schluß gelangt war, daß er weniger krumm als vielmehr vollkommen entspannt im Sattel saß.

In Wirklichkeit schien er sich unterwegs wohler zu fühlen als jeder andere in der Karawane. Sein Gesicht war tellerrund, und er hatte Schlitzaugen, hohe Wangenknochen und gelbe Haut. Seine tiefschwarzen Augen waren fast ausdruckslos. Es war unmöglich, aus ihnen seine Gefühle, geschweige denn seine Absichten herauszulesen.

Gleichwohl war er bislang auf seine lakonische Art freundlich zu Jim gewesen. In dem Sinn, daß er weniger auf das antwortete, was man ihm sagte, als vielmehr unmißverständliche Bemerkungen machte, war er das genaue Gegenteil von Ibn-Tariq. Jim wußte, daß er erst dann reden würde, wenn er angesprochen wurde.

»Wir werden bald das Nachtlager aufschlagen«, sagte Jim. »Mir scheint, es wird allmählich kühl; allerdings kommen wir auch immer höher.«

Er blickte Baiju an, der unter seinem Kettenhemd nur mit einem dünnen, dunkelblauen Hemd bekleidet war, das aus einem erstaunlich dichtgewebten, dünnen Material bestand.

»Wird es Euch hier im Gebirge nicht kalt, wo Ihr bloß das Hemd unter dem Panzer tragt?« erkundigte er sich.

»Das Hemd ist aus Seide«, antwortete Baiju.

Jim kam sich ein wenig dumm vor. Natürlich trugen die Mongolen mit ihren Verbindungen zum Fernen Osten überwiegend Kleidungsstücke aus Seide. Dabei fiel ihm ein, daß auch Abu al-Qusayrs Gewand so ausgesehen hatte, als ob es …

»Wir im Westen sind es gewohnt, unter dem Kettenhemd Kleidung als Polster zu tragen. Haltet Ihr das nicht auch so? Oder kleidet man sich hier einfach anders?«

»Man trägt Seide wegen der Pfeile«, sagte Baiju. »Wenn ein Pfeil in den Körper eindringt, wird die Seide mit in die Wunde gedrückt. Wenn man dann vorsichtig am Stoff zieht, läßt sich der Pfeil mühelos entfernen.«

Jim zuckte inwendig zusammen. Davon hatte er noch nie gehört; allerdings klang es vernünftig. Seide war in vielerlei Hinsicht ein bemerkenswerter Stoff, und es erschien ihm nicht ausgeschlossen, daß sie sich mit den Widerhaken des Pfeils verhedderte und nicht zerriß, wenn man daran zog, so daß die Pfeilspitze mit herausgezogen wurde, anstatt in der Wunde steckenzubleiben. Allerdings mußte es eine höchst unangenehme Erfahrung sein, einen Pfeil auf diese Weise zu entfernen – wenngleich es womöglich noch schlimmer war, den Pfeil herauszuschneiden.

»Haben Mongolenpfeile stets Widerhaken?« fragte er.

»Immer«, antwortete Baiju.

»Und unterscheiden sich die Pfeile von Stamm zu

Stamm? Oder vielleicht sollte ich eher sagen, von Königreich zu Königreich …«

»Sie unterscheiden sich nicht«, sagte Baiju.

»Bei uns im Westen unterscheiden sich die Waffen«, meinte Jim. »Meistens verwendet man das Kurz- und das Langschwert; davon aber gibt es verschiedene Formen. Im allgemeinen erkennt man an den Waffen und der Kleidung eines Mannes, woher er stammt. Woran aber erkennt man die Herkunft eines Mongolen?«

»Man schaut hin«, sagte Baiju. Jim erwartete, er werde weitersprechen, doch war das schon die ganze Antwort.

»Ich wollte fragen«, sagte Jim, »auf welche Unterschiede achtet man? An welchen Merkmalen der Kleidung, der Waffen oder des Verhaltens erkennt man seine Herkunft?«

»Man schaut hin«, sagte Baiju. »Das ist alles. Man schaut hin – und dann weiß man es.«

»Ich verstehe«, meinte Jim. »Sollten wir auf Mongolen stoßen, würdet Ihr dann erkennen, aus welchem Königreich sie stammen?«

»Sie gehören der Goldenen Horde an.« Baiju beugte sich im Sattel vor und spuckte aus.

»Eure Leute?« fragte Jim.

»Nein«, antwortete Baiju. »Ich bin ein Il-khanate«, sagte Baiju. »Wir verteidigen diese Gegend gegen das Geschlecht der Juchi aus der Goldenen Horde im Norden.«

Eine Zeitlang ritten sie schweigend weiter.

»Ist die Goldene Horde mit den Assassinen verbündet?« fragte Jim schließlich. »Gehören den Assassinen auch Mongolen an?«

»Nein«, antwortete Baiju. »Die Assassinen sind keine Krieger. Mongolen sind Krieger.«

»Ibn-Tariq«, sagte Jim, »hat gemeint, weil die Karawane so groß ist, sei mit Übergriffen der Assassinen nicht zu rechnen.«

Baiju wandte den Kopf und blickte Jim gerade in die Augen. Dann sah er wieder weg. Jim gewöhnte sich immer mehr an die Verhaltensweisen des kleinen Mannes, so daß ihm die Geringschätzung, die sein Gebaren ausdrücken sollte, nicht entging. Offenbar hielt Baiju nicht viel von der Kampfkraft der Karawane.

Sie waren einen steinigen Hohlweg hochgeritten, der von zwei hohen Felswänden eingeschlossen wurde, die in messerscharfen Zacken ausliefen. Nun aber gelangten sie auf eine Freifläche, bedeckt mit Kopfsteinen von der Größe eines Kiesels bis hin zu gewaltigen Felsbrocken.

Die Landschaft wirkte wie ein uralter Wasserlauf, und tatsächlich zog sich auch ein Bach hindurch. Der Bach wurde von einer Quelle gespeist, die aus einer nahezu senkrechten Felswand entsprang. Jim vernahm die Rufe der vor ihm befindlichen Reiter, welche die Kamele zügelten und sie niederknien ließen. Sie hatten den Ort erreicht, an dem sie das Nachtlager aufschlagen würden.

Während die Sonne hinter den Bergen unterging und es allmählich dunkel wurde, befreite man die meisten Kamele von ihrer Last und schlug die Zelte auf. Dank Abu al-Qusayr verfügten Jim und Brian außer ihren Reittieren auch noch über zwei Lastkamele, und eines davon schleppte ein Zelt, das eigenhändig aufzuschlagen sie mittlerweile gelernt hatten.

Als das Zelt stand, entfachten sie vor der Eingangsklappe ein Feuer – als Brennstoff benutzten sie getrockneten Kameldung, der Teil ihres Reisegepäcks war. Baiju hatte sich abgesondert. Der kleine Mann hatte anscheinend kein Zelt dabei, sondern rollte sich einfach neben seinem Kamel in eine Decke.

Ibn-Tariq hatte sich einer anderen Gruppe angeschlossen, die in einiger Entfernung lagerte; anscheinend handelte es sich um ein halbes Dutzend Kaufleute, die das Abendessen gemeinsam einnahmen.

»Dieser Einheimischenfraß macht einen nicht richtig satt«, brummte Brian, als sie sich niederließen, um den Eintopf zu verzehren, dessen Zutaten sie ebenfalls Abu al-Qusayr zu verdanken hatten.

»Fleisch ist hier anscheinend knapp«, meinte Jim, »was unter anderem daran liegen mag, daß es hier nur Ziegen oder Schafe gibt; wenngleich wir bislang noch nicht viele Schafe gesehen haben.«

»In Zypern gab es Schafe genug«, sagte Brian. »Mit einem gegrillten Hammel kann man sich schon den Bauch vollschlagen. Aber ein paar Fasern Ziegenfleisch machen aus einer Handvoll Gemüse noch längst kein ordentliches Gericht.«

Nichtsdestotrotz langte Brian herzhafter zu als Jim. Sie aßen nur zweimal am Tag, und zwar morgens und abends.

»Vielleicht stoßen wir auf wilde Ziegen oder irgendwelches Wild«, sagte Jim. Er schickte sich an, die dicken, knöchelhohen Stiefel auszuziehen, die er in Tripolis für die Gebirgsüberquerung erstanden hatte; doch dann überlegte er es sich anders. Wenn er sie anließ, hätten es seine Füße wärmer. »Dann könnten wir unsere Fleischvorräte auffüllen.«

»Vielleicht meint es der heilige Francis gut mit uns«, erwiderte Brian.

Kob war aus dem Rucksack hervorgekrochen und hockte nun auf Jims Schulter. Der Abstand zu den übrigen Reisenden war so groß, daß er im abendlichen Zwielicht bestimmt nicht zu sehen war. Und hätte ihn doch jemand bemerkt, würde er ihn wahrscheinlich für einen Affen gehalten haben – für einen haarlosen, ziemlich merkwürdig aussehenden Affen zwar, aber doch für einen Affen. Aussehen und Größe paßten immerhin.

In jedem Fall aber tat Kob gut daran, nach Möglichkeit unsichtbar zu bleiben. Die Zwischenstopps genoß er und glitt von einem Rauchschwaden zum nächsten, über sämtliche Lagerfeuer der Karawane hinweg, bis er schließlich mit einem Haufen nutzloser Neuigkeiten sowie allerlei Geschichten von Dämonen und Ungeheuern zurückkehrte, die er unterwegs aufgeschnappt hatte – bei Männern, die es versäumt hatten, in den aufsteigenden Rauch hochzublicken, der sich vor dem Hintergrund des eindunkelnden Himmels allmählich verflüchtigte. Er konnte es jedesmal kaum erwarten, Jim dies alles zu berichten.

Kob war ein rücksichtsvoller Kobold, und als er des Nachts zu ihrem Zelt zurückkehrte und Jim und Brian schlafend vorfand, störte er sie nicht in ihrem friedlichen Schlummer. Er legte sich unter einem Rauchschwaden nieder, der von den Resten des Feuers aufstieg, und bevor es ausging, nährte er es mit weiterem Kameldung, der eigentlich bis zum Ende ihrer Reise reichen sollte.

18

Jim erwachte von dem Gefühl, jemand wolle ihn erwürgen. Sein Verstand war wie gelähmt, seine Überlebensinstinkte aber waren hellwach. Er wälzte sich durch die Zeltklappe und rollte den unmittelbar davor befindlichen steinigen Hang hinunter, fest verklammert mit einer leichteren, kapuzenverhüllten Gestalt, die versucht hatte, ihm ein Stück Stoff um den Kopf zu wickeln.

Jetzt, da sein Verstand wieder arbeitete, packte er den Angreifer bei den Schultern, drückte ihn in dem Moment, als er sich gerade oben befand, mit dem Knie auf den Boden und schlug seinen Kopf gegen den steinigen Boden. Die Gestalt wurde schlaff, und Jim richtete sich auf, bloß um gleich wieder von drei weiteren kapuzenverhüllten Gestalten niedergeschlagen zu werden, die ihn auf den Boden niederdrückten und ihm abermals ein Tuch um den Kopf wickelten. Er wehrte sich heftig, und irgend etwas traf ihn so leicht am Kopf, daß er es kaum spürte.

Seltsamerweise aber war dies für eine ganze Weile seine letzte Wahrnehmung.

Als er schließlich wieder zu sich kam, hatte er das Gefühl, eine Menge Zeit sei verstrichen. Er bewegte sich über einen schmalen Felsgrat irgendwo in den Bergen, und vor ihm ging Brian, dem man die Hände auf den Rücken gefesselt hatte. Bei ihnen waren mehrere mit Gewändern bekleidete, braunhäutige Männer, von denen er keinen einzigen kannte. Allerdings hatte er nur mit zwei oder drei Mitreisenden nähere Bekanntschaft gemacht. Wer immer die Männer waren, jedenfalls trugen sie Kapuzen; doch damit war ihm auch nicht geholfen. Sie hätten ebensogut mitreisende Händler aus der Karawane sein können.

Jim spürte, daß hinter ihm ebenfalls Männer waren; er erinnerte sich verschwommen daran, schon seit einer ganzen Weile halb bei Bewußtsein zu sein. Außerdem hatte er das Gefühl, schon ein oder zwei Tage lang marschiert zu sein. Die linke Kopfseite tat ihm weh. Instinktiv wollte er die Hände heben und fühlen, ob er dort eine Verletzung habe, doch dann merkte er, daß seine Handgelenke gefesselt waren – und zwar schmerzhaft fest.

Er erinnerte sich, vor einer Weile angehalten zu haben, weil ihm todübel gewesen war. Seine Begleiter waren darüber sehr erzürnt gewesen, doch dann war ihr Anführer auf einem Pferd zurückgeritten und hatte ihnen in scharfem Ton befohlen, ihn solange in Ruhe zu lassen, bis er wieder laufen konnte.

Dann auf einmal erinnerte er sich auch an den Schlag gegen den Kopf, den er abbekommen hatte, und das Wort ›Gehirnerschütterung‹ kam ihm in den Sinn. Die Symptome stimmten – die anfängliche Bewußtlosigkeit, die Kopfschmerzen und die schmerzende Wunde, die er nun an der rechten Kopfseite spürte, während der Kopfschmerz eher links angesiedelt war. Es gab einen medizinischen Fachausdruck für diese Symptome, doch darauf kam er im Moment nicht. Alles deutete darauf hin, daß er eine Gehirnerschütterung hatte. Eigentlich hätte er gar nicht laufen dürfen. Statt dessen hätte er soviel wie möglich ruhen sollen.

Jetzt, da er sich auf sein Befinden konzentrierte, bemerkte er auch die Erschöpfung, die Gleichgewichtsstörungen und die Schwere in seinem Körper, so als sei er erschöpft davon, mit auf den Rücken gefesselten Händen durchs Gebirge zu marschieren.

Auf all das vermochte er sich keinen Reim zu machen. Die Männer hatten sich offenbar ins Lager geschlichen, als jedermann geschlafen hatte; doch anscheinend hatten sie nur Brian und ihn als Gefangene genommen. Er hätte sich und Brian mittels Magie befreien können. Wahrscheinlich hätte er sie beide auch auf magische Weise irgendwohin befördern können. Das aber hatte noch Zeit. Zunächst einmal wollte er wissen, was geschehen war. Wenn sie lange genug durchhielten, würde man sie vielleicht näher zu Gerondes Vater bringen.

Die Kopfschmerzen wäre er allerdings lieber losgeworden. Außerdem hätte er sich gern den Kopf befühlt und festgestellt, ob er eine Platzwunde hatte.

Nun, das ließ sich machen; und wenn es überhaupt einen gerechtfertigten Grund gab, Magie einzusetzen, dann jetzt. Mit Magie konnte man keine Krankheiten heilen, Verletzungen allerdings schon. Der Schlag gegen seinen Kopf hatte eindeutig eine Verletzung hervorgerufen; sein Gehirn war verwundet worden. Er mußte gegen den Kopfschmerz ankämpfen, doch mit ein wenig Anstrengung gelang es ihm, sich sein Gehirn mit einer geröteten Schwellung vorzustellen, und dann stellte er sich vor, daß die Rötung und die Schwellung verschwanden.

Es dauerte eine Weile, bis er feststellte, daß es geklappt hatte. Am auffälligsten war das Verschwinden des Kopfschmerzes. Ihm wurde klar, daß er sich an die Kopfschmerzen beinahe schon gewöhnt hatte – und jetzt hatten sie aufgehört.

Doch das war nebensächlich. Hauptsache war, daß ihm keine Spätfolgen der Gehirnerschütterung mehr drohten. Tatsächlich fühlte er sich jetzt ganz klar im Kopf, was die unangenehme Folge hatte, daß er viel deutlicher spürte als eben noch, wie fest die Fesseln angezogen waren; seine Hände waren bereits eingeschlafen.

Unbewußt schickte er sich an, die Fesseln magisch zu lockern, damit das Blut wieder zirkulieren konnte. Doch dann fiel ihm etwas ein, was er schon früher hätte bedenken sollen. In dieser Gegend gab es alle möglichen Arten von Magie, die im Falle der Elementargeister unbewußt ausgeübt wurde; allerdings war es gut möglich, daß andere Wesen eine bewußte Kontrolle über ihre Magie ausübten. Es war nicht auszuschließen, daß er dadurch, daß er Magie einsetzte, die Aufmerksamkeit von jemandem erregte, der nur darauf wartete, ihn dabei zu ertappen, daß er seine Fähigkeiten zeigte.

Vielleicht tat er besser daran, die Fesseln auf andere Weise zu lockern.

Während ihm all dies durch den Kopf ging, hatte sich der Pfad, der bislang dem Grat eines Berghangs gefolgt war, geweitet. Nun gelangten sie in ein kleines Tal, in dem eine Quelle aus dem Fels entsprang, unter dem sich das Wasser in einem kleinen Tümpel sammelte, ehe es sich über den Hang ergoß.

Die vorausgehenden Männer hatten sich bereits um den Tümpel versammelt und tranken. Beim Anblick des Wassers merkte auch Jim auf einmal, wie durstig er war. Er schritt schneller aus, mußte jedoch hinter den Fremden anhalten, die vor ihm warteten.

»Tritt zurück, Nasraney!« blaffte ihn einer seiner Bewacher an. Seine Stimme war ohne jedes Mitgefühl, dennoch nutzte Jim die Gelegenheit und sprach ihn an.

»Ich weiß nicht, wo ich bin, und ich kann Euch nicht weglaufen«, sagte er. »Könnt Ihr mir nicht die Fesseln abnehmen oder sie zumindest ein wenig lockern? Sie sind so fest angezogen, daß mir schon die Hände eingeschlafen sind, und wenn ich kein Wasser schöpfen kann, dann kann ich auch nicht trinken.«

Statt zu antworten, schlug ihm der Mann mit dem Handrücken so fest ins Gesicht, daß Jim beinahe das Gleichgewicht verloren hätte.

Sogleich brach Unruhe aus, und ein anderer Mann drängte sich vor – oder vielmehr machte man ihm Platz. Er näherte sich Jim und dem Mann, der ihn geschlagen hatte.

»Was gibt es?« fragte er.

»Er wollte weglaufen«, antwortete Jims Bewacher.

»Er lügt!« krächzte jemand.

Brian drängte sich durch die Menge, die sich dicht um Jim und den Anführer geschlossen hatte. »Er hat lediglich gebeten, man möge ihm die Fesseln lockern. Das ist nur recht und billig, und bei mir solltet Ihr das ebenfalls tun. Wir sind unbewaffnet und können nirgends hin.«

»Er hat nicht versucht wegzulaufen?« fragte der Anführer.

»Nein, hat er nicht, und mögen Eure schwarzen Seelen in der Hölle schmoren!« erwiderte Brian. »Ich bin ein englischer Ritter, und auf mein Wort ist Verlaß.«

Brian wirkte arg mitgenommen. Er hatte zwei blaue Augen, seine Nase war ein wenig schief, und im Gesicht hatte er ein paar Schrammen abbekommen. Außerdem humpelte er.

»Er ist es, der lügt …«, setzte der Mann an, der Jim geschlagen hatte, als der Anführer ihm auf die gleiche

Weise ins Gesicht schlug, woraufhin der Mann zu Boden ging.

»Wer hier lügt, entscheide ich!« sagte der Anführer. »Du lügst, nicht die Ungläubigen.«

Jim war sich da gar nicht so sicher. Hätte er nicht zur Magie Zuflucht nehmen können, wäre ihm das Lügen nicht schwerer gefallen als dem Mann, der jetzt auf dem Boden lag.

»Nehmt ihnen die Handfesseln ab!« befahl der Anführer, wandte sich ab und ging zur Quelle zurück. »Und laßt sie trinken!« setzte er über die Schulter hinweg hinzu.

Jemand machte sich an Jims Handgelenken zu schaffen. Die Fesseln fielen ab, und im nächsten Moment hatte Jim den Eindruck, seine Hände seien in das raffinierteste Foltergerät eingespannt, das mittelalterlichem Erfindungsgeist je entsprungen war. Dabei kehrte lediglich das Blut in die Finger zurück; dennoch hätte er es beinahe bedauert, daß man ihm die Fesseln abgenommen hatte.

Brian ließ sich seine Qualen jedoch nicht anmerken – dabei verspürte er gewiß ebenso große Schmerzen wie Jim. Außerdem hielten die Fremden in ihrer Nähe begierig Ausschau nach irgendwelchen Anzeichen von Schwäche. Jim schaffte es, keine Regung zu zeigen, und der Schmerz verebbte ganz allmählich. Eine Zeitlang spürte er sogar, wie das Blut in seinen Händen pulsierte. Dann schwand auch dieses Gefühl, und es blieb nur noch der Schmerz der wundgeriebenen Handgelenke übrig.

Er hob die Arme und besah sich die Handgelenke. Es war kein schöner Anblick. Die Fesseln hatten tief in die Haut geschnitten, und das wunde Fleisch war blutverkrustet. Nachdem er getrunken hatte, wusch er sich im Tümpel die Hände – ihn und Brian hatte man zuletzt trinken lassen. Anschließend stellte er fest, daß die Handgelenke eher gequetscht als wund waren.

Mittels Magie hätte er sie ebenfalls heilen können, allerdings hätte dann Gefahr bestanden, daß ihn irgend jemand dabei beobachtete. Je weniger man über seine Fähigkeiten wußte, desto besser.

Brian wusch sich außerdem das Gesicht; als die Blutspuren entfernt waren, sah er schon wieder erheblich besser aus. Anschließend gestattete man ihnen, ohne Fesseln weiterzumarschieren. Jim hatte unterdessen die Beule an der rechten Schädelseite untersucht – oder vielmehr die Stelle, wo die Beule einmal gesessen hatte, denn offenbar hatte er nicht nur die Gehirnerschütterung, sondern auch die übrigen Folgen des Schlages behoben.

Wenn der Weg breit genug war, durften sie sogar nebeneinander gehen. Auch die meisten der Fremden taten dies. Lediglich der Mann, der befohlen hatte, ihnen die Fesseln abzunehmen, ritt einsam an der Spitze.

Jim schwieg, und Brian schwieg ebenfalls. Mit einem kurzen Blick hatten sie ihr Einvernehmen über die Situation bekundet. Ihre Aufpasser hielten sich so dicht bei ihnen, daß sie jedes Wort hätten mithören können; das war zweifellos auch ihre Absicht. Vielleicht würden sie im Lauf des Tages noch Gelegenheit bekommen, ihre Eindrücke zu vergleichen und die Lage zu besprechen.

Zwei Stunden später hatten sie ihr Ziel erreicht: eine Burg oder vielmehr eine aus Stein erbaute Festung. Sie war erheblich größer als Sir Mortimors Burg auf Zypern und aufgrund ihrer Lage an einem steilen Berghang so gut wie uneinnehmbar.

Einen Wassergraben gab es nicht, dafür aber eine tiefe Rinne vor dem großen Eingang, die anscheinend nicht natürlichen Ursprungs, sondern von Menschenhand angelegt worden war. Eine hölzerne Zugbrücke führte hinüber; als sie die Brücke überquerten, blickte Jim in die Tiefe.

Im nächsten Moment bedauerte er es auch schon. Die Rinne war mehr als mannstief, und im Boden steckten scharfe Dornen und Speere, so daß jeder, der zufällig hineinfiel oder hineingeworfen wurde, von mindestens einem halben Dutzend Metallspitzen durchbohrt wurde. Das war auch schon vorgekommen, denn es waren Skelette und auch halbverweste Leichen darin zu erkennen; der Gestank verschlug einem den Atem.

Sie gingen weiter, traten durch das Tor, das sich vor ihnen öffnete, und gelangten auf einen Platz, der ein Zwischending aus einem überdachten, allerdings sehr kleinen Burghof und einem offenen Stall war. Hier saß der Anführer ab und übergab sein Pferd einem Bediensteten.

Er erteilte einen Befehl, worauf zwei der Bewacher Jim und Brian ihr Messer in den Rücken drückten und sie zu fünft weitergingen.

Sie traten durch ein weiteres Tor, durchquerten einen Gang, stiegen eine Treppe hinunter und gelangten auf einen weiteren, kürzeren und schmaleren Gang, von dem rechts und links Zellen abgingen. Die Zellen waren durch Eisenstäbe abgetrennt, die an Decke und Boden im Stein verankert waren; die einzelnen Zellen durchmaßen etwa dreieinhalb Meter.

Die Zellen wirkten nahezu modern und ungewöhnlich sauber nach den Maßstäben des Mittelalters. Jim hatte keine Ahnung, was das zu bedeuten hatte, doch verursachte ihm die erstaunliche Sauberkeit ein unangenehmes Gefühl. Man führte ihn und Brian in eine der Zellen und verschloß diese anschließend außen mit einem Riegel, der von unten durch eine Kette mit einem Haken am Ende gesichert wurde, so daß sich der Riegel erst dann wieder anheben ließ, wenn die Kette zuvor entfernt wurde; das andere Ende der Kette wurde außer Reichweite der Gefangenen am Steinboden befestigt.

Die ganze Zeit über hatte der Anführer der Gruppe geschwiegen. Jetzt endlich redete er.

»Ihr wartet hier«, sagte er. »Wenn es soweit ist, wird man euch zu unserem Heiligen Großmeister bringen. Glaubt ja nicht, ihr könntet fliehen. Hier kommt ihr nicht raus.«

Er und die beiden anderen Männer wandten sich um und gingen hinaus. Jim und Brian blieben allein zurück. Die Stille dröhnte Jim beinahe in den Ohren. Sie blickten einander an im flackernden Schein der Fackel, die am Fuß der Treppe in einer Wandhalterung steckte.

Brian wirkte noch immer arg mitgenommen. Doch das scherte ihn nicht, und seine blauen Augen funkelten. Er untersuchte bereits die Eisenstäbe und die Zelle samt Decke und Boden. Nach einer Weile wandte er sich wieder Jim zu und flüsterte ihm leise ins Ohr.

»Ich kann mir nicht vorstellen, wie sie uns hier belauschen sollten«, sagte er. »Ausschließen möchte ich es allerdings nicht. Wenn wir jedoch leise sprechen, werden sie vielleicht nicht verstehen, was wir sagen.«

Jim nickte.

»Habt Ihr eine Ahnung, weshalb man uns hierhergebracht hat, James?« fragte Brian. »Oder habt Ihr schon eine Vorstellung, wie wir hier wieder herauskommen könnten?«

Jim neigte den Kopf und flüsterte Brian ins Ohr.

»Ich habe keine Ahnung, weshalb man ausgerechnet uns verschleppt hat«, sagte er. »Das Verrückte dabei ist, daß es fast so aussieht, als habe man es einzig und allein auf uns abgesehen. Allerdings wissen wir nicht, ob sie nicht noch jemand anders verschleppt haben.«

»Da habt Ihr wohl recht«, erwiderte Brian. »Das alles kommt mir seltsam vor. Was meint Ihr, wo wir hier sind?«

»Da sie einen Großmeister erwähnt haben«, antwortete Jim, »vermutlich im Hauptsitz der Assassinen.

Den Grund dafür kenne ich nicht. Könnt Ihr Euch vorstellen, weshalb die Assassinen etwas dagegen haben sollten, daß wir Gerondes Vater finden?«

Brian schüttelte den Kopf.

»Also, ich werde Euch etwas sagen, Brian«, meinte Jim. »Im Notfall kann ich uns mittels Magie befreien – das heißt, falls mich nicht irgend etwas in der Burg oder in diesem Land daran hindert. Ich glaube jedoch nicht, daß dies der Fall ist. Daher kann ich Euch versprechen, daß ich uns hier herausholen kann, ganz gleich, was geschieht. Der Grund, weshalb ich bis jetzt noch keine Magie verwendet habe, ist der, daß es vielleicht jemanden gibt, der herausbekommen möchte, was ich mit Magie alles anfangen kann. Deshalb habe ich auch nicht unsere wunden Handgelenke geheilt. Außerdem hätte man das bemerkt.«

»Ach, Ihr meint die paar kleinen Quetschungen?« erwiderte Brian. »Das ist nichts, James. Gar nichts – das heißt, es sei denn, sie hinderten Euch, Eure Pläne auszuführen – was immer Ihr im Sinn haben mögt.«

»Das tun sie nicht«, entgegnete Jim. »Am besten verhalten wir uns wie ganz gewöhnliche Gefangene; somit bleibt uns nichts anderes übrig, als auf eine Erklärung zu warten. Eigentlich glaube ich nicht, daß sie lange auf sich wird warten lassen ...«

Auf einmal unterbrach ihn eine unerwartete, wenn auch wohlbekannte Stimme.

»Mylord!« rief Kob; als sie den Kopf wandten, zwängte sich der kleine Kobold gerade zwischen zwei Gitterstäben hindurch. Vor dem Gitter wedelte ein brauner Hund schmeichlerisch mit dem Schwanz. »Seht mal, wen ich mitgebracht habe, Mylord!«

»Ich habe versucht, Eure Mitreisenden zu warnen«, sagte der Dschinn-Hund. »Aber entweder ist niemand aufgewacht, oder alle hatten Angst, nachzusehen, weshalb da jemand bellt, obwohl eigentlich kein Hund in der Nähe sein sollte. Statt dessen habe ich Euren Kobold aufgeweckt. Ich habe mich nach Kräften bemüht, Euch zu retten, Herr!«

»Tatsächlich?« meinte Jim mißtrauisch, denn Kelb bemühte sich offenbar, die unschuldige und beinahe kindliche Ausdrucksweise nachzuahmen, derer sich Kob bediente.

»Ach, das wollte ich Euch an dem Abend eigentlich noch sagen, Mylord«, meinte Kob hastig. »An jedem Lagerfeuer, das ich besuchte, versicherten sich die Leute gegenseitig, sie würden in dieser Nacht bestimmt besonders gut schlafen. Und wenn einer das gesagt hatte, sahen sich die anderen alle merkwürdig an und schwiegen eine Weile. Als ich zu Euch zurückkam, wart Ihr und Mylord Brian bereits eingeschlafen ...«

»Was ist denn das?« fragte Brian fassungslos. »Ein sprechender Hund?«

»Das ist ein Dschinn, der mich um Hilfe gebeten hat«, antwortete Jim. »Ich habe mich allerdings noch nicht entschieden ...«, setzte er deutlich vernehmbar hinzu, wobei er Kelb durchdringend musterte. »Kob, das solltest du dir merken. Alles, was du laut sagst, wird möglicherweise mitgehört. Wir vermuten, daß man uns hier belauschen kann.«

»Im Moment belauscht uns bestimmt niemand«, entgegnete Kob. »Alle nehmen an irgendeiner Versammlung teil.«

»An einer Versammlung?«

»Ja, Herr«, warf Kelb rasch ein. »Sie bekommen Anweisungen für einen weiteren Überfall. Der Großmeister spricht zu ihnen.«

»Hm ...« Jim wandte sich an Kob.

»Wie seid ihr beide hergekommen, Kob?«

»Ach, ich habe ihn auf dem Rauch hierherbefördert«, antwortete Kob besorgt. »War das falsch, Mylord? Ich wußte nicht, wie ich Euch helfen sollte, aber ich dachte mir, wenn ich hierherkomme, würde Euch etwas einfallen. Ich würde Euch wirklich gern helfen.«

»Das wird nicht nötig sein«, meinte Kelb zu ihm, dann wandte er sich wieder an Jim und Brian. »O Ihr Herren, fürchtet Euch nicht. Solltet Ihr Euch aus irgendeinem Grund nicht aus eigener Kraft befreien können, werde ich Euch befreien, damit Ihr Eure Suche fortsetzen könnt.«

»Was weißt du über unsere Suche?« fragte Jim scharf.

In diesem Moment vernahm man Stimmen am Kopf der Treppe, die zu dem Zellentrakt hinunterführte. Kob verdrückte sich in einen finsteren Winkel, wo sich sein grauer Körper im Schatten verlor. Kelb wurde einfach unsichtbar.

19

Die Stimmen kamen näher. Dann betraten vier Männer den Gang, darunter auch der Anführer der Gruppe, die Jim und Brian gefangengenommen hatte.

Wortlos entriegelte er die Zellentür, bedeutete Jim und Brian herauszukommen und stieß sie vor sich her die Treppe hoch. Durch mehrere lange Gänge gelangten sie in einen großen, quadratischen Raum mit einer Kuppeldecke, in die mehrere Glasfenster eingelassen waren, durch die das Nachmittagslicht fiel. Am anderen Ende des Raums saß auf mehreren Kissen ein Mann, der Jim und Brian reglos entgegensah. Als er die Hand hob, entfernten sich die fünf Bewacher.

Brian und Jim blieben vor dem Unbekannten stehen.

Jim schätzte sein Alter auf Ende Vierzig oder Anfang Fünfzig. Er wirkte ein wenig übergewichtig, doch das mochte daran liegen, daß er mit untergeschlagenen Beinen auf den grünen Kissen saß. Er trug ein dunkelgrünes Gewand, das in etwa die Farbe der Kissen hatte. Auf seinem Kopf saß ein weißer Hut, der eher einer aufgeblähten Baskenmütze glich. Er hatte schwarze Augen und angegraute Brauen, und sein Gesicht war glattrasiert. Es war ein würdevolles, gelassenes, geradezu sanftes, väterliches Gesicht, wenn man von dem runden, vorgereckten Kinn absah und dem geschlossenen, geraden Mund, der ihm etwas Ernstes verlieh, das im Gegensatz stand zu seinen ruhigen, faltenlosen Zügen.

»Nun«, sagte er, »da wärt Ihr also.«

»Wer, zum Teufel, seid Ihr?« fuhr Brian ihn an.

Der Mann richtete seinen Blick langsam auf Brian.

In unverändert sanftem Ton sagte er: »Ich bin Hassan ad-Dimri, der früh seines Vaters Haus verließ, um mit Gleichgesinnten von Stadt zu Stadt zu reisen. Nach einigen Jahren begannen die Menschen, mir Geschenke zu machen und mit geneigtem Kopf meinen weisen Worten zu lauschen. Eines Nachts aber kam ein heiliger Engel herab und sprach mir folgende Worte ins Ohr: ›*O du, der du von Rechts wegen der Herrscher der Welt bist, die Zeit von Isma'ils Rückkehr ist nahe. Doch der Weg muß ihm bereitet werden. Daher sollst du ins Gebirge ziehen und die Herrschaft über den Weißen Palast der Haschaschinen übernehmen, ihren Ruhm wieder erstrahlen lassen und sie veranlassen, das Unkraut unter Gläubigen wie Ungläubigen gleichermaßen auszurotten, auf daß die Erde bei Isma'ils Rückkehr so geordnet wie ein wohlgepflegter Garten sei …*‹«

Er richtete seinen Blick wieder auf Jim.

»Ihr beide seid Ungläubige«, sagte er, »und behauptet, nach einem anderen Ungläubigen zu suchen. Als solche seid Ihr ein übler Gestank in der Nase eines jeden wahren Gläubigen. Ihr aber, der Ihr Euch James nennt, seid schlimmer als Euer Begleiter oder als der, den Ihr sucht, denn Ihr seid ein ungläubiger Magier. Mich beschirmt Allahs Hand, und mit Eurer Magie vermögt Ihr hier nichts auszurichten. Ich fürchte Euch nicht. Doch selbst unter den Gläubigen gibt es solche, die schwach sind oder sich vom rechten Weg abbringen lassen; und auf jene mag Euer übler Zauber eine gewisse Wirkung haben, sie vom wahren Glauben abbringen und zu ewigem Tod verdammen. Daher ist es meine Pflicht, Euch daran zu hindern. Meine Kinder, die Haschaschinen, welche Ihr als ›Assassinen‹ bezeichnet, werden Euren Freund ans Ziel seiner Reise geleiten. Ihr müßt hier sterben, durch die Hand wahrer Gläubiger, gegen die Ihr mit Eurer Ungläubigenmagie nichts ausrichten könnt ...«

Er verstummte abrupt, wobei er den Eindruck vermittelte, er habe eigentlich noch mehr sagen wollen. Sein Blick wanderte zwischen Jim und Brian hin und her.

Als sie sich umdrehten, erblickten sie unmittelbar hinter sich den rotgewandeten Abu al-Qusayr.

»*Salaam*«, wandte sich Abu al-Qusayr an Hassan ad-Dimri.

»*Salaam aleikum.*«

Jim, dem noch der Kopf schwirrte von der Erkenntnis, daß er in Kürze sterben sollte, bemerkte gleichwohl, daß sein Dolmetscher dieses eine Mal gestreikt hatte; dieser Gedanke machte jedoch sogleich einem überwältigenden Gefühl von Erleichterung Platz. Ihm wurde geholfen, auch ohne daß er Magie einzusetzen gezwungen war.

Außerdem gehörten die zwei Worte, die er soeben vernommen hatte, zu den wenigen Brocken Arabisch, die er verstand – es handelte sich um eine Begrüßungsformel. Nun aber fuhr Abu al-Qusayr in der allgemein gebräuchlichen Sprache fort, die für jedermann verständlich war.

»Allah hat es so eingerichtet«, sagte er, »daß wahre Gläubige nur wahren Gläubigen gegenüber verwundbar sind – welchem Glauben sie auch angehören mögen. Daher hat man mich, der ich ein Muslim bin, als Abgesandten des Reichs der Magier beauftragt, mich für diesen Ungläubigen einzusetzen, dessen Leben sonst enden würde.«

»Ich habe keine Angst vor Magiern...«, setzte Hassan ad-Dimri an; dann auf einmal sprach er wieder Arabisch, und Abu al-Qusayr antwortete ihm in derselben Sprache. Jim, dessen Verstand angesichts der Gefahr, in der er sich befand, auf Hochtouren arbeitete, zerbrach sich den Kopf darüber, weshalb sein Dolmetscher wohl abermals aussetzte. Die Unterhaltung betraf ihn und Brian, denn er hörte ihrer beider Namen aus dem arabischen Wortschwall heraus. Aus irgendeinem Grund vermochte er jedoch nicht zu verstehen, was die beiden Männer miteinander redeten. Weshalb hatte sich sein unbekannter Dolmetscher auf einmal in einen Zensor verwandelt? Das war bis jetzt noch nicht vorgekommen.

Dann fiel ihm die Antwort auf einmal ein – er hätte zehn zu eins darauf gewettet, daß Abu al-Qusayr nicht wollte, daß er die Unterhaltung mithörte, und daher die Veränderung bewirkt hatte.

Plötzlich stieß ihm Brian den Ellbogen in die Seite.

»Worüber reden die?« flüsterte ihm Brian ins Ohr. »Ich verstehe kein Wort.«

»Ich auch nicht«, entgegnete Jim.

Von Hassans Todesdrohung schwirrte ihm immer noch der Kopf. Bevor er sich umbringen ließ, würde er sich und Brian auf magischem Wege nach England zurückbringen.

»... Damit wäre also alles gesagt«, meinte Abu al-Qusayr, der plötzlich wieder zu verstehen war. Er wandte sich an Jim und Brian. »Ich bedaure, daß ich Euch nicht helfen konnte.«

Jim bemerkte einen Schimmer, der sie alle einschloß; hinter der zitternden Luft sah er Hassan dasitzen, der keine Miene verzog und den Anschein erweckte, als blicke er durch sie hindurch. Offenbar hatte Abu al-Qusayr wiederum Magie eingesetzt, da ihre derzeitige Unterhaltung nicht für die Ohren des Großmeisters der Assassinen bestimmt war.

»Ihr konntet uns nicht helfen?« fragte Jim fassungslos.

»Leider nein«, erwiderte Abu al-Qusayr. »Es bleibt mir nur noch, Euch Lebewohl zu sagen. Natürlich werde ich Carolinus erklären, weshalb ich machtlos war.«

»Wartet einen Moment«, sagte Jim. »Was wird aus uns?«

»Allahs Wille geschehe«, entgegnete Abu al-Qusayr.

»Und was ist Allahs Wille?« wollte Jim wissen.

»Daß geschehe, was zwischen Euch und Hassan geschehen muß«, antwortete Abu al-Qusayr.

»Wollt Ihr damit sagen, er kann sein Vorhaben, mich umzubringen, jetzt ungehindert in die Tat umsetzen und Brian unter dem Vorwand, ihn mit einer Eskorte nach Palmyra zu geleiten, alles mögliche antun?«

»Ich fürchte, ja«, meinte Abu al-Qusayr. »Er hält sich für unbesiegbar. Wie ich Euch bereits erklärt habe, war er ein Sufi, und Allah benutzt ihn auf seltsame Weise. Vielleicht hat Allah ihn aber auch der Fähigkeit beraubt, Euch zu verstehen. Sicher ist, daß seine Festung von einer Aura der Macht umgeben ist. Ein Magier niederen Ranges wie Ihr, James, spürt das möglicherweise nicht – ich hingegen spüre es ganz deutlich. Es mag sogar sein, daß er sich mit einem Dschinn angefreundet oder ihn zu seinem Sklaven gemacht hat und nun glaubt – auch wenn er von wahrer Magie nur wenig versteht –, nichts könne ihm etwas anhaben.«

»Aber weshalb wart Ihr darauf angewiesen, ihn zu überzeugen?« fragte Jim. »Ihr verfügt doch über wahre Macht.«

»Ich verfüge allein über *defensive* Macht, Jim, und das gilt auch für Euch – erinnert Ihr Euch noch?« entgegnete Abu al-Qusayr.

Unvermittelt verdüsterte sich seine Stimmung.

»Es könnte auch sein«, sagte er, »daß er mit all seiner Hartnäckigkeit mittlerweile zuviel von einem Isma'il hat.«

Er räusperte sich und spuckte jenseits der zitternden Luft auf den Boden. Hassan blickte starr ins Leere, ohne es zu bemerken.

»Was ist ein Isma'il?« fragte Jim.

»Jemand, der wie der Siebte Imam Isma'il anstatt Musa folgt«, antwortete Abu al-Qusayr. »Jetzt aber muß ich aufbrechen. Die Schrift muß sich erfüllen. Lebt wohl.«

Er verschwand. Mit ihm verschwand auch das Zittern der Luft und auch der Fleck auf dem Boden.

»Es reicht!« sagte Hassan, als sei er soeben aus tiefem Schlaf erwacht. »Bringt sie fort!«

Im Nu waren die Männer wieder da. Sie brachten Jim und Brian zurück in die Zelle.

»James«, sagte Brian, als sie wieder allein waren. »Ihr müßt mir das alles erklären. Ich bin ein gewöhnlicher Ritter, der täglich sein Gebet spricht, ansonsten aber die Mysterien denen überläßt, die sie auch verstehen. Das Heilige Land ist ein Ort der seltsamen Namen und noch seltsameren Geschehnisse. Der Mann dort oben, der sich Haßmann nennt oder so ähnlich ...«

»Hassan«, verbesserte ihn Jim.

»Dann meinetwegen eben Hassan«, sagte Brian. »Glaubt er wirklich, ich würde wohlgemut mit einer Eskorte von dannen ziehen, während Ihr hier zu Tode kommt? Weiß er denn nicht, was es bedeutet, ein Ritter zu sein?«

»Wahrscheinlich weiß er es wirklich nicht«, erwiderte Jim. »Aber macht Euch keine Sorgen, Brian. Ich kann mich mühelos mittels Magie befreien und Euch mitnehmen. Wir könnten im Handumdrehen wieder in unserer Heimat sein.«

»Aber ich dachte, Ihr müßt mit magischer Energie sparsam umgehen.« Brian runzelte die Stirn.

»Nicht in einem solchen Notfall«, entgegnete Jim beherzt. »Ich war mir bloß nicht ganz sicher, ob Ihr nach England zurückwollt.«

»Also …« Brian schien sich unbehaglich zu fühlen. »Vielleicht … die Sache ist nämlich die, James … Ich habe einen Schwur geleistet.«

»Einen Schwur?« fragte Jim.

»Nachdem ich beschlossen hatte, die Gabe des Königs sinnvoll zu verwenden«, antwortete Brian, »habe ich in meinem Hochgefühl zusammen mit Geronde die kleine Kapelle der Malvernburg aufgesucht und dort vor dem Altar und dem Kreuz kniend geschworen, von der Suche nach ihrem Vater nicht eher abzulassen, bis ich ihn entweder gefunden habe oder mit Sicherheit weiß, daß er tot ist. Könntet Ihr uns jetzt, da Ihr nun schon einmal bereit seid, diesen Ort auf magische Weise zu verlassen, nicht einfach nach Palmyra bringen?«

»Leider nicht, Brian«, antwortete Jim. »Ich vermag uns nur zu einem Ort zu befördern, den ich mir vorstellen kann. Wir könnten zu Abu al-Qusayr oder Sir Mortimor zurückkehren; eine andere Route nach Palmyra als die, welche die Karawane genommen hat, kenne ich nicht. Wir müssen reisen und uns den Weg erfragen wie ganz gewöhnliche Leute.«

»Aber wir sind keine gewöhnlichen Leute«, wandte Brian ein. »Ich bin ein Ritter, und Ihr seid nicht nur ein Ritter, sondern auch ein Magier.«

»Das stimmt zwar«, sagte Jim, »aber das hilft uns im Moment auch nicht weiter.«

»Mylord …«, meldete sich der Kobold schüchtern zu Wort. Er klammerte sich über ihnen an einer Gitterstange fest und schaute auf sie herunter.

»Kob!« sagte Jim. »Einen Moment lang hatte ich ganz vergessen, daß du wieder da bist. Hast du vielleicht eine Ahnung, wie du uns auf einem Rauchschwaden von hier fortbringen könntest?«

»Da müßten wir erst einmal ein Feuer finden«, erwiderte Kob, »denn der Rauchschwaden, auf dem ich den Hund-Dschinn hierhergebracht habe, ist mir entwischt. Außerdem sind zwei Männer auf einmal zu schwer für mich. Einen könnte ich mitnehmen – aber dazu bräuchte es erst einmal ein Feuer. Irgendwo in dieser Burg muß es Feuer geben, aber ich weiß nicht wo. Glaubt Ihr, die Leute hier würden mich in Ruhe lassen, wenn ich mich einmal umschaue – oder würden sie mich jagen?«

»Ich glaube, sie würden dich jagen«, antwortete Jim. »Wahrscheinlich würden sie sogar alles daransetzen, dich zu töten. Du bleibst hier.«

»Aber ich muß Euch hier herausholen, Mylord«, sagte Kob. »Euch und Mylord Brian. Mylady würde es mir niemals verzeihen, wenn ich es nicht täte.«

»Das ist lieb von dir, Kob«, meinte Jim, »aber ich wüßte nicht, was du tun könntest.«

»Vielleicht sollten wir uns noch einmal mit dem Dschinn unterhalten«, schlug Kob vor.

»Dschinn?«

Ein Winseln lenkte seine Aufmerksamkeit auf den Gang zwischen den Zellen. Vor den Gitterstäben ihrer Zelle stand der braune Hund und wedelte mit dem Schwanz.

»Kelb!« sagte Jim. »Du bist mir ja ein schöner Freund! Wenn du uns helfen wolltest, weshalb hast du es dann nicht schon früher getan?«

»Ich habe mich nützlich gemacht, o mein Gebieter«, erwiderte Kelb. »So vernehmt, daß dieses Gebäude nicht von den Assassinen erbaut wurde, sondern von einem Raubritter, ein Ungläubiger wie Ihr, der hin und wieder die Karawanen überfiel. Vor etwa zweihundert Jahren kam er zusammen mit anderen Franken aus dem Norden hierher, um einen Heiligen Krieg gegen die Einheimischen zu führen. Dies hier ist nichts anderes als der Kasr al-Abiyadh, auch Weißer Palast genannt.«

»Weiß?« fragte Brian.

»Ich habe keine Ahnung, weshalb man ihn so genannt hat«, entgegnete Kelb. »Aber so war es; und so wird der Palast von den Haschaschinen genannt. Jedenfalls habe ich nach einem Geheimgang gesucht und auch einen gefunden. Da Ihr über so machtvolle Magie gebietet, o Herr, wird es Euch gewiß keine Mühe bereiten, Euch und Euren ungläubigen Gefährten aus dieser Zelle zu befreien und Euch anschließend mit mir durch den Geheimgang ins Freie zu begeben.«

Bei Jim schrillte eine Alarmglocke. Jede Burg, die er kannte, besaß einen Geheimgang, und das Wissen um seinen Zugang stellte stets ein wohlgehütetes Geheimnis des Burgherren dar. Bisweilen geriet das Geheimnis in Vergessenheit, wenn die Burg den Besitzer wechselte; häufig wurde der Ausgang aber auch wiederentdeckt, um vom Entdecker anschließend abermals geheimgehalten zu werden. Allerdings hatte Jim von Ibn-Tariqs höflichen Bemühungen, mehr über seine magischen Fähigkeiten in Erfahrung zu bringen, ein gewisses Mißtrauen zurückbehalten. Während er Ibn-Tariqs Fragen abgewehrt hatte, war ihm der Gedanke gekommen, dieser könnte versteckte Beweggründe für seine Wißbegier haben.

Allerdings hatte er sich deswegen keine allzu großen Sorgen gemacht; jetzt aber war er auf einmal auf der Hut. Seine Wachsamkeit nahm noch zu, als er Kob aus den Augenwinkeln beobachtete. Der Kobold hatte seinen Platz auf Jims Rücken verlassen, war flink wie ein Affe die Gitterstäbe hochgekletttert und unauffällig in die nächste Zelle hinübergewechselt, mit deren unverriegelter Tür er sich auf den Gang hatte schwenken lassen. Nun hockte er außerhalb von Kelbs Blickfeld auf der Tür, schüttelte heftig den Kopf und schnitt Jim Grimassen.

Die wortlose Botschaft des Kobolds verhärtete Jims Verdacht.

»Sehr gut, Kelb«, sagte er. »Das rechne ich dir hoch

an. Ich werde es mir durch den Kopf gehen lassen. Jetzt aber verschwinde. Ich möchte eine Weile ungestört nachdenken.«

»Jawohl, o mein Gebieter«, antwortete Kelb und verschwand.

Sogleich winkte Jim Kob zu sich, der daraufhin wieder auf Jims Schulter Platz nahm; dann rückte Jim dichter an Brian heran, der ihn verwundert musterte.

Zeit für ein bißchen Zauberei. Jim stellte sich vor, sie könnten gegenseitig ihre Gedanken hören.

Brian, Kob, hört mal her, dachte er. *Ich möchte mit Euch reden, ohne meine Stimme zu gebrauchen, und Ihr müßt das, was Ihr mir sagen wollt, denken, dann verstehe ich Euch.*

Als er Brian ansah, hatte er den Eindruck, dieser habe ihn verstanden. Brian lächelte verkniffen. *Ihr beide wißt, daß ich mich bemühe, mit meiner magischen Energie sparsam umzugehen; deshalb wollen wir den Aufwand so gering wie möglich halten. Kob, würdest du ein wenig Rauch von der Fackel in der Ecke holen? Vergiß nicht, denk die Antwort bloß, aber sag nichts.*

Ich weiß nicht, ob ich denken kann, ohne zu reden, entgegnete Kob – dann zeichnete sich in seinem Gesicht erst Verblüffung, dann tiefe Zufriedenheit ab. *Ich kann's! Ich kann's! Die Fackel gibt kaum einen guten Rauchschwaden ab, aber vielleicht schaffe ich es, genug Rauch zu sammeln – wie in der Burg, als ich Rauch für die Schiffe gesammelt habe. Ja, Mylord, ich kann zu der Fackel hochklettern. Die Gitterstäbe reichen dicht heran, und das letzte Stück springe ich einfach.*

Wirst du dich nicht verbrennen? fragte Jim.

Aber nein, erwiderte Kob. *Feuer und Rauch sind meine Freunde.*

Gut, dachte Jim. *Kob, ich möchte, daß du zur Fackel hochkletterst und dann unbemerkt auf einem Rauchschwaden durch den Palast reitest und den Geheimgang suchst, von dem Kelb gesprochen hat.*

Ha! meinte Kob stolz. *Mylord, ich weiß schon, wo er ist. Als mich der Dschinn hierhergebracht hat, habe ich mich bei der erstbesten Gelegenheit davongemacht und bin allein auf dem Rauch durch den Palast geritten und habe mich umgeschaut. Den unterirdischen Tunnel, der nach draußen führt, habe ich mir sogar besonders genau angesehen. Den hat er bestimmt gemeint – er ist genau wie der Tunnel von Malencontri.*

Danke, Kob, dachte Jim. *Allerdings solltest du den Tunnel von Malencontri mit Ausnahme von Sir Brian besser niemandem gegenüber erwähnen.*

Oh ... Ja, Mylord, meinte Kob. *Soll ich Euch auf dem Rauch mitnehmen und nach draußen bringen?*

Auf einmal stockte er.

Ich habe ganz vergessen, daß Ihr, Mylord, und Sir Brian zu groß für die Lüftungsschlitze seid, meinte er sehr betrübt.

Lüftungsschlitze? wiederholte Brian.

Die Lüftungsschlitze über der Fackel, durch die der Rauch entweicht.

Halten sich in den Teilen der Burg, durch die wir kommen würden, viele Assassinen auf? fragte Jim.

Ja, Mylord, erwiderte Kob. *Der Weg führt durch einen Gebäudetrakt, in den sie neue Mitglieder bringen und den sie als Paradies bezeichnen. Dort sind alle berauscht und sehr lustig.*

Ich verstehe, dachte Jim.

James? fragte Brian.

Jim sah ihn an.

Meint Ihr, es ginge auch ohne Magie? Ich jedenfalls fühle mich überfordert, bei Gott.

Ich werde mir etwas einfallen lassen müssen, erwiderte Jim. *Zumindest werde ich's versuchen.*

Er überlegte eine Weile und starrte unterdessen auf die Gitterstäbe und die Wände ihrer Zelle.

»Kelb!« sagte er laut.

Kelb erschien mit wedelndem Schwanz.

»Sag mal, Kelb«, meinte Jim, »du kannst dich doch jederzeit unsichtbar machen, nicht wahr?«

»Unsichtbar, o mein Gebieter?« echote Kelb. »Ich verstehe nicht.«

»Kannst du es so einrichten, daß dich niemand sieht, obwohl du immer noch da bist?«

»Aber ja«, antwortete Kelb. »Das tue ich sogar häufig, wenn ich gejagt werde. Ich verschwinde hinter einer Ecke, und wenn mir die Jäger nachkommen, erblicken sie lediglich einen Gang, aber keinen Hund. Erst wundern sie sich, und dann suchen sie woanders nach mir. Später lasse ich mich wieder blicken und streune weiter umher – es ist nämlich einfacher, wenn man gesehen wird, wißt Ihr. Wenn ich nicht gesehen werden will, muß ich mich ständig anstrengen.«

»Und wenn du dich unsichtbar machst, gilt das auch für alles, was du bei dir hast?«

»Gewiß, Meister«, sagte Kelb.

»Gut«, meinte Jim. »Dann habe ich eine Aufgabe für dich. Du wirst Brian und mich zu dem geheimen Fluchttunnel bringen, den du erwähnt hast. Und jetzt werde ich dir sagen, was du tun sollst, Kelb. Wende mir die Seite zu und lehne dich an die Gitterstäbe unserer Zelle.«

»Wenn ich das tue«, sagte Kelb mit einem neuen, verschlagenen Unterton, »werdet Ihr mich dann vor Sakhr al-Dschinni beschützen? Wenn ja, so will ich Euer treuester Diener sein.«

»Du kannst gar nicht treuer sein als ich«, warf Kob eilig ein. Er sprang auf Jims Schulter und klammerte sich an dessen Hals fest.

»Doch, das kann ich«, entgegnete Kelb.

»Nein, kannst du nicht!« widersprach Kob. »Auf gar keinen Fall!«

»Hört auf damit«, sagte Jim. »Darüber wollen wir nicht streiten. Kob, du bist mein alter, getreuer Kob von Malencontri. Was dich betrifft, Kelb, so mußt du dich erst einmal über ebenso viele Jahre hinweg als treu erweisen, wie Kob mir bereits dient...«

»... Und zwar seit Mylord und Mylady in Malencontri eingezogen sind«, warf Kob ein. »Ich weiß, zu Anfang habe ich nicht viel mit Euch geredet... und so weiter, Mylord. Aber ein Kobold ist den Bewohnern des Hauses, in dem er lebt, stets treu ergeben. Und Euch und Eure Dame habe ich von Anfang an gemocht. Ich bin der treueste ... der treueste ...«

»Ja, Kob«, sagte Jim. »Reg dich nicht auf. Du kannst ganz beruhigt sein, und ich bin froh, daß du dich wieder in Erinnerung gebracht hast. Einen Moment lang habe ich nur noch an Brian und mich gedacht. Lehn dich an die Gitterstäbe, Kelb; ja, ich verspreche dir, dich unter meinen Schutz zu nehmen – und zwar solange, bis du mir Anlaß gibst, dich fallenzulassen. Daher solltest du dich stets von deiner besten Seite zeigen.«

»Niemand soll mich an gutem Betragen übertreffen«, erwiderte Kelb.

»Es ist völlig ausgeschlossen, daß du ...«, setzte Kob energisch an, doch Jim fiel ihm ins Wort.

»Kob«, sagte er, »laß gut sein. Ich habe dir gesagt, du bist mein alter, vertrauenswürdiger Gefolgsmann, während Kelb sich erst noch bewähren muß. Und nun, Kelb, werden wir drei uns in kleine Insekten verwandeln, und du wirst uns zu dem Geheimgang bringen. Kennst du den Weg dorthin?«

»Ich kenne ihn«, winselte Kelb. »Er liegt gleich hinter dem Paradies ...«

»Das reicht«, sagte Jim. »Lehne dich gegen die Gitterstäbe.«

Kelb zögerte immer noch.

»Was hat mein Gebieter vor?« erkundigte er sich mißtrauisch.

»Nichts Besonderes«, antwortete Jim. »Ich werde

mich, Brian und Kob in Flöhe verwandeln, und dann verstecken wir uns in deinem Fell. Du schleichst dich zum Ausgang, und wenn du dich unsichtbar machst, verschwinden auch wir.«

»Herr, ich bin mir nicht sicher, ob Ihr tatsächlich unsichtbar werdet, wenn ich es werde«, sagte Kelb.

»Wenn der Hund sich unsichtbar machen kann, weshalb dann nicht auch uns?« fragte Brian. »Dann bräuchten wir uns nicht in Flöhe zu verwandeln.«

»Ich kann nicht, Herr«, sagte Kelb.

»Wieso nicht?«

»Er ist ein Elementargeist, kein Magier«, erklärte Jim. »Genug geredet. Kelb – an die Stäbe!«

»Ich sehe trotzdem nicht ein, weshalb es nicht möglich sein soll«, murmelte Brian.

»Als Flöhe sind wir sowieso zu klein, um bemerkt zu werden«, meinte Jim ungeduldig. »Los jetzt, Kelb!«

Kelb wandte sich zur Seite und preßte sich gegen die Gitterstäbe.

Jim hatte sich noch nie in ein Insekt verwandelt. Er hatte schon gehört, wie Carolinus Menschen, Tieren oder Elementargeistern damit gedroht hatte, sie in Insekten zu verwandeln, und er hatte mit angesehen, wie Carolinus einen zehn Meter langen Seeteufel in einen Riesenkäfer verwandelt hatte. Jim hingegen hatte sich noch nie in ein Tier verwandelt. Gleichwohl schien ihm aufgrund der Kraft der Vorstellung in letzter Zeit nichts unmöglich zu sein, und er vermochte keine Gründe zu entdecken, die gegen seinen Plan gesprochen hätten. Sie würden einfach auf Kelbs Rücken aus dem Kasr al-Abiyadh, dem Weißen Palast, hinausreiten. Er kniff die Augen zusammen, stellte sich Brian, sich selbst und Kob als Flöhe in Kelbs Fell vor und konzentrierte sich auf das Bild.

»Los geht's«, sagte er.

20

Wie sich herausstellte, war das Glück auf ihrer Seite. Nachdem Kelb den Zellentrakt hinter sich gelassen hatte, begegnete er erst einmal niemandem.

Eigentlich hatten sich die Dinge gar nicht schlecht entwickelt, dachte Jim später. Denn im Anschluß an die Verwandlung in einen Floh sah er sich zunächst einmal mit den unangenehmen Nebenwirkungen konfrontiert. Er hatte nämlich nicht bedacht, wie sich ihm die Welt aus der Perspektive eines Flohs darbieten würde, der im Fell eines Hundes versteckt war.

Im wesentlichen bestand sie aus Haaren. Haare wie Baumstämme, die ihn von allen Seiten umgaben. Unter sich hatte er Kelbs Haut. Plötzlich verspürte er den Drang, Blut zu saugen, doch diesen Wunsch verdrängte er. Das Haargewirr war ebenso undurchdringlich wie ein Bambusdickicht – es schloß ihn nicht nur ein, sondern versperrte ihm auch die Aussicht auf alles, was hinter den Haarspitzen lag.

So ging es nicht. Er mußte sehen, was um ihn herum vor sich ging, und deshalb stellte er sich vor, er blicke durch Kelbs Augen.

Was er auf diese Weise sah, war zwar erkennbar, jedoch schwarzweiß, so daß er eine Weile brauchte, bis er auch nur die Wände und die Decke ausmachte. So ging es ebenfalls nicht.

Er wollte eine menschliche Sicht auf die Umgebung haben; allerdings ohne den dazugehörigen Körper.

Nun, es gab keinen Grund, weshalb sich das nicht mit ein wenig Magie bewerkstelligen lassen sollte. Sogleich kam ihm ein unsichtbares menschliches Augenpaar in den Sinn, das über Kelbs Kopf schwebte. Ein Vorhaben, das sich leichter in Worte fassen als in die Tat umsetzen ließ. Denn wie sollte man sich unsichtbare Augen vorstellen?

Darüber zerbrach er sich eine Weile Kopf, dann fand er die naheliegende Lösung.

Unsichtbare Augen brauchten gar keine Ähnlichkeit mit menschlichen Augäpfeln zu haben. Wären seine Flohaugen magische Linsen und mit einer über Kelbs Kopf nach allen Seiten hin schwenkbaren unsichtbaren Kamera verbunden, ließe sich die gleiche Wirkung erzielen.

Er stellte sich eine solche Aufnahmevorrichtung samt Tonaufzeichnung vor, machte sie unsichtbar und schaltete sie ein. Auf einmal hatte er eine gute Sicht auf den Gang, den Kelb soeben entlangtrottete. Es war ein vollkommen schmuckloser Korridor mit einem kahlen Steinboden – daher rührte das klickende Geräusch, das Kelbs Pfoten beim Laufen erzeugten. Das einzige, was die Eintönigkeit des Ganges hin und wieder auflockerte, waren Türöffnungen zu beiden Seiten, die entweder in Räume oder andere Gänge führten; Kelb aber trottete unverwandt weiter und erweckte dabei den Anschein, genau zu wissen, wo es langging.

Wo sind wir? wollte Jim den Dschinn-Hund fragen. Dann aber wurde ihm klar, daß er über keine Stimme verfügte. Außerdem war er so winzig, daß Kelb ihn selbst dann nicht gehört hätte, wenn er als Floh Stimmbänder besessen hätte.

Er erinnerte sich daran, daß sich der Wachkäfer, den Carolinus bei ihrer ersten Begegnung herbeigezaubert hatte, mit dem Magier in einer hohen, blechernen Stimme unterhalten hatte, doch das mochte auch daran gelegen haben, daß Magie im Spiel gewesen war. Jim erinnerte sich ebenfalls, daß Rrrrnlf, der riesige Seeteufel, überhaupt keine Stimme mehr besessen hatte, nachdem er auf Käfergröße verkleinert worden war. Allerdings hatte Carolinus ihn trotzdem verstanden und sich unhörbar mit ihm unterhalten.

Nun wollte Jim sich mit Kelb gedanklich unterhalten.

Er versuchte, sich den Geist des Dschinns vorzustellen. Ein Ort voller Schatten? Schon vor einiger Zeit hatte er festgestellt, daß seine Vorstellungen nicht unbedingt zutreffend sein mußten, vielmehr stellte die Absicht hinter der Vorstellung die Grundlage für seine schöpferischen Fähigkeiten dar.

Er konzentrierte sich auf diesen dunklen Ort und sprach den Hund in Gedanken an.

Wo sind wir?

Kelb blieb unvermittelt stehen.

»Meister?« fragte er mit bebender Stimme, die zumindest den Eindruck erweckte, er fürchte sich.

Alles in Ordnung. Ich bin's, dachte Jim. *Wo sind wir?*

»Ich bin besorgt, Meister«, antwortete Kelb. »Wir befinden uns jetzt im Trakt der gewöhnlichen Assassinen; eigentlich erwarte ich schon seit geraumer Zeit, jemandem über den Weg zu laufen. Ich begreife das nicht, es sei denn, sie haben sich auf einen Raubzug begeben.«

Jim bemerkte, daß Kelb die Worte laut aussprach.

Du brauchst nicht auszusprechen, was du mir mitteilen willst, antwortete Jim. *Denke es einfach. Ich höre dich auch so. Denk die Worte.*

Ihr seid wahrlich ein großer Magier, entgegnete Kelb, indem er die Worte dachte. *Habt Ihr mich jetzt gehört?*

Ich höre dich laut und deutlich, antwortete Jim. *Du hast eben gemeint, es könnte sein, daß sich einige Assassinen auf einen Raubzug begeben haben – wieder gegen die Karawane?*

Ach, nein, entgegnete Kelb. *Aber sie reden schon eine ganze Weile darüber, daß die Goldene Horde einen Überfall auf das Gebiet der Il-Khanate-Mongolen plane, und die Mongolen haben in den vergangenen zweihundert Jahren zahlreiche Burgen der Assassinen erobert. Hassan ad-Dimri hat vielleicht eine größere Gruppe losgeschickt, um die Lage zu erkunden, damit er notfalls die geeigneten Maßnahmen zur Verteidigung seiner Burg treffen kann. Eine bessere Erklärung fällt mir nicht ein …*

Er verstummte plötzlich, als zwei Männer Anfang Zwanzig aus einer der Türöffnungen traten, sich zu ihm umwandten und ihn fassungslos anstarrten.

Kelb wurde unsichtbar und schlich anschließend an der Wand zur Linken entlang, die am weitesten von den beiden Männern entfernt war. Er bewegte sich mit erstaunlicher Geschmeidigkeit, und das Klicken seiner Pfoten war auf einmal verstummt. Jim dachte plötzlich an Brian und Kob. Als er seine mentale Kamera auf sich und seine Flohgefährten richtete, stellte er fest, daß sie nun in der Luft zu schweben schienen und deutlich sichtbar waren – wenn auch nur als dunkle Pünktchen.

Wenn er drei Flöhe unsichtbar machte, wäre der Aufwand an magischer Energie wohl kaum der Rede wert. Dem Gedanken folgte sogleich die Tat. Anschließend sprach er seine Gefährten in Gedanken an und traf die erforderlichen Vorkehrungen, damit ihre Antwort ebenfalls auf geistiger Ebene erfolgte – auch wenn er keine Ahnung hatte, wo bei einem Floh der Geist verborgen sein sollte. Er wußte so gut wie nichts über die Anatomie der Flöhe, war sich allerdings ziemlich sicher, daß sie wie die meisten Insekten kein Gehirn hatten.

Brian? fragte er. *Kob?*

Mylord, ließ sich der verängstigte Kob vernehmen, doch Brian fiel ihm ins Wort.

James? Wo sind wir? Ich weiß nicht, ob ich Euch gesehen oder bloß in meiner Nähe gespürt habe; jetzt aber habe ich den Kontakt zu Euch verloren.

Ich bin hier, antwortete Jim. *Ich habe uns unsichtbar gemacht, damit uns die beiden Assassinen nicht bemerken. Kelb hat sich ebenfalls unsichtbar gemacht.*

Das habe ich gemerkt, meinte Brian ein wenig säuerlich. *James, das ist nicht meine bevorzugte Art der Fortbewegung.*

Mehr kann ich im Moment nicht tun, Brian, erwiderte Jim.

Ich mache Euch keine Vorwürfe, James, dachte Brian. *Aber Flöhe sind üble Plagegeister. Es gefällt mir nicht, daß ich jetzt selbst einer bin – wenn Ihr mir verzeihen mögt, James,* setzte er eilends hinzu, *denn Ihr seid ja gegenwärtig ebenfalls einer.*

Das macht doch nichts, Brian, erwiderte Jim. *Ich verstehe sehr gut, daß es einem Ritter zu schaffen macht, ein Floh zu sein. Mir selbst macht es weniger aus, vielleicht weil ich als Magier an derlei Dinge gewöhnt bin.*

Natürlich, meinte Brian. *Bitte verzeiht mir meine schlechten Manieren.*

Von schlechten Manieren kann bei Euch gar keine Rede sein, Brian. Jim verstummte. Sie hatten die beiden Männer, die sich leise unterhielten, jetzt beinahe erreicht. Zu Jims Erstaunen waren sie kalkweiß im Gesicht.

»Ich habe einen Hund gesehen«, meinte der eine gerade. »Da bin ich mir sicher.«

»Ich habe keinen Hund gesehen«, erwiderte der andere Assassine. Er war ein wenig größer und etwa ein Jahr älter als sein Gefährte – zumindest wirkte er etwas reifer. Er schloß die Augen. »Ich habe nichts gesehen und nichts gehört.«

»Aber ich bin mir sicher …«, setzte der Assassine, der als erster gesprochen hatte, unsicher an.

»Allah verfluche dich, der du mit dem Verstand eines Esels geboren wurdest!« schimpfte der andere. »Du Narr! Hat es denn jemals einen Hund im Weißen Palast gegeben?«

»Nein …«, sagte der erste.

»Könnte ein Hund in den Palast gelangen, ohne von den Wachposten am Tor bemerkt zu werden?«

»Nein, bestimmt nicht …«

»Hätten wir nicht davon gehört, wenn man einen Hund hereingelassen hätte?«

Dem kleineren Assassinen fiel die Kinnlade herab.

»Und jetzt sage ich es noch einmal«, fuhr der Größere fort. »Da war kein Hund, und es war auch nichts zu hören. Also, hast du nun einen Hund gesehen? Hast du eine Stimme gehört?«

»Nein.«

»Dann war da auch kein Hund; und was mich betrifft, so war ich ebenfalls nicht hier.«

Der kleinere Assassine hatte mittlerweile die Gesichtsfarbe eines durch die Mangel gedrehten Gespensts.

»Ich auch nicht«, sagte er und wich in den Durchgang zurück, aus dem sie gekommen waren, wobei er mit dem größeren Assassinen zusammenstieß, der bereits den Rückzug angetreten hatte.

Was nun? fragte Brian, als sie an dem Durchgang vorbeikamen, in dem die beiden Männer verschwunden waren. Dahinter lag ein kurzer Korridor mit einer grünen Tür am Ende.

Ich weiß nicht, antwortete Jim. *Kelb?*

Ja, mein Gebieter? meldete sich Kelb, der unvermittelt wieder sichtbar wurde.

Wie weit ist es noch bis zu dem Geheimgang? fragte Jim.

Wir müssen nur noch durch das Paradies hindurch, antwortete Kelb. *Ein paar Novizen werden uns bestimmt sehen, aber das macht nichts, denn sie werden glauben, ich gehörte zum Paradies; und vielleicht bemerken sie uns auch gar nicht.*

Paradies? wiederholte Jim mißtrauisch. *Weshalb bezeichnest du einen Ort, an dem Novizen einer Gehirnwäsche unterzogen werden, als Paradies?*

Verzeiht mir, Herr, entgegnete Kelb, *aber ich weiß nicht, was ›Gehirnwäsche‹ bedeutet. Jedenfalls stopft man die, welche in den Orden der Haschaschinen aufgenommen wurden, erst einmal mit Haschisch voll und erzählt ihnen dann, sie kämen jetzt ins Paradies; und da sie von der Droge berauscht sind, glauben sie dies auch.*

Wir werden das Paradies sowieso unsichtbar durchqueren, sagte Jim.

Meister, das ist wirklich nicht nötig …

Du bleibst unsichtbar, beharrte Jim.

Ja, Herr.

Kurze Zeit später kamen sie durch eine der Türöffnungen in einen anderen Gang, der vor einer gelb-golden bemalten Tür endete, welche die ganze Breite und Höhe des Korridors einnahm. Aus dem Nichts vernahmen sie Kelbs Stimme.

»Verzeiht mir, Herr«, sagte Kelb, »aber ich kann durch die Tür treten, ohne sie zu öffnen. Gilt das auch für Euch, Herr?«

»Danke, daß du mich darauf hingewiesen hast«, erwiderte Jim. Rasch stellte er sich vor, er und die beiden anderen Flöhe durchquerten die Tür, als wäre sie körperlos, und fügte eilends noch die magische Bedingung hinzu, daß er, Brian und Kob währenddessen mit Kelb Hautkontakt halten würden.

Sie durchquerten die Tür.

Dahinter lag ein wahrhaft großer Raum.

Die gewölbte Decke und der obere Teil der Wände leuchteten in einem strahlenden Blau. Darunter war eine recht plumpe Oase aufgebaut, wie man sie als Kulisse bei einem schlechten Amateurtheater antreffen mochte. Die Bäume, die sie umgaben, waren allesamt Palmen, deren falsche Blätter sich schirmartig entfalteten. Von irgendwoher wehte ein kühler Luftzug, und in der Mitte des Raums befand sich ein Wasserbecken mit einer Fontäne, die sich etwa einen Meter in die Luft erhob.

Um das Becken herum saßen mehrere junge Männer, mit dem Rücken an die falschen Palmen gelehnt. Die meisten wirkten geistesabwesend oder hatten die Augen geschlossen – ob sie schliefen oder nur vor sich hinträumten, war schwer zu sagen. Außerdem waren noch mehrere Frauen zugegen, die meisten in mittleren Jahren und von recht geschäftsmäßigem Gebaren, die vor allem mit Reden und Essen beschäftigt waren. Fast alle Männer hatten neben sich ein Tablett mit Speisen stehen, denen aber kaum jemand zusprach. Sie wirkten benommen.

Die Frauen hingegen unterhielten sich angeregt in verschiedenen Grüppchen und ließen sich die Speisen eifrig munden. Hin und wieder ging eine von ihnen zu einem der untätig daliegenden Männer hinüber, streichelte ihn unter dem Kinn, flüsterte ihm etwas zu oder bedachte ihn mit unterschiedlichen Aufmerksamkeiten, dann entzog sie sich der schwerfälligen Umarmung, mit der einige der Männer – aber keineswegs alle – auf die Zuwendungen reagierten, und kehrte entweder zu den Frauen zurück oder wandte sich anderen Männern zu. Die Frauen waren mit mehreren Schichten hauchdünner, durchsichtiger Seide bekleidet, die sie vom Hals bis zu den Handgelenken und Fußknöcheln umhüllte.

Die unterschiedlich gefärbten Kleider waren wirklich sehr hübsch. Die Frauen hingegen wirkten eher reizlos auf Jim und gaben sich offenbar auch keine Mühe, einnehmend zu wirken.

Was sind das für runde Dinger, die sie da essen? fragte Jim, die versammelten Frauen fassungslos musternd.

Schafsaugen, antwortete Kelb.

Jim hätte sich beinahe übergeben.

Was du nicht sagst, meinte Brian neugierig. *Ich wüßte gern, wie die schmecken. Und diese langen, tauähnlichen Gebilde, an denen sie kauen, was ist das?*

Schafsdärme, antwortete Kelb, *natürlich gefüllt mit Reis, Zucker, Zimt und anderen Köstlichkeiten.*

Ha! Könnte ja fast ein schottisches Haggis *sein,* meinte Brian. *Am ersten Kreuzzug haben bestimmt auch Schotten teilgenommen. Und die haben den Ungläubigen …*

Er verstummte.

Die sind nicht gerade zimperlich, wenn es darum geht, sich aus dem gemeinsamen Topf zu bedienen, fuhr er fort. *Wohl wahr, sie wischen sich die Hände ab, aber doch eher selten; außerdem habe ich mehr als eine Hand bis zum*

Handgelenk eintauchen sehen. Und sie füttern sich gegenseitig, auch die Männer unter den Bäumen.

Er hatte richtig beobachtet. Hin und wieder formte eine der Frauen, die anscheinend die Rolle der Huris übernommen hatten, welche im Paradies die Seligen trösteten, ein Bällchen aus den Speisen auf dem Tablett neben einem der Liegenden und steckte es ihm in den Mund. Häufig tätschelte sie den Benommenen auch nur oder streichelte ihn und ging zum nächsten weiter.

Sie schlugen einen Bogen um das Becken und gingen weiter durch die falschen Palmen einher, während die Gestalten, die daran lehnten, immer weniger wurden, bis sie vor sich auf einmal eine Wand erblickten. Diese war unverputzt, und soweit Jim erkennen konnte, gab es keine Tür. Kelb aber trug sie gleichwohl bis unmittelbar vor die Wand.

Dort angelangt, schnüffelte er wie ein Hund an der Kante entlang, wo der sandbedeckte Boden an die Wand stieß, und begann eifrig mit den Vorderpfoten zu graben. Sand spritzte nach hinten, bis Kelb schließlich einen Teil des Bodens freigelegt hatte und man einige blaue und weiße Kacheln sah, die ein Schachbrettmuster bildeten.

Als Kelb die Vorderpfote auf eine der blauen Kacheln preßte, versank ein Teil der scheinbar fugenlosen Wand im Boden, und es tat sich eine rechteckige Öffnung auf.

»Wir betreten jetzt den Geheimgang«, verkündete Kelb laut.

Er trat hinein. Im Innern des schmalen, düsteren Ganges zögerte er.

»Seid Ihr noch da, Herr?« fragte er.

Jim nahm an, daß der Dschinn sie weder spürte noch sah.

Wir sind da, Kelb, antwortete er.

»Ich bin sehr erleichtert, o mein Gebieter«, entgegnete Kelb. Er wandte sich zur Wandöffnung um und scharrte Sand über die Kacheln, die er zuvor freigelegt hatte. Dann trat er ein Stück zurück, worauf die Wandplatte langsam wieder aus dem Boden auftauchte und die Öffnung verschloß.

Auf einmal war es stockfinster.

»Herr«, tönte Kelbs Stimme aus der Dunkelheit, »es gibt keinen Grund mehr, weshalb Ihr als Flöhe auf mir reiten müßtet. Wenn Ihr Euch wieder zurückverwandelt, werdet Ihr zu Eurer Rechten an der Wand einen Ständer mit Fackeln vorfinden und darüber einen Feuerstein und Stahl, um sie zu entzünden. Am dicken Ende der Fackeln ist Pulver aufgetragen, damit sie sogleich Feuer fangen, wenn man Funken schlägt.«

Jim bewirkte die entsprechenden magischen Veränderungen. Als er wieder Kobs Gewicht auf den Schultern fühlte und auch Brian zu spüren meinte, streckte er den Arm aus, wobei er sich die Finger ziemlich schmerzhaft an der harten Wand stieß. Er fuhr mit der Hand darüber, nach oben, nach unten und zur Seite, als trüge er mit einem Pinsel Farbe auf. Schließlich berührte er etwas, das sich anfühlte wie ein hölzernes Gestell.

In dem Ständer befanden sich mehrere Fackeln, die aus fest zusammengerolltem Papier zu bestehen schienen.

Eine davon hob er aus der runden Öffnung des Ständers, dann tastete er abermals umher, bis er Feuerstein und Stahl entdeckt hatte, die an einer Schnur von der Decke baumelten. Er klemmte sich die Fackel unter den Arm und schlug Feuerstein und Stahl mit beiden Händen zusammen, bis ein Funke auf das obere, dickere Ende der Fackel übersprang. Eine Flamme züngelte empor und breitete sich aus, bis sie den Anfang des langen Felstunnels erhellte.

Nun konnte Jim auch wieder Brian erkennen, der

zwar ein wenig mitgenommen wirkte, ansonsten aber guter Dinge zu sein schien, sowie Kelb, der in Hundegestalt erwartungsvoll zu ihm aufsah.

»Kob, alles in Ordnung?« erkundigte sich Jim.

»Ja, Mylord«, vernahm er unmittelbar über seiner linken Schulter Kobs leise Antwort; und auf einmal erinnerte er sich daran, genau wie Brian der Kälte wegen in den Reisekleidern geschlafen zu haben, als die Assassinen sie gefangengenommen hatten. Daß Kob in den Rucksack geklettert war, hatte er jedoch nicht mitbekommen.

»Soll ich rauskommen?« fragte Kob.

»Es gibt nicht viel zu sehen«, erwiderte Jim. »Wir sind in einem dunklen Tunnel. Vielleicht solltest du besser drinbleiben.«

»Ja, Mylord.«

Sie gingen weiter. Kelb trottete ihnen zuversichtlich ein Stück weit voraus, wobei er sich jedoch im Lichtkreis der Fackel hielt. Der Tunnel war länger, als Jim angesichts der Tatsache, daß er in den massiven Fels gehauen war, erwartet hätte. Er schätzte, daß sie etwa eine Viertelmeile weit gegangen waren, als Kelb stehenblieb und auf sie wartete. Sie standen vor einer Wand ähnlich der am anderen Ende des Tunnels.

»Ich habe auf die richtige Stelle gedrückt, damit sich die Wand öffnet«, meinte Kelb entschuldigend, »aber offenbar klemmt der Mechanismus. Würde es Euch etwas ausmachen, auf und nieder zu springen? Ich glaube, dann wird sich die Verriegelung lösen und aufgehen.«

Kein Wunder, dachte Jim. Von mechanischen Vorrichtungen des vierzehnten Jahrhunderts konnte man kaum erwarten, daß sie besser funktionierten als die des zwanzigsten.

»In diesem Fall«, sagte er, »sollten wir besser gemeinsam springen. Ich zähle von eins bis drei, und dann springen wir hoch, damit wir gleichzeitig wieder aufsetzen.«

»Ha!« meinte Brian. »Ungläubigenmagie! Natürlich funktioniert sie nicht!«

Jim war sich nicht ganz sicher, was er damit meinte; allerdings war jetzt nicht der richtige Zeitpunkt, die Angelegenheit weiterzuverfolgen. Er zählte bis drei und sprang hoch. Sie landeten schwer auf dem Steinboden, doch das war offenbar genau das Richtige, denn die vor ihnen befindliche Steinplatte bewegte sich nach oben – allerdings ruckartig, als müßte sie geölt werden.

»Wie Ihr seht, wird der Gang nicht häufig benutzt«, meinte Kelb, »und mit Ausnahme des Großmeisters muß natürlich jeder sterben, der den Tunnel gesehen hat. Dann schleppt er den Leichnam ein Stück weit über den Hang, damit er nicht mit dem Geheimtunnel in Verbindung gebracht wird, und schließt den Eingang wieder. Wir brauchen natürlich nur nach draußen zu treten.«

Als er mit seiner Erklärung geendet hatte, kam auch der Stein zum Stillstand, und sie konnten gebückt in die sternklare Nacht hinaustreten. In der Nähe gab es ein paar Büsche, und sie waren von Felsen nahezu umschlossen. Kelb hantierte hinter ihrem Rücken am Eingang, worauf sich die Tür rumpelnd wieder senkte.

»Jetzt ist sie zu«, meinte Kelb zufrieden.

»Das ist gut«, ließ sich in der Dunkelheit eine Stimme vernehmen. »Jetzt wissen wir über den Eingang Bescheid. Das wird uns eine Menge nützen. Abu al-Qusayr hat also die Wahrheit gesagt, obwohl er einem anderen Glauben angehört als ich. So sehen wir uns also wieder, Franken.«

Es war Baiju, der Mongole von der Karawane.

21

Jim blickte in die Richtung, aus der er die Stimme vernommen hatte, vermochte jedoch lediglich drei oder vier schemenhafte Flecken zu erkennen, die ständig die Umrisse veränderten und ebensogut reine Einbildung hätten sein können.

»Nachtteufel!« rief Kelb. »Herr, beschützt mich!«

»Dich?« sagte Jim. »Einen Dschinn? Du fürchtest dich vor Nachtteufeln?«

Jim spürte, wie sich der Hund an sein Bein schmiegte.

»Fürchten?« meinte Kelb mit bebender Stimme. »Ich soll mich fürchten? Ich bin der mächtigste aller Dschinns. Aber diese Nachtteufel sind wirklich bösartig, Herr.«

»Schickt den Dschinn fort«, sagte Baiju. »Ich möchte mich ungestört mit Euch unterhalten.«

»Verschwinde«, sagte Jim zu Kelb.

»Aber, Herr ...«

»Und daß du ja nicht wiederkommst«, setzte Jim hinzu. »Ich würde es bestimmt merken; und dann würdest du dir wünschen, ein Nachtteufel hätte dich statt meiner in die Hände bekommen!«

Das war natürlich eine leere Drohung. Abgesehen davon, daß Jim gar nicht wußte, was man sich unter einem Nachtteufel vorzustellen hatte oder wozu er imstande war, hätte er es niemals fertiggebracht, einem Dschinn vorsätzlich weh zu tun. Gleichwohl verschwand auf einmal der Druck an seinem Bein.

»Das begreife ich nicht«, wandte Jim sich an Baiju. »Wie seid Ihr hierhergekommen? Und warum?«

»Nachdem Ihr und Sir Brian Euch in Tripolis mit Abu al-Qusayr getroffen hattet«, antwortete Baiju, »habe auch ich ihn aufgesucht, weil ich in Erfahrung bringen wollte, wann mit dem Eintreffen der Goldenen Horde zu rechnen sei und wie man sie aufhalten könne. Abu al-Qusayr schaute ins Wasser und sagte mir zwei Dinge. Zum einen meinte er, man müsse Ibn-Tariq Einhalt gebieten, um die Horde aufzuhalten; sodann erklärte er, Ihr wärt der einzige, der dazu imstande wäre. Ich solle mich hier mit Euch treffen und Euch dabei helfen, nach Palmyra zu gelangen, bevor die Karawane dort eintrifft.«

»Und daraufhin seid Ihr hierhergekommen?« fragte Jim. Bislang hatte Baiju keinen sonderlich leichtgläubigen Eindruck auf ihn gemacht.

»Abu al-Qusayr meinte, mehr könne er mir nicht sagen«, erwiderte Baiju. »Ihr seid selbst ein Magier. Ich habe den verlangten Preis gezahlt – in Gold, nicht in Silber –, und er gab mir Antwort auf meine Frage. Ihr wißt besser als ich, ob mir ein Magier etwas vormachen würde, nachdem er einen Preis festgesetzt und ihn auch bekommen hat.«

Eins zu Null für Baiju, dachte Jim. Die Regeln des Reichs der Magie waren in dieser Beziehung eindeutig. Abu al-Qusayr blieb gar nichts anderes übrig, als dem gegenüber, der ihm einen Handel vorgeschlagen hatte, auch aufrichtig zu sein – vorausgesetzt, er hatte in den Handel eingewilligt. Wenn dies selbst bei den Mongolen allgemein bekannt war, dann war es nicht verwunderlich, daß Baiju dem Magier geglaubt hatte. Außerdem bedeutete es, daß Abu al-Qusayr nicht gewußt hatte, weshalb ein erfolgreiches Vorgehen gegen Ibn-Tariq gleichbedeutend damit war, auch die anderen Mongolen aufzuhalten.

»Zeigt Euch mir«, sagte Jim zu Baiju.

»Ja«, setzte Brian hinzu, »und Eure Begleiter sollen sich ebenfalls zeigen, Mongole!«

Baiju lachte schnaubend auf.

»Dann macht Licht, Magier«, erwiderte er, »denn ich werde es nicht tun. Sollte im Kasr al-Abiyadh jemand zufällig von einem der Türme hinunterblicken, würde er uns sehen.«

»Wenn das so ist«, sagte Brian, »lassen wir das mit dem Licht besser bleiben. Was meint Ihr, James?«

»Ich glaube, Ihr habt recht«, antwortete Jim.

»Das sagt einem doch schon der gesunde Menschenverstand«, meinte Baiju mit einem verächtlichen Unterton. »Nun kommt. Ich habe Kamele von Basra mitgebracht. Die sind schneller und ausdauernder als die schweren Lasttiere der Karawane. Wir werden uns sehr beeilen. In fünf Tagen sind wir in Palmyra.«

Jim verspürte wieder einen Druck am Bein, und gleich darauf ließ sich Kelb abermals vernehmen.

»O mächtiger Herr, verzeiht Eurem eigensinnigen und ungehorsamen Sklaven, daß er ohne Eure Erlaubnis zurückkommt. Aber was wird aus mir?«

»Er ist ein Dschinn«, sagte Baiju. »Soll er selbst sehen, wie er nach Palmyra kommt.«

»Herr ...«, setzte Kelb von neuem an.

»Nein«, schnitt ihm Jim entschlossen das Wort ab. »Baiju hat recht, du bist ein Dschinn. Wir werden uns dort treffen. Begib dich allein dorthin – wie immer du es anstellen magst. Nach meiner Ankunft in Palmyra werde ich dich rufen.«

»Herr ...«

»Verzieh dich!«

Der Druck an seinem Bein verschwand.

»Er ist weg«, sagte Jim. »Und nun?«

»Kommt zu mir«, sagte Baiju.

Als Jim spürte, wie Brian ihm die Hand auf die Schulter legte, bewegte er sich über den holprigen Boden voran. Einmal stolperte er über einen großen Stein, fand aber rasch das Gleichgewicht wieder. Kurze Zeit später roch er Baijus Atem. Der Mongole hatte offenbar getrunken. Allerdings klang er immer noch leidlich nüchtern.

Jim konnte die hellen, hochaufragenden Schemen jetzt deutlicher erkennen; es waren die von Baiju erwähnten Kamele. Baiju half ihnen beim Aufsitzen, und dann machten sie sich daran, den steilen Hang zu erklettern.

Jim vermochte sich nicht mehr zu erinnern, wie lange die Reise nach Palmyra ursprünglich hatte dauern sollen, allerdings war es mittlerweile sechs oder sieben Tage her, seit die Karawane von Tripolis aufgebrochen war. Wenn sie von hier aus die Stadt in fünf Tagen erreichen würden, konnte es jedoch nicht mehr allzu weit sein. Er faßte neue Zuversicht.

Sein Optimismus sollte sich allerdings als verfrüht erweisen.

Wohl wahr, bis zur Bergspitze war es nicht mehr weit, und schon wenige Stunden, nachdem sie mit Baiju zusammengetroffen waren, ritten sie durch den finsteren Gipfelpaß, zu beiden Seiten umschlossen von tiefschwarzen Felswänden und über sich einen schmalen Ausschnitt des sternenübersäten Nachthimmels. Am folgenden Tag ließen sie, nachdem sie vor Tagesanbruch ein paar Stunden geschlafen hatten, das Gebirge hinter sich und befanden sich nun am Rand des unwirtlichen Tieflands, in dessen Mitte Palmyra lag. Im Verlauf der folgenden Tage erwärmte sich die Luft und wurde etwas trockener – wenngleich sie noch immer alles andere als mild war.

Währenddessen gelangte Jim allmählich zu dem Schluß, daß er so bald keinen Gewaltritt mehr mit Baiju machen würde. Der kleine Mongole hetzte sie vom frühen Morgen bis nach Einbruch der Dunkelheit weiter, und wenn es nach ihm gegangen wäre, hätten sie nur drei Stunden in der Nacht geschlafen. Die Kamele ertrugen diese Tortur mit bewundernswertem Gleichmut. Brian sagte zwar nichts, doch wirkte sein Gesicht mit jedem Tag ein wenig grauer, und als sie Palmyra erreichten, zeigte er unübersehbar Anzeichen von Erschöpfung.

Eine Vergnügungsreise war es also nicht. Die Kamele mochten zwar wahre Juwelen und eigens für hohe Geschwindigkeit gezüchtet worden sein, und es ließ sich auch nicht abstreiten, daß ihr Gang geschmeidiger war als der anderer Kamele. Dennoch waren sie beide am Ende ihrer Kräfte, als sie endlich nach Palmyra gelangten.

Im Sattel zusammengesunken und hin und her schwankend vor Erschöpfung, ritten sie am späten Nachmittag in die Stadt ein. Sie bestand aus einer erklecklichen Anzahl von Zelten und mehr oder minder leicht gebauten Holzhäusern, die man auf den Fundamenten einer ehemals römischen Stadt errichtet hatte.

Damals war die Stadt nach einem regelmäßigen Muster angelegt worden, und an der von Ost nach West verlaufenden Hauptstraße standen noch die Ruinen eines zweifachen Säulengangs. In deren Nähe lag die Karawanserei, zu der Baiju sie führte.

Man wies Jim und Brian ein Zimmer zu. Erst jetzt wurde Jim bewußt, daß sie beide kein Gepäck dabeihatten. Ihre schweren Rüstungen, die Waffen, die Wäsche zum Wechseln und – was am schlimmsten war – seine ungezieferfreie Schlafmatte fehlten.

Zum Teufel damit, dachte er erschöpft und suchte sich eine saubere Stelle auf dem Boden. Er stellte sich eine magische Linie vor, die jegliches Ungeziefer abschrekken würde, legte sich nieder und deckte sich mit dem Umhang zu. Er besaß gerade noch die Geistesgegenwart, dem splittrigen Holzboden auf magische Weise die Weichheit eines Betts zu verleihen, dann fiel er auch schon in einen tiefen Schlaf.

Baiju weckte sie auf. Der Mongole hatte die Strapazen des Gewaltritts anscheinend mühelos verkraftet. Als sie erwachten, stand er über ihnen.

»Wollt Ihr etwa ewig schlafen?« fragte er.

»Jetzt, wo Ihr hier herumschreit, bestimmt nicht mehr!« entgegnete Brian. »James, ich brauche etwas zu essen – und ein Schwert. Wir müssen uns beide Schwerter verschaffen. Aber erst einmal frühstücken!

Wo bekommt man hier an diesem verfluchten Ort etwas zu essen?«

»Steht auf und kommt mit«, erwiderte Baiju. Ohne eine Antwort abzuwarten, wandte er sich zur Tür.

»Wartet mal«, sagte Jim. Anders als Brian, der morgens zwar solange üble Laune hatte, bis er gefrühstückt hatte, dafür aber augenblicklich hellwach war, brauchte Jim einige Zeit, um zu sich zu kommen. »Wenn Ihr ohne uns zur Tür hinausgeht, dann sind wir geschiedene Leute. Ich brauche noch ein wenig Zeit.«

Baiju fuhr herum.

»Ich habe Euch hergebracht«, sagte er drohend, »und jetzt verweigert Ihr mir den verdienten Lohn?«

»Wir haben keinerlei Abmachung miteinander getroffen«, entgegnete Jim. »Abu al-Qusayr hat Euch gesagt, ich würde Euch von Nutzen sein; das war der einzige Grund, weshalb Ihr uns geholfen habt hierherzugelangen. Wenn Ihr anderer Ansicht seid, dann wendet Euch an ihn.«

Er beachtete Baiju nicht mehr.

»Kob?« fragte er.

»Ja, Mylord«, antwortete hinter ihm eine leise Stimme. Aus den Augenwinkeln sah Jim, daß Baiju erbleichte und die Augen aufriß.

»Alles in Ordnung«, meinte Jim, um sowohl Kob wie auch den abergläubischen Baiju zu beschwichtigen. »Ich wollte bloß sehen, ob du da bist. Die Reise muß ziemlich öde für dich gewesen sein. Ich weiß doch, daß du nicht schläfst.«

»Das macht nichts«, erwiderte Kob. »Kobolde sind daran gewöhnt, daß lange Zeit nichts passiert. Dann sitzen wir einfach da und denken, anstatt zu schlafen, an angenehme Erlebnisse aus der Vergangenheit.«

»Ich werde unten im Speiseraum auf Euch warten«, sagte Baiju hastig und ging hinaus.

Jim hatte ihn beinahe schon vergessen gehabt. Allmählich wurde er wach, und nun merkte er auch, wie verschwitzt er war. Für eine Dusche im Stil des zwanzigsten Jahrhunderts hätte er beinahe alles gegeben, doch daran war natürlich nicht zu denken.

Ein Bad wäre auch nicht schlecht gewesen, doch hätte der Besuch eines Badehauses einen zu großen Aufwand bedeutet. Jim wollte lediglich sauber werden. Er hatte keinen Bedarf an Gesellschaft, an Speisen, Getränken oder Drogen. Vor allem wollte er nicht, daß sich irgendwelche Fremde erboten, ihm beim Baden behilflich zu sein, um hinterher Geld dafür zu verlangen.

Er hätte sich und seine Kleider auch auf magische Weise säubern können – bloß hatte er trotz seiner guten Vorsätze bereits ausgiebig Gebrauch von seinem magischen Guthaben gemacht.

»Ich bin fertig«, sagte er zu Brian. »Wie steht es mit Euch?«

»Ihr solltet besser das Kettenhemd anlegen«, meinte Brian vorwurfsvoll.

Jim blickte den Metallhaufen neben der Matte mißmutig an. Brian hatte recht. Bevor ihn der Schlaf übermannte, hatte er das Kettenhemd ausgezogen. Jetzt war er nur noch mit Hemd und Unterhemd bekleidet und fühlte sich recht wohl darin; außerdem würde es im Laufe des Tages noch wärmer werden. Wenn er das Kettenhemd mit dem eingenähten Polster trug, würde er bestimmt schwitzen. Trotzdem hatte Brian recht. Sie befanden sich in einer unbekannten Stadt und waren von Fremden umgeben; und ganz gleich, ob man sich nun in England, im Nahen Osten oder sonstwo aufhielt, im Mittelalter galt die Regel ›Schütze dich und sei auf alles vorbereitet‹.

Reuevoll legte er das Kettenhemd an. Sofort wurde ihm warm darin; blieb nur zu hoffen, daß er sich im Laufe des Tages an das hiesige Klima anpassen würde. Brian war mit denselben Sachen bekleidet, die er schon die ganze Zeit über trug, und trat ungeduldig von einem Bein aufs andere.

»Ich bin fertig«, verkündete Brian. »Wenn Ihr ebenfalls soweit seid, laßt uns gehen.«

»Nichts für ungut, Brian«, sagte Jim. »Aber Ihr stinkt.«

»Ihr auch, James«, erwiderte Brian, »allerdings nicht schlimmer als zuvor. Aber es ist besser, zu stinken und am Leben zu sein. Vielleicht ergibt sich eine Gelegenheit, Waffen und frische Wäsche zu kaufen oder unsere Sachen zu waschen. Zunächst aber muß ich etwas essen; und ich würde mich sehr wundern, wenn es Euch nicht ebenso erginge.«

Er verließ das Zimmer, und Jim schloß mit ein paar langen Schritten zu ihm auf.

Das Kaffeehaus oder wie immer man diesen Teil der Herberge nennen wollte, war umschlossen von einer kreisförmigen Wand aus Marmor, in die Nischen eingelassen waren. In jeder Nische gab es einen niedrigen Tisch sowie mehrere Sitzkissen. Von Baiju war nichts zu sehen.

»So«, sagte Jim, als sie im Schneidersitz Platz genommen und zum Frühstück bestellt hatten, was die Küche zu bieten hatte. Als der Bedienstete sich wieder entfernt hatte, blickte Jim sich um und vergewisserte sich, daß niemand sie belauschen konnte, dann wandte er sich leise an Brian.

»Habt Ihr schon eine Vorstellung, wie wir Gerondes Vater hier ausfindig machen sollen?« fragte er.

Brian leerte erst einmal den Mund, bevor er antwortete.

»Um ehrlich zu sein, James«, antwortete er, »hatte ich vor, genauso zu verfahren wie bisher, nämlich erst einen englischen, französischen oder sonstigen Ritter von gutem Ruf aufzusuchen und ihn um Unterstützung zu bitten. Hier aber scheint es nur lauter Ungläubige zu geben. Trotzdem könnten wir uns erkundigen.«

Er blickte sich im Speiseraum um, fing den Blick des Bediensteten auf und winkte ihn zu sich. Während er auf ihn wartete, nahm er mit den Fingerspitzen einen Brocken aus der Schüssel auf dem Tisch, wie er es auch in England getan haben würde, und steckte ihn sich in den Mund. Als der Bedienstete an den Tisch trat, kaute Brian hastig zu Ende und schluckte alles hinunter.

»Hör mal, Bursche«, sagte Brian zu dem Bediensteten, »welche Sorte Fleisch ist das eigentlich, die du uns da vorgesetzt hast?«

»Das stammt von einer zarten, jungen Kamelstute«, antwortete der Mann. »Sie hat sich im Stall von Murad vom Schweren Säckel ein Bein gebrochen, und wir haben sie glücklicherweise zum Schlachten erworben. Findet Ihr das Fleisch nicht schmackhaft?«

»Wenigstens ist es keine Ziege«, meinte Brian. »Sag mal, gibt es in der Stadt englische Ritter?«

»Englische Ritter?« wiederholte der Bedienstete verwirrt.

»Ja, ja«, sagte Brian. »Ihr wißt schon – englische Ritter! Ritter aus England.«

»Meister«, erwiderte der Mann verwundert, »von Franken haben ich schon gehört; was Ihr mit englisch meint, verstehe ich jedoch nicht.«

»Ich spreche von England«, sagte Brian langsam, worauf er das Wort noch einmal wiederholte, noch langsamer und lauter als zuvor. »*England.*«

»Mein Freund spricht von einem Adligen seines Heimatlandes«, erklärte Jim. »Und dieses Land ist England – eine Insel nicht weit von dem Land, in dem die Franken beheimatet sind.«

»Was Ihr nicht sagt«, meinte der Mann. »In Palmyra gibt es auch keine Franken, Allah sei Dank.«

»Seid Ihr sicher?« fragte Jim. »Könnte es nicht einen in der Stadt geben, von dem du bloß noch nicht gehört hast?«

Der Bedienstete schüttelte den Kopf.

»Wenn es einen solchen Mann gäbe«, sagte er, »so würde ich es wissen, denn die Karawanenreisenden, die hier durchkommen, sprechen über vielerlei Dinge und erwähnen stets diejenigen, welche fremd in unserem Land sind.«

Der Bedienstete entfernte sich; sein Platz wurde aber sogleich von Baiju eingenommen, der sich neben Jim im Schneidersitz auf einem Kissen niederließ. Er bediente sich unverzüglich aus der Schüssel.

Erst nachdem er einen Mundvoll verspeist hatte, sah er Jim und Brian an.

»Was habt Ihr nun vor?« fragte er.

»Die Sache ist die«, antwortete Jim. »Wir suchen nach jemandem, der sich hier in Palmyra aufhalten soll …«

»Vorher aber die Schwerter«, sagte Brian. »Wir müssen uns Waffen kaufen, Mongole. Über Sir Geoffrey braucht Ihr ihn nicht aufzuklären, James. Das habe ich ihm alles schon erzählt.«

»Wann habt Ihr das getan?« fragte Jim.

»Ach, irgendwann, als Ihr Euch mit diesem weitschweifigen Burschen namens Ibn-Tariq unterhalten habt – oder sollte ich ihn eher als Ehrenmann bezeichnen?«

Er blickte Baiju an, der eifrig zulangte. Baiju zuckte die Achseln und nahm sich eine weitere Handvoll aus der Schüssel.

»Jedenfalls habe ich ihm Sir Geoffrey beschrieben«, sagte Brian, »für den Fall, daß er ihm über den Weg laufen sollte. Ich nehme an, Ihr habt ihn noch nicht gesehen?«

Er blickte immer noch Baiju an, der den Kopf schüttelte und weiteraß.

»Wir befinden uns in einer Sackgasse«, meinte Brian zu ihm. »Ich möchte Euch bitten, einen Moment mit Essen aufzuhören und uns zuzuhören, Mongole. Wir haben Grund zu der Annahme, daß er sich in dieser

Stadt aufhält. Wir wissen bloß nicht, wo wir nach ihm suchen sollen.«

»Haltet die Augen offen!« sagte Baiju, nur kurz mit Essen innehaltend. »Haltet die Augen offen – und erkundigt Euch, ob andere ihn gesehen haben.«

»Das haben wir soeben getan«, sagte Jim. »Wir haben uns bei dem Mann erkundigt, der uns bedient hat. Er meinte, wenn sich ein Ritter in Palmyra aufhielte, wüßte er davon, weil die Karawanen und andere Durchreisende für gewöhnlich hier Rast machten und speisten; die Kunde von Fremden würde sich rasch verbreiten.«

Baiju gab einen Laut von sich, der irgendwo zwischen Husten und Lachen angesiedelt war.

Er schaute umher und faßte einen der Bediensteten ins Auge, der ein Stück weiter in einer Nische beschäftigt war.

»Komm her!« rief Baiju.

Die mit fließenden Gewändern bekleideten Männer in den anderen Nischen hielten mit Essen inne, wechselten Blicke und gaben – ihren Gesten und Mienen nach zu urteilen – ihrer Verwunderung oder Empörung über Baijus Manieren Ausdruck. Der Bedienstete fuhr einen Moment lang mit seiner Beschäftigung fort, als habe er nichts gehört, dann wandte er sich um und eilte mit breitem Lächeln auf Baiju zu.

»Mein Gebieter hat gerufen?«

»Sag mal, gibt es hier in Palmyra fränkische Sklaven?« fragte Baiju in barschem Ton.

»Gewiß, Herr«, antwortete der Bedienstete. »Wie viele es sind oder wem sie gehören, vermag ich allerdings nicht zu sagen. Wer kümmert sich schon um Sklaven?«

»Ihr habt mir gesagt, es gäbe keine Franken in Palmyra«, sagte Jim.

»Das habe ich«, entgegnete der Bedienstete. »Aber Sklaven …«

Er zuckte die Achseln und breitete die Arme aus.

»Nun, wir suchen nach einem fränkischen Sklaven, der eine Handbreit größer ist als ihr«, blaffte Brian, »mit angegrautem, schütterem Haar und einem kleinen Schnurrbart, der möglicherweise ganz weiß ist. Es könnte auch sein, daß sein Haar weiß ist und daß er keinen Bart trägt. Aber er ist nicht alt und gebrechlich, sondern hält sich immer noch aufrecht und hat blaue Augen und eine Narbe am Kinn. Wahrscheinlich hat er auch noch andere Narben an weniger auffälligen Stellen. Habt Ihr einen solchen Sklaven schon einmal gesehen?«

»Das habe ich nicht, o mein Gebieter«, antwortete der Bedienstete. »Ich könnte mich allerdings bei Leuten erkundigen, die auf solche Dinge achten. Vielleicht weiß ich morgen mehr.«

»Er wird dich bezahlen«, sagte der Mongole. »Viel wird es allerdings nicht sein. Aber wenn du den Sklaven findest, ist dir die Belohnung sicher. Hast du mich verstanden?«

»Ich habe Euch vollkommen verstanden, o großzügiger und wohltätiger Herr«, erwiderte der Bedienstete mit einer Verneigung. »Kann ich sonst noch etwas für Euch tun?«

»Ja«, sagte Baiju. »Bring uns noch mehr von dem, was in der Schüssel war.«

»Ja, Herr.« Der Bedienstete nahm die leere Schüssel und eilte davon.

Baiju lehnte sich an die gepolsterte Wand der Nische. Er seufzte wohlig, blickte Jim und Brian an und rülpste.

Brian hatte sich mittlerweile an diese östliche Sitte, seine Zufriedenheit über ein Mahl zu bekunden, gewöhnt. Jim hatte gelernt, seine Miene zu beherrschen, zuckte aber gleichwohl inwendig zusammen.

Baiju grinste sie an, grimmig und sardonisch, aber gleichwohl belustigt.

»Ibn-Tariq ist hier«, sagte er. »Ich habe ihn gesehen, kurz bevor Ihr herunterkamt.«

22

Jim und Brian starrten ihn an.

»Die Karawane ist eingetroffen?« fragte Jim.

»Nein«, antwortete Baiju. »Aber er ist trotzdem hier.«

»Wie ist das möglich?« Jim dachte daran zurück, wie sie die Kamele Stunde um Stunde vorwärtsgetrieben, zwischendurch nur eine Kleinigkeit gegessen und ein paar Stunden geschlafen hatten, um gleich wieder bis an den Rand der Erschöpfung weiterzureiten.

»Ich weiß es nicht«, sagte Baiju. Der Bedienstete brachte eine neue Schüssel, und Baiju langte sogleich hinein.

»Ich weiß es nicht«, wiederholte er nach mehreren Bissen. »Ich kann es mir nur so erklären, daß er nicht wie wir erst zwei Tage nach Eurer Gefangennahme aufgebrochen ist, sondern sofort; seine Kamele waren kaum schlechter als unsere. Wenn er den Weg kannte, würde das erklären, weshalb er jetzt schon hier ist. Ich habe gesehen, wie er auf dem Basar einen Turban gekauft hat. Mich hat er nicht bemerkt.«

»Hat er auf Euch den Eindruck gemacht, er sei bis an die Grenze seiner Leistungsfähigkeit gegangen?« fragte Jim.

»Mache ich diesen Eindruck?« erwiderte Baiju ironisch. »Wenn er zu einem solchen Ritt imstande ist, dann steht er mir an Ausdauer an nichts nach. Ihr dürft nicht von Euch auf andere schließen.«

»Laßt uns zu dem Händler gehen, den er im Basar aufgesucht hat«, schlug Brian vor, »und uns seine Waren anschauen. Vielleicht weiß er, wo Ibn-Tariq untergekommen ist, oder wir erfahren sogar den Grund für seine Eile. Außerdem hat der Ritter, der meiner Dame Kunde von ihrem Vater überbracht hat, Sir Geoffrey im Basar von Palmyra gesehen. Vielleicht ist er kein Sklave, sondern ein Händler oder hat sonstwie mit den Waren im Basar zu tun, hält aber geheim, daß er ein Engländer ist. Es könnte sein, daß er sich äußerlich verändert hat – schließlich ist er jetzt schon sechs Jahre fort –, aber er kann sich nicht so sehr verändert haben, daß ich ihn nicht erkennen würde.«

»Meinetwegen«, meinte Baiju. »Ich esse noch etwas, dann können wir aufbrechen.«

»Gut«, sagte Jim. »Dann gehe ich noch mal nach oben und hole meinen kleinen Freund, Ihr wißt schon, wen ich meine, Brian. Ich würde ihn gern mitnehmen.«

Baiju hörte auf zu kauen und machte große Augen. Jim beachtete ihn nicht.

»Wäre das klug, Jim?« fragte Brian.

»Ich glaube schon.« Jim blickte Brian durchdringend an, um ihn daran zu erinnern, daß Kob Geronde und Angie benachrichtigen sollte, falls ihnen etwas zustieß. Brian runzelte die Stirn, dann nickte er kaum merklich.

»Wie Ihr meint.« Brian blickte die zweite Schüssel an, die noch recht gut gefüllt war. »Ich glaube, ich werde mir auch noch ein, zwei Happen genehmigen, während ich warte.«

Jim ging nach oben. Er war bereits zu dem Schluß gelangt, daß er den Umhang mit der Geheimtasche im Schulterbereich würde tragen müssen – denselben Umhang, in dem er geschlafen hatte, als er in Gefangenschaft war. Schwitzen würde er sowieso, und dann konnte er den Kobold auch ebensogut mitnehmen. Der Kobold würde es sogleich erfahren, wenn ihnen etwas zustoßen sollte.

Zum Glück hatte Kob sich nicht in dem Umhang befunden, als Jim und der Assassine den steinigen Hang hinuntergerollt waren. Dann wäre der Kobold zerquetscht worden. Zu der Zeit hatte Kob sich jedoch an seinem Lieblingsort aufgehalten und war auf einer Rauchwolke vor dem Zelt geschwebt.

Abermals war Jim versucht, die Temperatur unter dem Umhang mittels Magie zu regeln, damit er nicht so schwitzte.

Aber nein, besser, er blieb hart. Carolinus hatte ihm noch keinen Rat gegeben, der sich im nachhinein nicht als sinnvoll erwiesen hätte. Außerdem würde der Umhang das Kettenhemd nicht nur vor neugierigen Blikken, sondern auch vor direkter Sonneneinstrahlung schützen.

»Kob«, sagte er, ehe er den Umhang hochhob, »bist du wieder im Beutel?«

»Ja, Mylord«, antwortete Kob.

»Also gut«, sagte Jim. »Dann lege ich jetzt den Umhang an, und wir besuchen den Basar – so nennt man hier den Markt. Hast du noch den speziellen Zunder? Und erinnerst du dich noch an das Zauberwort, mit dem sich der Zunder entzünden und Rauch machen läßt, damit du dich notfalls unbemerkt aus dem Staub machen kannst?«

»Ja, Mylord«, antwortete Kob. »An das Zauberwort zum Entzünden des Zunders erinnere ich mich gut. Es lautet ...«

»Sag es nicht!« meinte Jim hastig und ein wenig lauter als beabsichtigt. Er senkte wieder die Stimme. »Du solltest es nur dazu gebrauchen, Lady Angela Bescheid zu geben, falls Brian und ich in ernsthafte Schwierigkeiten geraten sollten. Wenn du das Wort aussprichst, entzündet sich der Zunder, und dann steckst du in einer Tasche voller Rauch.«

»Das würde mir gefallen«, sagte Kob.

»Ja«, erwiderte Jim, »aber wenn du ihn einmal verwendet hast, kannst du keinen Rauch mehr erzeugen, wenn die Lage brenzlig wird.«

»Oh«, meinte Kob. »Tut mir leid, Mylord.«

»Schon gut. Vergiß nicht, daß der Zauber nur für

Notfälle gedacht ist«, sagte Jim. »Wenn es soweit ist, werde ich versuchen, deinen Namen zu rufen. Sollte ich aus irgendeinem Grund nicht dazu in der Lage sein, liegt es an dir zu entscheiden, ob du Rauch machen und auf dem schnellsten Weg nach England zurückkehren willst.«

»Ich werde gut aufpassen«, versprach Kob. »Darf ich aus der Tasche spähen oder auf Eurer Schulter sitzen? Jemand meinte einmal zu Euch, man könnte mich leicht mit einem Affen verwechseln.«

»Ich glaube, das ginge in Ordnung«, sagte Jim. »Allerdings wäre es mir lieber, wenn du nur hervorlugen würdest. Es braucht schließlich niemand zu wissen, daß ich nicht allein bin.«

»Ja, Mylord«, sagte Kob.

Jim legte den Umhang an und ging wieder nach unten. Die zweite Schüssel war mittlerweile leer, und Brian und Baiju schienen beide guter Dinge zu sein. Jim bezahlte für die Mahlzeit, und dann brachen sie auf.

Der Basar lag im Freien und nahm anscheinend die Stelle des ehemaligen Hauptheiligtums von Palmyra ein; jetzt, im vierzehnten Jahrhundert, waren die Überreste der römischen Architektur allerdings größtenteils unter Schutt und Abfall begraben.

In architektonischer Hinsicht war der Platz alles andere als sehenswert. Die meisten Läden waren eine Mischung aus Zelt und Baracke, und die Gassen dazwischen erinnerten an Trampelpfade in der Wildnis, die kaum drei Leuten nebeneinander Platz boten.

Allen Läden gemeinsam war, daß sie nach vorne hin offen waren und dort ihre Waren zur Schau stellten. Baiju führte sie zunächst zu einem Waffengeschäft, wo es zwar keine Schwerter gab, dafür aber fast ebenso lange schwere Messer. Notgedrungen kauften Jim und Brian je eines davon, außerdem noch Dolche und Schärpen, um die Dolche an der Hüfte zu befestigen.

Als nächstes brachte Baiju sie zu einem Laden, wo Turbane, Kleidung und Stoffballen feilgeboten wurden.

»Was ist das?« fragte Baiju den Ladenbesitzer, einen stämmigen, nicht unfreundlich wirkenden Mann mit einem angegrauten Schnurrbart und einem gestreiften Turban.

»Das ist die feinste Seide, die es im Fernen Osten hinter der Großen Mauer gibt«, antwortete der Mann.

Baiju ließ die Seide fallen, als habe sie sich plötzlich als unrein herausgestellt.

»Das ist ägyptische Seide«, erklärte er mit Entschiedenheit. »Ein Freund von mir hat hier heute morgen einen Turban gekauft und mit Euch über Seide von dieser Farbe verhandelt. Ich wüßte doch gar zu gern, ob das wirklich chinesische Seide war, oder ob sie etwa nur aus Indien kam.«

»Allah sei mir gnädig!« erwiderte händeringend der Verkäufer. »Ich habe die Seide in dem Glauben gekauft, sie stamme aus dem Fernen Osten. Wie soll ich meine Ausgaben nur je wieder hereinholen?«

»Indem Ihr Euch einen anderen Trottel sucht, der ägyptische Seide nicht von fernöstlicher unterscheiden kann«, meinte der Mongole. »Wie sonst? Aber wie ich sehe, bin ich vergeblich gekommen. Ich kaufe lieber bei einem Bekannten, der sich mit Seide auskennt – wenn auch weniger gut als ich.«

»Ich habe allerdings noch bessere Seide – Seide, die Euch in Entzücken versetzen wird«, sagte der Händler. »Sie befindet sich hinten im Laden. Aber wollt Ihr auch wirklich kaufen? Ehe ich nicht weiß, daß es Euch ernst ist, möchte ich sie nicht dem Tageslicht aussetzen.«

»Woher soll ich wissen, ob ich kaufen will, wenn ich die Ware noch gar nicht gesehen habe?«

»Die Seide ist sorgfältig verpackt und tief unter anderen Waren versteckt. Es würde einigen Aufwand erfordern, sie hervorzuholen. Ein Händler muß wissen, daß es dem Kunden ernst ist, bevor er sich dieser Mühe unterzieht.«

»Nun, was das Kaufen angeht«, sagte Baiju, auf Jim deutend, »der Käufer steht hier. Ich begleite ihn nur, weil ich mich mit Seide auskenne. Er aber ist an vielerlei Dingen interessiert, nicht nur an Seide. Wenn es Euch zuviel Mühe bereitet, die chinesische Seide hervorzuholen, so werden wir auf dem Basar jemand anderen finden; in der Zwischenzeit mag sich mein Bekannter umschauen und das eine oder andere kaufen.«

»Was Ihr nicht sagt«, meinte der Händler. »Was für Dinge könnten das denn sein?«

»Zu viele, um sie alle aufzuzählen. Aber vielleicht könnt Ihr uns den Weg zum Sklavenmarkt zeigen. Er hat es sich in den Kopf gesetzt, unbedingt einen fränkischen Sklaven zu kaufen. Da er selbst ein Franke ist und es sich leisten kann, seinen Launen zu frönen, zieht er es vor, sich ausschließlich mit fränkischen Sklaven zu umgeben.«

»Schade«, sagte der Händler, »heute ist kein Sklavenmarkt. Und fränkische Sklaven gibt es in Palmyra äußerst selten.«

»Und doch hat mein Freund, der Euch den Turban abgekauft hat, davon gesprochen, er habe hier im Basar einen fränkischen Sklaven gesehen. Er sagte, er habe ihn im Gewühl zwar gleich wieder aus den Augen verloren, sei sich im Hinblick auf seine Herkunft aber gleichwohl sicher.«

»Ich weiß von keinen fränkischen Sklaven hier in Palmyra«, sagte der Händler. »Es könnte allerdings sein, daß irgendein Reicher ein paar besitzt. Bestimmt aber wären sie sehr teuer. Ist Euer Freund tatsächlich bereit, einen solch hohen Preis zu bezahlen?«

»Diese Frage läßt sich erst beantworten, wenn er den Sklaven gesehen hat«, entgegnete Baiju.

»Ein solcher Sklave ist eine bloße Kuriosität«, meinte der Händler. »Trotzdem glaube ich nicht, daß er billig zu haben wäre. Ihr würdet mehr dafür bezahlen müssen als für meine beste Seide.«

»Der Preis spielt keine Rolle, wenn es sich nur um den gesuchten Sklaven handelt«, sagte Baiju. »Mein Freund bleibt jedoch nur ein paar Tage in Palmyra, dann reist er wieder weiter. Schade, daß Ihr von keinem fränkischen Sklaven wißt. Wenn Ihr einen solchen Sklaven auftreiben könntet, das heißt, einen Sklaven, der zum Verkauf stünde, würde er sich erkenntlich zeigen.«

»Was stünde nicht zum Verkauf?« fragte der Händler. »Aber wenn sein Besitzer nicht ans Verkaufen denkt, wäre der Preis sicherlich… aber vielleicht könnte ich ihm helfen, einen besseren Preis auszuhandeln. Ich bin natürlich nur ein Tuchhändler, und Sklaven interessieren mich nicht. Gleichwohl kommt mir das eine oder andere zu Ohren, und mit den hiesigen Händlern kenne ich mich aus. Es wäre durchaus möglich, daß ich von einem solchen Sklaven erfahre, ehe Euer Freund weiterreist. Das wäre natürlich mit einigem Aufwand verbunden, weshalb ich seinen Dank nicht ausschlagen würde, sollte ich denn fündig werden.«

»Ich bin sicher, daß er es nicht versäumen wird, sich erkenntlich zu zeigen«, sagte Baiju. »Solltet Ihr etwas in Erfahrung bringen, das ihn dem gewünschten Ziel näherbringt, und sollte ein Kauf zustande kommen, werdet Ihr diese Angelegenheit zu gegebener Zeit zwischen Euch klären.«

»Gewiß…«, setzte der Händler gerade an, als sie von einem Tumult abgelenkt wurden, der auf der Gasse zwischen den Ladenfronten ausgebrochen war. Das Gedränge war zu dicht, als daß sie hätten erkennen können, worum es ging, doch hatten die Beteiligten die Stimmen erhoben, und es wurden sogar Stöcke geschwenkt.

Plötzlich löste sich jemand aus der Menschentraube

und kam auf sie zugerannt. Die im Weg Stehenden wichen ihm eilends aus, und der Mob, den er vorübergehend abgeschüttelt hatte, setzte ihm nach und schlug mit Stöcken nach ihm. Nur wenige Hiebe fanden ihr Ziel, doch die Verfolger ließen nicht locker, und im nächsten Moment stürmte er auch schon an dem Laden vorbei, an dem Jim und die anderen standen, dicht gefolgt vom schreienden, drängelnden Mob.

Jim hatte gleichwohl einen Blick auf einen hochgewachsenen, muskulösen Mann mit schwarzen Brauen und schwarzem Schnurrbart erhascht. Einer seiner Ärmel war abgerissen, und der Arm war durch eine grau-weiße klaffende Wunde gräßlich entstellt.

»Allah schütze uns«, sagte der Händler, »das ist Albohassan Karasanji, der Perser – ein Lederhändler. Man vermutet schon seit ein paar Wochen, daß er mit dem Aussatz geschlagen ist. Er hat hoch und heilig versichert, er habe sich lediglich verbrannt; doch jetzt hat ihm anscheinend jemand den Ärmel abgerissen, um sich Gewißheit zu verschaffen.«

Er warf einen kurzen Blick in die andere Richtung, dann zuckte er die Achseln und wandte sich wieder Brian, Baiju und Jim zu.

»Die benachbarten Händler haben seine Waren mittlerweile bestimmt schon unter sich aufgeteilt«, bemerkte er mit einem Anflug von Bedauern in der Stimme. »Das ist Allahs Wille. Womit kann ich Euch jetzt noch dienen?«

»Ich glaube, das wäre im Moment alles«, erwiderte Jim. Er wollte fort von hier.

»Ich gebe Euch Bescheid, sobald etwas zu berichten ist«, meinte der Händler. »Verlaßt Euch darauf. Wo seid Ihr zu finden, werte Herren?«

»In Yussufs Karawanserei«, antwortete Baiju.

»Gut, dann werde ich Euch eine Nachricht zukommen lassen. Ich bin Metaab, der Seidenhändler. Jedermann kennt mich.«

Jim, Brian und Baiju wandten sich zum Gehen. Nach diesem Vorfall war Jim froh, den Ort hinter sich zu lassen.

»Wohin jetzt?« fragte Baiju.

Jim wollte noch nicht wieder zur Karawanserei zurückkehren.

»Wo ich nun schon einmal hier bin«, sagte er, »würde ich mir Palmyra gern einmal ansehen.«

»Ihr wollt die Stadt sehen?« fragte Baiju fassungslos. »Aber Ihr seht sie doch bereits.« Er deutete auf die umliegenden Läden.

»Nein«, entgegnete Jim. »Ich meine die ganze Stadt.«

»Ich glaube, das würde mir auch gefallen«, meinte Brian. »Laßt uns die Oase anschauen, wo die Frauen Wasser holen. Ich wüßte gern, wie sie es anstellen, die Krüge auf dem Kopf zu tragen. Außerdem ist es stets ratsam, sich an einem neuen Ort umzuschauen.«

»Vielleicht«, räumte Baiju ein. »Aber eine Stadt! Die sind doch alle gleich.«

Jim wußte, daß es sinnlos gewesen wäre, Brian oder Baiju auf die architektonischen Überreste der Römer und anderer Kulturen hinzuweisen. Die Karawanenstraße existierte anscheinend schon seit Urzeiten. Doch ganz gleich, was sie unternahmen, es wäre auf jeden Fall besser, als zur Karawanserei zurückzukehren, dort die Wand anzustarren und im Geiste den Leprakranken vor sich zu sehen.

Gleichwohl sah er noch immer diese erschreckten Augen und den halb offenen Mund des flüchtenden, unglücklichen Lederhändlers vor sich. Seltsamerweise hatte der Anblick weder den Seidenhändler noch Baiju gerührt. Auch bei Brian hatte er keine Gefühlsregung ausgelöst. Brian unterhielt sich gerade mit Baiju darüber, wie die Europäer mit derartigen Fällen umgingen.

»... Bei uns bekommen die Aussätzigen eine Glocke und müssen sich von Kopf bis Fuß verhüllen«, erklärte

Brian gerade. »Der Aussätzige läutet ständig die Glocke, damit ihm alle rechtzeitig ausweichen können.«

»Einfacher ist es, sie auf der Stelle zu töten«, sagte Baiju. »Mit Pfeilen, aus sicherem Abstand.«

Sie waren am Ende des Basars angelangt; jedenfalls hörten die Läden allmählich auf.

»Wenn Ihr unbedingt in diesem Misthaufen umherlaufen wollt, sollte ich Euch besser begleiten«, fuhr Baiju mürrisch fort. »Ihr kennt Euch mit den hiesigen Gebräuchen nicht aus und würdet womöglich aufgrund eines Mißverständnisses Euer Leben lassen, anstatt unbeschadet zur Karawanserei zurückzukehren.«

Er geleitete sie durch die Stadt und weiter zur Oase. Entgegen seiner bekundeten Absicht galt Brians Interesse allerdings mehr den Frauen als den Wasserkrügen, die sie auf dem Kopf balancierten.

»Wenn es Euch nach Frauen verlangt«, bemerkte Baiju, nachdem er Brian eine Weile beobachtet hatte, »so kenne ich Orte, wo Ihr wesentlich mehr von ihnen zu sehen bekommt als hier.«

»Das wäre bestimmt lehrreich, was meint Ihr, James?« fragte Brian, wobei er über Baiju hinwegblickte, denn dieser ging in der Mitte, was am bequemsten war, wenn sie sich zu dritt unterhalten wollten.

Jim verspürte keine besondere Neigung, auf Brians Vorschlag einzugehen, doch da es ihm vor allem darum ging, der Karawanserei fernzubleiben, stimmte er zu.

Schließlich führte Baiju sie in ein Lokal, wo vor allem Kaffee serviert wurde, doch da sie offensichtlich keine Muslime waren, bot man ihnen einen dünnen, säuerlichen Weißwein an; Brian schüttelte sich zwar, trank ihn aber trotzdem.

Dann kamen nacheinander Frauen hervor und tanzten. Sie waren mit hauchdünnem Stoff bekleidet, der zwar anregend wirken sollte, in Wirklichkeit aber kaum mehr offenbarte als die Bekleidung der Frauen in der Oase.

So brachten sie die Stunden hin, und irgendwann gewann Jim den Eindruck, er habe die Erinnerung an den Aussätzigen verdrängt – wenngleich er befürchtete, das Erlebnis werde ihn für den Rest seines Lebens verfolgen. Die Angst des Mannes war nicht allein von der tobenden Menge ausgelöst worden, sondern es stand ihm das Entsetzen über das ihm drohende Schicksal ins Gesicht geschrieben.

Jim, Brian und Baiju kehrten schließlich wieder zur Karawanserei zurück. Bei ihrem Eintreten sprach sie einer der Arbeiter oder Bediensteten an.

»Es wartet jemand auf Euch«, sagte er. »Er nennt sich Ibn-Tariq und erwartet Euch im Speiseraum der Karawanserei.«

Jim hätte sich lieber aufs Zimmer begeben, doch Baiju und Brian wandten sich sogleich zum Speiseraum, und Jim schloß sich ihnen an. Ibn-Tariq saß im Schneidersitz in einer der kleinen Nischen. Neben dem Tisch stand eine qualmende Kohlenpfanne mit einem Pfannkuchen auf dem Rost.

»Ah, meine Freunde!« rief er, als er ihrer ansichtig wurde. »Kommt her. Setzt Euch zu mir.«

Sie durchquerten den Raum, und als Jim auf halbem Weg der Qualm der Kohlenpfanne in die Nase stieg, unterdrückte er den Hustenreiz, um nicht unhöflich zu erscheinen.

»Geht es Euch nicht gut, Mylord?« vernahm er eine leise, besorgte Stimme an seinem Ohr.

»Alles in Ordnung, Kob«, murmelte Jim. »Es ist bloß der Rauch.«

»Der beste Rauch ist es gerade nicht«, meinte Kob. »Aber so etwas wie schlechten Rauch gibt es gar nicht.«

Nein, dachte Jim, *für einen Kobold wohl nicht*; doch

dann hatten sie bereits Ibn-Tariqs Nische erreicht und tauschten Begrüßungen aus. Er hatte keine Gelegenheit mehr, seinen Gedanken laut zu äußern.

»... Ein Basarhändler, bei dem ich einen Turban bestellt hatte, überbrachte mir diesen vor einer Stunde«, sagte Ibn-Tariq. »Er berichtete mir, Ihr drei hättet seinen Laden besucht und von mir gesprochen. Außerdem meinte er, Ihr suchtet einen fränkischen Sklaven. Da ich von früheren Besuchen in Palmyra her zufällig über einige Kontakte verfüge, wäre es gut möglich, daß ich Euch helfen kann, den Gesuchten zu finden.«

23

Jim nippte an dem unglaublich süßen und starken Kaffee, den ihm ein Bediensteter in einer winzigen Tasse serviert hatte. Daß er sich dabei die Zunge verbrannte, störte ihn nicht, denn er brauchte dringend ein Anregungsmittel, um klar denken zu können. Mittlerweile hatten sie bei Ibn-Tariq in der Nische Platz genommen.

Der Anblick des Mannes erfüllte ihn mit Unruhe. Daß er sie ausfindig gemacht hatte und obendrein mindestens so schnell geritten war wie sie, ließ bei Jim sämtliche Alarmglocken schrillen.

Mit seinem Angebot stimmte einiges nicht. Zunächst einmal hatte er es in Anbetracht der in diesem Teil der Welt geltenden Höflichkeitsregeln, die es geboten, erst einmal eine Viertel- bis zu einer vollen Stunde über Nebensächlichkeiten zu sprechen, ehe man sich dem Wesentlichen zuwandte, viel zu plötzlich vorgebracht. Außerdem war es für jemanden wie Ibn-Tariq, der sich im Gespräch ansonsten einer diplomatischen Umschreibung befleißigte, viel zu direkt gewesen.

Gleichwohl lächelte er so offenherzig wie jemand, der sich darüber freute, einem guten Bekannten erfreuliche Nachrichten überbracht zu haben. Wohl wahr,

Jim und Ibn-Tariq hatten in den ersten Tagen der Reise eine Menge Berührungspunkte entdeckt; Freunde aber waren sie im eigentlichen Sinn des Wortes nicht geworden.

»Ach«, meinte Brian angeregt, »der Seidenhändler.«

»Ja, Metaab der Seidenhändler«, sagte Ibn-Tariq. »Im Basar gibt es noch andere Seidenhändler. Metaab aber schien mir immer der ehrlichste zu sein.«

»Er hat uns ebenfalls versprochen, uns zu helfen«, bemerkte Jim. Das war das erstbeste, was ihm eingefallen war.

»Das sieht Metaab ähnlich«, meinte Ibn-Tariq. »Allerdings verkehrt er vor allem mit den Menschen im Basar und auf den Straßen. Meine Bekannten gehören einer gehobeneren Schicht an, und einige wären sogar in der Lage, für mich Erkundigungen einzuholen. Mir scheint, der fränkische Sklave interessiert Euch nicht nur nebenbei.« In der ungezwungenen, beiläufigen Art, mit der man derlei Dinge hier betrachtete, setzte er hinzu: »Vielleicht ein alter Geliebter von Euch?«

Jim, der mittlerweile einen weiteren, etwas größeren Schluck von dem heißen Kaffee genommen hatte, bereitete es Mühe, ihn höflich hinunterzuschlucken.

»Nein«, brachte er heraus. »Bloß ein Nachbar, dem ich einen Gefallen schulde.«

»Ah«, meinte Ibn-Tariq, »es kommt selten vor, daß die Pflicht solch hohe Wertschätzung genießt. Ich reise ständig umher, spreche mit den Menschen und stelle ihnen Fragen, doch findet sich nur selten jemand, der die Tugenden des Korans in sich verkörpert ...«

Am Eingang des Speiseraums erscholl plötzlicher Lärm. Als alle die Köpfe wandten, erblickten sie fünf behelmte Männer mit Krummschwertern in den Scheiden und langen Waffen in Händen, die eine Mischung aus Speer und Hellebarde darstellten. Jim nahm zunächst an, sie würden in einer der Nischen Platz nehmen, aber die Fremden hielten geradewegs auf sie zu.

Vor der Nische blieben sie stehen. Sie schienen nicht in freundlicher Absicht gekommen zu sein. Alle waren mehr oder minder gleich gekleidet und trugen bräunlich-weiße Gewänder. Vier von ihnen trugen Jacken aus gegerbtem Leder, und ihre Helme waren ebenfalls aus Leder. Der fünfte, der den anderen ein Stück weit voraus war und das Kommando zu führen schien, trug einen Helm aus Metall und ein Kettenhemd.

Er hatte ein langes, schmales Gesicht und kalte, braune Augen, die sie durchdringend musterten.

»Ihr drei steht auf Anordnung des Beys unter Arrest!« sagte er. »Wie ich sehe, tragt Ihr Messer bei Euch. Gebt sie mir. Macht schon – mit dem Heft nach vorn.«

»Ha!« Brian faßte sich ans Messer, jedoch nicht so, als wollte er es mit dem Heft nach vorn übergeben; augenblicklich bedrohten ihn vier der langen Waffen aus nächster Nähe.

»Brian!« meinte Jim warnend. Ibn-Tariq hatte jedoch bereits das Wort ergriffen.

»Beruhigt Euch, Freunde«, sagte er. »Ich bin sicher, es handelt sich um ein Mißverständnis. Offizier, könnte ich Euch einen Moment unter vier Augen sprechen? Ich bin Ibn-Tariq, und mein Name ist nicht unbekannt in dieser Stadt.«

»Verzeiht mir, wenn ich Euer Mahl gestört habe, Ibn-Tariq«, erwiderte freundlich der Offizier mit einer weitausholenden Geste. »Ich versichere Euch, dies ist kein Irrtum; aber wenn Ihr darauf besteht ...«

Ibn-Tariq erhob sich und trat mit dem Offizier ein Stück beiseite. Die vier Männer hielten die Speere nach wie vor erhoben, wenngleich diese jetzt nicht nur auf Brian, sondern auch auf Jim und Baiju gerichtet waren.

Es folgten einige Minuten angespannten Wartens. Brian blickte die vier Speere grimmig an. Er hatte die Hand vom Schwert genommen und ließ sie schlaff herabhängen. Rein äußerlich wirkte er jetzt weniger bedrohlich, doch Jim wußte es besser; und dieses Wissen bereitete ihm Sorge.

Eigentlich sollte ein Ritter keinen Bedarf für die Art Waffen haben, die auch als ›Meuchelwaffen‹ bezeichnet wurden; Brian hatte Jim jedoch zu Anfang ihrer Freundschaft einmal erklärt, niemand, der es sich leisten könne, begebe sich ohne ein zweites, verstecktes Messer unter Leute.

Soviel Jim wußte, hatte Brian mindestens ein weiteres Messer bei sich. Im Ärmel des Schwertarms war ein kurzes, aber schweres Messer verborgen, mit einem Bleigewicht in der Mitte und einer breiten, zweischneidigen, geschwungenen Klinge, die dem Gegner schwere Verletzungen zufügen konnte.

Mit einem Ruck konnte Brian das Heft des Messers in seine Hand befördern und es dann vollständig aus dem Ärmel herausreißen, um dann aus der Rückhand hervor sogleich einen Hieb zu führen. Die Klinge war so schwer, daß sie mindestens einen der Lanzenschäfte durchschneiden würde.

»Ich glaube, wir sollten abwarten, was Ibn-Tariq zuwege bringt«, sagte Jim zu Brian.

Brian blickte ihn zweifelnd an. Auch Baiju sah ihn an, jedoch eher mit einem Ausdruck von Geringschätzung.

Nach den Maßstäben nahöstlicher Unterhaltungen dauerte es nur einen Moment, da kamen Ibn-Tariq und der Offizier auch schon zurück.

»Ich fürchte, Ihr werdet den Offizier begleiten müssen«, sagte Ibn-Tariq. »Ich bin jedoch sicher, daß es sich um einen Irrtum handelt. Ich werde mich darum kümmern, daß er aufgeklärt wird. Dieser Offizier steht unter dem Befehl des Militärgouverneurs von Palmyra, den ich persönlich kenne. Ich würde Euch dringend raten, ihn widerstandslos zu begleiten und alles andere mir zu überlassen.«

Baiju gab sein typisches Schnauben von sich, das alles mögliche bedeuten konnte.

Jim zog hastig das Schwert und reichte es mit dem Heft voran dem Offizier, der verächtlich beiseite trat und einem der Speerträger bedeutete, es entgegenzunehmen. Dies tat der Mann, ohne allerdings den auf Jim gerichteten Speer zu senken. Anschließend übergab auch Brian widerwillig sein Schwert, ohne jedoch Anstalten zu machen, auch seine übrigen Waffen auszuhändigen.

Baiju stand auf, so daß die auf ihn gerichtete Speerspitze nun unmittelbar gegen seine Brust drückte. Mit der Linken zog er sein kurzes Krummschwert aus der Scheide und rammte dem Speerträger das Heft in den Bauch, worauf dieser das Schwert eilig ergriff.

»Gehen wir«, sagte der Offizier.

Man führte sie hinaus auf die Straße, wo sich sogleich eine Menschenmenge um sie scharte, die ihnen neugierig folgte. Nach mehrmaligem Abbiegen gelangten sie in eine schmale Gasse, wo der Offizier anscheinend die Geduld mit den Gaffern verlor und den Weg von zweien seiner Leute absperren ließ.

Jim, Brian und Baiju wurden nur mehr von dem Offizier und den verbliebenen zwei Soldaten eskortiert. Sie gingen weiter und bogen mal rechts, mal links ab, bis sie zu einer Tür in einer Steinmauer gelangten, die von einem weiteren Soldaten bewacht wurde.

Nachdem sie die enge Gasse hinter sich gelassen hatten, war der Offizier an die Spitze gerückt. Er war deutlich sichtbar, und bei seinem Nahen öffnete der Wachposten eilig die Tür. Wortlos marschierte der Offizier mit Jim und dessen Gefährten hindurch. Sie gelangten in einen verdreckten Raum, wo sich drei weitere mit Schwertern und langen Messern bewaffnete Soldaten auf schmutzigen Kissen fläzten. Anschließend traten sie durch eine Tür, die so schmal war, daß sie jeweils nur einer Person Durchlaß gewährte, auf eine finstere Treppe, die immer weiter in die Tiefe führte, bis sie schließlich auf einen Gang mit nacktem Erdboden und Steinwänden mündete.

Im flackernden Schein einer Wandfackel gingen sie noch ein Stück weiter, bis der Gang sich zu einem mit Gitterstäben in Zellen unterteilten Raum weitete. In den ersten beiden Zellen, an denen sie vorbeikamen, hockten mit Lumpen bekleidete Gestalten, die kaum mehr als lebendig gelten konnten. Dann stieß man Jim und Brian in eine leere Zelle und verriegelte hinter ihnen die Tür. Baiju blieb draußen stehen.

»Du nicht, Mongole«, sagte der Offizier. »Dich bringen wir woanders hin.«

Er und die drei Wachen aus dem oberen Raum, die ihnen nach unten gefolgt waren, nahmen den Mongolen in die Mitte und führten ihn ab. Jim und Brian sahen einander in der kahlen Zelle an.

Der schwache Schein einer Fackel erhellte den Raum. Allerdings befand sich die Fackel an der Wand gleich hinter der leeren Zelle zu Jims Linken, so daß sie ihre unmittelbare Umgebung einigermaßen deutlich erkennen konnten.

»Was meint Ihr, was sie mit dem kleinen Mann tun werden?« fragte Brian.

Jim schüttelte den Kopf.

»Ich begreife das alles nicht«, sagte er.

»Vielleicht sollte ich besser den Mund halten«, meinte Brian, »aber wäre es unter Umständen möglich, daß Ihr uns mittels Magie …«

Er ließ den Satz unvollendet.

»Natürlich«, antwortete Jim, »aber so verzweifelt ist unsere Lage noch nicht. Wenn alle anderen Mittel versagen, bleibt uns immer noch die Magie. Allerdings sollte uns klar sein, daß es Situationen gibt, in denen auch Magie nicht weiterhilft.«

Er schaute sich um.

»Ich wüßte gern etwas mehr über diesen Ort«, sagte er. »Wirkt das auf Euch wie ein Stadtgefängnis?«

»Nicht unbedingt«, antwortete Brian zögernd. »Stadtgefängnisse sind meistens Erdverliese, wie das unter der Residenz des französischen Königs in Brest, aus dem Ihr mich und Giles herausgeholt habt. Hier ist es nicht nur trocken, sondern auch sauber.«

»Sauber?« echote Jim, sich ungläubig umschauend.

»Aber ja doch«, fuhr Brian in geradezu munterem Ton fort, »die Art Gefängnis, in denen man Leute von Stand unterbringt. Ich glaube, in der Ecke dort steht sogar ein Nachttopf.«

Jim verzichtete darauf, die Annehmlichkeiten ihrer Unterkunft in näheren Augenschein zu nehmen.

»Ich glaube, Ihr habt recht«, sagte er. »Ich wüßte gern, wie es im übrigen Gebäude aussieht. Allerdings möchte ich deswegen keine Magie einsetzen. Ich habe den starken Verdacht, daß hier noch ein anderer Magier sein Unwesen treibt – und daß er ein Auge auf uns hat.«

Er betrachtete nachdenklich die tropfende Fackel und die rußgeschwärzte Decke.

»Immerhin gibt es hier ein wenig Rauch, und der muß irgendwie entweichen können. Vielleicht könnte Kob auf dem Rauch durch diese Öffnung reiten, den Qualm anderer Fackeln oder Kochfeuer zur Erkundung des Gebäudes benutzen und uns anschließend Bericht erstatten.«

Er wandte leicht den Kopf.

»Kob?« fragte er. »Meinst du, das ginge?«

Er erhielt keine Antwort.

»Kob?« Als Jim immer noch keine Antwort bekam, befühlte er den Beutel auf seinem Rücken, in dem sich der Kobold hätte befinden müssen. Der Beutel war schlaff und leer.

»Ist er weg?« fragte Brian, der Jim besorgt zugeschaut hatte.

»Ja.« Jim ließ die Hand wieder sinken. »Als wir die Karawanserei betraten, war er noch da, denn ich mußte husten vom Qualm des Kochgeräts, und darüber haben wir uns unterhalten.«

»Er wird sich doch nicht etwa ohne Erlaubnis aus dem Staub gemacht haben?« fragte Brian. »Seinen Herrn einfach verlassen? Was fällt dem eigentlich ein?«

»Ich glaube, so sind Kobolde eben«, meinte Jim nachdenklich. Ihn beschlich kalte Furcht. »Er wird doch nicht etwa gedacht haben, es handele sich um einen Notfall, und ist nach England zurückgekehrt, um Angie und Geronde Bescheid zu geben?«

»Nach England? Um Angela und Geronde Bescheid zu geben?« Brian starrte ihn fassungslos an. »Was soll das heißen?«

»Das hatte ich mit Kob vor unserem Aufbruch in England so ausgemacht. Ich habe Euch in Sir Mortimors Burg davon erzählt – erinnert Ihr Euch? Es könnte der Fall eintreten, daß ich nicht mehr in der Lage wäre, ihn dazu aufzufordern. In diesem Fall sollte er selbst entscheiden. Anscheinend hat er geglaubt, mit unserer Festnahme sei dieser Fall eingetreten, und hat sich aus dem Staub gemacht. Wir haben vielleicht nur deshalb nichts davon gemerkt, weil er nicht gesehen werden wollte. Ich wette, so war es!«

»Aber wenn er das wirklich getan hat«, entgegnete Brian, »und wenn das wirklich möglich wäre ...«

»Oh, möglich ist es schon – jedenfalls für einen Kobold«, erklärte Jim. »Ich hatte den Eindruck, je weiter er von zu Hause entfernt war, desto schneller konnte er sich auf dem Rauch fortbewegen. Anscheinend hat er geglaubt, er könne von jedem beliebigen Ort in ein paar Stunden zu Hause sein.«

Sie sahen einander an.

»Und jetzt wird er Lady Angela erzählen, Soldaten hätten uns festgenommen, entwaffnet und eingesperrt?« fragte Brian.

Jim nickte düster.

»Aber dann wird sie sich doch nur unnötig Sorgen machen – und Geronde ebenfalls!«

»Das befürchte ich auch«, sagte Jim. »Er wird Angie

erzählen, wir seien in Gefahr; und sie befindet sich in England, Tausende Meilen weit entfernt, und kann uns nicht helfen.«

»Sie werden uns natürlich helfen wollen«, bemerkte Brian. »Geronde ganz bestimmt.«

»Angie sicherlich auch«, meinte Jim. »Zum Glück ist das nicht möglich. Wie sollten sie denn auch hierherkommen?«

»Wie kommen wir nur dorthin?« fragte Angie, nervös in der Kemenate auf und ab gehend. Geronde saß auf der Bettkante, Kob thronte auf einem Rauchschwaden, der sich zuvorkommend vom Kaminfeuer ins Zimmer ausgedehnt hatte. Obwohl es bereits Frühling war, würden die Burgmauern die Winterkälte noch mindestens einen Monat lang aufspeichern.

»Das Geld für die Reise könnte ich wahrscheinlich zusammenkratzen«, sagte Geronde. »Aber wir würden Monate brauchen.«

»So ist es«, meinte Angie. »Geld habe ich genug da, außerdem könnten wir unterwegs das eine oder andere Schmuckstück versilbern. Aber Ihr habt recht, wir würden Monate brauchen: Weiß der Himmel, was bis dahin alles passieren kann. Wir müssen dorthin, und zwar rasch.«

Unvermittelt blieb sie stehen und fuhr zu Kob herum.

»Mylady?« fragte Kob mit aufgerissenen Augen.

»Kob – Kob Eins von Malencontri«, sagte Angie. »Jim hat mir erzählt, du hättest ihn zu einem Ausflug auf dem Rauch mitgenommen. Könntest du mit Geronde und mir das gleiche tun?«

»O Mylady!« sagte Kob. »Eigentlich sollen wir nur Kinder mitnehmen. Das mit Mylord war eine Ausnahme, weil er mein Herr ist, und Ihr seid meine Herrin. Aber Mylady Geronde kann ich wirklich nicht mitnehmen. Außerdem würde der Rauch nicht zwei Erwachsene gleichzeitig tragen. Mehr als eine Person geht nicht. Zwei Kinder könnte ich mitnehmen – aber nur zwei kleine Kinder.«

»Bah!« machte Geronde.

»Nein, er kann nichts dafür«, sagte Angie zu Geronde. »Er würde bestimmt sein Möglichstes tun. Nicht wahr, Kob?«

»Aber ja, Mylady.«

»Nun gut!« sagte Angie entschlossen. »Wenn es so nicht geht, dann müssen wir uns eben etwas anderes einfallen lassen. Ich glaube, ich habe auch schon einen Plan.«

»Und wie sieht der aus, Angela?« fragte Geronde.

»Das erzähle ich Euch auf dem Dach des Turms, wo uns niemand belauschen kann«, erwiderte Angie. »Kommt mit, Geronde. Du auch, Kob.«

Mit Angie an der Spitze stiegen sie über die kurze Steintreppe aufs Turmdach, das zugleich das Dach der Kemenate war. Der Wachposten machte große Augen – weniger wegen Angie und Geronde als vielmehr wegen Kob, der auf einem Rauchschwaden hockte. Aber schließlich gehörte der Wächter dem Haushalt eines Magiers an, und folglich war es unter seiner Würde, sich die Überraschung anmerken zu lassen.

»Du gehst nach unten, Harold«, befahl Angie. »Ich rufe dich, wenn ich dich brauche; falls du in einer Stunde aber noch nichts gehört hast, kommst du von allein wieder hoch. Sollten wir dann verschwunden sein, schenkst du dem keine Beachtung.«

»Keine Beachtung, Mylady?« Das erfahrene Mitglied des Magierhaushalts rang nun doch um Fassung.

»Du hast gehört, was ich gesagt habe«, meinte Angie. »Und jetzt ab über die Treppe!«

Harold gehorchte. Als er sich entfernt hatte, wandte sich Angie lächelnd an Geronde.

»Und jetzt?« fragte Geronde.

»Geronde«, sagte Angie, »erinnert Ihr Euch noch

daran, wie Jim und ich in Drachengestalt auf Eurem Turm gelandet sind und wie Ihr hochgerannt kamt und uns verscheuchen wolltet, weil Ihr dachtet, wir wollten nach Malencontri?«

»Daran erinnere ich mich, Angela«, antwortete Geronde.

»Nun«, meinte Angie triumphierend, »dann verwandeln wir uns jetzt in Drachen und fliegen Jim und Brian hinterher!«

24

GERONDE STARRTE ANGIE FASSUNGSLOS AN. Jedem anderen an ihrer Stelle wäre wohl der Mund offenstehen geblieben. Geronde ähnelte jedoch viel zu sehr Brian, um derart dümmlich dreinzuschauen.

»Ihr könnt ebenfalls zaubern?« fragte sie.

»Ich habe es noch nie versucht«, erwiderte Angie mit der ihr eigenen Entschlossenheit. »Aber an dem Tag, als wir auf Eurem Turm gelandet sind, hat Jim mich in einen Drachen verwandelt. Wenn ich einmal ein Drache war, dann sollte ich mich auch jetzt wieder verwandeln können. Und wenn ich mich verwandeln kann, dann sollte ich auch Euch in einen Drachen verwandeln können.«

»Aber wie wollt Ihr das anstellen?« fragte Geronde.

»Wie das im einzelnen gehen soll, weiß ich auch nicht«, entgegnete Angie. »Darauf kommt es auch nicht an. Ich habe Jim oft genug dabei zugesehen. Wenn man schon so lange wie ich mit einem Mann zusammenlebt, Geronde, dann kennt man ihn irgendwann durch und durch. Tretet zurück, dann versuche ich es.«

Geronde trat ein paar Schritte zurück.

Angie blieb an Ort und Stelle stehen. Sie holte tief Luft. Sie ballte die Fäuste und schloß die Augen. Sie spannte sich an.

Die Sekunden verstrichen.

Geronde wollte etwas sagen, dann überlegte sie es sich anders. Sie wartete.

Angie atmete erschöpft aus und öffnete wieder die Augen. Sie entspannte sich und atmete mehrmals tief durch.

»Ich bin sicher, es geht!« sagte sie zu Geronde. »Jim glaubt so fest an die Kraft der Magie, daß sie auch wirkt – so muß es sein. Wenn ich ebenso fest daran glaube wie er, müßte es klappen. Wenn er es kann, dann kann ich es auch.«

»Natürlich könnt Ihr es, Angela«, sagte Geronde.

Angie holte abermals tief Luft, schloß die Augen und ballte die Fäuste, während Geronde wartete.

»Ich bin ein Drache, ich bin ein Drache, ich bin ein Drache ...«, murmelte Angie vor sich hin. Nach einer Weile schnappte Angie nach Luft, öffnete die Augen und entspannte sich.

»Ich bin mir ganz sicher, daß ich es kann!« sagte sie wütend.

»Natürlich könnt Ihr es, Angela«, meinte Geronde.

»Ärgerlich dabei ist, daß ich genau weiß, wie er es macht.« Angie ging nervös auf und ab. »Ich bin ihm so nahe, daß ich unmittelbar spüre, was er tut. Wenn ich nur dieses Gefühl in mir erzeugen könnte. Habt Nachsicht mit mir, Geronde. Ich versuch's noch einmal.«

Sie versuchte es – wiederum ohne Erfolg.

»Angela«, sagte Geronde sanft, »meint Ihr nicht, Ihr solltet vielleicht ...«

Angie aber hatte bereits wieder die Augen geschlossen und hörte ihr gar nicht zu.

Auf einmal war sie ein Drache.

Geronde wich unwillkürlich mehrere Schritte zurück.

»Angela ...«, sagte sie. »Angela, seid Ihr das?«

Der Drache schwenkte anmutig den Kopf zu ihr herum. Trotz seiner Grazie war er sehr groß.

»Ich bin's, Geronde«, sagte der Drache. »Seht Ihr? Ich habe Euch doch gesagt, es würde klappen. Jetzt muß ich nur noch Euch verwandeln.«

»Ja, bitte!« meinte Geronde begeistert. Dann setzte sie in eher furchtsamem Ton hinzu: »Tut es sehr weh?«

»Überhaupt nicht«, bemerkte Angie. »Und jetzt steht still, während ich mir vorstelle, Ihr wärt ein Drache. Ich weiß zwar nicht, wie ich es angestellt habe, aber ich bin mir sicher, ich kann es wiederholen; bei Euch könnte es allerdings ein wenig länger dauern. Wir müssen Geduld haben.«

Der Drache schloß die Augen, ballte die krallenbewehrten Vorderfüße und holte tief Luft.

»Geronde ist ein Drache, Geronde ist ein Drache, Geronde ist ein Drache, Geronde ist ein Drache …«, murmelte er.

Der Drache, der Angie war, bemühte sich eine ganze Weile, doch nichts geschah. Geronde wartete geduldig. Kob schaute ihnen gebannt und ehrfürchtig von seinem Rauchschwaden aus zu, wenngleich beide Frauen seine Anwesenheit längst vergessen hatten.

Nach mehreren Pausen atmete Angie mehrmals tief durch und blickte dann Geronde an.

»Es wäre vielleicht hilfreich, wenn Ihr ebenfalls die Augen schließen und ›ich bin ein Drache, ich bin ein Drache‹ sagen würdet«, meinte sie.

»Natürlich, Angela«, antwortete Geronde. »Soll ich auch …«

Es gab einen Knall, und plötzlich tauchte inmitten einer Rauchwolke Carolinus vor ihnen auf, der jedoch etwa drei Meter groß zu sein schien. Vor Zorn sträubte sich ihm der Bart.

»SO GEHT DAS NICHT!« brüllte er. Der Drache und Geronde schlugen die Augen auf und atmeten aus. Sie starrten ihn fassungslos an.

»Angie«, sagte Carolinus, »jetzt ist aber Schluß damit – jedenfalls mehr oder weniger! Einer von dieser

Sorte reicht mir vollkommen. Euer Gatte hüpft in der ganzen Welt herum, verbraucht magische Energie, wo er geht und steht, als gäbe es die umsonst, macht alles falsch und findet wie durch ein Wunder doch jedesmal die richtige Lösung, indem er auf irgendwelche anderweltlichen Vorstellungen zurückgreift. Zwei wären zuviel. Ich bin ein alter Mann. Angela Eckert, so geht das nicht!«

»Ich muß Jim finden!« sagte der Drache.

»Nun, so werdet Ihr ihn jedenfalls nicht finden!« blaffte Carolinus – und auf einmal war der Drache verschwunden, und seine Stelle nahm wieder Angela ein.

»Was fällt Euch ein!« rief Angie.

»Ich habe Euch nur genommen, was Euch nicht zusteht!« erwiderte Carolinus. »Angela Eckert, Ihr werdet nicht in Drachengestalt nach Jim suchen, ganz zu schweigen davon, jemand anderen in einen Drachen zu verwandeln und mitzunehmen. Es kommt gar nicht in Frage, daß Ihr Euch in einen Drachen verwandelt. Wenn Jim beliebt, Drachengestalt anzunehmen, kann ich ihn nicht daran hindern. Das liegt ganz in seinem Ermessen. Ihr aber dürft Euch nicht in einen Drachen verwandeln. Ihr dürft Euch überhaupt nicht verwandeln, und damit basta. Ihr habt nicht nur gegen das Gesetz der Enzyklopädie der Nekromantie verstoßen, sondern habt gehandelt wie irgendein nicht zugelassener Hexer, ohne von einem älteren Magier beaufsichtigt zu werden und ohne daß Euch dies jemand gestattet hätte. Das ganze Gleichgewicht der Kräfte ist einen Moment lang ins Wanken geraten, daß Ihr es nur wißt!«

»Meinetwegen soll es ruhig wanken.« Angie schien um mehrere Zentimeter zu wachsen und funkelte Carolinus an. »Ich werde Jim aus dem Schlamassel herausholen, in dem er steckt, und Ihr könnt mich nicht daran hindern. Wenn Ihr nicht zulaßt, daß ich mich in einen Drachen verwandele und ich Jim deshalb nicht rechtzeitig zu Hilfe kommen kann, dann solltet Ihr Euch besser vorsehen, Carolinus. Das ist mein voller Ernst!«

»Gott sei meiner Seele gnädig!« sagte Carolinus, denn Angie hatte mit großem Nachdruck gesprochen.

»Vergeßt das nicht«, sagte sie nun im gleichen Ton.

»Angie«, entgegnete Carolinus, »das ist Unsinn. Wißt Ihr denn nicht, daß Ihr gegen einen Meistermagier wie mich nichts ausrichten könnt?«

»Ich werde eine Möglichkeit finden!« verkündete Angie in unheilschwangerem Ton.

»Gott sei meiner Seele gnädig«, wiederholte Carolinus verwundert. »Ich wußte gar nicht, Angie, daß Ihr …«

»Nun, dann wißt Ihr es eben jetzt.«

»Meine Liebe«, meinte Carolinus nachsichtig, »glaubt mir doch. Ich fühle mit Euch. Wenn ich könnte, würde ich Jim helfen. Wenn Ihr ihn ohne Magie retten könnt, werde ich an Eurer Seite jubeln. Aber was Ihr da vorhattet, darf nicht sein und ist Euch strikt verboten. Es tut mir leid, Angie. Das war mein letztes Wort.«

Daraufhin verschwand er.

Allmählich verflüchtigte sich Angies Zorn. Sie schaute Geronde an; diese erwiderte schweigend ihren Blick.

»Keine Bange, Angela«, sagte Geronde nach einer Weile. »Wir werden James und Brian retten. Ganz bestimmt. Es wird uns schon noch etwas einfallen.«

»Bloß was?« fragte Angie bedrückt.

Kob räusperte sich. Hätte auf dem Turm nicht tiefe Stille geherrscht, hätten ihn die beiden Frauen bestimmt überhört. So aber wandten sie den Kopf zu Kob herum.

»Ä-hem«, machte Kob, sich abermals räuspernd; und als er gleich zweifach von Blicken durchbohrt wurde, schien er zu schrumpfen. »Ich habe eine Idee …«

Angie entspannte sich.

»Schon gut, Kob«, sagte sie erschöpft, aber mit sanfter Stimme. »Erzähl sie uns später, ja? Wir haben im Moment andere Sorgen.«

»Nein, nein!« meinte Kob aufgeregt. »Es geht darum, wie wir in Windeseile zu Mylord James und Mylord Brian gelangen könnten, und zwar, indem wir vielleicht doch den Rauch benutzen.«

Sie starrten ihn an.

»Aber du hast doch gemeint ...«, setzte Geronde an.

»Oh, ich weiß, was ich gesagt habe«, fiel Kob ihr ins Wort. »Ich habe gesagt, ich könnte Euch nicht beide gleichzeitig auf dem Rauch befördern. Ich habe nun überlegt, was sich da machen ließe, und da ist mir eingefallen, daß ich Hilfe holen könnte. Das heißt, falls wir uns einigen sollten.«

»Einigen?« fragte Angie. »Mit wem?«

»Oh, Euch habe ich nicht gemeint, Mylady Angela und Mylady Geronde«, erwiderte Kob. »Aber die Malvernburg hat natürlich ihren eigenen Kobold. Ich kenne ihn nicht gut. Ich bin ihm ein paarmal begegnet, als wir auf dem Rauch unterwegs waren und sich unsere Wege kreuzten. Aber wenn ich Lady Angela trage, dann könnte Euer Kobold vielleicht Euch tragen, Lady Geronde – falls er bereit dazu ist.«

»Falls er bereit dazu ist?« echote Geronde. Ihre Miene verfinsterte sich. »Du meinst, er würde sich womöglich weigern?«

»O bitte, Mylady«, sagte Kob. »Bitte glaubt nicht, Ihr könntet ihn dazu zwingen. Er ist anders als ich. Er ist sehr furchtsam und nicht daran gewöhnt, sich weit von zu Hause zu entfernen. Ganz im Gegensatz zu mir. Laßt mich mit ihm reden, am besten jetzt gleich. Wie wär's, wenn Ihr ebenfalls zur Malvernburg hinüberreiten würdet? Wenn alles gutgeht, treffen wir uns dann auf dem höchsten Turm der Malvernburg und bereden alles weitere.«

»Kob«, sagte Angie, »glaubst du wirklich, du könntest ihn dazu überreden?«

»Ich möchte Euch nichts versprechen, Mylady«, sagte Kob, »aber ich werde mein Bestes tun; und ich bin sehr zuversichtlich. Wie ich schon sagte, ist er ängstlich, aber vielleicht vermag ich die Wildheit in ihm zu wecken, die tief im Innern eines jeden Kobolds verborgen liegt.«

»Das hoffe ich doch sehr«, meinte Geronde mit einem drohenden Unterton.

»Ich werde mein Bestes tun, Mylady«, versprach Kob eingeschüchtert. »Das müßt Ihr mir glauben!«

»Wir glauben dir ja, Kob«, sagte Angie. »Aber du mußt auch Verständnis für uns haben. Lady Geronde ersehnt sich Sir Brians Rückkehr nicht minder heftig als ich die Rückkehr deines Herrn.«

»Ich weiß«, sagte Kob. »Ich glaube, es wird alles gut werden. Wir treffen uns dann dort.«

Sein Rauchschwaden hob sich ostwärts gen Himmel und beschleunigte immer mehr. Nach kurzer Zeit verschwand er außer Sicht.

»Kriegen wir denn überhaupt nichts zu essen? Müssen wir bis zum Jüngsten Tag hier schmoren?« fragte Brian. »Was meint Ihr?«

Er ging unruhig in der Zelle auf und ab. Jim hatte eine Pritsche entdeckt, die allerdings eher für ein Kind gedacht schien. Er hatte zunächst ganz behutsam darauf Platz genommen, doch sie trug sein Gewicht. Darauf saß er jetzt immer noch.

»Ich weiß, was Ihr denkt, Brian«, sagte er. »Ich verspreche Euch, notfalls Magie einzusetzen. Damit möchte ich aber solange warten, bis ich mir sicher bin, daß es wirklich notwendig ist. Ich wäre weniger zurückhaltend, wenn mich nicht etwas tief beeindruckt hätte, Brian.«

Brian blickte ihn skeptisch an.

»Doch, wirklich«, sagte Jim. »Als Carolinus mich ermahnt hat, sparsam mit magischer Energie umzugehen, war er anders als sonst. So ernst war es ihm noch nie. Ich habe auch schon früher erlebt, wie er die Arme schwenkte und pathetisch wurde; diesmal aber war es anders. Er wollte mir etwas klarmachen; aber wie er häufig betont hat, besteht die Schwierigkeit darin, daß er mir nicht alles sagen darf, wenn es um Magie geht. Ich muß es selbst herausfinden, und er kann mir lediglich einen Schubs in die richtige Richtung geben. Ich glaube, allmählich begreife ich, weshalb ich selbst dahinterkommen muß. Es reicht nicht aus, etwas bloß erklärt zu bekommen; vielmehr muß man im wirklichen Leben mit der entsprechenden Situation konfrontiert werden …«

»Still!« unterbrach ihn Brian in gedämpftem Ton. »Da kommt wer. Je weniger unsere Gegner mitbekommen, desto besser.«

Beide verstummten, und in den Zellenraum trat derselbe Offizier, der sie auch hierhergebracht hatte, diesmal aber in Begleitung von vier kostbar gekleideten Wächtern. Ihre Gewänder waren blau und weiß, und alle trugen Helme und Kettenhemden.

»Kommt mit!« sagte der Offizier, während er die Tür aufsperrte. Sein Ton war vollkommen neutral, im Gegensatz zu dem herrischen Befehlston, dessen er sich zuvor bedient hatte. »Diese Männer werden Euch an einen Ort bringen, wo man Euch erwartet.«

Jim und Brian traten aus der Zelle; die vier Männer nahmen sie in die Mitte, und gefolgt vom Offizier stiegen sie wieder die Treppe hoch. Diesmal folgten sie dem Gang bis zu einer Tür, durch die sie auf einen breiteren, saubereren Gang gelangten, der schließlich auf einen mit Teppichen ausgelegten Korridor mit Marmorwänden mündete.

Nach einer Weile tat sich zur Rechten ein breiter Durchgang auf, und der Offizier bedeutete Jim und Brian hindurchzutreten. Die Wächter traten beiseite. Sie hatten die ganze Zeit über kein einziges Wort gesagt.

Jim und Brian gelangten über einen kurzen, aber prachtvoll ausgestatteten Korridor in einen nicht minder prachtvollen Raum, der sich von den Gängen, die sie soeben durchquert hatten, nur darin unterschied, daß einige Wandabschnitte, hinter denen weitere Türöffnungen verborgen sein mochten, mit Tüchern verhängt waren.

Baiju und Ibn-Tariq saßen im Schneidersitz auf Kissen, vor sich ein Tablett mit Speisen, das beinahe gegen ihre Knie stieß, neben sich jeweils ein Gestell aus poliertem Ebenholz mit einer Kaffeetasse darauf.

»Essen«, murmelte Brian gierig vor sich hin.

»Ah, meine Freunde!« rief Ibn-Tariq, als er sie erblickte. »Wir haben schon auf Euch gewartet. Kommt her, erquickt Euch, und dann erkläre ich Euch, weshalb Ihr in diese unangenehme Lage geraten seid.«

Er klatschte in die Hände. Zwei Vorhänge in seinem Rücken glitten ein Stück weit zur Seite, und hervor traten vier Männer in tiefblauen und strahlendweißen Gewändern, die denen der Wachen ähnelten, welche Jim und Brian hierhergebracht hatten. Ehe diese Baiju und Ibn-Tariq erreicht hatten, hatte man bereits Kissen für sie hingelegt und daneben kleine Ebenholzständer aufgestellt. Jemand schenkte Kaffee in die Tassen ein.

»Wie geht es Euch?« wandte sich Jim an Baiju.

»Ich kann mich nicht beklagen«, erwiderte Baiju.

»Glücklicherweise«, sagte Ibn-Tariq, »konnte ich das Mißverständnis klären, sonst hätte man unseren Freund an einen weniger ...«

Er stockte und beobachtete Brian, der sich kleine Küchlein in den Mund steckte, wie ein Kind, das sich über Bonbons hermachte. Er klatschte in die Hände; als die vier Männer abermals hervortraten und ihn anschauten, deutete er zweimal auf das Tablett. Die Männer zogen sich wieder zurück.

»... einen weniger angenehmen Ort gebracht«, fuhr Ibn-Tariq fort. »Eigentlich war gar nicht beabsichtigt gewesen, Euch in eine solche Lage zu bringen. Aber wie läßt sich so etwas verhindern …«

Er verstummte, denn die vier Bediensteten kamen mit vier Tabletts zurück. Diese wurden so aufgestellt, daß jeder ein Tablett neben sich hatte, während Brian gleich auf drei Tabletts Zugriff hatte.

»… frage ich Euch?« fuhr Ibn-Tariq fort. »In der Regierungsarbeit kommt es immer wieder zu Komplikationen, und dann geschehen eben Fehler.«

Jim hatte als erstes den Kaffee probiert, und wie üblich hellte dieses schwarze Gebräu seine Stimmung auf.

»Ist dies die Residenz des Militärgouverneurs der Stadt?« fragte er.

»Nein«, antwortete Ibn-Tariq. »Das ist das Haus von Murad vom Schweren Säckel, mit dem ich befreundet bin.«

»Dann ist Murad vom Schweren Säckel«, meinte Jim, während er sich einen Happen vom Tablett in den Mund steckte und zuschaute, wie ein Mann, der wie aus dem Nichts aufgetaucht war, ihm Kaffee nachschenkte, »wohl der Militärgouverneur?«

»Nein«, entgegnete Ibn-Tariq, »das ist er nicht. Aber er ist ein sehr wohlhabender Mann und verfügt über einigen Einfluß in der Stadt. Der Militärgouverneur überläßt ihm bisweilen einige seiner Soldaten. Bedauerlicherweise wurden sie fehlerhaft eingewiesen und hielten Euch wohl für Gesetzesbrecher.«

Mit dem ersten Häppchen war Jims Hunger erwacht. Er war jetzt ebenso begierig wie Brian, sich auf die Speisen zu stürzen, bemühte sich aber, dabei gesittet vorzugehen und sich gleichzeitig zu unterhalten.

»Nun gut«, meinte er zwischen zwei Bissen, »könnt Ihr mir dann sagen, weshalb man uns hergebracht hat?«

Ibn-Tariq breitete die Arme aus.

»Ich möchte mein tiefes Bedauern über den Vorfall

zum Ausdruck bringen«, sagte er. »Murad vom Schweren Säckel wollte mir lediglich einen Gefallen erweisen und Euren Freund Baiju herbringen lassen, damit wir uns unterhalten können, ohne auf der Straße ungebührliches Aufsehen zu erregen. Es ist nichts Besonderes, wenn ein Mongole von Soldaten festgenommen wird. Bevor die Soldaten losgeschickt wurden – und das mag zur fehlerhaften Übermittlung der Befehle beigetragen haben –, wurde mir jedoch klar, daß eines der Themen, die ich mit Baiju zu besprechen wünschte, Eure Anwesenheit dringend erforderlich machen würde, wenngleich ich mir über das Ausmaß der Dringlichkeit noch nicht ganz im klaren bin.«

Er blickte Baiju fragend an, als wollte er ihm Gelegenheit geben, sich zu äußern. Baiju erwiderte seinen Blick schweigend und mit undurchdringlicher Miene.

»Wie jedermann weiß, haben die Mongolen die persischen Burgen der Assassinen erobert, während wir, die wir in Ägypten beheimatet sind – von dort stamme ich nämlich –, ihre hiesigen Burgen erobert haben. In letzter Zeit haben die Assassinen in Gestalt des Großmeisters Hassan ad-Dimri und des Weißen Palasts, in dem Ihr, wie ich glaube, eine Zeitlang gefangengehalten wurdet, allerdings einen neuen Aufschwung erlebt. Vor kurzem wandten sie sich im Namen von Hassan ad-Dimri an das Sultanat von Ägypten und boten dem Kalifen Bahri Mameluck die Freundschaft an – kann ich noch etwas für Euch tun, mein Freund?«

Seine letzten Worte hatten Brian gegolten.

»Wein – oder Wasser!« brachte Brian mühsam hervor.

»Gewiß.« Ibn-Tariq klatschte in die Hände, und im nächsten Moment spülte Brian auch schon den scharfgewürzten Happen, denn er zu schlucken versucht hatte, mit dem Inhalt eines großen Gefäßes hinunter.

»... Wie ich gerade sagte«, fuhr Ibn-Tariq an Jim gewandt fort, »hat Hassan ad-Dimri dem Kalifen von

Ägypten Avancen gemacht. Kurz zuvor hatte sich jedoch herausgestellt, daß es einen bestimmten Grund für sein Freundschaftsangebot gab. Hassan hatte erfahren, daß die Goldene Horde von Norden her nach Persien vorzudringen beabsichtige und es möglicherweise auf Ägypten abgesehen habe, um Hassan und seinem üblen Assassinenpack ein Ende zu machen. Da ich mit einem Freund der Mamelucken befreundet bin, nahm ich es auf mich, mit einigen der Mongolen, die an diesem Feldzug teilzunehmen gedenken, darüber zu sprechen, ob sich diese Angelegenheit nicht anderweitig beilegen ließe. Wir Ägypter hätten Hassan ad-Dimri lieber selbst vernichtet, und dies ist nach wie vor unsere Absicht. Daher gibt es eigentlich keinen Grund, weshalb die Mongolen diesen Weg einschlagen sollten. Die Gründe, die dagegen sprechen, sind überwältigend; wir sind näher, befinden uns in einer günstigeren Ausgangslage, und unsere Mamelucken sind besser für die Aufgabe geeignet als berittene Nomaden – ohne meinem Freund Baiju damit zu nahe treten zu wollen.«

Er lächelte Baiju an, der seinen Blick ungerührt erwiderte.

»Kurz bevor wir Baiju holen lassen wollten, erreichte mich jedoch die Nachricht, daß Ihr kürzlich in den Besitz von Informationen gelangt wärt, welche es den Mongolen ermöglichen würden, den Weißen Palast ohne große Anstrengung einzunehmen. Ich habe keine Ahnung, worum es sich dabei handeln könnte; gleichwohl sah ich mich veranlaßt, den Soldaten den Auftrag zu geben, Euch zu bitten, an der Unterhaltung zwischen Baiju und mir teilzunehmen. Wie Ihr wißt, wurde der Befehl, Euch von der Karawanserei herzubringen, gründlich mißverstanden.«

»Ha!« meinte Brian vernehmlich. Er hatte endlich seinen Hunger gestillt und bediente sich soeben einer Wasserschüssel und eines Handtuchs, die einer der Bediensteten ihm hielt. Plötzlich zuckte er zusammen, und Jim merkte, daß er Baijus Blick aufgefangen hatte, der ihn haßerfüllt musterte. Jim hatte auf einmal den Eindruck, der kleine Mongole bedauere es, sie nicht rechtzeitig getötet zu haben, bevor sie in eine Lage geraten waren, in der man ihnen das Geheimnis ihrer Flucht aus dem Weißen Palast wenn nötig mittels Folter entreißen würde. Der Mongole hatte sie wohl nur deshalb so lange am Leben gelassen, weil er sich ihr Wissen um den geheimen Ausgang aus dem Weißen Palast hatte zunutze machen wollen. Jetzt aber tat es ihm leid.

Jim wandte sich wieder Ibn-Tariq zu, stellte jedoch fest, daß dieser gerade von einem Bediensteten in Anspruch genommen wurde, der ihm etwas ins Ohr flüsterte. In diesem Moment hörte der Bedienstete auf zu flüstern und nahm an der Wand Aufstellung, worauf Ibn-Tariq sich lächelnd wieder an Jim wandte.

»Wie ich soeben erfahren habe«, sagte er, »ist Murad vom Schweren Säckel nun bereit, Euch zu empfangen. Würdet Ihr mir die Ehre erweisen, mit mir zu kommen?«

Ein Geräusch war zu vernehmen – kein lautes Geräusch, sondern das Scharren von Füßen und das leise Klirren von Metall, und als Jim, Brian und Baiju sich umdrehten, erblickten sie mindestens ein Dutzend in den Farben des Hauses gekleidete Soldaten, die mit Speeren und Schwertern bewaffnet waren und durch denselben Eingang hereingekommen waren, den eben noch Jim und Brian benutzt hatten.

»Vielleicht können wir jetzt gehen«, sagte Ibn-Tariq mit sanfter Stimme.

25

SIE WURDEN HÖFLICH, aber mit Entschiedenheit abgeführt. Die Hälfte der Bewaffneten ging vor ihnen, die andere Hälfte hinter ihnen, und ihre Eskorte beanspruchte die ganze Breite des Korridors für sich.

Schließlich gelangten sie durch einen breiten Durchgang in einen großen Raum mit einer hohen, gewölbten Decke, an dessen gegenüberliegendem Ende unter einem Baldachin ein unglaublich dicker Mann saß, vor sich Tabletts, Tassen und Becher.

Beim Näherkommen stellte Jim fest, daß der Mann nicht nur groß, sondern geradezu riesig war. Sein Gesicht verschwand fast zur Gänze unter einem erstaunlich buschigen, flaumigen weißen Bart, der unmittelbar unter den Brauen ansetzte und das Kinn, den Hals und die sichtbaren Gesichtszüge unter einem Haarwust verbarg. Er trug einen Turban und ein weites, fließendes Gewand aus purpurroter Seide, das ihn noch größer erscheinen ließ. Jim schätzte, daß mindestens vier Bedienstete nötig waren, um ihm auf die Beine zu helfen.

In diesem Moment flüsterte ihm Brian zu seiner Verblüffung mit rauher Stimme ins Ohr.

»Ist das der Kerl mit dem schweren Säckel?« murmelte Brian. »Irgend etwas stimmt da nicht, James. Es kommt mir so vor, als hätte ich ihn irgendwo schon mal gesehen.«

Wo? hätte Jim gern gefragt, doch sie waren dem fülligen Hausherrn bereits zu nahe gekommen, um ihre gedämpfte Unterhaltung fortzuführen.

»Seid willkommen!« sagte der gewaltige Mann mit tiefer Stimme. »Bitte nehmt doch Platz.«

Bedienstete eilten mit Kissen, Tabletts und Gestellen herbei. Jim und Brian setzten sie Humpen vor, in die sie eine rote Flüssigkeit einschenkten, bei der es sich offenbar um Wein handelte.

»O Murad vom Schweren Säckel«, bemerkte Ibn-Tariq, »dies sind die Männer, von denen ich Euch erzählt habe: Baiju der Mongole, Sir James und Sir Brian – die erlauchten Franken.«

»Sie sind mir willkommen, sehr willkommen!« sagte Murad. »Stimmt es, liebe Gäste, daß es Euch als Ungläubigen freisteht, Alkohol zu trinken?«

Jim bemerkte auf einmal, daß Baiju ebenfalls einen Deckelkrug bekommen hatte. Nicht nur das, er trank bereits daraus, als wollte er ihn in einem Zug leeren. Ibn-Tariq schwieg, daher nahm Jim an, daß es an ihm oder Brian lag zu antworten.

»So ist es, Murad vom Schweren Säckel«, sagte er. »Wir danken Euch für den Wein, den wir uns gerne munden lassen.«

»Ich möchte, daß sich meine Gäste wohl fühlen und daß es ihnen an keinerlei Annehmlichkeiten mangelt«, sagte Murad. »Ich schätze meine gewohnten Speisen und Getränke – und auch meine Gäste sollen auf ihre gewohnten Genüsse nicht verzichten. Wie Allah es gewollt hat, gebe ich allen Hungrigen Nahrung, die an meine Tür kommen, und das Wohlergehen meiner Gäste liegt mir besonders am Herzen.«

»Das ist allgemein bekannt, o Murad vom Schweren Säckel«, sagte Ibn-Tariq, während Jim noch nach einer passenden Entgegnung suchte.

»Schon gut«, meinte Murad. »Wie ich höre, sucht Ihr nach einem fränkischen Sklaven, und mein guter Freund Ibn-Tariq hilft Euch bei der Suche. Wie sieht der Mann aus?«

»Als ich ihn vor Jahren zum letzten Mal sah«, antwortete Brian, »war er ein Mann von gerader Haltung und etwas größer als ich, jedoch nicht so groß wie Sir James. Er hatte schwarzes Haar, das anfing grau zu werden, einen kleinen Schnurrbart, eine hohe, gebogene Nase und ein spitz zulaufendes Kinn. Ein vernarbtes und recht kleines Kinn, während er ansonsten eher grobknochig war.«

»Ich werde veranlassen, daß man nach ihm sucht«, sagte Murad. »Ich unterhalte mit allen möglichen Leuten persönliche und geschäftliche Beziehungen, so daß die Suche sicherlich zum Erfolg führen wird.«

»Sind die Wege Allahs nicht wundersam, Murad, mein Freund?« fragte Ibn-Tariq. »So benötigen die

Emire des Kalifats von ganz Ägypten Informationen, über die ausgerechnet diese Franken verfügen, die es wiederum zu Euch geführt hat, der ihr am ehesten in der Lage seid, den vermißten Franken ausfindig zu machen.«

»So ist es«, sagte Murad. Hinter ihm tauchte auf einmal ein kleiner brauner Hund auf, der sich neben dem Kissen niederließ, auf dem Murad saß, und Jim direkt ansah. »Die Wunder Allahs entziehen sich menschlichem Begreifen.«

»Aber vielleicht lassen sich einige der Wunder ja erahnen«, meinte Ibn-Tariq. »Ägypten ist der rechtmäßige Ursprung und Quell eines mächtigen Reiches, und das ist seine Bestimmung. Das Kalifat mit seinen zahlreichen Emiren handelt allerdings nicht immer so rasch, wie es eigentlich sollte. Vielleicht ist nun die Zeit reif für einen Mann wie Sala-ad-Din, möge Allah ihn auf ewig in den Armen halten – übrigens ein Kurde wie Ihr, Murad. Er ist ein großer Weiser von grenzenlosem Wagemut, der uns in sein neues Reich führen wird.«

»Ja, gesegnet sei der Name Sala-ad-Dins«, erwiderte Murad. »Der Gedanke gefällt mir, daß jemand wie er sich erheben und daß es sich dabei um einen Kurden handeln könnte. Doch wir sollten die Dinge nicht überstürzen.«

Während die beiden Männer blumige Reden schwangen, beobachtete Jim den braunen Hund, und dieser erwiderte seinen Blick. Es war eine absurde Situation.

Obwohl er sich sicher war, daß es sich bei dem Hund um keinen anderen als Kelb handelte, konnte er ihn schlecht fragen, was er hier zu suchen habe. Ebensowenig konnte er zu ihm sagen, daß er verschwinden solle. In den gelben Augen des Hundes, die ihn unverwandt musterten, lag eine unerträgliche Arroganz.

Wenn es sich um Kelb handelte, in welcher Beziehung stand er dann zu Murad? Als Jim darüber nachsann, wurde ihm klar, daß es unzählige Antworten auf diese Frage gab.

Er beschloß, sich nicht weiter den Kopf zu zerbrechen. Im Moment hatte es keinen Sinn, seine Vorstellungskraft zu strapazieren. Er wandte seine Aufmerksamkeit wieder Murad und Ibn-Tariq zu, die immer noch Komplimente wechselten.

»Wenn Sala-ad-Din wieder unter uns weilte«, bemerkte Murad soeben, »täte er gut daran, Euch zu seinem Wesir zu ernennen, Ibn-Tariq ...« Der Rest der wortreichen Schmeichelei bekam Jim nicht mehr mit, denn Brian grub Zeige- und Mittelfinger in seinen Ellbogen, um seine Aufmerksamkeit auf sich zu lenken.

Brian hatte einen eisenharten Griff, der sich nur schwer mißachten ließ; gleichwohl warf Jim ihm nur einen Seitenblick zu, was ausreichte, um zu erkennen, daß Brian ebenfalls so tat, als lauschte er der Unterhaltung zwischen Ibn-Tariq und Murad. Allerdings war er näher an Jim herangerückt, so daß er ihm unauffällig etwas zuflüstern konnte.

»James!« sagte er. »Der Bedienstete, der gerade zur Tür geht. Seht ihn Euch rasch an.«

Ohne den Kopf zu wenden, schaute Jim zur Tür und erhaschte einen Blick auf einen recht großgewachsenen, aber gebeugten und geradezu ausgemergelt wirkenden Mann mit grauem Haar, der soeben durch den Durchgang trat. Im nächsten Moment schloß sich hinter ihm der Vorhang.

»Sir Geoffrey! Gerondes Vater!« murmelte Brian. »James, ich bin sicher, er war es!«

Jim dachte rasch nach.

»Wir müssen uns gedulden, bis er zurückkommt, Brian«, flüsterte er.

»Aber vielleicht kommt er nicht wieder!« meinte Brian drängend.

Das war allerdings möglich. Murad schien so viele

Bedienstete zu haben wie eine Königin. Jim schwirrte der Kopf.

»Geduldet Euch solange, bis sich mir eine Gelegenheit bietet, in die Unterhaltung einzugreifen«, sagte er zu Brian, worauf er sich entschlossen wieder auf Tariq und Murad konzentrierte.

Deren Unterhaltung hatte sich mittlerweile den Sunniten und Schiiten zugewandt – den beiden Hauptsekten des Islam, wie Jim sich von seinem Studium her vage erinnerte. Wenn er sich nicht täuschte, waren die Sunniten die Orthodoxen und die wohl größte Gruppierung, doch waren auch die Sunniten zahlreich genug, um eine ernstzunehmende Kraft darzustellen. Im Moment war von den Sunniten mit Zustimmung, von den Schiiten mit Ablehnung die Rede. Jim hatte den Eindruck, Murad und Ibn-Tariq gehörten beide dem sunnitischen Lager an.

»... Eine Veränderung steht bevor, o Murad«, sagte Ibn-Tariq gerade, »das könnt Ihr mir glauben. Wir müssen vorbereitet sein; und einen besseren Zeitpunkt als den jetzigen gibt es nicht.«

Als er innehielt, ergriff Jim eilends das Wort, ehe Murad etwas erwidern konnte.

»Verzeiht mir, Murad vom Schweren Säckel und Ibn-Tariq«, sagte er, »aber soeben hat sich etwas Merkwürdiges ereignet. Mein Freund Sir Brian und ich haben einen Mann gesehen, der dem Gesuchten ähnelt. Er war gekleidet wie Eure Bediensteten und ist soeben durch diesen Durchgang verschwunden.«

Er zeigte auf den Vorhang, der sich zu Murads Rechten wieder geschlossen hatte.

»Einer meiner Bediensteten? Seid Ihr Euch sicher, Franke?«

»Sicher bin ich mir natürlich nicht«, sagte Jim. »Sir Brian auch nicht. Wäre es vielleicht möglich, den Mann herzuholen, damit wir ihn aus der Nähe betrachten können?«

»Dies ist wirklich eine Zeit der Wunder«, murmelte Ibn-Tariq, sich über den Schnurrbart streichend.

»Was für ein Mann war das denn?« wollte Murad wissen.

»Er war schon etwas älter – älter als die anderen, die uns bislang bedient haben«, antwortete Brian. »Er hatte graues Haar, hielt sich ein wenig gebückt und war hagerer, als ich ihn in Erinnerung habe; aber er hatte große Ähnlichkeit mit Sir Geoffrey, dem Mann, den wir suchen.«

»In meinem Haus!« Murad klatschte dreimal in die Hände.

Der Vorhang, durch den der besagte Mann verschwunden war, öffnete sich wieder, doch diesmal trat ein hochgewachsener alter Mann mit einem buschigen weißen Bart und einem langen Stab heraus, dessen oberes Ende mit Goldornamenten geschmückt war.

»Hat Murad vom Schweren Säckel irgendwelche Wünsche?« fragte er.

»Ja«, sagte Murad. »Gerade eben kam ein Mann herein, älter als die übrigen Bediensteten, gebückt und grauhaarig, den zwei meiner Gäste zu kennen meinten und den sie gern noch einmal sehen würden. Suche den Mann und schicke ihn wieder her.«

»Ich werde tun, was Murad vom Schweren Säckel mir aufgetragen hat«, erwiderte der Bärtige. Er zog sich zurück, worauf sich der Vorhang hinter ihm wieder schloß.

»Kanntet Ihr ihn gut?« wandte Ibn-Tariq sich an Jim und Brian.

»Ich kannte ihn sehr gut«, antwortete Brian, »wenngleich das schon viele Jahre zurückliegt.«

»Nun, bald wissen wir mehr«, meinte Murad.

Nicht lange, und der Vorhang ging wieder auf, und der Mann, der Jim zuvor aufgefallen war, trat in den Raum, gefolgt von dem Bärtigen mit dem Stab, der ihn bis vor Murad geleitete. Wenngleich der Mann das Gesicht halb abgewandt hatte, war seine Hoffnungslosigkeit nicht zu übersehen. Mit gesenktem Kopf blieb er vor Murad stehen.

»Wie nennt man Euch?« fragte Murad.

»Man nennt mich Nasraney, den Ungläubigen«, antwortete der Mann mit rauher, müder Stimme.

»Dann bist du also ein Sklave«, sagte Murad. »Um so besser. Schau dir die Anwesenden an, damit sie dein Gesicht besser erkennen können.«

Der Mann wandte sich langsam um, ohne den Blick vom Boden zu heben.

»Heb den Kopf!« befahl der Bärtige in scharfem Ton.

Der Mann hob den Kopf.

Brian musterte ihn eingehend, und Jim, Ibn-Tariq und Baiju taten es ihm nach.

»Ich hätte nie geglaubt, daß sich ein Mann so verändern kann«, meinte Brian schließlich in einem Ton, der einem tiefen Knurren recht nahe kam, »aber ich glaube, er ist es. Sir Geoffrey?«

Der Mann hob den Kopf noch ein wenig mehr und schaute Brian an.

»Antworte ihm«, befahl Murad.

»Ich …« Der Mann schien nach Worten zu suchen. »Ich war einmal … Sir Geoffrey de Chaney.«

Brian sprang auf, trat drei Schritte vor und umarmte den Mann.

»Sir Geoffrey!« sagte er und küßte ihn auf beide Wangen. »Erkennt Ihr mich denn nicht? Ich bin Brian – Brian Neville-Smythe! Erinnert Ihr Euch noch, wie oft ich in Malvern war, so daß man beinahe sagen könnte, ich sei mit Eurer Tochter Geronde aufgewachsen?«

»Geronde …«

Der Mann wirkte wie gelähmt. Brians Umarmung hatte er nicht erwidert. Jim verspürte ein merkwürdiges Unbehagen. Eigentlich hatte alles seine Ordnung – im Grunde war es ein wahrer Glücksfall. Daß sie zunächst Ibn-Tariq kennengelernt hatten, der mit Murad vom Schweren Säckel befreundet war, dessen Haushalt zufällig der Mann angehörte, nach dem sie im ganzen Nahen Osten gesucht hatten, war allerdings ein kaum glaubliches Zusammentreffen.

»Sir Geoffrey, sprecht mit mir!« sagte Brian.

»Vielleicht«, meinte Jim, »ist das alles zuviel für jemanden, der seit Jahren keinen Landsmann mehr gesehen hat. Wenn Brian und ich für eine Weile mit ihm allein sein könnten ...«

»Wenn er überhaupt jemals einen Funken Verstand besessen hat, so ist davon nichts mehr übriggeblieben«, meinte Baiju grob.

»Wahrscheinlich kommt das eher daher, daß er so plötzlich mit jemandem aus seiner Vergangenheit konfrontiert wurde«, bemerkte Ibn-Tariq. Er wandte sich an Murad. »Vielleicht ist Sir James' Vorschlag gar nicht so schlecht. O barmherziger und großzügiger Murad, würdet Ihr Eurem Sklaven erlauben, allein mit Euren beiden Gästen zu sprechen?«

»So sei es.« Murad blickte den Bärtigen mit dem Stab an und deutete mit dem Finger. Der Bärtige näherte sich Brian.

»Folgt mir«, sagte er. Der Sklave wandte sich mechanisch um. Brian folgte ihm, und Jim sprang eilends auf und schloß sich ihnen an.

Sie traten durch die Tür des großen Raums, die sich vor ihnen öffnete, und gelangten über einen schmalen, gleichwohl aber prachtvoll ausgestatteten Gang in ein kleines, nicht minder kostbar eingerichtetes Zimmer. Hier blieb der Bärtige stehen und trat einen Schritt zurück.

»Ihr bleibt hier, bis Euch Murad vom Schweren Säckel rufen läßt.« Auf dem Absatz machte er kehrt und ging hinaus.

Als das Geräusch seiner Schritte auf dem Steinboden des Korridors verstummt war, hob der Sklave allmählich den Blick zu Brian.

»Bist du's wirklich, kleiner Brian?« fragte er mit gebrochener Stimme. »Brian, du bist es doch? Oder täusche ich mich?«

»Ja, Sir Geoffrey«, antwortete Brian. »Kommt ...«

Er nahm den alten Mann beim Arm und führte ihn zu den Kissen, die an einer der Wände gestapelt waren.

»Setzt Euch, Sir Geoffrey.« Beinahe mußte er den Mann auf ein Kissen niederdrücken, wobei dieser nach Landessitte unwillkürlich die Beine unterschlug. Jim und Brian nahmen neben ihm Platz.

»Brian«, sagte der Mann in verwundertem Ton, »erinnerst du dich noch, wie du im Kamin nach Kobolden gesucht hast und dabei steckengeblieben bist? Geronde kam schreiend zu mir gelaufen, weil sie dachte, dir wäre etwas Schreckliches zugestoßen. Ich mußte in den Schornstein klettern und dich herausholen.«

»Daran erinnere ich mich gut«, meinte Brian kichernd. »Und ich erinnere mich auch noch an die Tracht Prügel, die Ihr mir anschließend verpaßt habt.«

»Das war doch bloß ein Kinderstreich«, sagte Sir Geoffrey. »Damals war ich zu ungeduldig ...«

Er streichelte Brian zärtlich über die Wange.

»Und jetzt bist du ein Mann und ein Ritter und hast Narben!«

»Erinnert Ihr Euch noch an das Weihnachtsfest«, meinte Brian lebhaft, »als wir Euch gar nicht zu Hause erwartet haben und Ihr einen Tag vorher doch noch gekommen seid? Damals war ich vierzehn, und Geronde und ich dachten schon, wir würden Weihnachten allein feiern müssen. Aber dann seid Ihr auf einmal aufgetaucht ...«

Sir Geoffrey nickte.

»Und dann das Osterfest ...« Brian schwelgte in Erinnerungen, und Jim saß unbeachtet dabei. Sir Geoffrey nickte zu allem, was Brian sagte, doch war Jim sich nicht sicher, ob er sich wirklich an die Vorfälle erinnerte oder ob er bloß so tat, damit der Strom der Geschichten nicht versiegte. Er wirkte glücklich.

Jim blieb nichts anderes übrig, als tatenlos zuzuschauen, wie die beiden ihre Bekanntschaft erneuerten. Und das war auch gut so, dachte Jim. Damit, daß sie Sir Geoffrey nun gefunden hatten, waren noch längst nicht alle Probleme gelöst. In gewisser Weise fingen sie jetzt erst richtig an.

Murad hatte Geoffrey als Sklaven bezeichnet. Das bedeutete, daß er Murads Eigentum war. Würde Murad ihn ziehen lassen? Wahrscheinlich. Aber welchen Preis würde er für ihn verlangen, jetzt, da er wußte, wieviel es Brian und auch Jim bedeutete, Sir Geoffrey mit nach England zu nehmen?

Jim ging unruhig im Zimmer auf und ab und überlegte, wie er es anstellen sollte, sämtliche Aufgaben gleichzeitig zu lösen. Brian besaß noch den größten Teil der Goldmünzen, die er bei seinem Turniersieg eingesackt hatte. Die Münzen waren in die gepolsterte Weste eingenäht, die er unter dem Kettenhemd trug; und da die Weste mit dem Kettenhemd vernäht war, merkte hoffentlich niemand, wie schwer sie war.

Nach englischen Maßstäben eine erkleckliche Summe. Was aber bedeutete sie für jemanden wie Murad, der – dem Haus, den Bediensteten und der unterwürfigen Haltung Ibn-Tariqs nach zu schließen – ein vermögender Mann war? Selbst wenn Brians Goldstücke zusammen mit Jims Geldreserve ausreichen sollten, Sir Geoffrey freizukaufen, so würden sie in dieser Stadt auf keinerlei Unterstützung rechnen können.

Womit sollten sie beispielsweise die Kosten der Heimreise bestreiten? Wie sollten sie überhaupt erst einmal von Palmyra nach Tripolis zurückgelangen, wo Brian möglicherweise irgendwelche Engländer auftreiben würde, die ihnen das nötige Geld leihen würden? Nach allem, was er bislang von diesem Land gesehen hatte, gab man Fremden nicht leichtfertig Kredit.

Dann waren da noch Ibn-Tariq und Baiju. Die Tatsache, daß sie beide mit der Karawane gereist waren, erklärte sich im nachhinein daraus, daß sie anscheinend irgendwelche politischen Ziele verfolgten, die mit der Goldenen Horde, welche von Norden in den Libanon vordrang, und mit deren Haltung gegenüber den Mamelucken oder dem ägyptischen Kalifat zu tun hatten – vielleicht waren diese aber auch ein und dasselbe, und Ibn-Tariq repräsentierte beide.

Es war nicht auszuschließen, daß Ibn-Tariq und Baiju für die Freilassung von Sir Geoffrey ihren eigenen Preis festsetzen würden. Baiju hatte ihnen die Kamele bestimmt nicht nur deshalb zur Verfügung gestellt und sie so rasch von der Assassinenfestung in die Stadt gebracht, weil er ein so großes Herz hatte.

Ebensowenig handelte Ibn-Tariq aus reiner Selbstlosigkeit heraus, ganz gleich wie oft er das Wort ›Freunde‹ im Munde führen mochte. Hatte Ibn-Tariq vielleicht von Anfang an gewußt, daß sie nach Sir Geoffrey suchten? Wenn ja, woher wußte er es? Und hatte er sie womöglich zu Gerondes Vater geführt, um anschließend einen Preis dafür verlangen zu können?

Womöglich hatte er sich der Karawane angeschlossen, um Jim nach Informationen auszuquetschen. Nachdem ihm dies nicht gelungen war, mochte er mit Hassan ad-Dimri vereinbart haben, daß dieser Brian und Jim entführte und in den Weißen Palast brachte.

Wie aber hatte er ihre Flucht voraussehen können?

Baiju, der Mongole, hatte behauptet, er habe von Abu al-Qusayr erfahren, wo, an welchem Tag und zu welcher Stunde er auf Jim und Brian warten solle. Das legte einen bestimmten Schluß nahe, nämlich daß Abu al-Qusayr bereits im voraus gewußt hatte, daß man sie in den Weißen Palast bringen und daß sie durch den Tunnel entwischen würden. Wenn das stimmte, so mochte er Baiju gebeten haben, Jim zu helfen. So jedenfalls wäre Carolinus vorgegangen …

Jim schwirrte der Kopf. Ich will nicht weiter darüber nachdenken, beschloß er, und später darauf zurückkommen.

Bei seinem Umherwandern hatte er unbewußt die Wände inspiziert. Mit Ausnahme der Tür gab es keine Öffnungen darin. Es gab nicht einmal Fenster; für die Beleuchtung sorgten mehrere Fackeln an den Wänden, die für ihre Größe allerdings ein erstaunlich helles Licht spendeten. Jim fuhr im Vorbeigehen mit der Hand über die Wände, um festzustellen, ob sie irgendwelche Besonderheiten aufwiesen.

Er untersuchte gerade die rückwärtige Wand, als er eine senkrechte Fuge ertastete, die fast unsichtbare Nahtstelle zwischen zwei sorgfältig aneinandergefügten Mauersteinen. Er blieb stehen und fuhr mit den Fingern darüber, wobei er feststellte, daß die Fuge vom Boden bis über Kopfhöhe reichte.

Jetzt, da er wußte, wonach er suchte, sah er, daß die Fuge am höchsten Punkt waagerecht abknickte und bis zu einer weiteren Fuge führte, die bis zum Boden reichte. Die Umrisse der Geheimtür waren schwer zu erkennen, weil diese Wand wie auch die der anderen Räume, in denen er und Brian sich mit Ibn-Tariq und Murad unterhalten hatten, mit quadratischen Platten polierten Marmors verkleidet waren, deren senkrecht und horizontal verlaufenden Fugen die Nahtstellen verbergen halfen, die er soeben entdeckt hatte.

Die Geheimtür zu finden, war eine Sache. Sie zu öffnen würde sich möglicherweise als schwieriger erweisen. Er drückte gegen die Marmorplatten auf der Tür und fuhr mit der Hand die Seitenfugen hinauf und hinunter.

Er war sich nicht sicher, wann er die Stelle berührte, welche die Tür öffnete, doch auf einmal rückte der Mauerstein vor ihm eine Handbreit zurück und glitt dann zur Seite. Unwillkürlich trat er ins Dunkel vor und gelangte mit zwei weiteren Schritten wieder ins Helle.

Er hatte erwartet, durch die dicke Wand in einen Geheimgang zu gelangen. Statt dessen befand er sich nun in einem anderen Raum, der an einer Seite offen zu sein schien, wenngleich ein mehrschichtiger, durchscheinender Vorhang verbarg, was dahinterlag.

Gespannt ging er hinüber und versuchte, den Vorhang ein Stück weit beiseite zu ziehen. Nachdem er fast einen Armvoll Stoff zusammengerafft hatte, gelang ihm dies schließlich; was er nun sah, war ein Innenhof mit einem von Bäumen umstandenen Springbrunnen.

Die Bäume waren nicht besonders hoch, trugen jedoch reichlich Orangen und Zitronen, von denen einige offenbar reif waren. Die Bäume überragten eine Mauer, welche den Garten nach außen hin abschloß, und als Jim zwischen den Bäumen hindurchspähte, meinte er eine grüne Tür zu erkennen, die in die Freiheit führen mochte.

Seine Freude über die Entdeckung schlug auf einmal in tiefe Verzweiflung um.

Selbst wenn ihnen die Flucht gelänge, wie sollten sie es anstellen, Murad vom Schweren Säckel einen wertvollen Sklaven zu rauben und sich zu verstecken? Zumal Murad über so großen Einfluß in dieser Stadt verfügte und sicherlich viele Leute nach ihnen suchen würden. Es war so gut wie ausgeschlossen, diesen Teil von Palmyra unbemerkt zu verlassen; und wenn sie jemand sah, würde Murad davon erfahren.

Jim bemühte sich, seine Niedergeschlagenheit zu überwinden, als auf einmal zwei Rauchschwaden den Vorhang durchdrangen, als wäre er gar nicht vorhanden; auf dem einen Schwaden saßen Kob und Angie, auf dem anderen Geronde und ein weiterer Kobold.

Der Rauch setzte Angie und Geronde unmittelbar vor Jim ab. Die beiden Kobolde blieben darauf sitzen.

»Jim!« rief Angie und schloß ihn in die Arme.

Er küßte sie dankbar und leidenschaftlich; und als er

einmal nach Luft schnappte, sagte er über Angies Schulter hinweg: »Geronde, wir haben Euren Vater gefunden. Er ist gleich nebenan.«

»Ihr habt ihn gefunden?« Geronde riß die Augen auf, und Angie machte sich auf einmal von Jim los und trat einen Schritt zurück.

»Ihr habt es geschafft, Jim?« fragte Angie. »Das ist wunderbar. Komm, laß uns gleich zu ihm gehen!«

»Es gibt da noch einige Hindernisse ...«, setzte Jim an, doch in diesem Moment traten Brian und Sir Geoffrey durch die Türöffnung in der Wand und blickten fragend in die Richtung, aus der sie die Stimmen vernommen hatten. Brian rannte auf Geronde zu.

»Sieh mal, Geronde!« sagte Brian nach einer Weile, als er gerade nach Luft schnappte. »Wir haben Sir ...«

Geronde aber hatte sich versteift und blickte den alten Mann abweisend an. Ehe Brian den Satz beenden konnte, erklärte sie in eisigem Ton:

»Das ist nicht mein Vater!«

26

»GERONDE!« SAGTE BRIAN. »Ich weiß, er hat sich verändert und ist stark gealtert, aber er hat sich daran erinnert, wie ich im Kamin steckengeblieben bin, als ich in der Malvernburg nach Kobolden gesucht habe – er ist sogar von sich aus darauf zu sprechen gekommen, bevor ich die Burg überhaupt erwähnt hatte ...«

»Und wenn schon«, entgegnete Geronde heftig und funkelte den Mann finster an. »Es ist mir egal, woran er sich erinnert! Aber mein Vater ist er nicht. Ihr müßt mir glauben, Brian! Ich würde doch meinen Vater erkennen, meint Ihr nicht? Und dieser Mann ist nicht Geoffrey de Chaney!«

Brian blickte hilfesuchend zu Jim und Angie, die ihrerseits verdattert von Geronde zu dem Mann blickten.

»Mein Liebling ...«, sagte der Mann, sich Geronde mit ausgestreckten Armen nähernd. Geronde wich zurück.

»Mein Vater hätte mich nie im Leben ›Liebling‹ genannt!« fauchte sie. »Bleibt mir vom Leib!« Auf einmal holte sie einen kleinen, zweifellos aber nützlichen Dolch hervor. Der Mann blieb so ruckartig stehen, als sei er gegen eine Wand geprallt.

»Brian, wo habt Ihr nur diesen Doppelgänger aufgelesen?« wandte sich Geronde mit dem Dolch in der Hand heftig an Brian.

»Geronde ...« Brian wußte nicht, was er sagen sollte, und blickte ratlos zu Jim, Angie und dem Mann, der soeben als Doppelgänger bezeichnet worden war.

»Wenn dieser Mann ein Doppelgänger ist, Geronde«, sagte Jim, »dann ist die Lage noch verzwickter als ich dachte. Wir müssen alle rasch überlegen. Würdet Ihr bitte den Dolch wegstecken, Geronde? Ich glaube nicht, daß dieser Mann der Hauptschuldige ist, sollte er tatsächlich nicht Sir Geoffrey sein.«

Geronde steckte den Dolch widerwillig durch einen Schlitz im Stoff hinter den Gürtel, der das weite Gewand in der Taille raffte. Jim wandte sich wieder dem Mann zu.

»Nun?« fragte er. »Seid Ihr Sir Geoffrey, oder seid Ihr es nicht?«

»Ich bin Sir Geoffrey!« entgegnete der Mann, und Geronde schnaubte. »Meine Tochter ist bloß ...« Seine Stimme wurde immer leiser und verstummte dann ganz. Er sah zu Boden. »Was nützt es schon?« sagte er tonlos. »Die vergangenen zwölf Jahre über habe ich tagtäglich mit dem Tod gerechnet. Jetzt wird er mich ereilen, so oder so. Es ist mir gleich.«

»Wer hat Euch die Dinge erzählt, die nur Sir Geoffrey wissen kann?«

»Das war Murad vom Schweren Säckel«, antwortete der Mann. Plötzlich hob er den Kopf und blickte Jim mit versteinerter Miene an. »Ich war einmal ein Ritter. Sir Renel de Oust. Ich war einmal ein Ritter und ein Mann. Aber nach zwölfjährigem Sklavendasein ist nichts mehr davon geblieben.«

»Um Himmels willen, Geronde!« sagte Angela zu Geronde, die Sir Renel noch immer anfunkelte. »Habt ein wenig Mitleid mit dem Mann. Das war für ihn wahrscheinlich die einzige Möglichkeit zur Flucht ...«

Sie wandte sich an Jim.

»Woher weiß dieser Kerl das alles?« fragte sie. »Vielleicht hält er Sir Geoffrey hier irgendwo versteckt.«

»Darauf kann ich Euch antworten«, sagte Sir Renel so tonlos wie zuvor. »Ich lebe jetzt seit drei Jahren hier als Sklave. Und bei der Ehre des Mannes, der ich einst war, versichere ich Euch, daß es hier keinen anderen Edelmann gibt.«

Jims Verstand, der seit ihrer Festnahme in der Karawanserei nur halbherzig in ihren Nöten herumgestochert hatte, legte auf einmal einen höheren Gang ein und begann mit vollkommener Klarheit zu arbeiten. Dies hatte er schon des öfteren erlebt, in großen wie in kleinen Krisen. Am ehesten war es mit der plötzlichen Klarheit zu vergleichen, die sich bei einer drohenden Gefahr einstellte, wenn Körper und Geist von einem Moment zum anderen hellwach wurden.

Er erinnerte sich, daß ihm dies als Student einmal während einer kritischen Abschlußprüfung geschehen war. Während der ersten Hälfte der zur Verfügung stehenden Zeit war er an jeder Aufgabe gescheitert. Er hatte das Gefühl gehabt, er stünde vor einer massiven Mauer, in der er niemals einen Durchschlupf finden würde. Dann wachte er auf einmal auf, und die Mauer löste sich auf. Plötzlich stand ihm sein ganzes Wissen, alles, was er in den Monaten zuvor im Unterricht in sich aufgenommen hatte, wieder zur Verfügung, und als er sich erneut den ersten Prüfungsaufgaben zuwandte, stellte er fest, daß sie kinderleicht waren – die

Lösung lag auf der Hand. So erging es ihm auch jetzt wieder.

»Kob«, sagte er.

»Ja, Mylord«, antwortete Kob.

Die beiden Kobolde, die auf ihren Rauchschwaden wundersamerweise mitten im Raum schwebten, waren nahezu identisch. Der so ziemlich einzige Unterschied zwischen ihnen war, daß Kob munter dreinschaute und stolz aufgerichtet auf seinem Schwaden saß, während der Kobold der Malvernburg nicht nur etwas magerer war, sondern zusammengesunken in einer kleinen grauen Wolke hockte, als wäre er am liebsten unbemerkt geblieben.

»Wärst du so nett, mich deinem Freund vorzustellen?« bat Jim.

»Das ist Kob von der Malvernburg, Mylord.«

Kob von der Malvernburg sackte noch mehr in sich zusammen.

»Ich verstehe«, sagte Jim. »Wärt ihr so nett, in den Garten hinauszugehen? Dort ist ein Springbrunnen. Seht mal, ob ihr mir etwas Wasser herbringen könnt. Weißt du, wie groß ein Suppenteller ist?«

»Natürlich, Mylord. Ihr möchtet, daß wir Euch Wasser in einem Suppenteller bringen. Ich glaube aber nicht, daß es im Garten Suppenteller gibt«, entgegnete Kob.

»Nicht in einem Suppenteller«, sagte Jim, »sondern in einem Gefäß, das etwa so viel Wasser wie ein Suppenteller faßt.«

»Ach, das ist nicht schwer«, meinte Kob.

Er wirbelte auf seinem Rauchschwaden herum, Kob von Malvern folgte ihm, und beide verschwanden durch den Vorhang in Richtung Garten.

»Wozu brauchst du das Wasser, Jim?« fragte Angie. »Oder seid ihr beide etwa durstig?«

»Nein, das nicht ...«, setzte Jim an. Ehe er den Satz jedoch beenden konnte, waren die Kobolde schon wieder zurückgekehrt, und Kob reichte ihm das gewünschte Wasser – in einem schüsselförmigen Rauchschwaden.

Jim starrte das Gebilde entgeistert an, dann faßte er sich wieder.

»Stell es auf den Boden, Kob«, sagte er. Eine andere Ablagemöglichkeit gab es nicht. Kob stellte es auf den Teppich, und Jim ließ sich auf allen vieren nieder und blickte ins Wasser.

»Das ist zum Wahrsagen gedacht«, sagte er an die Allgemeinheit gewandt. »In England benutzen wir dazu Kristallkugeln oder Spiegel. Hier nimmt man Wasser dazu. Brian und ich haben das in Tripolis bei einem Magier beobachtet. Wenn der es kann, kann ich es auch.«

Wahrsagen war eine magische Tätigkeit, und er war nach wie vor bemüht, mit magischer Energie sparsam umzugehen. Allerdings sah er keine andere Möglichkeit, sich das nötige Wissen zu beschaffen.

Er konzentrierte sich auf das Wasser und stellte sich den Raum vor, in dem er und Brian sich eben noch befunden hatten und in dem sich Baiju, Ibn-Tariq, Murad vom Schweren Säckel und Kelb wohl immer noch aufhielten.

Der Raum nahm auf der schimmernden Wasseroberfläche Konturen an. Allerdings war er leer. Es war niemand zu sehen, nicht einmal Kelb.

»Ich sehe gar nichts«, sagte Angie, die ihm neugierig über die Schulter spähte.

»Das kannst du auch nicht«, meinte Jim geistesabwesend. »Dafür muß man zaubern.«

»Ah, natürlich!« sagte Angie. »Wie konnte ich nur so dumm sein? Und ich verfüge ja über keinerlei magische Fähigkeiten!«

Sie trat an den Vorhang und starrte ihn an, als könne ihr Blick die Stoffschichten durchdringen.

»Was?« fragte Jim, noch immer ganz in Gedanken.

Er hatte den unbestimmten Eindruck, Angie habe soeben etwas Wichtiges gesagt, doch was es war, darauf kam er nicht. Er konzentrierte sich wieder auf die Wasseroberfläche und versuchte, ein Bild von Ibn-Tariq und Baiju heraufzubeschwören, wo immer sie sich gerade aufhalten mochten.

Das Bild formte sich. Die beiden Männer befanden sich in einem ganz ähnlichen Raum wie diesem, der lediglich mehr Möbel enthielt. Ibn-Tariq redete, Baiju hörte zu, und Kelb saß dabei und beobachtete die beiden Männer.

»Gut«, murmelte Jim vor sich hin und machte sich daran, im Wasser nach dem Abbild Murads und dessen gegenwärtigem Aufenthaltsort zu suchen.

Auf einmal war ihm eingefallen, daß Kelb – und er war sich ziemlich sicher, daß es sich bei dem Hund um Kelb handelte – vorhin einzig und allein ihn und Brian angeblickt hatte. Dies nährte seinen Verdacht, Murad habe ihm und Brian etwas vorgemacht. Er hatte ihnen Sir Renel untergeschoben, so wie ein Falschspieler einem Spieler eine bestimmte Karte unterschiebt, während dieser frei zu wählen meint.

Jetzt kam es darauf an, herauszufinden, wo Murad sich aufhielt. Jim konzentrierte sich auf die Wasserschüssel. Ganz allmählich formte sich darin ein Bild. Er erblickte Murad, der auf einem Bett lag, das man auch als Matratze hätte bezeichnen können, wäre es nicht so prachtvoll und dick gewesen, daß es den Besitzer des Schweren Säckels einen guten halben Meter über den Boden erhob.

»Kob und Kob von Malvern ...«, sagte Jim. »Kommt her und seht ins Wasser. Ich möchte euch etwas zeigen.« Angies Bemerkung von eben war endlich bei ihm angekommen, und nicht nur das; auf einmal spürte er deutlich, daß sie aus irgendeinem Grund verärgert war. »Ach, Angie, wenn du gern selbst einmal ins Wasser schauen möchtest, warum kommst du dann nicht her? Ich werde eines der Bilder für alle sichtbar machen.«

»Nein, danke«, entgegnete Angie, ohne sich umzudrehen. Sie war immer noch außer sich vor Zorn – auf Carolinus, auf Jim, auf Brian ... Am meisten aber ärgerte sie sich über Geronde. Geronde wußte, weshalb sie wütend war. Als ihre Freundin hätte sie zumindest ein wenig Mitgefühl zeigen und zu ihr kommen können.

Dann aber mußte sie sich eingestehen, daß sie Geronde wahrscheinlich bloß angefahren hätte, wäre sie zu ihr gekommen; und Geronde, in derlei Dingen alles andere als schüchtern, hätte sich bestimmt ebenfalls nicht zurückgehalten ... Das Ganze war lächerlich. Angie ertappte sich dabei, daß sie lächelte; ihr Ärger war unversehens verflogen.

Jim versteht das einfach nicht, dachte sie. *Kein Wunder. Er wird das nie verstehen.*

Sie ging zurück zu Jim, beugte sich über seine Schulter und steckte mit den beiden Kobolden die Köpfe zusammen.

»Was ist das?« fragte sie. »Wer ist der große Mann mit dem Bart?«

»Man nennt ihn Murad vom Schweren Säckel«, antwortete Jim. »Ihm gehört dieses Haus. Kob, würdest du dich mit Kob von Malvern zu der Öffnung in der Wand begeben? Dort sind wir hereingekommen. Gerade eben habe ich mich nicht genau umgeschaut, aber die Wand ist so dick, daß möglicherweise ein Gang darin versteckt ist. Solche Wände sind bisweilen völlig von Gängen durchzogen. Würdet ihr sie auf einem Rauchschwaden erforschen und feststellen, ob ihr den Weg zu dem Raum entdeckt, in dem sich der Mann aufhält, den ihr im Wasser gesehen habt?«

Beide Kobolde starrten Murads Abbild an.

»Ich wüßte nicht, was dagegen spräche«, sagte Kob. »Das ist doch das gleiche, als würde man Schornsteine erkunden, bloß daß es hier nicht auf und ab, sondern seitwärts geht.«

»Würdet ihr lange brauchen, was meint ihr?« fragte Jim. »Im Moment ist er allein, und ich würde gern so bald wie möglich ungestört mit ihm sprechen. Wenn es geht, sucht einen Weg aus, auf den ich unterwegs keinen Bediensteten begegne.«

»Ihr braucht sie gar nicht erst lange suchen lassen«, sagte Sir Renel. »Ich weiß, wo er ist. Das ist eines seiner Privatgemächer. Er ruht sich dort für etwa eine Stunde aus – das tut er nämlich häufig. Ich kann Euch dorthin führen; und sollten wir unterwegs Bediensteten begegnen, so wird mir schon eine passende Ausrede einfallen.«

Jim sah auf.

»Brian«, sagte er, »was meint Ihr? Wenn wir mit Murad eine Weile allein wären, könnten wir mehr in Erfahrung bringen. Was haltet Ihr davon, wenn wir ihm einen Besuch abstatten und ein paar Fragen stellen?«

»Ich würde sagen, das ist eine ausgezeichnete Idee«, antwortete Brian. »Ich werde vorangehen, auch wenn de Oust uns den Weg zeigt.« Mit einer blitzschnellen Handbewegung beförderte er das Messer aus dem Ärmel in seine Hand. Er blickte die beiden Frauen an.

Wie durch Zauberei hielt Geronde auf einmal wieder das kleine Messer in der Hand. Angie war langsamer, hatte aber ebenfalls ein Messer dabei. Jim langte unter sein östliches Gewand zu einem ausgesprochen westlich und modern wirkenden Futteral, das Angie für ihn angefertigt hatte, und zog ein Messer hervor, das starke Ähnlichkeit mit einem schottischen *skean dhu* aufwies. Es hatte eine kurze, breite Klinge, die sich zu einer nadelscharfen Spitze verjüngte, und ein Heft, das angenehm in der Hand lag.

»Schwer bewaffnet sind wir nicht gerade«, meinte Brian trocken. »Aber wenn Ihr, Angela, und Ihr, James, nicht zögert, dann hätten wir wohl leichtes Spiel mit unbewaffneten Bediensteten in einem dunklen Gang.«

»Soweit wird es nicht kommen«, sagte Jim. »Zumindest glaube ich das nicht. Sir Renel, zeigt uns den Weg.«

»Gott segne Euch dafür, Sir James, daß Ihr mit mir wie mit einem Ritter sprecht«, erwiderte Sir Renel. »Schon allein dafür würde ich mit bloßen Händen auf jeden losgehen, der sich uns in den Weg stellt, um wenigstens noch etwas Nützliches zu tun, bevor ich sterbe. Aber Ihr müßt mich vorangehen lassen, Sir Brian, denn so sind wir schneller. Im Gegensatz zu Euch kenne ich den Weg. Solltet Ihr mir immer noch mißtrauen, so steht Ihr mit dem Messer hinter mir.«

»Ich müßte lügen, wenn ich sagen würde, ich mißtraute Euch nicht«, entgegnete Brian. »Sollten sich meine Zweifel in nächster Zeit zerstreuen, dann hätte ich vielleicht etwas für Euch, womit Ihr kämpfen könnt.«

»Das wäre die richtige Art zu sterben! Gott gebe es, daß sich mir diese Gelegenheit bietet! Und nun folgt mir.«

Er geleitete sie zurück zu der Wandöffnung, und als sie hindurchtraten, stellte Jim fest, daß die Wand zwar dicker war, als er zunächst angenommen hatte, auf beiden Seiten aber massiv zu sein schien. Sir Renel wandte sich nach rechts und berührte leicht das Mauerwerk, worauf dieses zurückschwenkte und einen finsteren Gang enthüllte. Der Gang bot zwei Personen nebeneinander Platz, aber wahrscheinlich war es besser, wenn sie hintereinander gingen.

»Kob. Kob von Malvern?« rief Jim über die Schulter hinweg. »Seid ihr da? Ihr könnt im Dunkeln bestimmt besser sehen als wir, hab ich recht?«

»Ja, Mylord«, antwortete Kob in seinem Rücken. »Wir sehen sogar sehr gut im Dunkeln.«

»Brian«, sagte Jim, »ich schlage vor, daß wir Kob

und Kob von Malvern auf dem Rauch vorausfliegen lassen, damit sie uns warnen können, sollte sich uns jemand nähern. Die beiden bewegen sich lautlos fort, außerdem sind sie im Dunkeln schwer zu erkennen. Selbst wenn wir irgendwo auf Fackeln stoßen sollten, würden sie kaum auffallen.«

»Meinetwegen«, antwortete Brian.

Jim verspürte einen Lufthauch am Ohr, der ihm verriet, daß die beiden Kobolde auf ihren Rauchschwaden an ihm vorbeigeschwebt waren. Behutsam tasteten sie sich vor. Dabei kamen sie schneller voran, als Jim erwartet hatte, denn Sir Renel schritt mit der Sicherheit eines Mannes aus, der es gewohnt war, sich im Dunkeln zu bewegen.

Nach einer Weile wurde es vor ihnen heller, und sie gelangten in einen breiteren Gang, der von Wandfackeln erhellt wurde. Auch diesen Gang durchquerten sie, ohne jemandem zu begegnen; doch dann geleitete sie Sir Renel in ein Labyrinth von Gängen und Verzweigungen, die alle erleuchtet waren – als auf einmal Kob zu Jim zurückgeflogen kam.

»Ein Mann!« flüsterte er Jim ins Ohr.

»Brian ...«, setzte Jim an, doch ehe er den Satz beenden konnte, hatte sie der Mann auch schon erreicht und wäre fast gegen Sir Renel geprallt.

»Nasraney!« sagte er. »Was tust du hier mit all den ...«

»Stell keine Fragen!« schnitt ihm Sir Renel energisch das Wort ab. »Und vergiß, was du gesehen hast!«

Der Bedienstete starrte ihn eine Weile ungläubig an, dann drückte er sich mit gesenktem Blick hastig an ihnen vorbei.

»Wir müssen uns beeilen«, ließ sich Sir Renel an der Spitze der Kolonne vernehmen. »Eine Zeitlang wird er wohl schweigen, denn für gewöhnlich bin ich der Diener der Diener und spreche mit niemandem. Jetzt, da ich die Kühnheit hatte, so zu ihm zu reden, wird er glauben, ich handele auf Befehl. Früher oder später aber wird er jemandem davon erzählen, und dann wird sich die Nachricht im ganzen Palast verbreiten – bis irgendwann auch Murad davon erfährt.«

Sir Renel schritt daraufhin rascher aus. Jim, der hinter Brian ging, beeilte sich, ihm zu folgen. Zum Glück war es leidlich hell, so daß er Brian nicht auf die Hacken trat. Hin und wieder, wenn sie an einer Fackel vorbeikamen, erhaschte Jim einen Blick auf Sir Renel an der Spitze. Unvermittelt hielt dieser unter einer Fackel an und hob die Hand.

»Hier biegen wir rechts ab«, sagte er. »Von hier an wird es heller, allerdings halten sich hinter den Wänden zu beiden Seiten auch Leute auf. Daher seid leise. Bis zu dem Raum, in dem sich Murad aufhält, ist es nicht mehr weit.«

Er betrat den anderen Gang. Nach einer Weile bog er ein letztes Mal ab und blieb vor einer scheinbar massiven Wand stehen. Auf seine Berührung hin öffnete sie sich allerdings, worauf er sie in das Zimmer geleitete, in dem Murad auf dem verschwenderisch gepolsterten Bett lag.

Als alle den Raum betreten hatten, schloß sich die Wandöffnung, durch die sie hereingekommen waren, von selbst. Sir Renel wandte sich zu Brian um, der erwartungsvoll Jim ansah, während dieser die Umgebung musterte.

Ein offener Durchgang in der Wand hinter dem Bett führte zu einem weiteren, mit Vorhängen ausgestatteten Raum, durch den der Zitronen- und Orangenduft des Gartens zu ihnen hereindrang.

»Wir müssen Murad aufwecken.« Jim trat ans Bett und wollte Murad bei der Schulter packen. Zu seiner Verwunderung stießen seine Finger auf keinerlei Widerstand. Er rückte mit der Hand weiter zum Hals vor, und nun fühlte er unter der Kleidung etwas Festeres. Als er den Hals hinter dem Bart genauer betrachtete, stellte er fest, daß dieser verhältnismäßig dünn war im Vergleich zu Murads mächtigem Leib. Er packte das feste Schulterstück und schüttelte den Schlafenden.

Murad riß die Augen auf.

»Was … wer …« Mit erstaunlicher Behendigkeit setzte er sich im Bett auf und faßte erst die ganze Gruppe, dann ausschließlich Geronde ins Auge.

»Geronde!« Es hatte den Anschein, als wäre außer ihr niemand für ihn vorhanden. Dann richtete sich sein Blick auf Sir Renel. »Wie konntest du sie nur herbringen?« schrie er.

»Weil ich mich wieder erinnert habe, wer ich einmal war«, antwortete Sir Renel.

»Zum Teufel mit dir!« sagte der falsche Murad, der wahre Sir Geoffrey oder wer auch immer er war. »Wenn du deine Rolle gespielt hättest, dann wäre ich vielleicht damit durchgekommen.«

Er schnellte wie ein Springteufel vom Bett hoch und baute sich drohend vor Sir Renel auf.

»Sagt, was Ihr wollt. Macht, was Ihr wollt«, entgegnete Sir Renel, Sir Geoffreys Blick unverwandt erwidernd. »Es stimmt, alles, was ich war, hatte ich seit Jahren verloren. Aber ich habe es wiedergefunden und diese Leute zu Euch geführt. Macht mit mir, was Ihr wollt.«

Er wandte sich gleichgültig ab. Der wahre Sir Geoffrey sah ihm einen Moment lang finster nach, dann schaute er Geronde an.

»Tochter …«, sagte er verlegen.

Geronde wich zurück. Ihr Gesichtsausdruck war kalt und unnahbar.

»Wenn ich Eure Tochter bin – und soviel ist sicher, Ihr habt meines Vaters Stimme und Gebaren –, so handelt es sich um einen Irrtum der Natur!« erklärte sie grimmig. »Ihr, der Ihr diesem Edelmann vorwerft, uns zu Euch geführt zu haben, solltet Euch einmal im Spiegel betrachten. Ihr seid ein schändlicher, verderbter

Mensch. Nachdem Ihr zu Reichtum gelangt wart, seid Ihr zum Muslim geworden und erfreut Euch zweifellos eines Harems sowie aller anderen Laster der Ungläubigen!«

»Aber Geronde, so hör mir doch zu…«, setzte Sir Geoffrey an und machte einen Schritt auf sie zu.

»Ich will nichts von Euch hören, Sir!« entgegnete Geronde, indem sie ihm auswich. »Ich verlange lediglich, daß Ihr Euren fetten Leib nach England schafft, Euch kleidet wie ein englischer Gentleman und zumindest solange vorgebt, ein Christ zu sein, bis ich Sir Brian Neville-Smythe, den Ihr an meiner Seite seht, geheiratet habe. Dann könnt Ihr das Leben eines Muselmanen meinetwegen wieder aufnehmen und Euch zu Euren Weibern zurückbegeben!«

27

»ABER DU BEGREIFST JA GAR NICHTS!« sagte Murad-Geoffrey. »Warte!«

Er steckte die Finger in Schlitze seines Gewands und hantierte darin herum. Auf einmal schien er sich vorne zu spalten. Dann zog er die Arme aus den Ärmeln des Gewands, die beiden Körperhälften teilten sich, und aus dem, was einmal Murad gewesen war, kam ein schlanker, grauhaariger, glattrasierter Mann zum Vorschein, der eine große Ähnlichkeit mit Sir Renel aufwies, während der Rest einschließlich des flaumigen weißen Barts aufrecht stehenblieb, als bestünden die Gewänder nicht aus Stoff, sondern aus einem festen Material.

»Es stimmt, man hält mich in Palmyra für einen Moslem«, wandte er sich in eindringlichem Ton an Geronde, »aber der Harem – das begreifst du nicht. Es gibt hier so vieles, was ich dir nicht erklären kann. Aber ich bin dein Vater, Geronde. Ich liebe dich…«

»Ha!« meinte Geronde.

»Aber …«, setzte Sir Geoffrey an.

»Ihr habt mich nie geliebt!« sagte Geronde heftig. »Ihr wußtet nicht einmal, daß es mich gab – bis ich alt genug war, um die Pflichten der Kastellanin der Malvernburg zu übernehmen – im Alter von elf Jahren. Elf Jahre, Vater! Ihr habt mir eine Aufgabe aufgebürdet, die zu erfüllen selbst einer erwachsenen Frau nicht leichtgefallen wäre. Dennoch habt Ihr es getan; und Ihr seid gekommen und gegangen, wie es Euch gefiel, ohne überhaupt zu bemerken, daß Ordnung herrschte in der Burg und daß sie wehrhaft war, daß die Ländereien Ernte abwarfen und daß unsere Gefolgsleute loyal waren. Um dies alles habe ich mich gekümmert. Ihr aber habt es nie bemerkt!«

»Ich wollte etwas für dich tun«, sagte Sir Geoffrey. »Mein Leben lang wollte ich etwas für dich und deine Mutter tun – aber sie ist zu früh gestorben. Du aber warst jung und stark, und ich hatte große Hoffnungen; und ich habe mich unablässig bemüht. Wir brauchten Geld …«

»*Ihr* brauchtet Geld!« sagte Geronde. »Ihr brauchtet Geld für Eure zahllosen kostspieligen Unternehmungen. Geld, um überallhin reisen zu können, Geld, um in irgendwelche Geschäfte zu investieren, die Euch ein Vermögen einbringen sollten. Nun, ein Vermögen habt Ihr erworben – anscheinend schon vor einiger Zeit. Aber seid Ihr deshalb zu mir zurückgekehrt und habt mich daran teilhaben lassen? Nein! Wie könnt Ihr mir dann ins Gesicht sagen, Ihr hättet das alles für mich getan?«

»Du verstehst mich nicht!« sagte Sir Geoffrey verzweifelt. Er blickte Jim und Brian an. Jim verspürte einen Anflug von Mitgefühl mit dem Mann, wenngleich es ihm schwerfiel, an dessen guten Willen zu glauben. Ihm fiel auf, daß Brian beinahe ebenso abweisend dreinschaute wie Geronde, und auch Angie schien Sir Geoffrey zu verurteilen. »In Wirklichkeit bin ich gar kein Muslim. Ich bin immer noch ein Christ.«

»Dann beweist es!« fauchte Geronde. »Sucht einen Priester in dieser gottverfluchten Stadt! Beichtet ihm und sagt ihm, daß Ihr mein Vater seid und mir zu heiraten erlaubt; und dann soll er Brian und mich auf der Stelle trauen. Anschließend werden wir Euch frohen Herzens Euren Lastern überlassen.«

»In Palmyra gibt es keinen Priester«, wandte Sir Geoffrey ein.

»Dann warten wir solange, bis einer in Verfolgung irgendeiner heiligen Pflicht oder was auch immer mit einer Karawane vorbeikommt!« entgegnete Geronde. »Dann beichtet Ihr und gebt uns die Erlaubnis zum Heiraten! Dann könnt Ihr hier tun, was Euch beliebt.«

»Selbst wenn hier ein Priester durchkäme«, sagte Sir Geoffrey, »so könnte ich es dennoch nicht tun. Den Grund kann ich dir nicht sagen. Du mußt mir einfach glauben. Ich kann ebensowenig zum Priester gehen, wie ich dich nach Hause begleiten könnte – und Geronde, ich sehne mich danach, Malvern wiederzusehen.«

Geronde lachte abgehackt.

»Gewiß doch. Aber Ihr könnt uns nicht helfen!« sagte sie. »Es tut mir leid, Vater, aber ich kann nicht akzeptieren, daß Ihr uns angeblich nicht weiterhelfen könnt!«

Sie zeigte auf ihre rechte Wange.

»Seht Ihr diese Narbe?« fragte sie. »Die habe ich abbekommen, weil Ihr nicht da wart, um mich zu beschützen. Weil Ihr Euch nicht um die Verteidigung der Burg gekümmert habt. Malvern war bereits so gut wie eingenommen, und ich war in der Gewalt eines Mannes, der mir damit drohte, mich nach und nach zu entstellen, jeden Tag ein bißchen mehr, bis ich einwilligen würde, ihn zu heiraten. Worauf er Euch mit Hilfe derer, die er am Königshof bestochen hatte, für tot erklären lassen wollte und mich zur Frau zu nehmen gedachte, so daß Malvern ihm gehört hätte. Ich habe ihm nicht nachgegeben und habe Malvern gerettet, für den Fall, daß Ihr irgendwann heimkehren solltet. Das habe ich für Euch getan, Vater. Ihr aber wollt nichts für mich tun!«

Sir Geoffrey schloß die Augen. Die Falten in seinem Gesicht hatten sich so tief eingegraben, daß er auf einmal um zwanzig Jahre gealtert schien.

»Ich kann nicht«, sagte er. »Auch den Grund dafür kann ich dir nicht sagen. Es ist mir gleich, was du von mir denkst. Aber so ist es besser für dich, als wenn ich deinen Wünschen nachkäme. Das mußt du mir glauben.«

»Das werde ich niemals glauben«, erwiderte Geronde und wandte ihm den Rücken zu.

Angie ging zu ihr und schickte sich an, ihr den Arm um die Schultern zu legen.

»Rührt mich jetzt nicht an, Angie«, sagte Geronde, ohne den Kopf zu wenden. »Ich würde Euch sonst schlagen. Aber bleibt bei mir.«

Sie standen schweigend beieinander, mit dem Rükken zu den anderen.

Sir Geoffrey atmete tief durch, trat ein paar Schritte zurück und machte Anstalten, wieder in den Rahmen zu steigen, der seine Murad-Verkleidung neben dem Bett aufrecht hielt.

»Einen Augenblick, Sir Geoffrey«, sagte Jim. »Kennt Ihr mich?«

»Nein«, antwortete Sir Geoffrey tonlos.

»Ich bin Sir James Eckert, ein Nachbar von Euch und neuer Besitzer der Burg Malencontri.«

Sir Geoffrey hielt inne und wandte sich zu Jim herum.

»Malencontri?« fragte er.

»Ja«, sagte Jim. »Ich habe die Burg dem Mann abgenommen, der das Gesicht Eurer Tochter gezeichnet hat.

Ich bin ein enger Freund von Sir Brian und Geronde. Die Dame, die neben Geronde steht, ist Lady Angela, meine Frau. Ich schlage vor, wir überlegen zunächst einmal, ob es nicht eine Möglichkeit für Euch gibt, dem, was Euch hier festhält, zu entkommen. In England nennt man mich den Drachenritter, da ich unter anderem die Gestalt eines Drachen anzunehmen vermag. In Wirklichkeit bin ich ein Magier, Schüler von Carolinus, den Ihr wahrscheinlich ebensogut kennt wie ich.«

»Ein Magier?« Sir Geoffrey machte große Augen.

»So ist es«, sagte Jim. »Ich setze meine magischen Fähigkeiten nicht leichtfertig ein. Wenn Ihr uns genauer schildern würdet, weshalb Ihr hier festsitzt, könnte ich vielleicht etwas für Euch tun – etwas, das Ihr niemals für möglich gehalten hättet – und Euch vielleicht sogar befreien.«

Sir Geoffrey starrte ihn noch eine Weile an, dann lächelte er betrübt und schüttelte den Kopf.

»Nicht einmal ein Magier vermag mir zu helfen«, sagte er.

»Für einen Ritter beweist Ihr wenig Mut«, warf Sir Brian grimmig ein.

»Das ist keine Frage des Muts, Brian«, erwiderte Sir Geoffrey. »Es gibt Dinge, gegen die anzugehen von vorneherein aussichtslos ist. Man kann weder dem Sturm trotzen noch der Winterkälte, wenn man sich im Wald verirrt hat. Niemand, ob Ritter oder Magier, vermag daran etwas zu ändern.«

»Nein«, sagte Jim, »aber ein aufgeschlossener Verstand vielleicht schon.«

Allmählich faßte er wieder ein wenig Mut.

»Ein aufgeschlossener Verstand«, fuhr er fort, »könnte Euch anleiten, einen Unterschlupf zu bauen, in dem Ihr die Nacht im Wald überleben würdet. Er könnte Euch auf einen geschützten Ort hinweisen oder Euch zeigen, wie man dem Sturm trotzt – solltet Ihr

Euch auf hoher See befinden. Ihr, Sir Geoffrey, seht keinen Ausweg. Das bedeutet aber nicht, daß nicht jemand anders, zum Beispiel ich oder Sir Brian, Geronde oder meine Frau – oder wir alle gemeinsam – einen Ausweg finden könnten, den Ihr bislang übersehen habt. Denkt einmal nach. Was könnte es schaden, wenn Ihr uns sagt, was Euch hier festhält?«

»Der Preis, den ich dafür entrichten müßte, wäre zu hoch«, erwiderte Sir Geoffrey.

Abermals blickte er flehentlich in Gerondes Richtung. Jim, der seinem Blick folgte, sah, daß Geronde und Angie ins angrenzende Zimmer hinübergingen.

Sir Geoffrey trat ein paar Schritte vor. Auf einmal zeigte sich in seinen Augen neue Hoffnung.

»Renel, begebt Euch ebenfalls ins Nebenzimmer«, befahl er mit gesenkter Stimme. »Was wir zu bereden haben, ist allein für Sir Brians und Sir James' Ohren bestimmt.«

»Ich bin kein Sklave mehr, sondern wieder ein Mann«, erwiderte Sir Renel. »Ich nehme keine Befehle mehr entgegen, nicht einmal von Euch. Wenn ich auch nicht mehr auf die Freiheit hoffe, will ich doch wenigstens sterben wie ein Mann. Ich bleibe hier.«

»Dann setzt Ihr Euch derselben Gefahr aus wie diese beiden Männer«, sagte Sir Geoffrey. »Ich würde mich lieber mit ihnen allein unterhalten. Wenn ich Euch bitten würde, nach nebenan zu gehen – nicht als der, als den Ihr mich kennt, sondern von Ritter zu Ritter und als alter Gefährte –, würdet Ihr mir dann den Gefallen tun?«

»Er hat recht«, wandte sich Sir Renel an Brian und an Jim. »Einst waren wir Gefährten in einem törichten Abenteuer und wollten einen letzten Kreuzzug führen, um knietief in dem Gold und den Edelsteinen der Ungläubigen zu waten. Damals sah er mir so ähnlich, daß man uns für Zwillingsbrüder hielt. Dann aber trennten sich unsere Wege, und als wir uns wiedersahen, stand ich auf dem Sklavenmarkt von Palmyra zum Verkauf.

Er war zum weißbärtigen Murad vom Schweren Säckel geworden. Wie er das angestellt hat, weiß ich nicht; doch er bewahrte mich vor einem schlimmeren Schicksal, kaufte mich und brachte mich hierher.«

Er stockte und blickte zu Sir Geoffrey.

»Dafür bin ich Euch nach wie vor dankbar«, sagte er. »Wenngleich ich annehme, daß Ihr Eure eigenen Gründe dafür hattet.«

Er wandte sich wieder an Jim und Brian.

»Wenn keine anderen Bediensteten in der Nähe waren, begünstigte er mich und schlug mir schließlich vor, an seiner Stelle nach England zurückzukehren und die Malvernburg im Namen von Sir Geoffrey de Chaney zu übernehmen. Bei der Flucht wollte er mir helfen. Tatsächlich hatten wir bereits alles geplant; dann aber ergaben sich Schwierigkeiten, deren Grund er mir nicht sagen wollte, und das Ganze mußte abgeblasen werden. Während die Monate verstrichen, hoffte ich immer noch, und dann tauchtet Ihr auf einmal bei uns auf. Jetzt wißt Ihr ebensoviel wie ich. Wie Murad aus ihm wurde, kann ich Euch nicht sagen. Ich weiß nicht, welcher magischen Mittel er sich bedient. Wie Ihr seht, hat er nicht einmal einen Bart. Wir könnten jederzeit die Stelle des jeweils anderen einnehmen; und wenn er den Gang in der Wand beträte, würden ihn die anderen Bediensteten für mich halten. Weshalb sollte ich hinausgehen, wo es so zwischen uns steht?«

»Ich finde, Ihr solltet hierbleiben«, sagte Jim. »Was meint Ihr dazu, Sir Geoffrey?«

Sir Geoffrey hob ohnmächtig die Hände.

»Vielleicht kommt es darauf jetzt auch nicht mehr an«, sagte er. »So bleibt denn hier, Renel.«

»Ich werde bleiben und nach Kräften für Eure Ziele kämpfen. Das gelobe ich Euch.«

»Und ich gelobe Euch ebensolchen Beistand«, erklärte Sir Geoffrey. »Renel, Ihr seid ein Freund, wie ich ihn nicht verdient habe.«

»Keiner von uns beiden hat viel verdient«, erwiderte Sir Renel mit einem verkniffenen Lächeln. »Genug davon. Laßt uns hören, was Ihr zu sagen habt.«

»Also gut«, sagte Sir Geoffrey und senkte die Stimme noch mehr, so daß Jim, Brian und Renel dicht an ihn heranrücken mußten. Aus den Augenwinkeln sah Jim, daß die beiden Kobolde auf ihren Rauchschwaden ebenfalls näher rückten.

»Nein«, sagte Jim.

»Ich bitte um Verzeihung, Mylord«, erwiderte Kob, während die beiden Rauchschwaden eilends wieder auf Abstand gingen. »Sollen wir den Raum verlassen?«

»Nein«, sagte Jim. »Aber haltet soviel Abstand, daß wir ungestört reden können.«

Die beiden kleinen Elementargeister wichen bis fast an die Wand zurück. Jim wandte sich wieder Sir Geoffrey und den anderen zu.

»Ich stehe unter einem Fluch«, sagte Sir Geoffrey leise. »Der Fluch fällt stets dann auf mich zurück, wenn ich mich gegen meinen Herrn auflehne – und dies ist Hassan ad-Dimri, der Großmeister der Assassinen. Ich weiß nicht, wie es geschieht, aber wenn ich durch die Gänge in den Wänden meines Hauses wandele, dann komme ich bisweilen nicht hier in Palmyra heraus, sondern im Weißen Palast in den Bergen, wo Hassan herrscht. Dann weiß ich, daß er mich aus irgendeinem Grund zu sich bestellt hat. Dort kenne ich mich ebensogut aus wie hier in meinem eigenen Haus. Anschließend begebe ich mich zu ihm, er nennt mir seine Wünsche, und ich gehorche.«

»Warum?« fragte Jim. »Wenn er keine andere Waffe gegen Euch in der Hand hat als den Fluch, so kann er sie nur einmal benutzen ...«

»So ist es nicht. Der Fluch galt vielmehr ihm«, sagte Sir Geoffrey, »und ich habe ihn auf mich genommen und dafür dies alles bekommen ...«

Er vollführte eine weitausholende Geste.

»Wie ...?« setzte Brian an.

»Laßt mich fortfahren«, sagte Sir Geoffrey. »Bisweilen kommt Hassan auch hierher. Die Bediensteten wissen nicht, wer er ist. Er nimmt sich, was er haben will, und tut, was ihm beliebt. Der Harem gehört ihm, nicht mir. Seitdem ich hier lebe, habe ich mich keiner Frau genähert, ob Sklavin oder Freie. Auch dies ist Folge des Fluchs, den Hassan auf mich übertragen hat. Es gibt hier Räume mit gewaltigen Schätzen, mit Unmengen von Münzen aus Silber und Gold und viele andere kostbare Dinge. Allerdings darf ich sie ebensowenig berühren wie eine Frau. Dies alles gehört Hassan.«

»Aber wie seid Ihr unter seinen teuflischen Einfluß geraten?« fragte Brian.

»Die Vorrichtung anzufertigen, die mich in Murad verwandelt«, antwortete Geoffrey, »habe ich von einem Mann in Italien gelernt, der für religiöse Anlässe Masken, Teufelskostüme und ähnliche Dinge herstellte. Er war sehr klug. Doch ich lernte rasch; und als ich ihn verließ, wußte ich genug, um mir das Aussehen unterschiedlicher Personen zu verleihen. Damals waren für mich harte Zeiten angebrochen – das war, nachdem wir uns getrennt hatten, Renel, nach der Schlacht in den Bergen ...«

Einen Moment lang hatte er zu seinem Freund gesprochen; sodann wandte er sich wieder an Jim und Brian.

»Anschließend kehrte ich für eine Weile nach England zurück, besuchte dann andere Orte – wo genau ich mich aufhielt, ist ohne Belang – und gelangte schließlich hierher. Damals befand ich mich trotz meiner Rüstung und meiner Waffen in großer Gefahr. Hin und wieder mußte ich schlafen, und es war lediglich eine Frage von Tagen, bis ich irgendwann aufgewacht wäre, um festzustellen, daß man mir die Kehle durchschneiden und mich sämtlicher Habseligkeiten berauben wollte – das wäre das Ende gewesen.«

Er stockte, blickte umher und senkte noch weiter die Stimme.

»Ich mußte als Muslim gelten. Nicht nur das, die anderen Muslime mußten sich einen Vorteil davon versprechen, daß sie mich am Leben ließen. Ich besaß noch ein paar Silbermünzen und Edelsteine von einer Schlacht und der Plünderung einer ... eines bestimmten Ortes her. Also kaufte ich mir die erforderlichen Dinge und nahm sie in die Wüste mit, wo ich ungestört war. Dort fertigte ich eine Kurdenverkleidung an. Ich wurde Murad und verwandte meine restlichen Besitztümer nach Art eines wohlhabenden, aber geizigen kurdischen Händlers. Ich reiste nach Tripolis, wo ich zumindest einen Freund anzutreffen hoffte, denn dann hätte ich die Verkleidung ablegen und mir das für die Heimreise nach England erforderliche Geld borgen können. Bevor ich allerdings dort ankam, geriet die Gruppe, mit der ich reiste, in einen Hinterhalt von Hassans Assassinen, und wir alle wurden zum Weißen Palast verschleppt.«

Er stockte.

»Und dann?« fragte Jim.

»Hassan bot mir all das an, was Ihr hier seht, die erwähnten Reichtümer, den Harem, die Macht, den Einfluß – vorausgesetzt, daß ich seinen Fluch auf mich nähme«, antwortete Sir Geoffrey. »Ich war ihm ausgeliefert. Er konnte mit mir nach seinem Gutdünken verfahren. Ich glaubte, er werde mich töten, wenn ich nicht einwilligte. Damals hatte ich auch die törichte Hoffnung, mich später von dem Fluch befreien zu können. Das aber war ein Irrtum.«

»Und worin besteht der Fluch?« fragte Brian. »Was passiert, wenn er Euch trifft?«

»Darauf möchte ich Euch nicht antworten«, erwiderte Sir Geoffrey. »Ich kann nur soviel sagen. Diesen Fluch würde kein vernünftiger Mensch einem anderen wünschen – geschweige denn ihn weiterreichen; selbst wenn ich ihn wieder loswerden wollte, so würde er mir dennoch bis ans Ende der Welt folgen und nicht nur mich, sondern auch meine Nachkommen heimsuchen bis ins siebte Glied.«

»Hm«, machte Jim. »Woher sollte ein Mensch die Macht nehmen, einen solchen Fluch zu verhängen – dabei fällt mir ein, wo steckt eigentlich Kelb?«

»Kelb?«

»Ein Dschinn«, antwortete Jim. »Erzählt mir nicht, Ihr wüßtet nichts von ihm. Er saß neben Euch, als wir uns alle in dem großen Raum versammelt hatten.«

»Der braune Hund ist ein Dschinn?« fragte Sir Geoffrey erstaunt. »Ich dachte, er wäre bloß ein Hund mit dem Auftrag, mich hin und wieder zu überwachen. Ich hielt ihn für Hassans Boten oder Spion oder was auch immer. Aber daß er ein Dschinn sein könnte, habe ich nicht geahnt.«

»Das ist interessant«, meinte Jim.

»Dürfte ich fragen warum?« erkundigte sich Sir Geoffrey.

»Weil ein Dschinn ein Elementargeist ist«, antwortete Jim. »Und Elementargeister verfügen ebenfalls nicht über die Macht, einen Fluch zu verhängen.«

Sir Geoffrey blickte ihn ungläubig an.

»Beantwortet mir eine Frage«, fuhr Jim fort. »Kennt Ihr die Stelle in Eurem Haus, die Euch unverzüglich zum Weißen Palast führt? Und könnt Ihr mich dorthin bringen?«

Geoffrey zögerte.

»Allerdings«, antwortete er schließlich. »Es handelt sich um eine von zwei Stellen, die mich abwechselnd zu Hassan führen. Heißt das, Ihr wollt Euch in den Weißen Palast begeben?«

»Ja«, antwortete Jim.

Auf einmal war es totenstill im Raum. Alle Blicke waren auf Jim gerichtet.

»James«, sagte Brian. »Wäre das klug? Wir sind nicht

einmal bewaffnet. Wenn sich nur irgendwo Schwerter auftreiben ließen ...«

»Ich glaube nicht, daß diese Angelegenheit mit Schwertern entschieden wird«, erwiderte Jim, »außerdem habe ich vor, nur Sir Geoffrey mitzunehmen.«

»Was? Ihr wollt Euch ohne mich in die Höhle des Löwen begeben, James? Das kommt überhaupt nicht in Frage!« sagte Brian entschieden.

»Nun«, meinte Jim zögernd, »wenn Ihr wirklich mitkommen wollt, Brian, müßt Ihr Euch darauf verlassen, daß ich schon das Richtige tun werde. Später werde ich Euch keine Erklärungen geben können.«

»Ich brauche keine Erklärungen«, sagte Brian. Und nachdenklich setzte er hinzu: »Allerdings hätte ich gern ein Schwert.«

»Ich kann Euch unterwegs Schwerter geben«, warf Sir Geoffrey ein.

»Gut«, sagte Jim. »Bitte wartet einen Moment.«

Er begab sich durch die Wandöffnung ins Nebenzimmer.

»Angela«, sagte er behutsam, »Brian, Sir Geoffrey und ich werden euch für eine Weile verlassen. Wir möchten uns etwas in den Gängen anschauen.«

»Nein, auf keinen Fall«, entgegnete Angie. »Wenn du irgendwohin gehst, dann komme ich mit.«

»Ich auch«, sagte Geronde.

»Dann wären wir zu viele.« Während Jim ursprünglich mit Sir Geoffrey allein hatte gehen wollen, weitete sich das Ganze allmählich zu einer regelrechten Expedition aus. »Und wenn du mitkämst, müßten wir uns vor allem um deine Sicherheit kümmern; außerdem will ich nicht, daß du dich an diesen Ort begibst.«

»Die beiden Kobolde würden uns fortbringen, wenn es brenzlig wird«, sagte Angie. »Abgemacht, Jim?«

Sie deutete an Jim vorbei. Als er sich umdrehte, blickte er in die neugierigen Gesichter der beiden Kobolde, die ihm auf ihren Rauchschwaden gefolgt waren. Jim lenkte ein.

»Kobolde«, sagte er, »wir begeben uns in die Assassinen-Festung.«

»Habt ihr verstanden?« fragte Angie.

»Nein«, antwortete Kob von Malvern. Es war das erste Mal, daß er den Mund aufmachte.

»Ich erzähl's dir unterwegs«, sagte Jims und Angies Kob. »Es wird dir gefallen. Es ist aufregend.«

Der Malvernkobold schluckte, dann nickte er.

Jim gab nach. Daran war er gewöhnt, und er verschwendete seine Zeit nicht mehr mit dem aussichtslosen Unterfangen, das Unvermeidliche verhindern zu wollen.

»Kommt mit«, sagte er und ging wieder ins Nebenzimmer hinüber.

Sir Renel hatte ihn bereits erwartet.

»Ihr wollt mich doch nicht etwa allein zurücklassen, Sir James?« sagte er.

Jim unterdrückte einen Seufzer.

»Gewiß nicht«, sagte er.

»Verdammte Karawane«, murmelte Brian.

»Und mich wolltest du doch bestimmt auch nicht zurücklassen, nicht wahr, Brian?« fragte Geronde.

»Nein. Natürlich nicht«, antwortete Brian finster. »Verdammte Karawane ...«, murmelte er so leise vor sich hin, daß Jim, der ihm am nächsten war, es wohl als einziger mitbekam.

Nachdem sie sich alle mit Schwertern ausgerüstet hatten, gingen sie durch mehrere schmale, nahezu lichtlose Gänge, die in den Wänden entlangführten. Schließlich verkündete Sir Geoffrey, der an der Spitze ging, es sei nicht mehr weit.

Alle schwiegen, bis wieder einmal eine kahle Wand den Gang versperrte.

»Ich nehme an, Ihr wißt, wie man sie öffnet?« wandte Jim sich an Geoffrey.

Geoffrey nickte und drückte gegen mehrere Stellen an der Wand, worauf diese nach unten glitt. Vor ihnen war es stockfinster.

»Folgt mir nach.« Geoffrey stürzte sich ins Dunkel und war im nächsten Moment verschwunden. Jim und Brian taten es ihm gleich, gefolgt vom Rest der Gruppe.

Es war beinahe so, als tauchte man in einen Tümpel voller Tinte – die Luft fühlte sich fast flüssig an, so schwer und feucht war sie.

»Keine Angst«, erscholl Sir Geoffreys Stimme, »geht einfach weiter.«

Sie folgten ihm blindlings und gelangten unvermittelt in einen Raum, der etwa halb so groß wie Murads Schlafzimmer, jedoch vollkommen kahl war. Licht spendete allein ein Fensterschlitz in einer der Wände, durch den die Abendsonne fiel.

Jim vergewisserte sich, ob auch alle wohlbehalten angekommen waren. Angie, Geronde und die beiden Kobolde auf ihren Rauchschwaden waren hinter ihm. Brian war neben ihm, an seiner Seite stand Sir Renel und ganz vorne Sir Geoffrey.

In dem Raum gab es keine Tür. Abgesehen vom Fensterschlitz waren sie von massiven Mauern eingeschlossen.

»Wie kommen wir hier raus?« fragte Brian.

Jim hatte Sir Geoffrey die gleiche Frage stellen wollen; der Ritter deutete aber bereits auf eine der Wände. Als Jim sich ihm näherte, machte er eine Ritze zwischen zwei Steinblöcken aus, die vorher verdeckt gewesen war, da einer der Blöcke so weit vorsprang, daß die Ritze nur aus einem bestimmten Blickwinkel zu erkennen war.

»Seht hindurch«, forderte Sir Geoffrey ihn auf.

Aus einer Höhe von etwa fünf Metern blickte Jim in den großen, quadratischen Raum hinunter, den er von seinem Aufenthalt im Weißen Palast her kannte – in den Raum mit der Kuppeldecke, durch deren Fenster nun das verblassende Rot des Abendhimmels zu sehen war. Im Raum brannten mehrere Fackeln, die überwiegend zu Jims Rechten aufgestellt waren, wo Hassan ad-Dimri sich mit Ibn-Tariq unterhielt. Baiju, der an Händen und Füßen gefesselt war, hockte unmittelbar vor Hassan auf dem Boden. Hinter ihm saß wie ein dritter Gesprächsteilnehmer ein kleiner brauner Hund.

Nach der erfolglosen Unterredung mit Hassan hatte Abu al-Qusayr, der Magier aus Tripolis, zu Jim gemeint, irgend jemand helfe Hassan, denn hier sei eine fremde Macht am Werk, auch wenn Jim als Magier einer niedrigen Kategorie dies möglicherweise nicht spüren könne. Damals war sich Jim in dieser Hinsicht unsicher gewesen; nun aber spürte er die Anwesenheit dieser Macht in dem Raum, in den er hinuntersah, ganz deutlich.

Es war wie ein kalter Druck, der von einer Stelle in der Mitte des Raumes ausging, die an die Senke im Zentrum eines Wasserstrudels erinnerte. Er spürte, daß die Macht gegen ihn drückte wie eine große, flache Hand; gleichzeitig meinte er sie seltsamerweise auch zu riechen – ein fremdartiger, bitterer Geruch. Während all diese Eindrücke auf ihn einstürzten, wurde ihm bewußt, daß der eben noch vollständig erhellte Raum sich mit allen möglichen seltsamen, schwer erkennbaren und unterschiedlich dunklen Schatten gefüllt hatte, die nicht nur in den Ecken lauerten, sondern auch mitten in der Luft schwebten und sich hin und her bewegten, aber jedesmal gleich wieder verschwanden, wenn er versuchte, sie ins Auge zu fassen.

Was immer dies bedeuten mochte, jedenfalls stand völlig außer Zweifel, daß der Strudel in der Mitte des Raums das Zentrum der Macht war, die er spürte. Allerdings war sie nicht auf Hassan konzentriert, sondern auf Ibn-Tariq.

Der braune Hund wandte auf einmal den Kopf und blickte in die Richtung, aus der Jim zu ihm hinuntersah. Jim verspürte jähes Entsetzen, denn es war, als stünden sie sich von Angesicht zu Angesicht gegenüber.

»Wir werden beobachtet.« Die Stimme des Hundes war deutlich zu vernehmen.

28

»WILLKOMMEN, WERTE BESUCHER«, sagte Ibn-Tariq leise.

Unvermittelt standen sie alle in dem Raum, nur wenige Schritte von den vier Anwesenden entfernt.

Jim war sich der Ausmaße von Raum und Schatten auf einmal deutlich bewußt. Auch ohne genau nachzurechnen, wußte er, daß er, der er vor seinen Begleitern stand, genau drei Körperlängen von Ibn-Tariq entfernt war, der ihm von den dreien am nächsten war. Er war sich bewußt, daß Ibn-Tariq, der Hund und Hassan ad-Dimri die Spitzen eines gleichschenkligen Dreiecks bildeten, in dessen Mitte sich Baiju befand, und daß der Durchmesser einer Kugel, die alle vier eingeschlossen hätte, exakt das Zweifache von Jims Körperlänge betragen hätte.

Wäre diese nichtexistente Kugel der schwere, wenn auch unsichtbare Kopf eines gewaltigen Hammers gewesen, so hätte dessen Griff den halben Abstand zwischen Jim und der vor ihm befindlichen Gruppe überbrückt. Plötzlich stellte er sich vor, wie der Hammer mit dem Ende des Griffs als Angelpunkt herumschwang und sie alle unter sich zermalmte. Ein Hammer, der von einem der drei Männer an den Spitzen des Dreiecks oder auch von allen dreien gleichzeitig kontrolliert wurde.

Einer solch gewaltigen Macht war er bisher noch nicht begegnet. Einer Macht, wie sie normalerweise nur einem ranghohen Magier zu Gebote stand, auch wenn sie vielleicht nicht ganz so gewaltig sein mochte wie die Kräfte, mit denen er sich bei Angies Befreiung aus dem Verhaßten Turm hatte auseinandersetzen müssen – doch damals hatte ihm Carolinus zur Seite gestanden. Hier war er ganz auf sich allein gestellt. Der Strudel dieser Macht war nach wie vor auf Ibn-Tariq konzentriert; allerdings war nicht auszuschließen, daß die anderen beiden, Hassan und Kelb, ihre Karten bloß noch nicht auf den Tisch gelegt hatten. Jim hatte das unangenehme Gefühl, dies sei längst noch nicht alles.

Dann jedoch wurde ihm klar, daß unmöglich Hassan dahinterstecken konnte. Wäre er ein Magier gewesen, hätte er keiner solchen Gruppe wie den Assassinen vorgestanden. Die Taten der Assassinen standen im krassen Gegensatz zu den Gesetzen des Reichs der Magie. Hätte Hassan über magische Kräfte verfügt, dann hätte Abu al-Qusayr bestimmt nicht nur mit ihm geplaudert, um sich dann aus dem Staub zu machen. Somit blieben nur zwei unmittelbare Gegner übrig. Allein Ibn-Tariq stand mit dem Strudel in Verbindung. Doch so aggressiv, wie er vorging, konnte er keinesfalls ein Magier sein. Somit blieb nur eine Möglichkeit übrig.

»Ihr seid ein Hexer«, sagte Jim zu Ibn-Tariq.

Ibn-Tariq lächelte.

»Und zwar ein mächtigerer Hexer, als Ihr Euch vorstellen könnt«, entgegnete er. »Ihr habt geglaubt, Julio Eccoti, der Ratgeber von König Jean von Frankreich, der sich mit den Seeschlangen verbündet hatte, verkörpere bereits den Inbegriff der Macht, die denen zugänglich ist, welche das *Vollständige Buch der Zaubersprüche* studieren und anwenden. In Wahrheit aber hat Julio nur wenig gelernt; und dann ist er in die Welt hinausgezogen, um reich zu werden. Ich hingegen habe nie aufgehört, zusammen mit den Meistern meiner Kunst Neues zu lernen. Heute bin ich bereits stärker als Ihr.«

In diesem Moment wurde Jim auf etwas aufmerksam, das ihm schon eher hätte auffallen sollen. Die Fenster in der Kuppeldecke zeigten einen Abendhimmel. Es war unnatürlich, daß es jetzt bereits dämmerte – andererseits war die Zeit jenseits der Realität angesiedelt. Der eindunkelnde Himmel ließ die Schatten, die er anfangs eher gespürt als tatsächlich wahrgenommen hatte, deutlicher hervortreten. Sie verdichteten sich immer mehr und näherten sich allmählich ihrer kleinen Schar.

Nun erkannte er, daß die Schatten ebenfalls bestimmte Winkel und Proportionen aufwiesen. Jeder einzelne besaß eine bestimmte Größe und eine bestimmte Form; und die Gesamtheit dieser Formen drängte sich immer dichter um ihn und seine Begleiter zusammen.

Sie durften keine Zeit mehr verlieren. Erst jetzt wurde ihm klar, weshalb Carolinus ihm geraten hatte, magische Energie für den Notfall zu horten.

Theoretisch verfügte er über einen unbegrenzten Energievorrat. Praktisch mußte es allerdings gewisse Einschränkungen geben. Ansonsten hätte er die Bank sprengen können, indem er soviel Energie abzog, daß für die übrigen Magier dieser Welt nichts mehr übrigblieb. Jetzt aber brauchte er soviel Energie, wie er bekommen konnte, denn er spürte, daß er es mit einer Bedrohung zu tun hatte, die stärker war als er. Er war zutiefst dankbar, daß er mit magischer Energie so sparsam umgegangen war.

Er versuchte, die verfügbare Energie zu bündeln – und stellte auf einmal fest, daß er über einen steilen, steinigen Hang zu einem Berggipfel hochkletterte, der sich grau vom blutroten Abendhimmel abhob. Der weitentfernte Gipfel stand als dunkle Silhouette vor dem leuchtenden Himmel; und auf einmal wußte er, ohne daß es ihm jemand gesagt hätte, daß der Stab, weswegen er hier war, auf dem Gipfel zu finden war.

Beinahe wäre er mutlos geworden. Die Entfernung war zu weit, um sie in der kurzen Zeit, die er sich von dem unheilvollen Raum im Weißen Palast zu entfernen wagte, zu überwinden. Doch auf einmal stand über ihm Carolinus auf einem großen Felsen und blickte zu ihm herunter.

»Die Zeit reicht aus«, sagte Carolinus, »aber spart Eure Kräfte für den Gipfel; sonst werdet Ihr versagen.«

Einen Moment lang schaute Carolinus ihn an.

Dann verschwand er. Ein schwacher Wind säuselte zwischen den Felsen beiderseits des schmalen Pfads auf dem steinigen Berghang, den Jim vor sich sah. Nichts wuchs hier. Es gab nichts als Stein.

Der schwache Wind strich über Jims Gesicht, während er die Luft tief in die Lungen einsog. Tief, denn die Luft war nicht nur kalt, sondern auch dünn. In vorgebeugter Haltung, um das Gleichgewicht zu wahren, schickte er sich an, den steilen Pfad zu erklimmen, der sich zwischen den Felsen einherschlängelte.

Abgesehen vom Flüstern des Windes war kein Laut zu vernehmen. Erst jetzt wurde ihm bewußt, wie still es ringsumher war. Nun aber vernahm er das Knirschen der Kiesel und das Scharren des massiven Gesteins unter den Stiefelsohlen; und auf einmal war er dankbar dafür, daß er in jener Nacht, als ihn die Assassinen verschleppt hatten, die Stiefel beim Schlafengehen angelassen hatte, um seine Füße warmzuhalten. Das Geräusch seiner Schritte und seines Atems wirkten laut in der vollkommenen Stille. Keine Steine prasselten in die Tiefe, und kein einsamer Falke schrie am Himmel.

Jim kletterte. Vielleicht folgte er gar keinem Pfad, sondern dem Bett eines ausgetrockneten Baches, der sich einmal den Hang hinuntergeschlängelt hatte; und es war gut, daß es das Bett gab, denn wenn er nach links und rechts blickte, sah er nichts als große und kleine Steine, durch die er sich mühsam einen Weg hätte suchen müssen. Doch der Pfad wurde immer steiler und das Vorankommen schwerer. Die Kälte kroch immer tiefer in ihn hinein. Er drängte sie zurück mit der inneren Hitze seiner Entschlossenheit, den Gipfel zu erreichen.

So stieg er voran und beugte sich in dem Maße, wie der Weg steiler wurde, immer weiter vor. Seine Oberschenkelmuskel begannen zu schmerzen, und das Wasserbett wurde immer schmaler, bis er die größeren Steine zu beiden Seiten mit ausgestreckten Armen hätte berühren können.

So abrupt, wie ein Wald an einer Wiese abbricht, endete auf einmal auch das Stein- und Felsengewirr des Hanges.

Der Pfad wurde noch schmaler und hörte dann ganz auf. Jim zwängte sich seitlich zwischen zwei großen Felsen hindurch und befand sich plötzlich am Rand einer Eisfläche – graues, glattes Eis ohne jede Spur von Schnee, das sich wie ein Fluß über den Hang erstreckte.

Am Ende der Eisfläche lag tiefe Dunkelheit. Wahrscheinlich abermals Felsen, vermutete Jim; doch er atmete mittlerweile schwer, und sein Blick verschleierte sich, vielleicht aufgrund der trockenen Luft, so daß er die dunklen Formen nicht genau zu erkennen vermochte. Jedenfalls würde er das Eis emporklettern müssen, das so glatt und sauber war wie eine frischpolierte Eisbahn. Abgesehen von der glasartigen Klarheit des Eises hätte es sich auch um den Ausläufer eines Gletschers handeln können, oder es war ein gefrorener Fluß; und jetzt blickte Jim zum ersten Mal zur gegenüberliegenden Seite.

Während er sich umgeschaut hatte, war er wieder zu Atem gekommen, und sein Blick hatte sich geklärt und geschärft. An der anderen Seite meinte er nun Zwischenräume zwischen den Felsen auszumachen, die ebenfalls zum Gipfel führten; dort würde er auf eisfreiem Untergrund klettern können. Zunächst einmal aber mußte er den Eisfluß überqueren.

Er holte das Notfallmesser hervor, das stets bei sich zu tragen ihm Brian eingeschärft hatte. Er beugte sich über den Rand des Eises vor und begann, für Hände und Füße Vertiefungen hineinzuhacken.

Ganz allmählich arbeitete er sich über das Eis vor – und er hatte sich nicht getäuscht. Auf der anderen Seite war es nicht vollständig zwischen die Felsen eingedrungen, und es gab immer wieder Stellen, wo nackter Fels zutage trat, so daß er nur hin und wieder Griffmulden ins Eis zu hacken brauchte. Mit Hilfe des Messers arbeitete er sich langsam am anderen Ufer des Eisflusses empor, bis die Felsenlinie aufhörte und der Fluß schmaler wurde.

Er war so in die Kletterei vertieft gewesen, daß er ganz vergessen hatte, nach vorn zu blicken. Das Messer in seiner Hand hatte ihn vielmehr an Brian, Geronde und vor allem an Angie erinnert – und dann sogar an die beiden Kobolde, Sir Geoffrey und Sir Renel. Von diesen Gedanken ging eine Wärme aus, die der Kälte entgegenwirkte, von der er allmählich steife Glieder bekam; er meinte fast, er habe den Stab bereits so gut wie erreicht. Daher nahm er den Anblick, der sich ihm bot, als er den Gletscherausläufer und die Felsen, an deren Rand er entlanggeklettert war, hinter sich gelassen hatte, mit Bestürzung auf.

Vor ihm lag ein Hang voller Geröll, das wohl von einem Erdrutsch stammte, der den Eisfluß irgendwann unter sich begraben hatte. Das Eis hatte aufgehört. Im nächsten Moment machte er sich daran, den Geröllhang zu erklimmen. Doch schon nach den ersten zuversichtlichen Schritten rutschte er aus und fiel hin, denn der Untergrund hätte ebensogut aus Glasmurmeln bestehen können. Die Kiesel und Steinbrocken gerieten ins Rutschen, sobald er sie mit seinem Gewicht belastete. Daher mußte er auf allen vieren kriechen.

Gottlob reichte das Geröll nicht weit. Er kämpfte sich voran und sah erst auf, als ihm eine Wand aus massivem Fels den Weg versperrte.

Auf dem harten Untergrund blieb er erschöpft liegen, während seine Lungen die dünne Luft pumpten und pumpten, denn sie benötigten dringend Sauerstoff, um seinen rasenden Herzschlag zu verlangsamen. Dies war das Dunkle, das er von weiter unten nicht genau hatte erkennen können. Es war eine Felswand, die eigens errichtet worden zu sein schein, um ihn kurz vor dem Ziel doch noch aufzuhalten.

Allmählich verlangsamte sich sein Herzschlag und sein Atem, und damit einhergehend wurde er auch wieder ruhiger. Er besah sich die Felswand. Das Abendrot hatte sich mittlerweile verflüchtigt. Es dämmerte und wurde immer dunkler. Scharf von der verbliebenen Helligkeit am Westhimmel abgehoben, erblickte er den gar nicht mehr weit entfernten Gipfel. Die Felswand stieg nicht lotrecht an. Sie war ein wenig zurückgeneigt und wies Vertiefungen und Vorsprünge auf. Unüberwindbar war sie nicht.

Jim schöpfte noch eine Weile Luft, dann setzte er den Aufstieg fort.

Zunächst hatte er gemeint, er könne es schaffen, doch als er auf halber Höhe der Felswand angelangt war, schwand sein Selbstvertrauen dahin. Seine Armmuskeln zitterten und waren kraftlos, und sein Gewicht schien sich vervielfacht zu haben.

Er verharrte an Ort und Stelle, zweifelnd, ob er weiter könne, und sich dessen gewiß, daß er abstürzen werde, wenn er umzukehren versuchte.

Dann überkam ihn Haß auf seinen Körper. Sein Körper war schließlich nur ein Tier, dachte er bei sich. Er mußte tun, was ihm der Geist befahl. Langsam kletterte er weiter, ohne daran zu denken, daß dies je ein Ende haben könne. Nach einer unbestimmbaren Zeitspanne faßte er mit der Rechten auf einmal über den Rand der Steilwand. Er war oben angekommen.

Mit letzter Kraft zog er sich auf ein flaches Stück Fels hinauf, das im Vergleich zur Steilwand nahezu waagerecht war. Dort blieb er liegen und pumpte abermals Sauerstoff in seine Lungen. Es war schon seltsam, daß das Stilliegen so viel anstrengender sein sollte als das Weiterklettern; und nun machten sich auch die übrigen Folgen der Anstrengung bemerkbar.

Füße und Hände schmerzten. Die Knie taten ihm weh. Als er an sich hinuntersah, stellte er fest, daß sie aus der zerrissenen Hose hervorschauten. Von den Stiefeln war kaum mehr als ein Kragen um die Fußgelenke übriggeblieben. Hände und Füße waren Blau von der Berührung mit dem Eis und dem kalten Fels; nun aber begannen auch sie zu schmerzen, und als er sich die Hände genauer besah, entdeckte er die Risse und Schrammen. Die Mühe, sich die Fußsohlen zu besehen, sparte er sich.

Dafür war es bis zum Gipfel nicht mehr weit. Doch als er zu dem Felszacken hinaufblickte, verließ ihn zum ersten Mal der Mut. Zwischen ihm und dem Gipfel erstreckte sich ein Gewirr großer und kleiner Kopfsteine. Einen Pfad gab es nicht. Nur die Oberseiten der Felsbrocken, teilweise abgerundet, teilweise zerklüftet, jedoch jeder durch einen Zwischenraum vom nächsten getrennt, in den er wie in eine Fallgrube hineinstürzen konnte. Das Ziel so dicht vor Augen und doch in unerreichbarer Ferne, schossen ihm die Tränen in die Augen.

Er zwang sich, wieder an Angie und die anderen zu denken; diesmal aber erschienen sie ihm fern, und der Gedanke an sie belebte ihn nicht. Aus irgendeinem Grund war er überzeugt davon, er werde zwischen die Felsbrocken stürzen und entweder dort festklemmen oder vom spitzen Zacken eines Felsens aufgespießt werden, wenn er weiterkletterte.

Plötzlich stellte er fest, daß Carolinus wieder bei ihm war. Jim drehte sich auf die linke Seite und blickte zu dem roten Gewand auf, dem weißen Bart, dem alten Gesicht und den blaßblauen Augen, die auf ihn hinunterschauten.

»Warum?« fragte er.

Eigentlich hatte er sagen wollen: *Warum muß es so schwer sein?*

»Weil der Zauberstab erst durch Eure Anstrengung erschaffen wird«, antwortete Carolinus, als hätte Jim den Satz laut ausgesprochen. »Wenn Ihr jetzt aufgebt, erlangt Ihr gleichwohl einen Stab. Allerdings enthielte er nicht die Kraft, die Ihr benötigt. Wenn Ihr irgendwo mittendrin aufgegeben hättet, so hättet Ihr bekommen, was Euch bis dahin zugestanden hätte. Denn die Festigkeit des Stabes bemißt sich nach Eurer Willenskraft und Eurer Beharrlichkeit und muß sich behaupten gegen die Stärke Eurer Gegner, gegen die Ihr ihn einzusetzen gedenkt.«

Auf einmal war es Jim, als habe er dies von Anfang an gewußt, ohne dieses Wissen allerdings in Worte fassen zu können. Nicht nur vom Beginn des Aufstiegs an, sondern schon in dem Moment, als er mit Angie in diese Welt des vierzehnten Jahrhunderts gelangt war, in die sie nicht gehörten – in der sie Fremdkörper darstellten, wie Sand im Getriebe eines laufenden Motors.

Von Anfang an hatten er und Angie gewußt, daß sie in dieser fremden Welt einen Ort für sich würden finden müssen; das war ihre freie Entscheidung gewesen – sie hätten nach Hause zurückkehren können. Jetzt ließ sich die Entscheidung nicht mehr rückgängig machen. Plötzlich stellte er fest, daß sich sein Körper wie von selbst in Bewegung setzte und den ersten Felsen des Steinlabyrinths erklomm, das zwischen ihm und dem Gipfel lag.

Das letzte Wegstück über spürte er weder die Kälte noch die Anstrengung, noch vermochte er sich hinterher daran zu erinnern. Doch nach einer unbestimmten Zeitspanne – deren Strapazen all seine Kräfte überstiegen, seinen Mut, seinen Willen, die Liebe, die er für die in Hassans Burg Zurückgebliebenen empfand, um die sich nun die Schatten schlossen – ließ er die Steine hinter sich und torkelte ins Freie; und dort war der Zauberstab, aufrecht dastehend vor dem letzten roten Schimmer am Westhimmel, der zusehends verblaßte.

Er streckte die Arme aus und ergriff den Stab – und auf einmal befand er sich wieder in dem verfluchten Raum bei den anderen.

Er war im selben Moment zurückgekehrt, in dem er verschwunden war; die Anwesenden hatten alle noch die gleiche Haltung inne. »... bin ich bereits stärker als Ihr.« Ibn-Tariqs Worte hallten ihm noch in den Ohren wider.

So kurz die Unterbrechung auch gewesen war, die Schatten waren gleichwohl näher gerückt. Als Jim den Stab hob, wichen sie zurück ... nicht weit, aber immerhin ein Stück. Er sah kurz an sich hinunter. Seine Kleidung war unversehrt, seine Stiefel vollständig wiederhergestellt, seine Hände ohne Schrammen. Angie musterte ihn durchdringend, doch außer ihr schien niemand seine Abwesenheit bemerkt zu haben.

»Der Stecken macht mir keine angst«, sagte Ibn-Tariq.

Jim riskierte einen Blick auf seinen Stab. Er war weder so lang noch so dick wie der von Carolinus bei der Befreiung Angies aus dem Verhaßten Turm. Damals hatte Carolinus' Stab die Dunklen Mächte in Schach gehalten, während er, Brian und Dafydd ap Hywel gegen deren Kreaturen gekämpft und sie besiegt hatten.

Er schloß daraus, daß sein Stab weniger Macht verkörperte als der von Carolinus; doch er war gerade und verwittert. Er paßte wie ein Talisman in seine Rechte. Das Ende des Stabes saß auf dem Boden auf;

und der Boden reichte durch mehrere Schichten des Unterbaus hindurch bis ins Erdreich hinein, das Kraft aus dem Planeten über den Stab in Jim hineinleitete.

»Ich sagte«, ließ sich Ibn-Tariq abermals vernehmen, »der Stab macht mir keine angst. Wir sind Muslime. Wie Ihr wißt, vermag uns Eure christliche Magie nichts anzuhaben. Legt den Stab weg. Dann müßt Ihr weniger leiden.«

»Ihr seid nicht alle Muslime«, sagte Jim. Erst jetzt bemerkte er, daß Baijus Handgelenke an den Füßen festgebunden waren und daß dieser die Knie dicht an die Brust gezogen hatte.

»Baiju«, sagte er, »wenn es Euer Wunsch ist – so steht auf und kommt zu uns.«

Gleichzeitig stellte er sich eben dies vor. Ein kleiner Blitz schnellte von der Spitze seines Stabs und brannte Baijus Fesseln durch – worauf der kleine Mongole hinter Jim auftauchte. Baiju brummte etwas, das war alles.

»Soviel zur Magie«, sagte Jim. »Es war ein langer, beschwerlicher Weg, bis ich soweit war; und Ihr habt recht – ich darf damit nicht angreifen. Aber ich bin auch nicht hier, um anzugreifen, sondern um die zu verteidigen, die des Schutzes bedürfen. Das gilt selbst für Euch – auch Euch werde ich verteidigen, wenn Ihr zu mir kommt. Allerdings müßtet Ihr Eure verbotene Hexerei aufgeben.«

Ibn-Tariqs Blick wurde so scharf wie der eines in die Enge getriebenen Falken.

»Bin ich denn ein Anfänger meiner Kunst«, sagte er, »daß ich Eure Hilfe bräuchte?«

Jim gab keine Antwort.

Jetzt, da er den Stab in der Hand hielt, war sein Verstand hellwach und aufnahmebereit, scharf und klar.

»Zunächst einmal«, sagte er, »wolltet Ihr bloß verhindern, daß Brian und ich Sir Geoffrey finden und ihn nach England zurückbringen. Dann habt Ihr zufällig erfahren – wahrscheinlich von Abu al-Qusayr, indem

Ihr sorgfältig darauf geachtet habt, daß er den Hexer in Euch nicht erkennt –, daß unser Erfolg das Scheitern all Eurer Pläne bedeuten würde …«

Ibn-Tariq funkelte ihn an.

»Ich verstecke mich vor keinem Magier!« schrie er.

»Wenn das stimmte, so wärt Ihr ein Narr«, entgegnete Jim, »und das seid Ihr nicht. Jedenfalls habt Ihr herausgefunden, daß ich einen der niederen Magiergrade innehabe, der Euch keine Schwierigkeiten bereiten sollte. Als Ihr mich in der Karawane nicht dazu bewegen konntet, über Magie zu sprechen, so daß Ihr Euch keine genaue Vorstellung von meinen Fähigkeiten machen konntet, habt Ihr Brian und mich von den Assassinen entführen lassen, um mich zu zwingen, meine magischen Fähigkeiten im Verlauf der Flucht zu enthüllen.«

Ibn-Tariq lächelte lediglich.

»Als wir dann aber ohne einen nennenswerten Aufwand an magischer Energie flohen, indem wir den Geheimgang benutzten – durch den die Goldene Horde der Mongolen mühelos in den Weißen Palast eindringen könnte, um diesen zu erobern –, wurden wir zu einer ernsthaften Gefahr. Weshalb aber sollten wir oder Baiju der Goldenen Horde davon berichten?«

»Er gehört der Horde an«, bemerkte Hassan, der hinter Ibn-Tariq saß.

»*Ya barid!*« fuhr Ibn-Tariq ihn an. »Idiot!«

Hassan und der Hund duckten sich. Ibn-Tariq drehte sich wieder zu Jim herum; dieser allerdings hatte sich bereits Baiju zugewandt.

»Stimmt das?« fragte er. Baiju hielt seinem Blick mühelos stand.

»Nein«, sagte er. »Ich gehöre den Il'Khanate an, der ersten Horde, die seinerzeit Persien erobert hat, wie ich Euch unterwegs erzählt habe. Ich dachte, Ihr als Magier würdet das verstehen.«

»Damals war es mir nicht klar«, sagte Jim, »jetzt allerdings schon. Dadurch, daß Ihr so getan habt, als gehörtet Ihr der Horde an, hofftet Ihr in Erfahrung zu bringen, was die Mamelucken von Ägypten gegen sie im Schilde führen.«

Baiju nickte weder, noch sagte er etwas – er zeigte bloß ein schmales Lächeln.

»Dann wart Ihr also niemals ihr Spion«, fuhr Jim fort. »Daß Ihr von dem Geheimgang erfahren habt, stellt jedoch gleichwohl eine Bedrohung für Ibn-Tariq dar, der den Bestand des Weißen Palasts sichern will.«

Er wandte sich wieder Ibn-Tariq zu, der gelassen die Arme ausbreitete.

»Ich?« fragte er. »Ich bin mit Hassan ad-Dimri zwar recht gut befreundet, doch weshalb sollte ich mir Sorgen machen, der Weiße Palast könnte von den Mongolen angegriffen werden? Was könnte ein einzelner Hexer gegen eine ganze Armee ausrichten?«

»Ein einzelner Hexer könnte wohl nicht viel ausrichten«, sagte Jim. »Wenn sich ein Hexer mit einer Streitmacht der Mamelucken zusammentäte, sähe es allerdings ganz anders aus.«

»Ich unterhalte keinerlei Beziehungen zu den Mamelucken«, erwiderte Ibn-Tariq. »Wenngleich ich natürlich mit einigen von ihnen befreundet bin.«

»Ich glaube doch«, sagte Jim. »Ihr seid das, was man dort, wo ich herkomme, als ›Politiker‹ bezeichnet. Als wir uns hier das erste Mal begegneten, habe ich mich gefragt, weshalb Ihr in unserer Anwesenheit Murad gegenüber erwähntet, es werde ein neuer Anführer gebraucht, der aus Ägypten wieder ein mächtiges Reich machen könne. Weshalb habt Ihr Murad das gesagt, obwohl Ihr wußtet, daß es sich gar nicht um Murad, sondern um Sir Geoffrey handelte? Das war natürlich für meine Ohren bestimmt. Für Brians und meine Ohren, denn wir sollten gar nicht erst auf den Gedanken kommen, Murad könne in Wahrheit Sir Geoffrey sein. Das war Eure Idee, nicht wahr? Es so einzurichten, daß wir einen Blick auf Sir Renel erhaschen?«

»Und wann habt Ihr diese wilden Vorstellungen entwickelt?« fragte Ibn-Tariq.

»Wie ich schon sagte – in dem Moment, als ich von dem Spalt in der Wand des Zimmers, das eine Verbindung zu Murads Palast hat, auf Euch hinunterschaute«, antwortete Jim. »Wenn Ihr wußtet, daß Murad Sir Geoffrey war, weshalb habt Ihr dann so mit ihm geredet, obwohl Euch ansonsten doch nur Brian, ich selbst und Baiju zuhörten?«

»Dann glaubt Ihr also«, sagte Ibn-Tariq, »ich hielte mich für einen zweiten Sala-ad-Din, wolle mir wie Alexander der Große von Ägypten aus die halbe Welt mit Feuer und Schwert untertan machen und dann weinen, weil es nichts mehr zu erobern gibt?«

»Nein, das denke ich nicht«, entgegnete Jim barsch. »Ich glaube, Ihr verfolgt eine weitaus näherliegende Absicht. Ihr wollt den Hort der Assassinen wiederaufleben lassen und ihre Macht vergrößern, indem Ihr sie mit Eurer Hexerei verbindet. Folglich werdet Ihr jüngere, noch unerfahrene Hexer dazu bewegen wollen, mit den anderen, noch zu gründenden Gemeinschaften der Assassinen zusammenzuarbeiten. Ihr wärt der Lehrmeister dieser Novizen, der Schattengroßmeister der Hexer, auf die sich die Macht aller Großmeister der Assassinen gründen würde.«

»Ihr phantasiert«, sagte Ibn-Tariq.

»Das glaube ich nicht«, erwiderte Jim. »Ihr phantasiert, und zwar von einem Reich. Aber Ihr habt hier im Weißen Palast gerade erst damit begonnen, es aufzubauen. Ihr habt Eure Macht dadurch begründet, daß Ihr Hassan damals, als er noch ein Sufi war, Macht und Reichtum versprochen habt. Wenn er die Führerschaft über diesen Hort der Assassinen übernähme, würdet Ihr ihm zu noch größerer Macht verhelfen. Dies fiele Euch leicht, da Ihr die Assassinen mit Euren Zauberkunststückchen beeindrucken könntet.«

»Nichts als Vermutungen.«

»Keineswegs«, entgegnete Jim. »Hassan war auf seine Art ein guter Mensch, aber Ihr habt ihn verdorben. Der Weiße Palast hat überdauert und ist seitdem gewachsen; gleichwohl würde die Keimzelle Eures neuen Reiches einem Angriff der Mongolen wohl kaum standhalten. Deshalb sollten Baiju, Brian und ich unser Leben lassen, während Hassan nach wie vor durch den Fluch an Euch gebunden bliebe.«

»Ihr vermengt Wahrheit und Lüge«, meinte Ibn-Tariq kühl. »Wie Ihr wißt, steht Hassan ad-Dimri unter keinem Fluch. Der Fluch lastet auf Sir Geoffrey.«

»Ja«, erwiderte Jim. »Allerdings gibt es einiges, was Ihr als Hexer über Flüche nicht wißt, denn sonst hättet Ihr die Finger davon gelassen. Flüche sind wie eine bösartige Krankheit. Wen sie einmal befallen haben, den verzehren sie. Ihr habt die Anzeichen bei Hassan zu spät entdeckt, um ihn noch zu heilen. Indem Ihr ihn dazu überredet habt, sich zum Anführer der Assassinen aufzuschwingen, habt Ihr seinen Glauben untergraben. Damit setzte bei ihm der Verfall ein, der ihn immer mehr schwächte. Als kraftloser Mensch wäre er wertlos für Euch gewesen. Deshalb habt Ihr den Fluch auf Sir Geoffrey übertragen und all die Reichtümer, die Ihr ihm versprochen hattet, auf magische Weise in Murads Haus in Palmyra verfrachtet, das aufgrund Eures Zaubers nur einen Katzensprung vom Weißen Palast entfernt liegt.«

»Sir Geoffrey ist ein Christ«, sagte Ibn-Tariq. »Wie hätte ich als muslimischer Hexer einen Fluch auf ihn übertragen sollen?«

»Ihr seid dazu wirklich nicht imstande«, sagte Jim. »Ein muslimischer Hexer vermag keinen Christen zu verhexen, ein Christ keinen Muslim, und das gilt auch für Heilige ihres jeweiligen Glaubens. Und Kelb hätte es ebenfalls nicht vermocht. Aber ist Kelb überhaupt Kelb?«

»Nein!« Die dröhnende Stimme hallte von den Wänden und der Kuppeldecke wider – und wo eben noch Kelb gewesen war, stieg eine Rauchwolke auf, und dann blieb nur noch die Stimme übrig …

»Ich bin Sakhr al-Dschinni! Kelb war stets der niedrigste meiner Sklaven und ist es immer noch. Ich habe auf Zypern seine Gestalt angenommen, um Euch zu beobachten. Salomon, Davids Sohn, sperrte mich einst in eine Flasche und warf diese ins Meer. Nun aber bin ich wieder frei. Ihr habt es mit keinem schwachen Dämon oder Hexer zu tun, sondern mit Sakhr al-Dschinni, dem Dschinn der Dschinne!«

Der Rauch verflüchtigte sich, und dahinter kam die unsagbar häßliche Gestalt mit dem Turban, dem dritten Auge und dem schiefen Mund zum Vorschein, die Jim und Kob bereits auf Zypern erblickt hatten, als Jim Kelb gebeten hatte, sich ihnen in seiner Dschinn-Gestalt zu zeigen.

»Du warst zu stolz und prahlerisch!« sagte Ibn-Tariq mit erstaunlicher Grobheit, »und mir scheint, du hast nichts dazugelernt in der Zeit, die du in der Flasche eingesperrt warst! Von allen Anwesenden bist du der schwächste, nicht der stärkste. Ein Hund wolltest du sein – so sei denn ein Hund und nichts anderes, und zwar für die Dauer von neunundneunzig Leben!«

Auf einmal nahm ein kleiner, häßlicher brauner Hund die Stelle der Dschinn-Gestalt ein, der aufjaulte und verschwand.

»Der Worte sind genug gewechselt, James«, erklärte Sir Brian. »Wir haben unsere Schwerter. Laßt uns gegen diese gottverfluchten Ungläubigen und seinen Dschinn kämpfen! Muslime sind empfänglich für die Klinge eines Christenschwerts, sonst hätte es die Kreuzzüge nie gegeben!«

»Und umgekehrt!« entgegnete Geronde heftig. »Seid still, Brian!«

»Auch diese Behauptung entspricht nicht der Wahrheit«, sagte Jim, immer noch an Ibn-Tariq gewandt. »Kein Dschinn – nicht einmal Sakhr al-Dschinni – vermag irgend jemanden mit einem Fluch zu belegen, sei er nun Muslim oder Christ. Von denen, die Ihr Muslime Shaitain nennt, vermögen dies nur die Angehörigen einiger weniger Reiche. Und die einzigen, die der Macht eines Hexers unterworfen sind, das sind diejenigen, welche dem Reich der Teufel und Dämonen angehören.«

»Das behauptet Ihr«, sagte Ibn-Tariq.

»Ich weiß es«, entgegnete Jim. »Allein die Teufel und Dämonen sind Geschöpfe des puren Hasses. Teufel und Dämonen sind jedoch auf ihr eigenes Reich beschränkt. Auf die Menschen werden sie nur losgelassen, um diese zu quälen oder um das Gleichgewicht von Zufall und Geschichte zu stören – was der Fall wäre, wenn die Assassinen wieder aufleben und sich mit der Hexenkunst verbünden würden. Ein Dschinn vermag sie jedoch nicht heraufzubeschwören. Hexer allerdings schon!«

Er blickte zu der sich verflüchtigenden Rauchwolke hinüber, dann sah er wieder Ibn-Tariq an.

»Auch wir Magier könnten Teufel und Dämonen heraufbeschwören«, fuhr er fort, »doch das verbieten uns unsere Regeln. Hexer haben keine Regeln. Ihr, Ibn-Tariq, habt einen Dämon heraufbeschworen, um Hassan mit einem Fluch zu belegen. Jetzt aber ist er frei, und Ihr könnt ihn nicht abermals verfluchen. Und jetzt sagt mir im Namen aller Königreiche, welchen Dämon habt Ihr heraufbeschworen?«

Ibn-Tariqs Miene veränderte sich. Sein Gesicht erbleichte nicht, sondern erstarrte vielmehr.

Wie von einem kalten Blitz getroffen, blickte Jim auf. Sie hatten zu lange geredet. Die Unterhaltung hatte ihn von den Schatten abgelenkt, die unterdessen näher gekommen waren. Er hatte sich getäuscht. Die Schatten wurden nicht von Ibn-Tariq gelenkt, sondern von dem Dämon.

Sie waren mittlerweile bis auf Armeslänge an seine Gefährten herangekommen, die sich hinter ihm drängten. Der Schock setzte Wut frei, Wut darüber, daß jemand wie Ibn-Tariq ein solch mächtiges Wesen heraufbeschwören konnte, und diese Wut ließ ihn wieder klar denken.

Mit aller Kraft schlug er mit dem Stab nach den Schatten, so daß kleine Blitze aus dessen Ende schlugen, welche die Schatten immer weiter zurückdrängten – zwar nicht ganz bis zum Ausgangspunkt, aber doch weit genug, daß er einen Teil seiner Aufmerksamkeit darauf verwenden konnte, um sich alles in Erinnerung zu rufen, was in der *Enzyklopädie der Nekromantie* geschrieben stand, die er sich auf magische Weise einverleibt hatte.

Irgendwo war die Ausnahmegenehmigung aufgeführt, die er brauchte. Unablässig die Schatten in Schach haltend, fand er in seinem Gedächtnis das Kapitel mit der Überschrift *Teufel und Dämonen* und überflog rasch den in großen Lettern geschriebenen Absatz, der es Magiern verbot, mit ihnen Umgang zu haben. Die nächsten Absätze waren in immer kleineren Lettern geschrieben, und schließlich hatte er das Gesuchte gefunden.

Ja, es gab eine Ausnahme. In einem speziellen Fall war es ihm erlaubt.

Er wandte den Schatten wieder seine volle Aufmerksamkeit zu. Sie waren erneut vorgerückt, und abermals trieb er sie zurück, bis ein sicherer Abstand zwischen ihnen und seinen Gefährten lag.

Erst dann hob er nach einer Verschnaufpause die Stimme.

»Dämon, der du heraufbeschworen wurdest und

dich zwischen Zufall und Geschichte aufhältst, kraft des Gesetzes des Reiches, dem ich angehöre, fordere ich dich auf, deinen Namen zu nennen und dich zu zeigen. Und zwar *jetzt!*«

Die Luft um sie herum schien aufgesaugt zu werden. Beinahe so, als habe ein Riese eingeatmet. Dann vernahm Jim ein gewaltiges Flüstern, jedoch nur ein Flüstern, das lautlos in seinem Kopf widerhallte – und auf einmal wußte er, daß auch die anderen es vernahmen.

»Hier bin ich«, sagte die Stimme. »Ich, Ahriman, der Dämon der Dämonen.«

Die Wände ringsum und das Kuppeldach wurden nahezu durchsichtig und ebenso flüchtig wie Nebel.

Jim und alle, die bei ihm waren, Ibn-Tariq, Hassan ad-Dimri und die Stelle, an der Sakhr al-Dschinni sich zu erkennen gegeben hatte, waren auf einmal mitten im Nichts, weit über dem Erdboden.

Sie befanden sich in so großer Höhe, daß sie den gewohnten Horizont weit überschauen konnten. Ihr Blick ging immer weiter und weiter in die Ferne, bis sich Himmel und Erde in dunklem Nebel verloren. Die unter ihnen ausgebreitete Landschaft bildete ein Muster, ein phantastisches Gewebe aus Raum und Zeit.

An einer Stelle, tief unten und jenseits des gewohnten Gesichtskreises, wurde in hellem Sonnenschein eine Schlacht ausgetragen. Das war 'Ayn Jalut, zwei Jahrhunderte in der Vergangenheit. Der ägyptische Mameluckenanführer siegte dort über ein Mongolenheer – Baibars, der den Mongolen als erster eine Niederlage bereitet und anschließend die Christen aus dem Libanon vertrieben hatte. Nicht ganz so weit entfernt vernichtete gerade ein Sandsturm die Ernte und begrub unter sich die Häuser der Dörfler. Gegenwärtiges und Vergangenes, alles fand in dieser unermeßlichen Landschaft gleichzeitig statt.

»Antworte mir«, sagte Jim laut. »Ahriman, ist Ibn-Tariq dein Herr?«

Ahriman lachte lautlos in ihren Köpfen.

»Wer beschwört schon einen Dämon, um ihn anschließend zu beherrschen?« wisperte er. »Wenn ein Dämon gerufen wird, so wird dieser zum Herrn. Ich beherrsche alle. Ibn-Tariq ist meine Kreatur. Sieh ihn dir an.«

Jim blickte durch den leeren Raum zu Ibn-Tariq hinüber, der mit keiner Wimper zuckte – als hätte er sich in eine Wachsfigur verwandelt.

»Und jetzt sieh nach unten.«

Jim tat wie geheißen und erblickte im Norden, in einer Entfernung von etwa einer Woche Fußmarsch, ein Mongolenheer, das sich den Bergen näherte, in denen der Weiße Palast lag.

»Und nun sieh nach Süden und Osten.«

Jim wandte den Blick und sah, daß die Mamelucken ebenfalls auf den Weißen Palast vorrückten und bereits viel näher als die Mongolen herangekommen waren.

»Die Mongolen glauben, sie bräuchten bloß ein weiteres Assassinennest auszuheben, wie sie es schon so oft getan haben«, flüsterte der Dämon in ihren Köpfen, »doch diesmal werden sie eine Festung vorfinden, die darauf vorbereitet ist, sich zu verteidigen; und eine Mamelucken-Streitmacht, die viel größer ist als ihre und die sie unbemerkt umzingeln wird, noch ehe sie den Weißen Palast erreicht haben. Die Mongolen werden bis auf den letzten Mann sterben; Baiju wird sie nicht warnen können. Und auch Ihr werdet sie nicht warnen. Am Ende wird ein weltweiter Krieg zwischen Mamelucken und Mongolen entbrennen.«

Er lachte lautlos.

»Murad vom Schweren Säckel wird nach Palmyra zurückkehren. Hassan ad-Dimri wird der Herrscher über alles sein, gleichzeitig aber Ibn-Tariqs Marionette, der wiederum meine Marionette ist. Du und deine Gefährten, ihr werdet verschwunden sein.«

»Nein«, sagte Jim. »Das werden wir nicht.«

Während Ahriman geredet hatte, hatte Jim einen Teil seiner Aufmerksamkeit darauf verwandt, sich ihre weitere Vorgehensweise zu überlegen.

Er wandte sich zu den hinter ihm Stehenden um.

»Wenn Ihr alle mitmacht«, sagte er, »werden wir mit etwas Glück siegen. Die Welt wird siegen, und Ahriman wird sein Schicksal ereilen.«

29

Jim musterte seine Gefährten. In Brians Gesicht zeigte sich so etwas Ähnliches wie Freude, in Angies und in dem der Kobolde Vertrauen; ein schwächerer Abglanz von Brians grimmiger Kampfeslust fand sich auch in Gerondes Zügen wieder. Auch Sir Geoffrey und Sir Renel schienen begierig, sich mit dem Feind zu messen. Baiju grinste.

»Wenn er den Sieg davonträgt, müssen wir sterben«, sagte Jim. »Wenn wir aber zusammenhalten, können wir ihn dorthin zurücktreiben, wo er hergekommen ist, und dort hat er keine Macht mehr über uns. Allerdings müßt Ihr mehr von Euch fordern als jemals zuvor. Wenn wir uns erst einmal bei den Händen gefaßt haben, muß jeder einzelne von Euch bis zum Schluß durchhalten. Ihr dürft auf keinen Fall loslassen, um dessentwillen, wofür Ihr notfalls sterben würdet und das Euch mehr bedeutet als Euer eigenes Leben.«

Er hielt einen Moment inne und vergewisserte sich, ob ihn auch alle verstanden hatten.

»Wenn wir uns aneinander festhalten, bilden wir eine menschliche Kette, die Ahriman niemals durchbrechen wird. Wenn wir uns alle zusammentun, können wir ihn zurücktreiben.«

»Ihr seid zu wenige«, sagte der Flüsterer. Jim achtete nicht auf ihn.

»Wer macht unter dieser Bedingung mit?« fragte Jim.

Angie reichte Jim lächelnd eine Hand. Die andere reichte sie Brian. Der Kobold der Malvernburg legte stolz seine kleine Hand in Gerondes große und nahm Kobs Hand.

»Ich will ebenso tapfer sein wie du«, meinte er zu Kob von Malvern.

»Das wirst du bestimmt«, erwiderte der Kobold.

Sir Geoffrey hatte Geronde bei der Hand fassen wollen, doch diese hatte sie ihm entzogen. Sie blickte an ihm vorbei zu Sir Renel hinüber.

»Sir Renel?« fragte sie mit klarer, harter Stimme. »Gibt es etwas, wofür Ihr Euer Leben geben würdet?«

»Ja«, antwortete Sir Renel. »Meine Ehre, die ich verloren hatte und nun wiedergewonnen habe.«

Er trat vor und nahm Kob von Malvern bei der Hand; die andere Hand reichte er Sir Geoffrey; lächelnd faßten sie einander bei den Händen, wie zwei alte Freunde, die sich nach langer Zeit wiedersahen.

»Gut«, sagte Jim. »Und nun bildet einen Halbkreis …«

Er brach unvermittelt ab. Ibn-Tariq war vorgetreten und hatte die einzige Hand ergriffen, die noch frei gewesen war – die von Sir Geoffrey.

»Dann wäre ich endlich frei«, sagte er zu Jim.

»Wir können Eure Stärke gut gebrauchen«, erwiderte Jim, worauf Hassan ad-Dimri ebenfalls vortrat und Ibn-Tariqs freie Hand nahm.

»Ich wäre wieder so wie damals, bevor alles angefangen hat«, sagte er.

»Haltet gut fest«, ermahnte sie Jim. »Denn wenn einer losläßt, verliert die Kette ihre Kraft. Jetzt bildet einen Halbkreis und laßt uns den Dämon vertreiben.«

»Das wird Euch nicht gelingen«, erwiderte der Flüsterer.

Jim achtete nicht auf seine Worte.

»Ahriman!« rief er. »Bei dem Stab in meiner Hand und den Regeln, die dich an dein Reich binden, fordere ich dich auf, dich uns zu zeigen!«

Ein Zischen antwortete ihm; ein anhaltendes, wortloses, böses Zischen in ihren Köpfen, das sie ganz benommen machte. Vor ihnen – es war schwer zu sagen, ob es nun am Horizont war oder in ihrer Nähe – war eine schwarze Sonne erschienen.

In diese Sonne konnte man ebensowenig hineinschauen wie in die echte Sonne. Sie funkelte und schimmerte und schien sich zu bewegen, wenn man den Blick darauf scharfzustellen versuchte; als handelte es sich um eine schwarze Scheibe, die sich ständig mit einer geringfügig verschobenen zweiten Scheibe überlagerte. Von dieser Scheibe wehte sie ein machtvoller, allerdings druckloser eisiger Wind an, der weniger ihren Körper als vielmehr ihren Willen lähmte.

Dies war kein Wind, der sie hätte zurückschieben oder umblasen können. Vielmehr war er wie eine riesige Hand, die jeden einzelnen berührte. Diese Hand versuchte, sie zurückzudrängen, ohne daß sie eine Berührung wahrgenommen hätten, und zwar mittels der gewaltigen, ständig wiederholten Drohung, sich nicht der schwarzen, glühenden Sonne zu nähern.

»Haltet Euch fest bei den Händen. Geht weiter!« mahnte Jim.

Er tat die ersten Schritte; die anderen folgten ihm. Sie fühlten den Druck, der sich ihnen entgegenstellte, nicht nur im Gesicht, an Leib und Gliedern, sondern in ihrem Innern – bis ins Mark hinein.

Dennoch gingen sie weiter, und es war, als bewegten sie sich mit Siebenmeilenstiefeln über die unter ihnen ausgebreitete Landschaft aus Raum und Zeit. Schon nach wenigen Schritten wurde die schwarze Sonne größer und rückte näher. Der Druck wurde stärker. Er drang in sie ein und versuchte, ihnen das Leben auszusaugen. Sie wurden langsamer.

»Geht weiter!« sagte Jim. »Nur nicht stehenbleiben!«

Die unsichtbare Hand zerrte an ihren verschränkten

Händen und schwächte ihren Willen, einander festzuhalten. Der Druck wurde immer stärker. Dennoch war allen unausgesprochen bewußt, daß es kein Zurück mehr gab. Wären sie stehengeblieben und zurückgewichen, so wäre ihnen die Schwärze gefolgt und hätte sie vernichtet.

Jim, der den anderen ein wenig voraus und mit vorgestrecktem Stab an einem Ende der Kette ging, riskierte einen Blick zurück auf die anderen. Bislang hielten sie noch durch.

Brian ging wie immer vollkommen auf in dem Kampf. Gerondes und Angies Hände hielt er entschlossen, aber nicht ohne Sanftheit fest, die seiner Stärke und seinem Selbstvertrauen entsprang. Angie wirkte ruhig, während sich in Gerondes Gesicht grimmige Entschlossenheit widerspiegelte. Die kleinen, dunklen Gesichter der beiden Kobolde gaben nichts von ihren Gefühlen preis.

In den Gesichtern von Sir Renel und Sir Geoffrey, die hinter den Kobolden kamen, zeigte sich etwas von Sir Brians Kampfeslust, aber auch noch etwas anderes – fast so etwas wie Gier nach der endgültigen Entscheidung. Als hätten sie soeben Fesseln abgestreift, an die sie so gewöhnt gewesen waren, daß sie diese nicht einmal mehr wahrgenommen hatten. Ibn-Tariqs Gesicht, der hinter ihnen ging, war bis zum Äußersten angespannt.

Lediglich Hassan ad-Dimri, der am anderen Ende ging, schien allmählich mürbe zu werden. Er wirkte geschrumpft, als fiele er nach und nach in sich zusammen; er war blaß im Gesicht und blickte starr vor sich hin wie jemand, dessen Zweifel wie eine Flutwelle anschwollen und nach und nach die Säulen seines Muts unterspülte, bis er irgendwann darin ertrinken würde.

Hassan zeigte bislang als einziger Anzeichen von Schwäche. Jim wunderte sich über die beiden Kobolde. Von diesen beiden kleinen Geschöpfen, die daran gewöhnt waren, vor allem Möglichen wegzulaufen und sich zu verstecken, hätte er dies am wenigsten erwartet. Allerdings kam es bei diesem Kampf eher auf Willensstärke als auf schiere Muskelkraft an.

Angie, Brian und Geronde würden bis zum Ende durchhalten, das wußte er. Für Sir Geoffrey und Sir Renel mochte dies ebenfalls gelten. Ibn-Tariq verfügte wahrscheinlich über ebenso großen Mut. Es war bestimmt nicht leicht für ihn gewesen, ein mächtiger Hexer zu werden.

Wahrscheinlich fühlte er sich dadurch angespornt, daß er Ahriman heraufbeschworen hatte, ohne zu wissen, daß der Dämon würde frei entscheiden können, wenn er erst einmal den ursprünglichen Wunsch seines Anrufers erfüllt hatte – im Grunde eine simple Tatsache, die ihm nicht verborgen geblieben wäre, hätte er sich nicht dem Studium der Hexerei, sondern der Magie gewidmet.

In Zukunft würde infolgedessen ein Schatten des Zweifels auf all das Wissen fallen, das er sich im Laufe seines Lebens angeeignet hatte.

Hassan erweckte als einziger den Anschein, er könne versagen. Dennoch mußte er damals, bevor er sich von Ibn-Tariqs Versprechen von Reichtum und Macht hatte verführen lassen, als Sufi über große Willensstärke verfügt haben.

Sie waren eine recht armselige Streitmacht, um ein so mächtiges Wesen wie Ahriman zurückzutreiben. Ihre Kampfkraft beruhte auf ihrer Entschlossenheit und auf dem Wissen, daß das Hier und Jetzt ihnen gehörte und nicht Ahriman. Der Zeitfaktor war entscheidend. Je länger es dauerte, desto größer die Gefahr, daß die schwächeren Glieder der Menschenkette schlappmachten. Alles hing davon ab, wie lange sie brauchen würden.

»Schneller!«

Das Wort war Jim ganz unwillkürlich über die Lippen gekommen. Doch die anderen hatten es gehört – und sie bemühten sich, seiner Aufforderung Folge zu leisten. Ahriman war unterdessen mächtig angeschwollen. Mittlerweile nahm er ein Viertel des Himmels ein und schien ihnen nicht mehr nur gegenüberzustehen, sondern sie vielmehr weit zu überragen.

Unterdessen hatte sich ihrer jedoch eine gemeinsame Wut bemächtigt, ähnlich dem Blutrausch bei einer Schlacht. Bewußtes Abwägen und vernünftiges Denken waren in den Hintergrund gerückt. Ihr Denken kreiste allein um Ahriman, um die Hände, die sie umklammerten, und die Tatsache, daß sie Teil einer Gemeinschaft waren, einer festentschlossenen Kampfeinheit. Sie nahmen sich nicht mehr als Individuen wahr, sondern gingen völlig auf in ihrer gemeinsamen Aufgabe.

Sie waren Ahriman mittlerweile sehr nahe gekommen. Ob sie ihm von Anfang an nahe gewesen waren oder ob die gewaltigen Entfernungen, die sie über der Landschaft zurücklegten, real waren, die Tatsache blieb bestehen, daß sie nicht mehr weit zu gehen hatten. In diesem Moment geriet Hassan ad-Dimri am Ende der Kette jedoch ins Stolpern und wäre beinahe gestürzt.

Aber er fiel nicht – denn Ibn-Tariq umklammerte unnachgiebig seine Hand und hielt ihn aufrecht.

»Es ist Gottes Wille«, sagte Ibn-Tariq, ihm fest in die Augen blickend.

Hassan straffte sich und stand wieder von allein.

»Ja!« Seine Miene hellte sich auf. »Es ist Gottes Wille!« Und mit neuer Kraft schritt er voran.

»Er weicht zurück, Mylord!« schrie auf einmal Kob von Malencontri mit hoher, triumphierender Stimme.

Es stimmte. Der Himmel war wie dunkelblauer Samt, in der nächtlichen Dunkelheit sah man die Sterne. Während Ahriman immer weiter vor Jim und den anderen zurückwich, traten nach und nach immer mehr Lichtpünktchen hinter ihm hervor. Kob hatte es als erster bemerkt, und er hatte sich nicht getäuscht.

»Ja!« rief Jim den anderen zu. »Hört mal her! Die in der Mitte bleiben ein wenig zurück. Wir am Rand rücken vor, um ihn vollständig einzuschließen, wenn er an die Grenze des Reiches gelangt, dem er angehört. Paßt auf, daß er nicht seitlich entwischt. Es darf ihm nichts anderes übrigbleiben, als dorthin zurückzugehen, wo er hingehört!«

Jim schritt energischer aus, und auch Hassan am anderen Ende der Kette stolperte voran, während Ibn-Tariq ihn geradezu vorwärtsdrängte. Die beiden Kobolde, Geronde und Brian ließen sich zurückfallen. Im Halbkreis rückten sie gegen Ahriman vor. Schließlich schienen sie ihn mit zwei Schritten erreichen zu können, aber das schwarze Leuchten blendete sie.

Jetzt sahen sie, daß er keine festumrissene Gestalt besaß. Aus der Ferne hatte er wie eine Kugel gewirkt; nun aber schien er aus vielen unterschiedlichen Formen zusammengesetzt zu sein, die miteinander verschmolzen.

Aber er lebte, und er war immer noch stark und böse. Sie spürten, wie seine Wut auf sie einhämmerte; und nun stolperte auch Geronde – jedoch nur für einen Moment. Dann fand sie ohne fremde Hilfe das Gleichgewicht wieder und drängte energisch vor.

Mittlerweile waren sie Ahriman so nahe gekommen, daß sie sein Wüten auch hörten. Es schrillte ihnen in den Ohren, und zugleich meinten sie die Glut eines Brennofens zu verspüren, dessen Tür offenstand.

»Er ist ganz dicht am Rand«, sagte Jim, der die Grenze auf schwer bestimmbare Weise mittels seines Stabes wahrnahm. »Haltet Euch fest bei den Händen und rückt vor«, fuhr er fort. »Ich lasse dich jetzt los, Angie, und begebe mich in die Mitte des Halbkreises. Ich will versuchen, ihn mit dem Stab über die Grenze zu stoßen.«

Angie drückte kurz seine Hand und schenkte ihm ein aufmunterndes Lächeln, dann ließ sie los. Er lächelte zurück und begab sich in ihre Mitte, was einige Anstrengung erforderte, denn die Luft schien sich verfestigt zu haben. Dann streckte er den Stab vor sich aus.

»Zurück, Ahriman!« befahl er. »Im Namen der Macht, die in diesem Stab eingeschlossen ist, und im Namen aller Gesetze sämtlicher Reiche – zurück an deinen angestammten Platz!«

Das Wehklagen oder was immer es war, schwoll immer weiter an, bis es einem gellenden Schmerzensschrei ähnelte. Dann brach es unvermittelt ab.

Es herrschte Stille. Sie sahen einander an.

»Ihr könnt jetzt loslassen«, meinte Jim erschöpft. »Wir haben ihn zurückgetrieben; dort wird er auch solange bleiben, bis er abermals gerufen wird. Möge dies niemals geschehen!«

Die anderen waren zu erschöpft, um ihm beizupflichten. Sie ließen einander los und krümmten die schmerzenden, blutleeren Finger. Sie sahen einander an, verwundert darüber, daß sie sich nicht verändert hatten, sondern ganz gewöhnliche, wenn auch siegreiche Menschen vor sich hatten.

»Ich bin frei!« sagte auf einmal staunend Sir Geoffrey. »Er ist weg – der Fluch ist weg. Ich spüre, daß er keine Gewalt mehr über mich hat.«

»Alles, was der Dämon um Ibn-Tariqs oder seiner selbst willen bewirkt hat«, meinte Jim, »wird nun aus der Geschichte ausgelöscht. Seht einmal nach unten.«

Sie blickten in die Tiefe.

In der Ferne des Raumes und der Zeit hatte Baibars die Schlacht gegen die Mongolen so gut wie gewonnen. Doch ansonsten hatte sich fast alles verändert. Das Dorf, das der Sandsturm unter sich begraben hatte, war unversehrt. Es gab keinen Sturm und keinen Sand. Die Straßen waren frei, und die Dorfbewohner bewegten sich ungehindert umher.

»Schaut nach Norden«, sagte Jim.

Sie wandten die Augen dorthin; und dort gab es kein Mongolenheer, das sich dem Gebirge und dem Weißen Palast genähert hätte.

»Den Angriff der Goldenen Horde hat der Dämon in die Wege geleitet, nachdem er festgestellt hatte, daß er nicht mehr an Ibn-Tariqs Weisungen gebunden war, und zwar einzig und allein deshalb, weil er gerne mit ansieht, wie Menschen einander vernichten«, erklärte Jim.

Er blickte den Hexer an; Ibn-Tariq aber lächelte bloß mit zusammengepreßten Lippen.

»Von den Mamelucken ist auch nichts zu sehen – schaut nur. Dies alles ist zusammen mit dem Fluch in das eingegangen, was niemals geschehen wird. Ahriman ist gescheitert. Hätte er auch nur ein einziges seiner Vorhaben verwirklicht, dann wären die Folgen von Dauer gewesen. Weil wir ihn aber rechtzeitig aufgehalten haben, waren alle seine Bemühungen vergeblich.«

Jim blickte Ibn-Tariq an.

»Ich glaube«, sagte er zu dem Hexer, »von nun an trennen sich unsere Wege.«

»So ist es«, pflichtete Ibn-Tariq ihm bei.

Im nächsten Moment waren er und Hassan verschwunden.

Jim wandte sich an die anderen. Die Erschöpfung in den Gesichtern machte allmählich Erleichterung Platz.

»Und nun«, sagte er, »kann ich es wohl riskieren, uns auf magische Weise ohne Verzögerung nach England zurückzubefördern. Wohin wollt Ihr? Nach Malencontri oder zur Burg Smythe?«

»O bitte, Mylord!« piepste Kob von Malvern. »Nach Malvern? Bitte?«

Dabei hatte er allerdings nicht Jim, sondern Sir Geoffrey angesehen.

»Ja«, sagte Geronde in barschem Ton. »Am besten nach Malvern. Ich muß solange dort bleiben, bis ich verheiratet bin.«

Sie schaute ihren Vater an.

»Aber wir werden unterschiedliche Flügel der Burg bewohnen«, sagte sie. »Ihr könnt Eure alten Gemächer haben.«

»Geronde ...«, setzte Sir Geoffrey an. Dann aber blieben ihm die Worte im Halse stecken, und er ließ die Hand, die er zu Geronde erhoben hatte, wieder sinken.

Eilends stellte Jim sich vor, sie befänden sich alle im Palas der Malvernburg, auf dem Podest mit der hohen Tafel – und schon waren sie da.

30

»AH!« MACHTE BRIAN, dessen Augen beim Anblick der Tafel aufleuchteten. »Ein Bediensteter zu meiner Dame!«

Zunächst erfolgte keine Reaktion; dann schlich sich ein junger Mann, der einen ziemlich niederen Rang in der Bedienstetenhierarchie einnahm, vorsichtig in den Raum. Er starrte die Anwesenden fassungslos an.

»Speisen und Wein für meines Vaters Gäste!« fuhr Geronde ihn an. »Beeil dich, Mann!«

Der Bedienstete aber rührte sich nicht vom Fleck und glotzte Sir Geoffrey nach wie vor an.

»Ja, ja«, meinte Geronde ungeduldig. »Euer Herr ist wieder da. Und jetzt hol uns, was ich dir aufgetragen habe. Beeilung!«

Der Bedienstete machte kehrt und verschwand in der Anrichte.

Sie blickten sich verlegen um. Der Palas der Malvernburg war fast so groß wie der von Malencontri. Im Vergleich zu den Gebäuden, in denen sie sich in letzter Zeit aufgehalten hatten, war es hier jedoch dunkel und kahl, und die Einrichtung wirkte schlicht.

Lediglich einige Fensterschlitze ließen das Nachmittagslicht des naßkalten Frühlingstages in den Raum.

Die beiden Kobolde, die ihrer Rauchschwaden beraubt waren und daher auf dem Boden standen, wirkten wie magere, kleine Kaninchen mit dunklem Fell. Sie schauten versonnen zu der kalten und leeren Öffnung des einzigen Kamins im Palas; da die Burgherrin als abwesend galt, brannte kein Feuer darin. Im Palas war es eiskalt.

»Oh!« sagte auf einmal Geronde, als sei sie soeben aus einem Traum erwacht und erinnere sich nun an die Gebote der Höflichkeit. »Bitte nehmt doch Platz!«

Sie stiegen alle auf das Podest und nahmen auf den gepolsterten Stühlen vor der hohen Tafel Platz, die Fässern ähnelten, aus denen man ein Teil herausgesägt hatte, so daß Sitze mit Lehnen entstanden waren – auf einige traf dies sogar zu.

Der mittlere Stuhl wurde höflicherweise für den Burgherrn freigehalten, doch Sir Geoffrey nahm an einem Ende der Tafel Platz; nach kurzem Zögern setzte Geronde sich auf den mittleren Stuhl.

Kaum hatten sie Platz genommen, da erschienen gleich vier Bedienstete auf einmal, breiteten ein Tischtuch aus und stellten vor jeden ein Kelchglas und einen Zinnteller samt großem Löffel hin. Zwei weitere Bedienstete legten Holzscheite in den Kamin.

Brian und Jim hatten nach dem Messer an ihrem Gürtel gegriffen, doch Sir Geoffrey und Sir Renel schauten verlegen drein, nachdem sie festgestellt hatten, daß sie gar keine Gürtel trugen.

»Messer für Euren Herrn und für Sir Renel!« befahl Geronde.

Einer der Bediensteten machte Anstalten, in die Anrichte hinüberzurennen.

»Hiergeblieben!« sagte Brian zu dem Bediensteten, der ihm soeben den Kelch gefüllt hatte. Er trank das Kelchglas leer und hielt es dem Bediensteten hin, um sich gleich nachschenken zu lassen.

»Sir Brian!« meinte Geronde vorwurfsvoll.

»Zum Teufel damit, Geronde!« sagte Brian. »Ich bin durstig. Nach allem, was wir durchgemacht haben, werdet Ihr mir doch einen raschen Schluck nicht versagen wollen? Ich verspreche Euch, daß ich von nun an gesittet trinken werde.«

»Meine Herren«, sagte Geronde zu Sir Geoffrey und Sir Renel, »tut Euch keinen Zwang an, ich bitte Euch. Trinkt!«

Die beiden Männer hoben zögernd die gefüllten Kelchgläser – Trinkgefäße, die sie seit Jahren nicht mehr in Händen gehalten hatten und die sie nun mit außergewöhnlicher Behutsamkeit handhabten – und führten sie geradezu ehrfürchtig an die Lippen. Geronde gab ihnen ein Beispiel und genehmigte sich einen herzhaften Schluck.

Zu Jims Erleichterung trank Angie bereits. Dadurch ermutigt, nahm Jim einen fast ebenso tiefen Schluck aus dem Glas wie zuvor Brian. Mit dem Geschmack des Weins schwand auch das Gefühl, fehl am Platz zu sein. Er trank in so großen Zügen, daß er sich beinahe verschluckt hätte. Niemand hatte daran gedacht, den Wein mit Wasser zu verdünnen, wenngleich auf dem Tisch auch Wasserkrüge standen. Obwohl das Glas noch nicht ganz leer war, schenkte man ihm bereits nach.

Angie lächelte ihn an. Jim lächelte zurück.

»Oh!« sagte Angie, als sie das Kelchglas absetzte. »Die Kobolde!«

Sie wandte sich um. Alle anderen taten es ihr nach. Kob von Malencontri und Kob von Malvern standen verloren auf dem Boden.

»In der Anrichte brennt bestimmt ein hübsches Feuer, ihr Kleinen«, sagte Geronde sanft. »Sei unser Gast, Kob von Malvern!«

Die Gesichter der beiden Kobolde hellten sich auf.

Kob von Malvern faßte Jim und Angies Kobold bei der Hand.

»Komm mit!« sagte er, und Hand in Hand rannten sie in die Anrichte hinüber.

»Sorg dafür, daß die kleinen Kerle nicht gestört werden!« befahl Angie dem nächsten Bediensteten.

»Jawohl, Mylady!« erwiderte dieser und folgte den beiden Kobolden in die Anrichte.

Die an der hohen Tafel Versammelten sprachen den Speisen, die aufgetragen wurden, herzhaft zu, denn es war eine ganze Weile her, seit sie das letzte Mal gegessen hatten. Wohltuender als das Essen war das Nachlassen der Spannung, das sich nach und nach bemerkbar machte. Selbst Sir Geoffrey und Sir Renel entspannten sich soweit, daß sie sich wieder des gesellschaftlichen Umgangstons ihrer Heimat bedienten, den sie beinahe vergessen hatten.

Allerdings unterhielten sie sich ausschließlich miteinander. Brian, der am anderen Ende der Tafel saß, hatte jetzt, da er gegessen und getrunken hatte, wieder zu seinem gewohnten Überschwang zurückgefunden und lenkte die Unterhaltung in die gewohnten Bahnen. Jim fiel jedoch auf, daß selbst Brian noch ein wenig gehemmt schien.

Geronde legte ihrem Vater gegenüber eine unverändert unnachgiebige Haltung an den Tag, und das war allen bewußt und hatte eine ungünstige Wirkung auf die Atmosphäre bei Tisch, auch wenn niemand es sich anmerken ließ und Geronde ihren Vater entsprechend den Geboten der Höflichkeit mit der gleichen Zuvorkommenheit behandelte, als wäre er nie von zu Hause fort gewesen.

Sir Geoffrey antwortete ihr mit gleicher Höflichkeit, wenn sie ihn ansprach. Allen aber war klar, daß er alle Höflichkeitsfloskeln für ein Wort von Geronde hingegeben hätte, das erkennen ließ, daß ihre Feindseligkeit ein wenig nachgelassen habe und daß sie ihm irgendwann verzeihen werde.

Es gab nichts Schlimmeres als eine *höfliche* Dinner-party, fand Jim, bei der jeder krampfhaft das eine Thema mied, das alle beschäftigte. Aufgrund der Mißstimmung zwischen Vater und Tochter fühlte er sich wohl ebenso bedrückt wie die beiden Kobolde, ehe Geronde sie zum Kamin in der Anrichte geschickt hatte.

Ohne diese Anspannung hätte es ein ausgelassenes Fest sein können. So aber war es, als säße ein Gespenst bei ihnen am Tisch. Es zwang ihnen eine Förmlichkeit auf, die unvereinbar war mit fröhlicher Festlaune. Es ärgerte Jim ein wenig, daß weder Angie noch Brian es je für nötig befunden hatten, ihm zu sagen, welch schweren Groll Geronde gegen ihren Vater hegte.

Vielleicht hatten sie es auch gar nicht gewußt; so nahe, wie Brian und Angie ihr standen, hätte ihn dies allerdings gewundert.

Jim spürte, wie die Stimmung immer bedrückter wurde; als alle ihren Hunger gestillt hatten und Speis und Trank an Reiz verloren, erstarb allmählich die Unterhaltung an beiden Enden der Tafel.

»Ihr seid bestimmt müde!« wandte sich Geronde an Jim und Angie. »Möchtet Ihr vielleicht über Nacht bleiben?« Sie blickte rasch den Tisch entlang. »Das heißt, natürlich nur, wenn mein Vater nichts dagegen hat?«

»Oh, gewiß, bleibt nur hier. Ich bitte Euch, Mylord, Mylady«, sagte Sir Geoffrey hastig. »Ich hatte noch gar keine Gelegenheit, mit Euch zu reden und mich zu bedanken. Es wäre mir wirklich ein Vergnügen; und ich bin sicher, Geronde würde sich ebenfalls freuen.«

Angie schenkte Jim einen vielsagenden Blick. Gemäß den geltenden Sitten oblag es Jim, zu verkünden, ob sie bleiben oder aufbrechen wollten; und Angie bedeutete ihm nun, daß ihr nichts daran lag, noch länger hierzubleiben. Wahrscheinlich spürte sie, daß Geronde trotz ihrer Einladung die Gäste am liebsten so schnell wie möglich losgeworden wäre, um nicht mehr die Rolle der Gastgeberin spielen und sich ihrem Vater gegenüber verstellen zu müssen.

»Euer Angebot ist verlockend, Geronde«, erwiderte Jim. »Aber wir müssen nach Malencontri zurückkehren. Es ist etwas mit unserem Dach, das unsere Anwesenheit dringend erforderlich macht. Außerdem wißt Ihr ja, daß unsere Bediensteten mittlerweile zwar einiges dazugelernt haben, aber doch keinem Vergleich mit den Euren standhalten. Jetzt sind sie ganz ohne Aufsicht, und es ist bestimmt irgend etwas passiert. Ich weiß nicht was – aber irgend etwas stimmt da nicht. So ist es jedesmal, wenn Angie und ich fort sind. Versteht Ihr das?«

»Ich weiß, wie das so ist mit den Bediensteten«, antwortete Geronde. »Daher will ich Euch nicht drängen zu bleiben, auch wenn ich Euch gern noch hierbehalten würde.«

Sie wandte sich an Sir Renel.

»Sir«, sagte sie. »Ihr seid eingeladen, solange bei uns zu weilen, bis Ihr Anlaß habt, Euch fortzubegeben ...«

»Entschuldige, Geronde«, warf Angie rasch ein, »aber Jim und ich hatten eigentlich gehofft, Sir Renel dazu bewegen zu können, bei uns zu bleiben. Es wäre uns ein besonderes Vergnügen, ihn sogleich mit zu uns zu nehmen; und wenn er sich erst einmal ein wenig eingelebt hat, kann er Euch und Sir Geoffrey besuchen. Ihr fühlt Euch sicherlich verpflichtet, ihn bei Euch aufzunehmen, doch ich weiß, wie sehr Euch die Hochzeitsvorbereitungen in Anspruch nehmen werden.«

»Ich würde liebend gern bei Euch und Sir Geoffrey bleiben, Mylady«, sagte Sir Renel zu Geronde. »Allerdings hatte ich auch gehofft, Sir James und seine Gemahlin besuchen zu können. Es reizt mich außerordentlich, die nähere Bekanntschaft eines Mannes zu machen, den Sir Geoffrey mir als den berühmten Drachenritter vorgestellt hat. Und wie Lady Angela bereits sagte, möchte auch ich Euch bei den anstehenden Vorbereitungen nicht im Wege stehen.«

»Ach«, meinte Geronde, »es läßt sich nicht leugnen, daß meiner gewisse Belastungen harren« – sie blickte kurz zu Sir Geoffrey –, »und ich werde bestimmt eine Menge zu tun haben. Daher wäre es mir lieb, Euch ein andermal wiederzusehen, wenn ich mehr Zeit für Euch erübrigen und Eure Gesellschaft besser genießen kann. Ich klinge bestimmt wie eine schlechte Gastgeberin, aber Lady Angela hat recht, und es wäre wohl am besten, wenn Ihr Euch nach Malencontri begeben würdet.«

Nach dem Austausch weiterer gespreizter Floskeln, die niemanden zu täuschen vermochten, was allerdings auch niemand erwartete – Jim hatte ähnliche Redewendungen auch schon in seiner Heimatwelt des zwanzigsten Jahrhunderts bei geselligen Zusammenkünften vernommen –, kam man überein, daß Sir Renel Geronde für keine schlechte Gastgeberin und daß Geronde Sir Renel für keinen undankbaren Gast halten werde, der die Gastfreundschaft der Malvernburg verschmähte, weil er Jims und Angies Gesellschaft vorzog. Sir Renel würde zusammen mit Angie und Jim aufbrechen. Doch allmählich wurde Jim immer unbehaglicher zumute.

Er wurde das Gefühl nicht los, daß es nicht richtig wäre, wenn sie jetzt zu dritt aufbrächen (oder vielmehr zu viert, falls Kob nicht bereits auf einem Rauchschwaden nach Malencontri zurückgekehrt war). Es war nicht richtig, Sir Geoffrey so bedrückt bei Geronde zurückzulassen, die so hart gegen ihn war, wie nur sie es sein konnte.

Es war einfach nicht richtig. Sie hatten sich mittlerweile alle erhoben und waren im Begriff auseinanderzugehen.

»Wartet einen Moment!« sagte Jim.

Er hatte ohne Überlegung gesprochen, vermochte seinen Zorn aber nicht mehr zu beherrschen. Vor allem war dieser gegen Geronde gerichtet, aber auch gegen

Sir Geoffrey und alle anderen Anwesenden einschließlich seiner selbst.

Er erntete verlegene Blicke. Er hatte den Schleier des gesellschaftlichen Anstands zerrissen, mit dem sie eine peinliche Situation zu bemänteln versucht hatten. Darauf gab es entsprechend den geltenden Sitten zwei mögliche Reaktionen; entweder man stellte ihn deswegen zur Rede, oder man tat so, als habe man seine Bemerkung nicht gehört. Letzteres ging eigentlich nicht mehr. Andererseits war Brian sein bester Freund, Geronde hätte die Unerfreulichkeit mit einer Antwort eingestanden, und Sir Geoffrey und Sir Renel waren ihm zu Dank verpflichtet, da er ersteren aus einer Abhängigkeit befreit hatte, die Sklaverei sehr nahe kam, während letzterer tatsächlich ein Sklave gewesen war.

All dessen war Jim sich bewußt, während er gleichzeitig spürte, wie Angie dichter an ihn heranrückte, aber wie er aus der Sackgasse herauskommen sollte, in die er sich hineinmanövriert hatte, das wußte er nicht. Doch die Gefühle überwältigten ihn, und so redete er einfach drauflos, ohne seine Worte auf die Goldwaage zu legen.

»So geht das nicht!« sagte er. »Sir Geoffrey, sagt Eurer Tochter, weshalb Ihr trotz Eures ganzen Reichtums nicht nach Hause zurückkehren, geschweige denn Geronde etwas von Eurem Besitz abgeben konntet. Sagt es ihr!«

Sir Geoffrey, der kalkweiß im Gesicht geworden war, schaute ihn schweigend an.

»Sagt es ihr, Mann!« drängte ihn Jim. »Sagt es ihr, sonst tue ich es!«

Ruckweise wie eine Gliederpuppe wandte sich Sir Geoffrey zu Geronde herum.

»Ich konnte nicht«, sagte er zu ihr. »Ich stand unter einem Fluch.«

»Ihr *konntet* nicht?« fragte Geronde, wobei sie das

zweite Wort betonte. Es fehlte nicht viel, und sie hätte verächtlich die Lippen gekräuselt.

»Ich habe es nicht gewagt«, erklärte Sir Geoffrey frei heraus.

»Ihr habe es nicht gewagt, Vater?«

»Erzählt Ihr die ganze Geschichte«, sagte Jim. »Der Fluch galt ursprünglich Hassan ad-Dimri, wurde dann aber auf Euch übertragen. Sagt ihr, weshalb.«

»Hassan hat mir den Palast und alles andere angeboten, was du in Palmyra gesehen hast«, fuhr Sir Geoffrey fort. »Das war der Preis dafür, daß ich den Fluch auf mich nahm. Damals meinte ich, all meine Wünsche gingen in Erfüllung. Er aber lachte, als ich in den Handel einwilligte.«

»Weshalb hat er gelacht?« hakte Jim unerbittlich nach.

Sir Geoffrey blickte Geronde unverwandt an.

»Damals war es mir gleichgültig, weshalb er gelacht hat«, antwortete Sir Geoffrey. »Dann sagte er mir, jetzt, da ich den Fluch auf mich genommen habe, werde dieser mir überallhin folgen, selbst wenn ich ihm zu entkommen versuchte. Nicht nur das, er werde sich sogar ausweiten.«

Sir Geoffrey verstummte erneut.

»Erzählt ihr alles«, sagte Jim in etwas sanfterem Ton.

Sir Geoffrey schlug die Augen nieder.

»Er sagte, wenn ich versuchen würde zu fliehen, werde der Fluch meine Nachkommen bis ins siebte Glied hinein verfolgen. Deshalb hat er gelacht. *›Denkt an Eure Söhne und an deren Söhne‹*, sagte er, *›wie sie leiden werden bis ins siebte Glied!‹*«

Sir Geoffrey holte tief Luft und fuhr fort, ohne aufzusehen.

»Soviel hatte ich seinen Worten bereits entnommen, auch wenn er es bislang noch nicht deutlich ausgesprochen hatte«, sagte er. »Doch ich war mir sicher, ich würde einen Weg finden, dem Fluch zu entgehen und zumindest einen Teil meines Reichtums nach England zu schaffen. In Wahrheit zweifelte ich daran, daß der Fluch, der einem Muslim gegolten hatte, auch bei einem Christen wirksam wäre. Ich hatte mich getäuscht; als mir jedoch die Tragweite meines Irrtums klar wurde, konnte ich nicht mehr nach England zurückkehren. Ich wußte, daß ich dem Fluch niemals entgehen würde – aber ich wollte ihn nicht auch noch auf dich übertragen.«

Er sah zu Geronde auf.

»Ihr habt gesagt«, meinte sie in schneidendem Ton, »Ihr hättet es nicht *gewagt*.«

»Erzählt Ihr, worin der Fluch bestand«, sagte Jim. »Geronde, Ihr habt Ahriman gesehen. Seine Existenz ließ sich nicht leugnen. Und das, was Sir Geoffrey nach Hause gefolgt wäre, hätte sich ebenfalls nicht leugnen lassen.«

»Ich fürchte mich nicht vor Flüchen!« Geronde reckte stolz den Kopf. »Auch dann nicht, wenn sich mein Vater vor ihnen fürchtet.«

»Sagt Ihr, worin der Fluch bestand«, wiederholte Jim. »Dann wird sie vielleicht anders denken.«

Sir Geoffrey wirkte abgespannt und alt im Gesicht. »Das brauche ich doch nicht ...« Er brach ab.

»Sagt es«, forderte Jim ihn auf. »Begreift Ihr denn nicht, daß Ihr es sagen müßt, damit Geronde Euch versteht?«

Sir Geoffrey holte tief Luft und straffte sich. Er blickte Geronde direkt an.

»Ich konnte damit nicht zu dir zurückkehren, Tochter«, sagte er mit rauher Stimme. »Der Fluch bedeutete Aussatz.«

»Aussatz!«

Brian und Sir Renel hatten gleichzeitig gesprochen. Geronde hingegen schwieg und erbleichte.

Wie Brian Baiju gegenüber erklärt hatte, wurden Aussätzige in England nicht mit Stöcken in die Wüste gejagt, sondern verstoßen, und zwar nicht nur von der Gesellschaft, sondern auch von ihren Angehörigen, von ihrem Heim und ihrer Familie. Dann blieb ihnen nichts anderes übrig, als umherzuwandern, zu betteln und mit einer Glocke jedermann vor sich zu warnen. Die Angst vor dieser Krankheit war im mittelalterlichen England nicht geringer als im Nahen Osten.

»Deshalb konnte er nicht zurückkommen, Geronde«, sagte Jim leise.

Geronde schaute Jim einen Moment lang an. Sie gab einen erstickten Laut von sich und blickte abermals zu ihrem Vater. Dann sprang sie auf, wirbelte herum, rannte vom Podest herunter und verschwand im Treppenaufgang, der zur Kemenate hochführte. Hinter ihr blieb Stille zurück.

Nach einer Weile brach Angie das Schweigen.

»Sir Geoffrey«, sagte sie, »ich glaube, was zwischen Euch und Eurer Tochter stand, wird allmählich wieder heilen. Aber es wird einige Zeit brauchen, und bis dahin müßt Ihr beweisen, daß Ihr ein anderer Mensch geworden seid.«

Das Schweigen währte lange.

»Gebe Gott, daß es so kommt«, sagte Sir Geoffrey.

31

Sie segelten Flügel an Flügel auf einem breiten Luftstrom zurück nach Malencontri.

»Bist du sicher, daß Sir Renel wirklich in Malvern bleiben wollte?«

Jim nickte, dann wurde ihm bewußt, wie lächerlich das in Drachengestalt war.

»Ja«, sagte er. »Er ist fremd hier, und seit wir ihm angeboten haben, uns nach Hause zu begleiten, hat sich die Situation gewandelt. Schließlich ist Sir Geoffrey der einzige, den er kennt, und früher waren sie eng befreundet. In Gesellschaft eines Freundes wird er sich wohler fühlen, zumal wenn sich Geronde und Sir Geoffrey wieder versöhnen sollten.«

»Hoffen wir's. Nein, das sollte ich nicht sagen«, meinte Angie, während sie sich auf einer thermischen Strömung in die Höhe schraubten. »Sie werden sich versöhnen. Da bin ich mir sicher.«

»Ich auch«, sagte Jim.

Er war glücklich und Angie ebenfalls, das wußte er. Glücklich darüber, wieder heimzukommen. Glücklich, weil sie in Malencontri endlich allein sein würden – abgesehen vom jungen Robert und den Burgbediensteten. In gewisser Weise hatten er und Angie beide Anteil an der Aussöhnung von Geronde und ihrem Vater gehabt.

Er zuckte innerlich zusammen, als er an den Schock dachte, den es für Geronde bedeutet hatte, zu erfahren, daß ihr Vater bereit gewesen war, den Aussatz auf sich zu nehmen, anstatt sie anzustecken. Zumal in Anbetracht der Einstellung, die sie in den vergangenen Jahren ihm gegenüber an den Tag gelegt hatte.

Jedenfalls verstand sie ihn jetzt besser. Derartiges Leid war Jim und Angie erspart geblieben, und im Moment war die Welt für sie beide in Ordnung. Sie fühlten sich behaglich warm in ihren Drachenkörpern, flogen Seite an Seite auf den Luftströmungen dahin, und Jim kam es so vor, als schiene die Sonne besonders hell.

Der Himmel war nahezu wolkenlos. Etwas von der Unwirtlichkeit des Winters überdauerte noch in den zu prallen Knospen zusammengepreßten Blättern – es war noch zu früh, als daß sich im dunklen Geäst der Bäume bereits Grün gezeigt hätte, und auf dem Boden lugten dunkle Flecken feuchter Erde durch den tristen Teppich nasser Blätter hindurch, die der geschmolzene Schnee freigegeben hatte. Gleichwohl schien die ganze

Welt heftig nach dem Frühling zu verlangen, und die Vögel schmetterten ihre Lieder. Frühlingsduft lag in der brausenden Luft. Jim sog sie mit Wonne durch seine Drachennüstern ein.

Er war froh, daß Sir Renel sich schließlich doch entschlossen hatte, in Malvern zu bleiben, wenngleich jedermann ihm hatte versichern müssen, daß er dadurch niemanden kränken werde. Geronde würde ihm sicher beigepflichtet haben, wäre sie denn bei ihnen gewesen.

Da Jim und Angie keine Rücksicht auf Sir Renel nehmen mußten und somit keinen Grund gehabt hatten, nach Hause zu reiten, hatte es für sie nahegelegen, Drachengestalt anzunehmen und zu fliegen. Die anderen hatten ihnen auf dem Turm der Malvernburg zum Abschied gewinkt.

»Ich bin richtig froh, wieder nach Hause zu kommen«, meinte Jim zu Angie.

»Ich auch«, erwiderte sie. »Hoffentlich ist mit Robert alles in Ordnung.«

»Bestimmt«, sagte Jim, und im nächsten Moment landeten sie auch schon auf dem Dach des Turms. Der Ausruf des diensttuenden Bewaffneten ähnelte eher einem Angstschrei als dem üblichen Warnruf; als sie jedoch wieder menschliche Gestalt angenommen hatten, wirkte seine Miene bereits wieder ungewöhnlich starr.

»Da wären wir wieder, Harold«, sagte Jim.

»Jawohl, Mylord«, erwiderte der Wächter, ohne mit der Wimper zu zucken.

Jim und Angie stiegen die Treppe zur Kemenate hinunter. Vor der Tür wartete zwar kein Bediensteter, dafür brannte im Kamin aber ein kleines Feuer, denn die Bediensteten glaubten, ohne Feuer werde die Wäsche über Nacht feucht und schimmlig.

Jim blickte sich glücklich im Zimmer um. Wie gemütlich es hier doch war, dachte er.

»Ich sehe nach Robert«, sagte Angie und verzog sich in den angrenzenden Raum, den sie auf dem Stockwerk, auf dem die Kemenate lag, für Robert eingerichtet hatten.

Kurz darauf kam sie wieder zurück.

»Ist gerade eingeschlafen, der Brave«, meinte Angie.

Aus seiner genüßlichen Betrachtung aufgeweckt, schickte Jim sich an, ein paar Scheite nachzulegen. Angie hinderte ihn gerade noch rechtzeitig daran.

»Ah, ja«, meinte Jim, als ihm einfiel, daß sich in Kürze jemand darum kümmern würde – und tatsächlich hörten sie in diesem Moment, wie der Bewaffnete auf dem Turm etwas in den Burghof hinunterrief.

Nun würde sich die Nachricht von ihrer Rückkehr rasch verbreiten. Die Bediensteten hätten es mit Bestürzung aufgenommen, wäre Jim genötigt gewesen, eigenhändig Holz nachzulegen. Somit blieb ihm gerade noch genug Zeit, endlich das Kettenhemd abzulegen, aus dem er die vergangenen Wochen über nicht herausgekommen war, und in einem der bequemen Sessel Platz zu nehmen, die er für die Kemenate hatte anfertigen lassen, während Angie ihren Reiseumhang ablegte und sich ebenfalls setzte. Dann wurde auch schon an der Tür gescharrt.

Ohne die Aufforderung zum Eintreten abzuwarten, kamen mehrere Bedienstete herein; einer kümmerte sich um das Kaminfeuer, ein anderer räumte auf und staubte ab, und ein dritter hatte bereits ein Tablett mit Wein und Gebäck dabei.

»Stell es auf den Tisch, Beth«, sagte Jim. Von der Mahlzeit in der Malvernburg her war er noch zu satt, um bereits wieder Appetit zu haben; er vermutete, daß es Angie ganz ähnlich erging. Speis und Trank zurückzuweisen, hätte allerdings bedeutet, die Bediensteten in ihren Gefühlen zu verletzen.

»Ja, Mylord«, sagte Beth, eine Bedienstete Ende

Zwanzig, und kniff ein wenig die Lippen zusammen. Sie hatte geantwortet, ohne Jim anzusehen.

Als die anderen fertig waren, näherten sie sich rückwärts gehend der Tür und sagten mit einer ähnlich starren Miene, wie sie der Wachposten gezeigt hatte: »Mit Eurer Erlaubnis, Mylord!« und »Bitte entschuldigt die Störung, Mylord und Mylady!«

»Ist dir irgendwas aufgefallen?« fragte Jim Angie. »Ich finde, sie verhalten sich äußerst seltsam. Erst habe ich gedacht, sie wären nur zurückhaltend. Jetzt aber scheint mir, da steckt mehr dahinter.«

»Das finde ich auch«, erwiderte Angie. »Ich weiß bloß nicht, was es ist.«

»Wenn das ihre Art ist, uns willkommen zu heißen«, sagte Jim, »dann hören sie hoffentlich bald damit auf. Glaubst du, sie nehmen uns übel, daß wir weg waren?«

»Ich wüßte nicht, weshalb sie das tun sollten...« Angie brach ab, als abermals an der Tür gescharrt wurde.

»Wer ist da?« rief Jim.

»Ich bitte um Verzeihung, Mylord«, antwortete ihm eine männliche Stimme. »John Steward möchte Euch sprechen, Mylord. Falls Eure Lordschaft gestatten.«

»Schick ihn herein!« Jim sah Angie an. »Was immer hier vorgehen mag, von John Steward werden wir bestimmt mehr erfahren.«

Die Tür öffnete sich, und John Steward trat ein. Wie den Schmied und fast alle anderen Bediensteten hatten sie auch ihn zusammen mit der Burg übernommen. Er war ein hochgewachsener, vierschrötiger Mann in den Vierzigern.

Im Laufe seiner Dienstzeit hatte er drei verschiedene Burgherren gehabt; er war stolz darauf, noch den Großteil seiner Zähne zu besitzen, wenngleich die beiden vordersten Schneidezähne fehlten. Er lächelte selten, entweder um die Zahnlücke zu verbergen oder einfach deshalb, weil er fand, dies sei mit seiner verantwortungsvollen Stellung nicht zu vereinbaren. Sein schwarzes Haar zeigte noch keine Spur von Grau und war straff zurückgekämmt; selbst in der Burg trug er stets einen Hut, der an einen Brotlaib erinnerte, und das abgelegte Gewand des ehemaligen Burgherrn, das früher einmal dunkelblau gewesen war. Er war so starkknochig und breitschultrig, daß man ihn eher für einen Bewaffneten als für den Haushofmeister oder Verwalter gehalten hätte; in seiner gegenwärtigen Stellung blickte er allerdings auf alle gemeinen Bewaffneten hinunter.

»Ich hoffe, ich störe nicht, Mylord, Mylady«, sagte er, als er die Tür hinter sich geschlossen hatte. Etwa zwei Meter vor Jim und Angie blieb er stocksteif stehen und musterte sie streng, etwa wie ein Lehrer seine Schüler.

»Überhaupt nicht, John«, meinte Jim herzlich. »Wir sind froh, wieder zu Hause zu sein und Euch alle zu sehen. Was ist in der Zwischenzeit vorgefallen? Zum Glück war Eure Herrin nicht lange fort, daher gibt es wohl nicht viel zu berichten.«

John Steward blickte ihn unverwandt an, ohne mit der Wimper zu zucken.

»Jawohl, Mylord«, antwortete er kurz angebunden. »Wenn Euer Lordschaft es wünschen.«

»Wünschen?« fragte Jim. »Was haben meine Wünsche denn damit zu tun?«

»Ich stehe voll und ganz zu Euren Diensten, Mylord«, erwiderte John Steward in unverändertem Ton. Jetzt erst kam Jim die Idee, daß die Magie, deren er, Angie und die anderen sich bedient hatten, gewisse Rückwirkungen auf die Burgbediensteten gehabt haben mochte.

»Hat sich in der Zwischenzeit etwas verändert?« fragte er.

»Das würde ich nicht so sagen, Mylord«, erklärte John.

Jims Mißtrauen, das bei der seltsamen Begrüßung durch den Wachposten auf dem Turm geweckt worden war, verstärkte sich noch. Seine gute Laune verflüchtigte sich zusehends. Er kannte John mittlerweile gut genug, um aus seinem Tonfall herauszuhören, daß er ihm einiges verschwieg.

»Keine Ausflüchte, John!« sagte Jim. »Wenn irgend etwas nicht stimmt, will ich es wissen. Wie lange waren Lady Angela und ich Eurer Meinung nach fort?«

»Wenn Ihr es unbedingt wissen wollt, Mylord«, sagte John Steward, »zehn Tage.«

»Zehn Tage!« Jim starrte den Verwalter fassungslos an, dann faßte er sich wieder. »Wirklich? Nun, das habe ich nicht erwartet. Gleichwohl sollten sich die Burgbewohner nicht wundern, wenn wir für längere Zeit abwesend sind. Wir kommen auf jeden Fall wieder. Aber wenn wir zehn Tage fort waren, dann habt Ihr uns vielleicht das eine oder andere zu berichten. Was ist in der Zwischenzeit vorgefallen?«

John musterte ihn wie ein Arzt, der überlegte, ob der Patient die schlechte Nachricht auch verkraften könne.

»Also, Mylord«, sagte er bedachtsam, »Gwynneth Plyseth, die, wie Euer Lordschaft sicher wissen, die Anrichte unter sich hat, hat einen großen Krug mit bestem französischem Rotwein fallen gelassen.«

Das war nun keine sonderlich erschütternde Neuigkeit. Der von John erwähnte Wein wurde nur bei besonderen Anlässen serviert. Der Verlust eines großen Kruges, der mindestens sechs Liter faßte, war zweifellos bedauerlich, aber doch kein Anlaß zum Haareraufen, und das wußte auch John. Da mußte noch mehr dahinterstecken.

»Was noch?« fragte Jim.

»Es war eindeutig ihre Schuld, Mylord«, fuhr John

unbeirrt fort, »aber sie hatte einen Grund dafür. Der Magier Carolinus war in dem Moment neben ihr aufgetaucht.«

»Carolinus?« Jim richtete sich im Sessel auf. »Carolinus war in unserer Abwesenheit hier?«

»Ja, Mylord«, antwortete John bedächtig.

»Weshalb war er hier?«

»Er kam her, weil dem Schmied jemand auf den Fuß getreten war.«

»Auf den Fuß?« fragte Jim.

»Getreten?« sagte Angie.

»Ja, Mylord und Mylady«, erwiderte John.

»Ein Pferd, nehme ich an«, sagte Jim. »Trotzdem wundert es mich, daß Carolinus nur deswegen hergekommen ist.«

»Es war kein Pferd, Mylord«, sagte John. »Es war der Teufel.«

»Der Teufel?« wiederholten Jim und Angie im Chor.

»Der Teufel aus dem Meer, Mylord«, erwiderte John. »Ihr wart kaum fort, da wollte er Euch sprechen. Ihr wißt schon, wen ich meine. Er war schon einmal hier. Er ist ein Riesenteufel.«

»Ihr meint Rrrnlf!« sagte Jim.

»Ja, Mylord«, bestätigte John. »Er wollte Euch sprechen; ich aber sagte ihm, Ihr wärt nicht da. Und als er Lady Angela zu sprechen verlangte, mußte ich ihm sagen, sie sei ebenfalls nicht da. Daraufhin machte er es sich auf dem Hof bequem, um auf Euch zu warten, Mylord. Eine schreckliche Zeit, in der die Stallburschen die Pferde weder in den Stall hinein noch aus dem Stall heraus bekamen, denn er schlief in einer solchen Haltung ein, daß gerade mal ein Arm zwischen ihn und den Stall paßte. Die Pferde wurden ganz unruhig, wenn man sie in seine Nähe brachte.«

»Das kann ich mir vorstellen«, meinte Jim. »Nun, jetzt bin ich wieder da. Jetzt kann ich mit ihm sprechen.«

»Das geht nicht, Mylord, denn er ist weg«, sagte John. »Ich bitte um Verzeihung, sollte ich mir zuviel herausgenommen haben. Aber in meiner Verzweiflung schickte ich einen Bewaffneten zum Magier Carolinus und ließ ihn fragen, ob er wisse, was zu tun sei. Der Magier kam her und brachte den Bewaffneten mit, wobei er sich der Magie bediente, denn beide tauchten unvermittelt auf dem Hof auf. Der Teufel schlief noch, doch Carolinus bat mich und die anderen, in die Burg hineinzugehen. Er wollte mit dem Teufel unter vier Augen sprechen. Dies tat er auch, und dann verschwand er. Der Teufel war noch immer da, daher erkundigte ich mich, was geschehen sei. Der Teufel meinte, er habe vergeblich auf Zypern nach Euch gesucht und sei daraufhin hierher gekommen; er werde aber später wiederkommen, um mit Euch zu sprechen.«

»Oh.« Jim lehnte sich im Sessel zurück. »Dann ist ja alles in Ordnung. Das erklärt auch, weshalb Carolinus hier war. Hat Carolinus mir etwas ausrichten lassen?«

»Nein, Mylord.«

»Übrigens, John ...«, setzte Jim an, doch dann besann er sich. »Nein, ich glaube, das hat schon seine Richtigkeit. Ich danke Euch. Ihr dürft jetzt gehen.«

»Danke, Mylord.«

John Steward zog sich unter Verneigungen zurück. Er war der einzige Burgbewohner, der sich richtig verneigen konnte, wenngleich Theoluf, der Bewaffnete, der Jims Knappe geworden war, seit seiner Beförderung ebenfalls besser darin geworden war. Jim vermutete, daß er heimlich übte.

»Ich wollte ihn eigentlich fragen, weshalb sich die Leute so merkwürdig verhalten«, sagte Jim zu Angie. »Aber das hätte nichts genützt. Den wahren Grund hätte er uns sowieso nicht verraten. Wir müssen abwarten, wie sich die Dinge entwickeln.«

Er starrte ins Kaminfeuer.

»Nicht, daß es darauf ankäme ...«, sprach er leise ins Feuer.

»Du hast eine Menge durchgemacht.« Angie stand auf, ging zum Kamin und gab Jim im Vorbeigehen einen flüchtigen Kuß. Sie nahm den Schürhaken und stocherte in der Glut. Funken stoben, und das Feuer loderte auf. Angie legte den Schürhaken weg und nahm wieder im Sessel Platz. Jim starrte noch immer in die Flammen.

»Sag mal«, meinte Angie nach einer Weile beiläufig, »wo warst du eigentlich, bevor du den Zauberstab bekommen hast?«

»Wo ich war?« Jim fuhr zusammen, als wäre er soeben aus einem Traum erwacht. »Welcher Zauberstab?«

»Du hast mir einmal erzählt, Carolinus habe einen weiten Weg zurücklegen müssen, bis er den Stab erhalten habe, mit dem er dir am Verhaßten Turm geholfen hat, mich zu befreien«, fuhr Angie mit unverändert sanfter Stimme fort. »Du hast bestimmt ebenfalls einen weiten Weg hinter dir.«

»Wie kommst du darauf, ich hätte einen Weg zurücklegen müssen?« fragte Jim. »War ich denn verschwunden?«

»Nein«, erwiderte Angie. »Aber ich habe gespürt, daß du abwesend warst. Daß du nicht mehr bei uns warst. Für dich war das nicht nur ein Moment, nicht wahr? Für dich hat es länger gedauert, bis du den Stab hattest.«

»Ich mußte einen Berg hochklettern«, antwortete Jim. »Das war ...«

Er schaute sie an und hätte ihr gern alles erzählt, konnte es aber nicht.

»Ich glaube, im Moment kann ich nicht darüber sprechen«, meinte er schließlich. »Laß mir ein wenig Zeit. Ich muß erst Abstand dazu bekommen; dann erzähle ich dir alles.«

»Aber ich habe doch recht, oder?« fragte Angie. »Du mußtest einen weiten Weg zurücklegen, genau wie Carolinus, nicht wahr?«

Jim nickte.

Eine Weile saßen sie schweigend vor dem Feuer, während ein Holzscheit knackte und Funken emporstoben.

»Das hängt alles miteinander zusammen«, sagte Jim. »Auch das merkwürdige Verhalten der Bediensteten. Du weißt ebensogut wie ich, daß sie sich anders verhalten würden, wenn ihr Burgherr und dessen Frau im vierzehnten Jahrhundert geboren und aufgewachsen wären. Wir mögen uns kleiden wie sie, wir mögen ihre Sitten und Gebräuche annehmen und uns ihrer Ausdrucksweise bedienen; aber wir sind anders, und das spüren die Menschen, die gezwungen sind, mit uns zusammenzuleben.«

Abermals blickte er Angie an, diesmal mit finsterer Miene.

»Wir wollten in dieser Zeit bleiben, weil es uns hier gefiel«, sagte er. »Weißt du noch? Wir wollten, daß sich nichts ändert. Aber das Gegenteil ist eingetroffen. Ich hatte niemals vor, Magier zu werden. Aber jetzt bin ich einer, ob es mir gefällt oder nicht; und ich verändere die Magie dieser Zeit. Ich forme sie um und benutze sie nach Art und Weise des zwanzigsten Jahrhunderts, so wie wir die Menschen hier in der Burg mit den Verhaltensweisen des zwanzigsten Jahrhunderts verändern.«

Er stockte, doch Angie schwieg. Er fand, eigentlich gäbe es auf seine Bemerkung auch nichts zu erwidern.

»Wir können nichts daran ändern, und sie können nichts daran ändern«, fuhr er fort. »Ich habe Sand in das Getriebe einer rundlaufenden Maschine gestreut, und jetzt funktioniert sie anders als zuvor. Ich glaube, ich weiß, was den Burgbewohnern zu schaffen macht.

Sie nehmen uns übel, daß wir sie allein gelassen haben.«

»Ach, das glaube ich nicht«, meinte Angie.

»Entweder das – oder irgend etwas, das ebenso schlimm ist«, sagte Jim. »Sie genießen durch unsere Anwesenheit alle möglichen Vorteile – sie können sich brüsten, einen Magier als Herrn zu haben; und wir sind sicherlich die angenehmste Herrschaft, welche die Bediensteten einer Burg des vierzehnten Jahrhunderts jemals hatte. Sie können uns um den Finger wickeln, und genau das tun sie auch ständig. Und jetzt lassen sie uns merken, daß wir nicht hätten fortgehen dürfen, ohne zuvor ihre Erlaubnis einzuholen.«

»Jim ...«, sagte Angie.

»Nein«, erwiderte Jim energisch. »Ich täusche mich nicht. Die Fußbodenheizung hier in diesem Raum, all die Veränderungen in der Burg, die ich eingeführt habe und auf die ich so stolz war – das alles geht ihnen gegen den Strich. Und sie haben recht. Sie sollten auf ihre Art leben dürfen, ohne daß ich mich einmische. Insgeheim glaube ich, daß sie uns mittlerweile hassen. Wahrscheinlich würden sie sich das nicht eingestehen, aber so empfinden sie nun einmal; und die Auswirkungen lassen sich nicht mehr übersehen. Warte nur ab, ob es nicht das ist, was hinter ihrem neuen Verhalten zutage treten wird.«

Er verstummte, und Angie schaute ihn lange an.

»Du mußt wirklich viel durchgemacht haben, um den Stab zu bekommen«, meinte sie schließlich in mitfühlendem Ton. »Aber ich glaube ...«

An der Tür wurde gekratzt.

»Verdammt noch mal – was ist denn jetzt schon wieder?« fragte Jim.

»Herein!« rief Angie.

Abermals trat John Steward ein und schloß hinter sich sorgsam die Tür.

»Mylord«, sagte er förmlich, »Mistress Plyseth aus der Anrichte ist hier und möchte Euch dafür, daß sie den Wein verschüttet hat, um Verzeihung bitten.«

»Der Herr läßt bitten«, kam Angie Jims Antwort zuvor.

»Sehr wohl, Mylady«, entgegnete John, ging hinaus und schloß hinter sich die Tür. Nach einer Weile öffnete sich die Tür wieder, und John schob die tränenüberströmte Gwynneth Plyseth ins Zimmer. Händeringend näherte sie sich geradewegs Jim und machte Anstalten, vor ihm auf die Knie niederzufallen.

»Steh auf!« sagte Jim in grobem Ton.

Gwynneth Plyseth fand mühsam das Gleichgewicht wieder und blieb aufrecht stehen.

»Mylord«, sagte sie stockend, »es war ganz allein meine Schuld, das gebe ich freimütig zu. Was immer Euer Lordschaft als Strafe für angemessen halten, es geschieht mir nur recht. Da ich Euch aber schon seit so vielen Jahren diene, dürfte ich Euch um Nachsicht und Vergebung bitten?«

Es war eine wohlüberlegte Rede, doch war Jim nicht in der Stimmung, darauf einzugehen.

»Schon gut, Mistress Gwynneth«, entgegnete er in unverändert schroffem Ton. »Das wäre alles. Wir wollen nicht mehr davon sprechen. Du kannst jetzt gehen.«

»Warte noch!« mischte Angie sich ein. Vor einem Monat hatten sie den immer noch recht großen, kreisförmigen Raum, der übriggeblieben war, als sie Roberts Zimmer von der Kemenate abgetrennt hatten, in zwei kleinere Räume unterteilt – dafür war ausreichend Platz, da die Kemenate ursprünglich das ganze obere Stockwerk eingenommen hatte –, und nun hatten sie ein Wohn- und ein Schlafzimmer, das ebenfalls mit einem Kamin ausgestattet war. Angie deutete nun auf die Schlafzimmertür. »Geh dort rein und warte auf mich, Gwynneth. Ich komme gleich nach. John, Ihr dürft Euch entfernen.«

»Sehr wohl, Mylady.«

John zog sich förmlich zurück.

Angie erhob sich aus dem Sessel.

»Ich werde herausfinden, weshalb sich die Bediensteten so merkwürdig verhalten«, sagte sie zu Jim. »Mit Gwynneth verstehe ich mich ausgezeichnet. Wir denken ganz ähnlich. Sie wird mir alles erklären. Du wartest hier.«

Angie ging ins Schlafzimmer hinüber und schloß hinter sich die Tür. Jim blieb sitzen. Nach einer Weile stand er mechanisch auf, schenkte sich etwas Wein ein, setzte sich wieder hin und nippte am Wein. Die Kemenate war mit den gleichen Steinblöcken unterteilt worden, aus denen die ganze Burg erbaut war. Die Wand war vollkommen schalldicht, dafür hörte er durch die Holztür Angie und Gwynneth miteinander sprechen, wenngleich er die einzelnen Worte nicht verstehen konnte.

Darauf kam es jetzt nicht mehr an. Er war einfach nicht zum Ritter und Magier geschaffen. Das hätte ihm von Anfang an klar sein müssen. Im Grunde kümmerte es ihn gar nicht, was da geredet wurde, denn es würde sowieso nichts ändern. Er schaute ins Feuer und hing seinen trüben Gedanken nach.

Nach einer Weile lenkte ihn jedoch leises Weinen ab. Das war bestimmt Gwynneth. Angie weinte nicht so leicht.

»Das Ganze ist ein einziges Possenspiel«, murmelte er vor sich hin. Er nippte am Wein und starrte ins Feuer. »Ich spiele den Burgherrn bloß. Ich gehöre nicht hierher, und das wissen alle. Das Vertrackte daran ist, daß ich mittlerweile hier zu Hause bin – und woanders möchte ich nicht leben.«

Er fühlte sich innerlich leer. Er hatte keine Ahnung, ob er mittlerweile über ausreichend magische Energie verfügte, um sich und Angie ins zwanzigste Jahrhundert zurückzubefördern. Nachdem er soviel Energie für den Zauberstab aufgewandt hatte, bezweifelte er dies. Im Moment sah er jedoch keinen anderen Ausweg, als ins zwanzigste Jahrhundert zurückzukehren, wo er ohne Magie würde auskommen müssen und somit auch keinen Schaden würde anrichten können.

Auf einmal ging die Tür auf und Angie trat heraus, gefolgt von Gwynneth; ihr Gesicht war noch immer tränenüberströmt, aber sie lächelte wieder.

»Ich bin ja *so* froh, daß Ihr und Mylady wieder da seid!« Gwynneth vollführte einen Knicks und verschwand eilends auf dem Gang. Jim blickte Angie, die vor ihm stand, fassungslos an.

»Was ist passiert?« fragte er.

»Ich weiß jetzt, was los ist«, antwortete Angie. »Vor mir konnte sie die Fassade nicht aufrechterhalten – genau wie ich dachte. Jim, unsere Leute machen uns keine Vorwürfe, weil wir fort waren. So etwas würde ihnen gar nicht erst in den Sinn kommen. Jim – sie *lieben* uns! Sie dachten bloß, es wäre anmaßend, sich dies auch anmerken zu lassen. Sie waren hocherfreut darüber, daß wir wohlbehalten zurückgekehrt sind – du weißt ja, daß man in dieser Zeit froh sein muß, wenn jemand unbeschadet von einer Reise wiederkehrt.«

»Aber«, sagte Jim, »so wie sie sich verhalten haben …«

»Sie haben sich bemüht, so zu tun, als sei unsere Rückkehr nichts Besonderes – während sie am liebsten gefeiert hätten. Jim – wir sollten uns einen Vorwand zum Feiern ausdenken!«

Jim starrte sie an. Er hatte große Mühe, das Gehörte zu verdauen, deshalb stürzte er sich auf Angies allererste unglaubliche Bemerkung.

»Sie lieben uns?« fragte er. »Weshalb?«

»Kommt es darauf denn an?« entgegnete Angie. »Sie lieben uns, weil sie uns lieben. Und wir mögen sie – wir lieben sie ebenfalls. Wir leben gerne hier. Wir passen hierher. Du schleppst diese Sorge bestimmt schon seit Monaten mit dir herum, hab ich recht?«

»Um die Wahrheit zu sagen …«, begann Jim, dann verstummte er. »Vielleicht fing es damit an, daß ich den Eindruck bekam, Brian, Dafydd, Giles und all unsere Freunde hielten viel zu große Stücke auf mich … Ich weiß auch nicht. Und dann schien mir, als wären sie nur deshalb froh, daß wir hier sind, weil sie eine falsche Vorstellung von uns haben … Manchmal war das schon ärgerlich. Angie, du weißt, wie ich bin. Ich war nie etwas anderes – und werde nie etwas anderes sein – als ich selbst.«

Angie setzte sich ihm auf den Schoß, umarmte und küßte ihn.

»Jim Eckert«, sagte sie, ihm ernst in die Augen blickend, »mehr erwartet auch keiner von dir!«

An der Tür wurde gescharrt.

»O nein!« rief Jim. Angie sprang auf.

»Herein!« rief sie verärgert.

Abermals trat John Steward ein. Die Veränderung war kaum wahrnehmbar, dennoch blieb sie Jim nicht verborgen. John war wieder ganz der Alte, nicht mehr der förmliche und unnahbare Herr der Bediensteten, als der er Jim und Angie zuvor gegenübergetreten war.

»Ich bitte um Verzeihung, Mylord und Mylady«, meinte er entschuldigend, »aber der Teufel ist wieder da. Er ist auf dem Hof und möchte mit Euch sprechen; bei ihm ist ein häßlicher kleiner Mann.«

Jim sah Angie an. Angie sah Jim an.

»Sagt ihm, ich komme gleich hinunter«, erwiderte Jim.

»Sehr wohl, Mylord.« John ging hinaus.

Jim und Angie wechselten abermals Blicke. Nach

und nach entspannte sich Jim. Er seufzte und schüttelte den Kopf. Angie lächelte ihn strahlend an, und er konnte nicht umhin, ihr Lächeln zu erwidern. Dann brachen beide in Gelächter aus.

»Vielleicht solltest du dich besser um den Seeteufel kümmern, bevor er beschließt, wieder ein Nickerchen zu machen«, sagte sie, sich die Lachtränen aus den Augen wischend.

Jim seufzte tief, aber glücklich, und stand auf.

»Nun denn ...«, sagte er und wandte sich zur Tür.